拼命

张月◎著

中国物资出版社

图书在版编目（CIP）数据

拼命 / 张月著 . —北京：中国物资出版社，2011. 4
ISBN 978 - 7 - 5047 - 3694 - 9

Ⅰ. ①拼… Ⅱ. ①张… Ⅲ. ①长篇小说—中国—当代 Ⅳ. ①I247. 5

中国版本图书馆 CIP 数据核字（2010）第 242323 号

策划编辑 李 玲
责任编辑 李慧智
责任印制 方朋远
责任校对 孙会香 杨小静

中国物资出版社出版发行
网址：http：//www. clph. cn
社址：北京市西城区月坛北街 25 号
电话：（010）68589540 邮政编码：100834
全国新华书店经销
北京京都六环印刷厂印刷

开本：710mm × 1000mm 1/16 印张：20. 25 字数：331 千字
2011 年 4 月第 1 版 2011 年 4 月第 1 次印刷
书号：ISBN 978 - 7 - 5047 - 3694 - 9 / I · 0057
印数：0001—3000 册
定价：36. 00 元

目录
CONTENTS

第一章
秋儿一家

第二章
复仇之旅

拼命 Pin Ming

第一章
秋儿一家

一 怪梦

秋儿和老棍子是最好的一对搭档。

他们正在挖一口井，但不是吃水的井，是房主的渗水井。老棍子在井底下面挖，把湿土装进一只桶里，秋儿在上面用绳子把桶拽上来把土倒进一个独轮车里，再把桶系下去；独轮车差不多满了，秋儿便把湿土推到垃圾堆上去。如此循回往返。

冯师傅和房主过来了，房主探头往井下看了看说："够深了，快上来吧，不然要出危险了！"然后叹口气，"倒退二十年，早该见水了。"

冯师傅对着井喊道："老棍子，底找平！"

房主说："你们干活儿挺实诚，过几年我女儿盖房就找你们。"

冯师傅其实只比房主小十岁，却叫他大叔，说："大叔，一言为定！"

秋儿解下桶绳，放下去，老棍子把绳子系在腰上，冯师傅帮秋儿把老棍子从井底拉上来。

老棍子四十出头的年纪，像条刨出来的老树根。冯师傅五十出头，像个老工人。秋儿整整十四岁，很瘦，但个子不矮，鼻梁挺挺的，颧骨略高，看上去不像十四岁，像是十六七岁。他和老棍子两个人跑到自来水龙头边，塌下腰，咕咚咕咚喝了一气凉水。

房主是个心地善良的人，喊道："不是给你们预备了开水吗？真是！"

冯师傅笑道："您不用管他们，都习惯了。"

房是在原来旧房的地基上重新盖起的，柁、檩和椽子都已经上好，只差铺苫布、卧瓦了。冯师傅说："大叔，一会儿我们把苫布都给你苫好，再压牢了，明天呢，我们就走啦，多则二十天，少则半个月，我们就回来。"

房主又叹气说："你们那儿多好，还有麦子，我们这儿年轻的恐怕连麦苗子见也没见过，还以为是韭菜呢。”

房主的老伴拿来了一堆衣服和几双鞋子，说这都是她儿子和她孙子的，挺好挺新呢，说不要就不要了，你们看谁穿着合适谁就穿吧。冯师傅点了头，于是大伙你一件我一件，不一会儿就分完了。秋儿和老棍子也分到了：秋儿分到一双鞋，老棍子分到一条裤子。

吃过晚饭以后，冯师傅把秋儿和老棍子叫到一边，说：“秋儿，我和你爸说了，留谁合适呢？我看就留你们两个合适。秋儿你还不算整劳力，老棍子光棍儿一条，吃饱了一家不饿。”

这时候，秋儿的爸也走过来，对秋儿说：“家里的麦有我和你姐就行了，地也不多，你就踏踏实实在这儿看场吧。”

冯师傅又说：“一会儿给你们留下点儿钱，不过要省着花。另外，秋儿你当头儿，让老棍子听你的。”

……第二天一清早，大伙就走了。秋儿的爸也走了，回家收麦去了。

秋儿和老棍子两个人依旧住在用竹竿和塑料布搭成的棚子里。他们每日都要给新砖浇水，新打的水泥地也要保持相当一段时间的湿度，更要把那施工场地规整得利利落落，该码的码起来，该清走的清走，这是看场地的规矩。两个人的伙食也一如大家在时的简单，去农贸市场捡那最便宜的菜买，再买些皮皮溜溜、肉头肉脑之类的东西一锅煮，就着馒头吃。

每天有活儿干，但活儿不多，安静、踏实，还有些自在。

大家走后的一个星期左右，就在那塑料布棚子里，秋儿晚上睡觉的时候忽然做起梦来。

以前他是从来不做梦的，躺倒便睡，一觉就是天亮，连泡尿都不撒。

“不该做那样的梦……”秋儿醒来以后，每每这样想，“现在的父母对你那么好，做那梦……没良心。”

秋儿上过一年半初中，他先是梦见了学校和学校里的同学，然后便梦见母亲了，梦见母亲那一张悲苦的脸……后来又梦见父亲了，父亲的影像更加模糊，而且变幻不定，一会儿像冯师傅，一会儿像一起干活的某个大叔。秋儿知道，那时候他还很小，大约只有四岁吧，这些全是凭着他以前的想象梦出来的。那么怪了，现在的父亲叫朱保富，原来的父亲叫什么呢？原来的父亲有名字吗？自己现在的小名叫秋儿，大名叫朱立秋。那么原来自己叫什么呢？这些他都不记得了，也从来没有问过谁。

真是不该……秋儿这样想。可能是太安静、太寂寞了，也是太轻松了的缘故；如像以前那样，每天累得疲孙一般，就不会做梦了。偏偏让自己看场，这场不如不看。

然而第四天、第五天、第六天，母亲那张悲苦的脸却顽强地反复地出现在他的梦境里，挥之不去，并且母亲背着他，似乎去过许多地方，坐火车，坐汽车，也到过城市；那城市仿佛就和现在的父亲朱保富带他出来打工下火车时所看到的城市差不多……

秋儿一天夜里忽然醒了，坐起身。

“母亲有两根手指是伸不直的，是生小妹时做的病。还有姐姐，她们现在不都在家？好好的，好好的嘛！”秋儿强迫自己这样想。

老棍子还在睡着，打着呼噜。就是因为睡得太多了，才胡乱做那不该做的梦！

于是第二天两个人照旧给砖和水泥地浇了些水，又去看了房上压着的苫布是否被风吹开了。然而让秋儿自己也想不到的是，当把这些活儿干完了以后他忽然作出这样一个决定——向房主借了一辆自行车。这辆自行车房主本来一直是预备给他们用的，现在秋儿又把它借了来，老棍子问他干什么去，秋儿说：“你在家好好待着，别乱走。”

秋儿骑着自行车从郊区骑到城里。他看到了高楼大厦，看到了许许多多的汽车，还有工地，以及被拆得乱七八糟的房屋。他一路走，一路搜寻着梦中的记忆，看看母亲曾经带他来过的地方是否就是这个城市，或者离这城市也许很近呢……然而十四岁的秋儿太幼稚、太无知了，父亲朱保富第一次带他出这么远的门，城市在他眼里不但陌生，而且到处都差不多：高楼差不多，大商场差不多，马路也差不多。

天气很热。秋儿骑一阵，走一阵，他出了许多的汗。太阳西斜了，他什么也没有找到，既不能肯定这里就是母亲曾带他来过的地方，也不能肯定就没来过。秋儿开始失望，同时肚子也咕咕叫起来，他觉得很饿。

在回去的路上，秋儿看见两个人在马路边边走边唱歌，他们唱道：

流浪的人儿在天涯，哪里是我的家；
从小出门在外，三年五载不回家。
流浪的人儿在天涯，忍受着风吹雨打；
从小出门在外，想念爹和妈，想念爹和妈……

秋儿听过这歌儿，在一起干活儿的人中，比他大几岁的经常这么哼唱。

秋儿忽然感觉鼻子有点发酸。

回到住的地方，老棍子坐在一棵树下还在等他。

秋儿顺便捎回来了馒头和咸菜。他和老棍子今天就只吃了这一顿饭。

下雨了。雨并不大，但雨点子打在塑料布棚顶上的声音格外的响。像沉雷，轰隆隆，像发大水，哗啦啦。

“棍子叔，麦子快割完了吧?”

秋儿倚在被褥上，双手叉在脑后，这么问老棍子。

老棍子没有吱声，他不知从哪儿逮到了一只金牛儿，把一根草棍儿伸到金牛儿嘴里，让金牛儿衔草。棍子叔经常和个小孩子差不多。

棍子叔这个人，你让他整天睡也可以，让他整天整宿不睡也可以；你让他一天不吃饭也可以，让他一顿吃够一天的也可以。只是他不好言语，一天也和他说不上三句话。

棚顶上的塑料布在往木杆上钉的时候有钉子大的眼儿，雨水便顺着那钉子眼儿，又顺着支撑棚架的竹竿缓缓流下来，那雨滴在竹竿上爬得很慢，秋儿怎么看怎么觉得那像眼泪。

十四年前。也就是一九八〇年。

太行山脚下的平原小村，也正迎来了改革开放的春风。

其中有一个村子，叫南庄，属王家庄大队管，它的全称应该叫大王庄公社王家庄大队南庄村。这年夏天，一个婴儿呱呱坠地，他的父母后来给他取名李成秋，小名秋儿。

秋儿的父亲叫李同，是个生性忠厚老实的人，住在南庄村西头，很穷，只有两间土房。李同的母亲早就死了，父亲因为年轻时在煤窑背过煤，得了肺心病，基本丧失了劳动力。李同一直给生产队放羊。为什么让他放羊?就因为他忠厚老实，别人放羊总是偷喝羊奶，撩起奶子，蹶起屁股就吮一气，李同却从来不，这让生产队对他十分放心。秋儿的母亲姓曹，叫曹春英，是七里铺人，距南庄三十多里，也是个穷人家的女儿。所不同的是曹春英的父亲死得早，留下一个病母亲。

一年冬天，在家还做姑娘的曹春英和生产队的姐妹们一起到山上去打荆条，因为攀登一块岩石，突然失脚，跌下山涧，幸好崖上的树枝挂住了她，她便悬在半空，一只老鹰在头顶盘旋，以为那是个吊死的，很快就可以成为口中食。这时候李同正好在山上放羊，听到众人的呼救声赶了过来，他裹住自己的老羊皮袄，滚下山去，然后叫曹春英放心大胆松开手，于是曹春英扯断了衣服，便像个自由落体一样被李同接了个满怀。曹春英安然无恙，李同的手、脸和腿在滚下山的时候却被扎伤、剐伤多处。

曹春英为了报答李同，经常骑三十多里自行车来看他，自此，两人慢慢产生了感情。两年之后，曹春英的母亲过世，她便嫁到南庄来了。时年曹春英二十五岁，李同二十九岁。然而南庄人甚至全王家庄大队的人都没有料到，嫁过来的这个新媳妇竟是个出奇的美人，直直的鼻梁，宽阔的前额，瓜子脸，还有那白皙的肉皮儿和不胖不瘦、看去十分匀称的体态。人们背地里议论，不用说曹春英是王家庄大队，就是整个大王庄公社怕也是难见到的美女，又说傻人有傻造化，老实巴交的李同不知哪辈子修来的福，竟然娶到这么个好媳妇！

然而五年之后，也就是在秋儿四岁的时候，李同突然死了，死得蹊跷，死得扑朔迷离。这无疑成了一桩命案，惊动了十里八村，同时也衍生出一段很长很长的、跌宕起伏的故事来。

这个故事讲起来真的很长，不过还要先提到另一个人，这个人叫王通森。

二 漂亮新娘

王通森是南庄的老户，父亲是个老土改，解放后一直做着王家庄大队党支部书记。父亲和当时许许多多老干部一样，辛辛苦苦，任劳任怨，不计较个人得失，几乎是全心全意。但这样的结果让王通森空有一个为官的父亲却未得到什么实际的好处，他虽然也上了高中，并且是南庄村仅有的一个高中生，但高中没有念完，只上到高二便辍学务农了。王通森在父亲的影响和规范下本本分分、规规矩矩，并无任何非分之想，但即使这样还是不行，那场史无前例的运动来了，从城市漫延到乡村，从公社漫延到大队，父亲还是受到了严重的冲击。此时王通森已经娶妻生子，妻子就是在大王庄上高中时的同学。王通森亲眼目睹父亲遭批斗、挨嘴巴子、坐飞机、戴高帽子，却无力解救更无处申诉，只能和父母一起忍气吞声，等待着云开雾散的一天。

父亲也是扛过长活、吃过大苦、受过大累的人，当了干部又怎样？只不过少了些体力劳动却多了些脑力劳动，其实劳心比劳力还难受，身体本来就不好的父亲又怎能经得住这场运动的折磨？后来没事了，什么走资派不走资派、黑帮不黑帮也不提了，但父亲的身体也就此垮了下来。在“四人帮”倒台的前一年，父亲离开了人世。

此时在生产队一直做社员的王通森看到了大队领导班子的频繁更替，那是权力的争夺，也是人际关系的较量。他静观其变，也觊觎着某些权位，但是没人理他。他记起父亲活着的时候大队干部中的某些人曾经私下里向他买过好，言语中向他透露了一些许诺。但现在父亲死了，不在了，便没人再提这事，是的，他们完全把他忘了。

一天，王通森去大队部，找到了接替父亲的现任支部书记兼大队长齐常贵。

“歇工了？”齐常贵坐在办公桌后面，点上了一支烟，淡淡地说。

“社员一个，不歇工哪有工夫找你。”王通森说。

“有事？”

“齐书记，齐大队长，古语说‘势在人情在’，这话有没有道理？”

“有话直说，这话让谁听？”齐常贵拉下脸子。

王通森说：“我的两个儿子如狼似虎，一顿饭吃光了全家，生活上过不去。”

“生活困难的不只你一个，大队怎么照顾得过来？”

王通森只好直说了，而且不再客气：“齐头儿，记不记得你曾经和我说过，将来有一天要考虑一下我的安排？”

齐常贵愣了一下，然后表现出为难的样子：“这话倒是说过，可是不好安排呀……”

“不求别个，只求比生产队多挣一点儿。”

“你到猪场去吧。”齐常贵想了一会儿，敲了下桌子说。

“我到猪场干什么？我又不会养猪。”

“你这个人，去猪场就得会养猪吗？我和他们说一下，你去当个副场长。通森，也就是你，换了别人这事还真难了！”

王通森也想了一会儿，点了头。事情就这样说定了。

然而王通森去猪场上班没有几天，他便想走。想走的原因一是猪场这地方又脏又臭，再加上每日猪刺耳的号叫，二是猪场的场长老郭头虽说已经六十岁，但人特精明仔细，他和另一个副场长把手中的权力抓得牢上加牢，分明对王通森的到来怀有很大的戒心，无论是猪饲料的购进，还是生猪的售出，都让王通森插不进手。在这儿干嘛呢？徒劳无益！他甚至觉得齐常贵是在耍弄他。

但是，他没有走。没有走的原因是又过了几天以后他发现了一个秘密，那秘密像块巨大的磁铁吸引了他。猪场深处一个不起眼的地方，有一间大房子，大房子里有那么四五个人在干着另一样活计，什么活计？做酒。

那里外聘了一位老师傅，由他掌管，把高粱、大麦混合着稻壳子一层一层、均匀地撒进一个大水泥池子里，然后浇上水，盖上硕大的盖子，启动吹风机，一定的时间之后，拧开池上的龙头，酒便流出来了。第一遍流出来的酒叫净流，酒精度很高，第二遍流出来的也许该叫二锅头吧，第三遍便是低度酒了，不会喝的也能喝几口。

你别看这土法做出来的酒，它所用的料均来自猪饲料的批进指标，做出的酒可以让猪饲料继续批进而且还可以批得更多，同时这酒也能让生猪卖出更好的价钱。剩下来的酒糟呢，反过来又可以喂猪。这真真是个一举多得的好营生！后来，王通森又发现无论是大队干部还是小队干部，他们在百忙之中经常会光顾这里，有的怀里揣了瓶子，灌一两瓶走，大多数是站在这里喝，喝个红头涨脸，推着自行车晃晃悠悠地回去。是啊，在南庄这样的地方，有谁能轻易喝到酒呢？不要说带品牌的酒，就是这土法酿成的土酒，人们也是如此稀罕，更没想到这酒还发挥着更深远更广泛的作用！

王通森动心了，他看到了亮点，看到了希望。于是他一方面经常在这做酒的地方逗留，精心注意每一道工序、每一个环节，另一方面他开始往齐常贵那里走动了。待一切成竹在胸之后，他便向齐常贵提出了要求，他要独立承包那做酒的活计。

场长老郭头似乎早就料到有这一天，面对齐常贵提出来的所谓建议，他不点头也不摇头，他知道，即使摇头也没有用；况且，他老了，从六十年代初做这猪场，他已经做了二十年，该离开了，他只希望王通森能和他那个做支部书记的爸爸一样，把工作当工作，把集体当集体。但是最后，齐常贵原来并没有要他离开的意思，反而坚决让他留下，坚守在猪场场长的位置上，只是把那小酒坊承包给王通森。那是一九八三年，个人承包风随着家庭联产承包责任制的兴起而兴起。

烟花三月，杨柳飘白。此时的王通森既志得意满又雄心勃勃。在大队领导的支持下，他快速扩大了做酒的规模，新添了几个酒池，人员也增加到十多个。这中间最重要的一件事情便是到工商所去注册了一个商标，把自己做出的酒取名叫“南庄高粱白”，这里也不再叫酒作坊，而叫酒厂了。王通森在猪场与酒场之间砌起了一道长长的围墙，彻底与猪场分开，此时的他已四十四岁，在他的生命历程中只有亲身的体力劳动，还从来没有当过老板，哪怕是最小的老板。初步的成功，初步的尝试，让他兴奋不已、激动不已。

太阳落山了，王通森推着自行车从酒厂出来；他不骑，只推着，心里荡漾着春天的气息。落日的余晖被远处的山峰挡住了，大地和村庄显得朦胧，显得隐约，就连眼前的景色也显得很奇幻，似真似假。

这时侯，他猛然抬头，见迎面走过来一个女人，定睛细看，认出来是住在村西头那个叫李同的媳妇，具体叫什么名字他说不上来。待走近了，王通森心里一颤，都传言说李同的媳妇好看，原来不假！你看那皮肤，那五官，那身条，以及那走路的姿态……这哪里是农村人嘛，分明在县城里也是极难看到的。也是怪了，自己以前也不能说没见过她，但怎么就没有留意呢？

那女人低头走路，过了这条大道，拐了一个弯，径直走进猪场的大门里去了。又怪了，难道她是猪场的人？自己在猪场也待了近一年的时间，怎么从来没有见过她呢？难道她是鬼魂？要不自己是瞎子？

接下来，王通森打听到了，李同的媳妇叫曹春英，本来一直是在猪场上班的，只是她在的是猪仔保育组，每天上的是夜班。而且王通森在猪场的一年心不在焉，烦还烦不过来，哪有心思看别的？他又打听到，一直勤勤恳恳给队里放羊的李同并没有承包到那群羊，而是被别人承包去了，李同在家种地。不过，七里铺是个什么地方？怎会养育出这样好看的女人？于是，王通森又去找齐常贵了。

“老齐，还求你个事。”

“还说得上求吗？”

“你还要给我找一个有些文化的。”

“干什么？不是给你派去了个会计？”

“会计是有了，但保管、出纳之类的还要有一个，厂子要往正规里发展嘛。”

“行，再给你踅摸。”

“不用踅摸，我倒物色了一个。”

“谁?”

“在猪场，那个李同的媳妇。”

齐常贵眨动着眼睛笑了：“通森，论年纪你是我哥，你可不能被胜利冲昏了头脑。”

“哪有的事……我打听过了，她是初中毕业，人也蛮精细的。”

“好吧。有言在先，老郭头愿意放人就放，不愿放人就吹!”

然而猪场老场长不愿意放人，他对齐常贵说：“曹春英人品好，工作认真，她负责的小猪仔，死亡率最低。看他王通森美的，看见梯子就想上房!”

但此时齐常贵早已转变了态度，他板起脸来说：“老郭，你要闹明白，猪场是大队的企业，又没承包给你个人，我连这点主也做不了怎地?”

老郭头也沉下脸来了，说：“你要那么说，随便吧。”

于是就在那一年初夏，曹春英到酒厂来上班了。

她的工作很轻松，而且有一间她专用的房子。她建了一本数量账，也很简单，不过每天一二百瓶酒，自有人装好箱子，搬到她的屋里去。后来酒虽然多了，但也只需有个出入库手续，其他均不是她的工作范围。

王通森不知平时是忙还是闲，他经常有事没事到曹春英这里来。有时翻翻她的账本，有时看看酒。

王通森问：“今天走了几箱?”

曹春英说：“十四箱，比昨天还多了三箱。”

王通森说：“好哇，芝麻开花嘛。春英，踏踏实实跟着我，好日子有你的。”

曹春英说：“厂长，给我找点活儿干吧。”

王通森没有回答她的话，反而说：“春英，你能不能不叫我厂长? 我叫你春英，你却老是厂长厂长的，不是把距离拉远了? 都是一个村的人。”

曹春英问：“那我叫您什么? 叫大叔?”

王通森更不高兴，说：“怎能这么叫? 我虽然比你大十四岁，可是我感觉我很年轻，从来没有过的年轻!”

“那叫您王大哥?”

“这么叫嘛……要不然把那王字去掉，就叫大哥，或者干脆就叫哥。”

曹春英脸红了。

有时王通森一点事没有，专是到她这里来坐坐的。

王通森说："你比以前胖了，发现没？以前你太瘦。"

曹春英低头说："整天闲着没事干，还能不胖。"

王通森说："是不是比在猪场好多了？那个又脏又臭的地方！"

曹春英不知怎样回答，若回答说好多了，指的就是轻松；若说不好，实际也是因为轻松，只是"不好"的话她说不出口，人家厂长对她这么好，只怪她不适应、不习惯这种轻松罢了。但如果长此轻松下去，倒还不如在猪场，在猪场和姐妹们一起干活儿、忙碌，也说说笑笑，那样更好。何况她热爱她的那份工作，她不嫌脏，不怕臭，一窝窝、一班儿班儿的小猪仔经过她亲手培护，它们长大了，离开了她，但它们仍然认得她，只要看见她，它们就朝她叫或朝她哼哼，有的在她腿上蹭来蹭去，是在撒娇。她惦记它们，喜欢它们。

曹春英依旧叫王通森厂长，说："厂长，您还是给我找些活儿干吧。酒房我去了，糟房我也去了，可是都插不上手。我把门口的卫生打扫了，还是闲得慌。"

不料王通森听了这话很生气，说："你这个人！谁叫你干了？现在是岗位责任制，这儿就是你的岗位，别的你不要管。"

曹春英低头说："可是我不习惯闲着。"

王通森说："你想一想，有多少人想干你这差事，可是他们斗大的字不识半升，我能用吗？春英啊，你应该好好正视自己，对自己有个正确的评价，你知道，干这差事我还觉得委屈了你！"

曹春英忽然感觉这屋子太热，她拉开了房门。

王通森看着她，声调越发变得轻柔起来："春英，你应该有两件像样的衣服，穿上它，不管你是胖还是瘦，在我眼里……"

曹春英指着外面："厂长，来了一辆车，是不是找你？"

王通森起身朝外看了一下，说："不是，送料的。"然后，顺手带上了房门，又顺手牵过曹春英的一只胳膊说："叫我看看你的手……看，这哪里是干粗活儿的手？人也不是嘛……"

曹春英抽出了手，站到一边去。

……从这一天开始，曹春英感到不对劲儿了，她产生了要离开这里的念头。

王通森已经有了一辆一三〇汽车，虽然是旧的，但去崇水县城办事当天打来回不成问题。

他说到做到，去县城办事的时候顺便给曹春英带回来一件粉底白花的衬衫和一双半高跟鞋。他告诉曹春英下班的时候晚走一会儿，等他有事。但曹春英没有在屋里等，她推着自行车慢慢走。王通森停好车从厂里出来，撵上曹春英并拿出衣服，说："特意给你买的，回家穿上看合适不合适。"

曹春英说不要，我有衣服穿，鞋也有。

王通森说："你有是你的，我买是我的心意。"

曹春英说真的不要，您还是拿回去给嫂子穿吧。

王通森说："她那个岁数还能穿？再说你看她那体型，跟个桶似的。"

曹春英说那您就拿回去给孩子穿吧。

王通森说："你就不知道我是两个儿子？他们能穿吗？"

曹春英无论如何也不肯要，并且骑上车要走了。这一次王通森简直动了怒，他提起那衣服，拿出打火机，点着了衣服的一个角。曹春英喊道："厂长，您这是干什么呀！"王通森说："都怪我自作多情，既然没人要，我就烧了它！"

曹春英夺也不是，不夺也不是，只能看着那衣服抽缩、卷曲，最后化成一堆灰烬。

那天曹春英是抹着眼泪回家的。

几天之后，曹春英去大队部找到了齐常贵，说："齐大哥，求你还把我调回猪场去吧。"

齐常贵不解："怎么？酒厂不好？"

曹春英说："齐大哥，猪场不能回，回去种地也行。"

齐常贵问："你说怎个不好嘛。"

"没怎个不好……"

齐常贵说："李同家的，我问你，是不是王通森对你有什么不好的企图？"

曹春英说："不、不……我可没那么说。"

齐常贵拍了一下桌子："要是有，你就说！看我不整出他屎来！"

"不、不，没有……"

"不结了嘛。曹春英，你要想清楚，王通森这个人很有能力，这个酒厂以后肯定有发展。好多人想去还去不成呢！"

曹春英终于没有把自己的真实想法说出口，她低头默默地回去了。

年终决算到了，曹春英拿到了高工资。她的工资比酒房里的掌簸师傅还高出一块。工资的发放虽然是封闭式的，每人一个信袋儿，不许外传，不许打听，但还是引起了人们悄悄的议论。王通森本没有必要这么做，他完全可以私下里给曹春英钱，但是一个连一件衬衫都不肯收下的人私下里给钱肯定更不会要的。也正是因为这点，王通森对曹春英越发增添了几分喜爱和尊重。光是外表好看的女人，男人对她的喜爱不会长久，有时候也不尊重。

拿完了钱，又过完了春节，曹春英没有再去找齐常贵，也没有和王通森打招呼，就自行不去酒厂上班了。

曹春英和丈夫李同一起在家里包地。

秋儿四岁了。爷爷哮喘，秋儿已经能替爷爷倒痰罐子，也能给爷爷捶背了。

家里虽然少了曹春英的那一份现钱收入，但李同一点意见也没有，他甚至连问也没有问妻子为什么不去酒厂了。反正，一切随妻子的意，妻子高兴就好。

家里白天没个女人也的确不行，李同到地里干活儿要带上秋儿，中午回家又要做饭又要照顾父亲，顾这顾不了那，曹春英在猪场上夜班的时候，白天少睡一些觉，可以干好多好多活儿。这一段时间倒真是很难为了李同。

春天过去，夏天来了，日子过得平静而安详。平静了，安祥了，便显过得很慢，在酒厂的那一段时间还是留下一些记忆的……但齐常贵再没有过问此事，没有问她究竟为什么不去酒厂，在村里碰上曹春英竟也没有提。而王通森也没有来找过，两个多月了，没来找过，据说他很忙、很忙……

唉，女人，怎么回事呢？

终于有一天齐常贵来了，他到地里找到了曹春英。

“算你们两口子就在这儿！”齐常贵说，“怎么样？还行吗？”他指的是地里的庄稼。

“行，挺行的。”李同说。

“和你们两口子说个事。”齐常贵在地边坐下，“王通森那里需要两个看库的，我弟弟常富算一个，李同你算一个，愿不愿意去？”

“看什么库呢？”李同问。

“细问我也说不清，左不过是做酒的料库呗。”齐常贵说，“肯定不费力，要不然常富那个半残废能干得了吗？”

李同看曹春英，曹春英说："随你便，愿意去就去呗。"

李同又问："是夜班还是白班呢？"

齐常贵说："那你和常富两个人再商量。"

"最好是夜班。"李同说，"白天也能干些家里的活儿。"

"那我不管。"齐常贵说，"你要是点头了，我就和王通森说，明天你就去上岗。工钱我也不管，那是王通森和你们之间的事。"

李同点头答应了。

齐常贵的弟弟齐常富是个深度罗锅儿，据说是小的时候出了热汗突然下河洗澡炸坏的。他也三十多岁了，还和哥嫂一起过。他和李同两个人第一天就商量好，李同值夜班，他值白班；他之所以愿意值白班，是因为他白天在家里干不了什么活儿，要看嫂子的许多脸色，而白天待在酒厂，日子好打发。

料库就坐落在酒厂的东南角，与猪场有一墙之隔。齐常贵说得不错，这个岗位很轻松，比当初曹春英做保管员的工作还要轻松。料库里面全是粮食，值班就是为了防盗，当然也包括防鼠，如果这两样都不发生，就基本没什么事可做。实在闲了，可以打扫一下料库周围的清洁卫生。

料库里面又分出一间小屋，那便是李同和齐常富两人的值班室了。

李同每天吃了晚饭便来接齐常富的班，齐常富每天吃了早饭又来接李同的班，如此一个夜班一个白班，日子过得平淡如水，工钱每月给一些，年底再给一些。

盛夏的一天，曹春英和李同都在地里干了一天活儿，但李同回来要赶快吃饭，吃了饭还要去值夜班，所以曹春英到家既要做饭，又要伺候老公公和四岁的儿子，待李同吃了饭走后，曹春英洗了洗，便早早地躺下。

累了一天，什么梦也不做，头沾枕头就睡着了。但男人不在家，一个女人睡觉总要警醒些的，就在睡了一个小时左右，她忽然抬起头来，似乎听到街门有开动的声音。所谓街门，其实并没有真的门，只是一个栅栏，是用木棍和铁钉钉成的。当曹春英坐起身来隔着玻璃往外看的时候，一个人影已经推开栅栏进到院子里来了。

曹春英慌忙披衣下炕从里屋出来，还好，外屋的屋门是闩着的。她站在门里，又突然打了个冷战，因为她看见那人影的时候感觉那人是王通森。

"春英，开门……"真的是王通森，他说话了，声音很轻微。

曹春英心里敲起了鼓，身上也出了汗。

“春英，我知道你就在门边，求你了。”王通森的声音还带着一种干涩和沙哑。

“厂长，李同不在家，他去上班了。”曹春英说，声音颤巍巍的。

“我知道，我怎么会不知道?”

“那你来干什么?”曹春英口气硬起来。

“想你。”王通森说，“春英，真的想你。”

可怜的女人，就在这一瞬间，她的手放在门闩上，想开又不想开……但是王通森此时的胆子极大，他开始轻轻晃动那门，那门发出像蒲扇扇风那样呼嗒呼嗒的响声。

“厂长，你走吧。”声音不大，但口气很坚决，但就在曹春英说这句话的时候，她放在门闩上的手却松动了一下，王通森也就在这时一用力，门就此被撞开，王通森闪身进到屋里，接着，他像只饿坏了的狼，双臂把曹春英紧紧抱住。

被撞开的门在墙壁上发出“当”的一声响，又反弹回来。响过之后，传来隔壁老公公一连串的咳嗽声。

王通森把她浑身吻了个遍，也摸了个遍。可怜的女人，不断发出连她自己也为之惊颤又控制不住的喘息和呻吟。

怎么了?为什么浑身一点儿力气也没有?像团泥似的，想挣脱也挣不开……

里屋的秋儿被惊动了，他好像要坐起来，并且叫了一声“妈”。

曹春英终于挣脱了，她跑进里屋，说:“宝贝儿妈妈在这儿，是不是要撒尿?”于是曹春英抱起秋儿往盆子里撒了一泡尿，又把他拍睡了。

王通森似乎喝了酒，他的呼吸粗重，脸色微红。家里本没有多余的座位，王通森坐在唯一一只凳子上，曹春英只好坐在锅台上，她整理了头发和衣衫。

王通森说:“春英，对不起，别怪我太粗鲁，我今天喝了点酒，不然也没有胆子来找你。”

曹春英一直低垂着头，半晌，她说:“你走吧。”

王通森说:“春英，我既然来了，就有一肚子话跟你说。你千万别以为我只图……不是，我是真心喜欢你，这你应该早就明白。”

曹春英说:“求你了，你还是赶快走吧。”

王通森情绪很激动:“春英，我现在越来越感觉到，我这么努力，这么拼命，我所做的一切，全是为了你，也为了我们两个人。告诉你，我已经有一个计划，等我的资金积攒到一定程度，我就提出离婚。春英，那时候，我肯定给你带来你意想不到的幸福！”

曹春英重新把头低下：“你胡说……胡说，这是不可能的。”

“有什么不可能？”王通森继续说，“现在是什么时代？年龄差距是问题吗？是阻碍吗？只要我们两个一条心，共同争取，共同坚持，没有达不到的目标！”

曹春英不再说话，只把头低着。

“春英，你可能对我还是不了解，我问你，你知道文化大革命吗？你肯定不知道。那时候你还小，你知道他们是怎样对待我父亲的吗？我父亲辛辛苦苦，任劳任怨，他们却见风使舵，落井下石，其中就包括他齐常贵！你说，我还能像我父亲那样活着吗？绝不能！我知道我现在一无背景，二无后台，但只要我努力，只要我坚持不懈，就一定能达到我的目的。我相信我自己，春英，你也应该相信我。”

可能是王通森的声音太大了，秋儿又一次醒来。曹春英重新进到里屋去。

王通森一个人在外屋悄悄坐着，他抽了一支烟，又抽了一支烟，曹春英没有再出来，秋儿那孩子似乎总不睡熟，王通森只好轻轻拉开门，走了。

后来王通森又来了几次，还是同样的勾当，还是同样的话题，曹春英虽然有意防备，但栅栏门挡不住王通森，破旧的屋门也经不起晃动，王通森的胆子也一次比一次大，他不怕惊扰了公公和孩子，更不顾忌邻居。倒是曹春英因为害怕因为顾忌不敢声张而让他屡屡得手。

说得手，但曹春英始终严守了自己那最后的底线。

三
李同之死

转眼又是冬天。

今年冬天似乎来得格外早，刚进阳历十一月就开始大冷，接着上了冻，于是各家都争抢着给麦地浇冻水。曹春英和李同两个人都不是那拔尖抢上的，而是处处谦让别人，好事先紧别人上，到了十二月中旬才轮到给自家麦子浇冻水。天气特别特别冷，那流动的水几乎也要结冰了。

这一天，他们浇完麦子，李同回家吃了晚饭，如平常一样，他去酒厂接齐常富的班。

值班的小屋里生了火。按每日的习惯，李同先看看库房门口是否干净；不太干净，他扫了扫，然后把昨天剁好的煤茧子添到炉子里去。那煤茧子虽然不干，但冻得很瓷实，添进去，立刻融化，冒出一股股带着湿气的浓烟。李同发现齐常富非常怕冷，小屋被他封闭得严严实实，所有窗上的、门上的孔洞和缝隙都堵上了，完全密不透风。

炉子上坐着开水，铁壶嗞嗞地响。李同稍稍休息了一会儿，又打开料库的门，看看库里是否干净，是否有耗子出没的痕迹。

也活活是该出事了。就在这天晚上，李同发现了料库的一个让人琢磨不透的问题，其实这问题早就存在了，只是齐常富没看出，李同平时也没太在意，偏偏今天晚上他实实地留意了。原来，他发现用来做酒的高粱、大麦、稻谷之类很长时间没人动过，它们成包成包，还和运来的时候一样码得整整齐齐，一点也没有少。但每天的出酒量呢，据说依然是那样多，并且夜里还常有三轮车、蹦子车、小面包之类前来提货。这是怎么回事呢？如同面没有少，蒸出的馒头却多了，难道别的地方还有另一个料库？

其实话又说回来，你发现了，又怎样？又与你何干呢？你只不过是个看守的人，不丢、不闹耗子就好了，你便算完成了任务，又何苦来多操一份心呢？但李同不，他偏偏今晚上有了一份闲兴，大概是麦子浇完了冻水，心里踏实了吧，他竟自一个人走出小屋去寻个究竟。

李同走过几间大房子，又走过一个夹道，然后遇到一扇铁门，门虚掩着，他推开了，此时他发现了另外的一个小院，院里有两间房，全亮着灯，但一间有人，一间没人。酒厂的改造、拓展本来与他和齐常富毫无关系，日常的许多事都与他们毫无关系，但李同此时感到新奇，他朝那间没人的房间走去。隔着玻璃，他看见这间房里有码得高高的成箱的酒，还有空着的包装箱，什么酒，他不知道，包装箱上面的字他也不认识，但他保证不是“南庄高粱白”，因为这几个字不用认识，平时看也看熟了。

李同正心中纳闷儿，忽然发现身后站了一个人，回头看，是王厂长。

王通森问：“你来这儿干什么？”

李同说："没事，我也看看。"

"看什么？有什么好看的？"

李同有些害怕了，因为王通森的面孔是阴冷的，腔调是横横的，眼睛是红红的，李同赶紧转身走掉。

故事说到这里，我们必须还要提到一个人，这个人叫韩玉山。

韩玉山也是南庄的一个农户，比李同年长几岁，家里有一儿一女。他在猪场上班，干的也是类似看守的差使，他的看守地点是在猪场的一个把角，那里也有他的一间小屋，为的是防止有人夜间越墙而入偷盗猪饲料，或者有黄鼠狼、野狗甚或从山上下来的狼去偷袭还未长大的小猪。韩玉山是个为人谨慎小心又很有心计的人，他争取到这份看守的差使目的实际也和李同一样，夜间可以睡觉，白天可以干许多家里地里的活儿。

李同为人老实厚道，很容易相处，韩玉山在晚上经常锁了自己的小屋到李同这里来串门儿。猪场和酒厂仅隔一墙，在墙边两棵树的掩遮下，那里已经被韩玉山走出了一个小小的缺口。他来李同这儿除了随便聊一会儿天儿之外也还有另外一个目的，就是他每天都要从李同这儿串走一暖瓶开水，因为猪场没有给他预备火炉，用柴锅烧出来的水又不好喝，有一股烟熏味儿。

这天晚上，李同从外面转回来进到自己小屋的时候，韩玉山已经坐在那儿等他一会儿了。

韩玉山说："你也不锁门。"

李同说："有什么可丢的，一份铺盖褥子。"

韩玉山问："你去哪儿了？"

李同说："我没在厂里转过，今天开了眼，这酒厂可真是扩大了。"

炉子上的水开了，韩玉山串好了一暖瓶。临走，韩玉山伸过头来，很神秘地对李同说："发现没有？你们这儿在做假酒。"

李同没反应过来："假酒？什么假酒？"

韩玉山说："把别人的酒买来，一瓶兑两三瓶，充低度酒……"

李同说："你说做假酒？南庄高粱白不是挺好喝吗？干吗做假酒？"

韩玉山指了指他的鼻子："你呀李同，真是个实心眼子……好，就算我什么也没说。"

李同想想，觉得也对："也许是吧，刚才我看见那房子里满都是酒，可料却没动。不信我给你开库房门，你看看。"

韩玉山说："行了，我也不用去看。李同，这事咱就说到这为止，你知我知，不许再对第二个人说，听见没？"

天很黑，也很冷，昏黄的月光像是洒下的冷气。当韩玉山提着暖瓶刚刚走出李同小屋的时候，他忽然听见有人说话。

"厂长，还没回去呀？"

"没有。"

很简单的两句对话，但韩玉山已经听出问话的是王二润，答话的是王通森。王二润是酒厂的巡夜，此人也算得上是村里的一个青皮无赖，二十多岁了，地也不种，光指着犯混耍刺儿过日子。王通森用他来当巡夜，也有不得不利用和不得不收买的意思。

韩玉山既胆小又多疑，这么晚了，他倒要看看王通森来这僻静的东南角干什么。他轻步走过那墙的缺口，站到墙外，观察动静。

他看见王通森开门进了李同的小屋。

过了一分钟左右，王通森出来了。韩玉山觉得没啥，想走，回自己小屋去，但他刚要转身，却看见王通森并没有离开那屋子，月光下，他只能看清王通森在李同小屋的窗下做了点什么，然后又从地上捡起一个什么东西踮起脚，放到高处去了……

做了什么呢？谁知道……不过太冷，还是回去吧。于是韩玉山看见王通森走了，他也走了。

第二早上，一个消息传出来，让全南庄人以及韩玉山本人都大吃一惊，李同被煤气熏死了！

韩玉山不但吃惊，也感到蹊跷，昨晚还好好的，怎么就熏死了呢？他在街上听完这事，回到家里，反复琢磨，连中午饭也没有吃，终于被他琢磨出个大概来……从此，他装作一概不知，人前人后不提此事。别人问他："老韩，你不是晚上常到李同那儿串门吗？"他回答说："好长时间没去了。"

首先发现李同的是齐常富，他来接李同的班，发现门锁和钌铞挂在了一起，虽没有锁死，但人从里面是出不来的。齐常富从钌铞上摘下锁，拉开门，李同便随着那门倒出来了。齐常富吓傻了，他大呼小叫，想喊人来，又想把李同抱起来，但李同此时已全身冰凉。齐常富大哭，一路奔一路喊叫，去村西头李同家找曹春英。

当曹春英和闻风赶来的乡亲们把李同抬到外面、身下垫上褥子、做人工呼吸的时候，齐常富开始检查那屋子，他发现炉子的火门竟然是关着的，暗暗责怪李同的粗心大意。当人们把李同抬上一辆手扶拖拉机奔往公社卫生院去抢救的时候，齐常富又发现烟筒堵了，那烟筒通过窗户露在外面，他从烟筒里掏出了一团被熏焦了的麻包片子。火炉已经奄奄一息，屋内冰冷，齐常富又重新生火。

在李同被送往公社卫生院以前，曹春英曾去找过王通森。那时王通森还没有来厂里，他还在家里睡大觉，是妻子把他叫醒的。在那一刹那间，王通森根本不知道发生了什么事。

他昨天晚上和几个客人喝了许多的酒，将散的时候，他忽然隔着玻璃看见外面有人，深更半夜，他立刻警觉起来，出来一看，是李同。当他向李同发问的时候，他也感觉到自己的醉态，声腔都有些反常，但与此同时也看出李同竟然有些紧张，为什么紧张？谁敢肯定那不是做贼心虚？谁敢保证那不是在有意打探？客人走了，他晃晃悠悠去李同的小屋。路上，似有人和他说话，说了什么不记得。他进了李同小屋，此时，韩玉山刚走。

他问李同："怎么还不睡？"

李同说："马上睡。"

他又问："你刚才都去哪儿了？"

"没去哪儿，只看了看。"

"你都看见了什么？"

"没看见什么。"

他不再理他，提起水壶装作看火，顺手便把那火门儿关上了。出来之后，他隔着门上的小块玻璃看见李同上床睡觉，便把那门锁扣在了钌铞上。他又发现窗根下有一块麻包片子，于是他捡起来，踮起脚，把团好的麻包片子塞进了烟筒里去。他把这些事做完了，忽觉得酒劲又上来，他依然晃晃悠悠回到家，然后倒头睡下，连衣服也没有脱。

他没有反思为什么做那些事，或者说，他做那些事究竟为了什么，似乎一切全是不知不觉，一切全是潜意识。

曹春英急冲冲来家里找他，朝他喊道："李同让煤气熏了！你赶快派车吧！"

他从床上坐起，惺忪着眼，愣了一会儿神儿，然后看着屋顶上垂下来的几根游丝……

曹春英跳脚嚷道："人快不成了，你见死不救吗？"

王通森似刚刚缓过神儿，也似刚刚清醒，他瞪了瞪眼，说：“怎么会出了这种事？糟糕！”

曹春英去拽他：“你的一三〇车呢！”

王通森说：“春英，你先回去，我马上派车。”

但是过了一会儿，王通森去告诉曹春英：“一三〇汽车坏了，司机正在修。不信？你去看看嘛。”

手扶拖拉机把李同送到公社卫生院，但公社卫生院没有接收李同，并且说也不要去县医院，因为县医院也没有高压仓，煤气中毒到这个程度不进高压仓是根本不行的。从南庄到大王庄是二十里，从大王庄经县城到丰安市，还要一百多里，手扶拖拉机半路加了柴油，一路颠簸，但还没有到丰安市，不用别人说，别人也不好说，曹春英自己说了，她说：“叔，大哥……别去了，人根本不行了。”

李同早已浑身僵挺，大家一致确认他死了。

就在李同死后第三天，他的父亲也死了。因为一个哮喘多年的老人经不住突然失去儿子的打击。

在一个星期的时间里，连办了两起丧事，乡亲们都来帮忙，王通森也出了不少力。李同是在岗位上死的，因此王通森很合情理地出了一笔抚恤金。

下了一场雪，大雪把一切都掩埋了。

曹春英坐在屋子里，望着窗外。秋儿不哭不闹，只依偎在母亲身边，望着母亲的脸。这屋子只剩了他们两个人。

曹春英像做了一个梦，梦里李同死了，实际没有死；他不应该死，死得毫无道理，纵然齐常富把小屋堵得十分严实，纵然煤是湿的，但有火门儿，有烟筒，怎么就被煤气熏了呢？退一万步说，纵然受了煤气，又何至于死？

她忽然想起齐常富向她说过的一些话，他说门锁从外面挂死了，开门的时候李同随着那门倒出来，可见得李同爬到门边是推了门的，但那门推不开……也许他还喊了，但是深更半夜，没人能听见。曹春英又想起自己去找王通森的时候，半路上曾遇到过王二润，王二润问她干什么去，她说李同中了煤气，找王厂长要车，王二润说：“咦？昨天半夜还好好的，王厂长还去李同的小屋……”

这天下午，曹春英把秋儿反锁在屋里，她踏着厚厚的积雪去找齐常富了。

齐常富也正坐在小屋里发呆。没了李同，王通森也不再找别人，这里白天黑夜就他一个人。

曹春英说：“常富，嫂子问你事。你说门锁从外面挂了，是怎么回事?”

齐常富说：“也是呢，我也正纳闷这事。”

曹春英说：“那是谁挂的呢?”

“也是呢。”

“那天晚上是不是有人来过?”

“也是呢。”

“你别总也是也是的，嫂子快急死了。常富，你觉不觉得李同死得怪?”

“春英嫂子，要说怪真是怪哩，”齐常富说，“你们走了之后我查看这屋子，你猜怎地? 火炉门是关着的! 我寻思李同再傻怎就傻到这地步? 再说烟筒也堵了，我从里面掏出一团麻包布来，经风一吹全散了。”

“常富啊，你怎不早说?”

“你们光责怪我把这小屋堵得太严实了，我恨自己还来不及呢。再说我已经说了，当时大伙都急，没人着耳朵听。”

曹春英愣愣地坐了一会儿，说：“行，常富你歇着吧。”

曹春英去找王二润。

王二润值夜班，刚睡醒觉。他不正经干，二十多岁了，也没人和他搞对象，父母把他分出来单过。

曹春英问：“二润，我去找王厂长，半路碰上你，你说那天晚上王厂长去过李同的小屋?”

王二润说：“是啊，怎地?”

“你怎么知道他去过?”

“我巡夜嘛，问他，厂长，还没回去呀? 他说，还没有。我亲眼见他进了小屋。”

“他去干什么?”

“我哪知道?”

“后来呢?”

“后来我就放夹子套黄鼠狼去了。”

曹春英说：“你洗脸吧，我走了。”

整整一天一宿，曹春英没有睡，也没有吃，只给秋儿扒拉了些疙瘩汤。她不敢相信，也不愿意相信，难道李同的死与王通森有关? 甚或王通森从中做了手脚？为什么？为什么呢？就因为他可能嫉妒李同？就因为他可能认为李同是绊脚石？然而在她面前王通森从来没有显露过一点这方面的心思，也从来没有提起过李同，更没说过李同一句不好的话。到底为什么呢？到底怎么回事呢？

她对王通森的海誓山盟从来没有过相应的允诺，对他所表达的种种爱意也从来没有主动地迎合，迫不得已的被动承受是有的，这一切都基于她对李同的爱以及对他们婚姻的坚信不移。但王通森是倔犟的，显示出了一个四十多岁的男人少有的勇气和大胆。曹春英曾经有过瞬间的感动，但她立刻纠正了自己，对自己说，这是不对的，是不道德的！自己会遭唾骂，遭全村人唾骂，同时也会受自己良心谴责，更何况她爱李同，从始至终爱他，爱他忠厚老实，爱他仁义，爱他勤恳，爱他对自己太爱了，从她坠下悬崖，李同救她时起她就决心把终身许给李同。后来，她也曾经对李同说过："秋儿他爸，依我说，你别去值那夜班了，咱不挣那个钱。"

李同说："看你说的，别人求还求不到的差使，咱不要了？"

她又说："晚上我害怕。"

李同说："你怎地会害怕呢？有秋儿，有爸……"

"你走了，我一个人闷得慌。"

李同笑了，亲了她一口，说："等时间长了，我夜间偷偷回来两回就是。"

曹春英啊，为什么？为什么？为什么你不把话说明了呢？惹得李同误会了。假如你坚持不让李同再去酒厂，以后的事就不会发生，李同也不会死！

曹春英找过齐常富又找过王二润以后，王通森又来了。这一次他显得淡定自若，几乎是大摇大摆地走进了院子。曹春英披散着头发，但却一反常态，主动为王通森开了屋门。

王通森给秋儿带来了糖果，又给曹春英买了件新衣服。

曹春英回到炕上，披起被子坐着。

王通森说："春英，看你这些日子瘦的，不成人样子了。"

曹春英不理他。

王通森又说："春英，你一定要想开。人死了，不能复活，将来的日子还要过下去。"

曹春英还是不理他。于是王通森凑到炕边去，掀开曹春英的被子，却不料，曹春英从被子里伸出了手，手里有一把明晃晃的剪刀。

“你这是干什么？春英，你是病了还是糊涂了？”

曹春英说：“你在那边坐好，我有话问你。”

王通森坐回原处：“问什么？问吧。”

“在李同熏着那天晚上，你是不是去过他那儿？”

“谁说的？”

“你不用问谁说的，有人看见你，还和你说了话。”

“去了又怎地？这和煤气中毒有什么关系？难道是我用煤气筒子往他嘴里吹来？”

“我再问你，那煤炉子火门儿怎会是关着的？烟筒怎么堵了？难道是李同自己堵的？就算是李同粗心大意，那门锁又怎会从外面挂死了呢？想从里面推也推不开，难道也是李同干的？”

王通森从座位上站起来，他开始愣神儿，愣了老半天。秋儿坐在炕里，并不动那糖，他也愣愣地望着王通森。

王通森忽然笑起来，嘻嘻地说：“春英，你可能受刺激太严重了，在说胡话……你看外面冷得很，到现在我还没暖和过来呢。”说着，要上炕里去，却不料曹春英又一次用剪刀对准了他。秋儿“哇”地一声哭了。

王通森似是彻底寒了心，他在地上踱了几步，说：“那好。春英，你好好养，过几天我再来。”

出门的时候曹春英把衣服和糖果摔给了他，王通森看了一眼糖果，把衣服拿走了。

曹春英第二天去了大队部。大队部没有人，只有一个老会计，全都分田到户了，大队干部没有那么多事可做。曹春英终于在另一间屋子里看到了齐常贵，几个人正围着张桌子打麻将。

齐常贵很不情愿地离开桌子，来到他的办公室。办公室是新建的，比以前宽绰、漂亮多了。齐常贵问：“啥事？”

曹春英说：“齐大哥，李同死了，可是我觉得他死得有问题。”

齐常贵一时没听懂：“李同家的，人都死了，你还说他有问题，有什么问题也算了。”

曹春英说：“齐大哥，是有人使坏，害死了他！听懂了吗？”

齐常贵还是没有听懂：“谁想害死他？他不是煤气中毒吗？”

曹春英说：“你怎么就听不明白呢？有人把烟筒堵了，把火炉门儿关了，又把门锁从外面挂死了，李同想出也出不来，想喊也没人听得见！”

曹春英几乎是在喊了。齐常贵眼睛眨巴了半天，才刚把神儿拉回来，他说：“噢……你是说有人故意害他，使了坏？”

曹春英点了头，眼泪也流出来了。

很显然，齐常贵并不想进一步打听那些事，他沉吟一会儿，说：“照你这么说问题严重了，相当严重，成了人命案。既是人命案，你找我有什么用呢？你还是去公社派出所报告警察吧。”

“咱大队就不管？”

“不是不管，是管不了。咱大队就是管行政、管生产的嘛，你说是不是？”

曹春英还要说什么，齐常贵站起身来说：“你要不要开介绍信？开介绍信倒是可以，让刘会计给你办。”

曹春英没有开介绍信，当天就去了派出所。

公社派出所有五个警察。曹春英先碰到的是所长，所长说出去有事，叫来两个警察听她反映情况，其中一个是高个子，三十多岁，另一个看去还是个小青年，比较瘦。

曹春英把李同的死以及她的怀疑一五一十地向警察同志说了，不清楚的，高个子警察负责问，小青年警察负责记录。说也说了，问也问了，最后小青年警察让曹春英在书面记录上签了字，说他们很快就去调查。

曹春英在家等了三天，第四天警察同志果然来了，来的就是那高个子警察和小青年警察两个人。不过他们到了王家庄并没有直接去找曹春英，而是先到了大队部，这没什么好奇怪的，诸事先和当地领导取得联系，很正常，也很正确。于是齐常贵专门派人来了，把曹春英从家里叫到了大队部。就在齐常贵的办公室里，两位警察和齐常贵坐在桌子后面的椅子上，曹春英坐在桌子前面的一只凳子上，距桌子一米远。

高个子警察问：“曹春英，现场我们也看了，你对你所反映的情况敢负责吗？”

曹春英回答：“敢负责。”

高个子警察又问：“据你推测那个作案的人可能是谁呢？”

曹春英说：“这我不能做肯定，但是我对这个人有怀疑。所以请警察同志调查。”

“你所谓的证人，就是你所说的那两个人吗？”

曹春英点头回答："是。"

警察说"好。"便让齐常贵去传人。

但是接下来发生的事就完全出乎曹春英的意料了。当王二润被叫来走进这间办公室的时候，他像个偷东西的贼，目光躲闪着曹春英；警察向他核实，他竟然全盘否定了他向曹春英曾说过的话，他说他在那天晚上没有见过王通森，更没有看见王通森去过什么李同的小屋，自然也就没和王通森说过话。他说他那天晚上头疼，前半夜根本没有来，后半夜才来巡夜。同时他也不承认曹春英在路上曾碰见过他，所以曹春英前几天还特地到他家里向他核实什么也是全然没有的事，他说这全是曹春英捏造的，目的是把李同的死归罪于别人，好得到赔偿金，而不是抚恤金……

第二个叫来的是齐常富。如果说王二润是个青皮无赖，如此出尔反尔还不足为怪，那么齐常富也一改以前的窝囊与木讷，公然说起瞎话来就完全不能让人理解了。他说他根本不知道什么门锁，什么火门儿，也从来没有说过跟这有关的话，曹春英也同样没有去过他的小屋找过他，至于烟筒里堵了麻袋片子，他倒是和人说过，但那是风刮进的，全怪李同不小心，睡觉前不留意，也怪自己体弱，平时怕冷，把屋子封得太严实了，要治罪就治他的罪吧。

"不！不！常富，这不是你，这不是你的话，是别人教给你的！"曹春英奔过去双手抓住齐常富的胳膊，又揪住他的脖领子。

但齐常富只把头低垂着，一动不动，任她揪，任她喊，不再说一句话。

曹春英又转向王二润，想抽他的耳光、撕他的衣裳，两个警察同时把她拦住。

曹春英呆呆地愣在那里。

齐常贵放这两个人走了。

高个子警察朝曹春英摊了摊手："怎么办？"

负责记录的小警察问："曹春英，想一想，你还有其他的证人吗？"

曹春英慢慢摇了摇头。

齐常贵说："我看也就这样了。曹春英，人死了也就死了，王通森不是也给了你抚恤金吗？再说往后有什么困难，大队还可以照顾你，你也可以再找王通森。"

曹春英忽然跳起来喊道："不对！他们串通了！我敢保证，他们串通一气了！"

高个子警察问："证据呢？你怎么证明他们串通一气了？他们和谁串通一气了？"

齐常贵说："曹春英，你这就让警察同志为难了。现在是重证据，重调查研究，不是'四清'那时候了，搞逼供信，也不是文化大革命那时候了，搞什么串通一气、黑帮黑线之类的……"

曹春英话到嘴边鼓了两鼓，可怜的她没有胆量说出前前后后的一切，那便是串通的证据，很有力，很能说明问题，但是她开不了口……

派出所的调查到此告一段落，警察同志倒也没有追究她为什么要捏造事实、捏造证人，借此无端地诬告人家王通森。

齐常贵也没有问。

四 无果的诉讼

没有几天，春节到了。

在这几天里，曹春英又找过王二润，也找过齐常富，她哭了，求他们说实话，求他们要对得起自己良心。但这次以后王二润便到处躲她了。齐常富呢，见她来便躺下装病，连话也说不出。这不是齐常富，不是曹春英所了解的齐常富。

除了内心的愤怒与悲伤之外，这几天曹春英也隐隐感觉到外界对她的疏离。李同刚死了的那些天里，人们同情她，帮助她，无论在家里还是外面，大家都安慰她，而现在，只有同情与怜悯的目光，却再不见有人和她说话。她知道，在南庄这个小村里，人们开始害怕了，开始躲避是非。

然而，有一家是例外的，依然暗暗地与她保持着来往，那便是韩玉山家。

大年三十晚上，韩玉山的媳妇来了，是偷偷来的，给她和秋儿送来了饺子。韩玉山媳妇进门还没说话，眼泪先流下来，说："妹子，想开些吧，身子骨要紧，孩子要紧。"说完放下东西又抹着眼泪走了。初三那天，她又来了，篮子里盖着的依然是饺子。她说了差不多同样的话，又同样抹着眼泪走了。

戴孝的人在节年里是不便到别人家去的。但节后曹春英到韩玉山家来了，她给孩子们买了些吃的。韩玉山的一儿一女都十分乖巧，女儿十岁了，儿子过了春节整五岁，和秋儿一般大，小名叫江子。就在这一次，曹春英向韩玉山夫妇提出了一个请求，说能否把秋儿在他家寄养两天，她要到崇水县城去。韩玉山夫妇相互看了看，他们揣测到曹春英要去干什么，但都没有问，只是长吁短叹，又劝慰了一番，最后答应帮她照看秋儿，让她放心。

曹春英痛悔自己当初的软弱，痛悔一个女人天生的易于攻破。虽然最终没有越过大忌，但也就那样迷迷糊糊地让王通森做了那许多勾当，说了那些现在想来让人十分恶心的话。而且，最不应该的是，她本已怀疑到了王通森，但那天晚上，她是如此粗心大意，未对王通森留有戒心，就那样把她的怀疑和她所持有的证据都对王通森说了，铸成了大错！她知道，她和王通森的事难以启齿，更难以说清，村里一个老太太就公然在她身边唱道："母鸡不摆尾儿，公鸡哪敢上前啊！"她害怕，害怕人们的种种议论和各种可能的猜疑、想象，如果分辨，这种事恐怕越描越黑。

她要到县公安局去。在那里，她将全盘托出，并要求保密。

在崇水县公安局，她找到了一位女同志，那女警察四十出头了，听了曹春英的全部叙述，义愤填膺。女人总是相通的，女警察当即向领导作了汇报，并告诉曹春英，她一定要争取亲自参加这个案子的调查处理，叫她安心回去，静候回音，并注意保养身体。

曹春英去县城一共用了两天，回到家后，她耐心等待。然而一天、两天、十天、二十天……她不知公安局的人都在忙什么，也不知道那位大姐说话算不算数！

快一个月的时候他们来了，那位大姐也真的来了，还来了一位粗脖大肚的警察，大约三十多岁。另外一位，就是公社派出所一直负责记录的那个小青年警察。

调查沿用了上一次公社派出所的方式，依然是提审式的，也依然在大队部齐常贵的办公室里进行。齐常贵也依然在场。

被叫来的王二润和齐常贵仍然坚持原来那套口供，丝毫未改。最后反倒增加了对曹春英十分不利的一条，他俩人说曹春英前些日子又找过他们，而找他们的目的是求他们昧良心，帮她制造假话，要彻底搞倒王厂长。

"王二润！"曹春英站起来，她喊道，脸涨成了紫茄子样。

王二润朝门边躲去。

“常富……”曹春英双手捂脸，拉长了声音，像是把齐常富的名字哭出来。

接着，王通森被叫到了办公室。

王通森瘦了，但他精神很好，他现在除了做酒，又承包了村外的一块土地，用以挖掘沙石料。他逢人便说自己遭了不白之冤，还连累了别人和他一同受罪，心里非常非常不好受……

粗脖子警察“叭”地朝王通森拍响了桌子，先给他一个下马威：“王通森，你老实点！别以为我们不了解你，我们全了解！”

王通森面不改色，他不想站着，悠然地坐在椅子上。

粗脖子警察开始审问：“说吧，你是用什么方法谋害李同的？都做了哪些手脚？”

王通森不说话，淡定地面对着警察。

女警察倒显得温和了许多：“王通森，你怎么不说话？争取主动，对你有好处。”

王通森说话了：“我根本没有谋害李同，也从没想过谋害李同。所以我根本无法回答。”

粗脖子警察：“那我问你，一月七号那天晚上在曹春英家里，曹春英都和你说了什么？”

王通森大惑不解的样子：“一月七号？说了什么？根本没有的事。您把我问糊涂了。”

粗脖子警察：“就在李同死了一个星期以后，你难道没有去过曹春英家？”

“没去过。”

粗脖子警察：“我再问你，你和曹春英是什么关系？”

王通森着实沉默了一会儿，说：“警察同志，这让人太难回答了，能不能不说？”

女警察：“说吧，没关系。这里也没有别人，与本案无关的，我们也不会追究。”

王通森指了指曹春英：“她在我的酒厂打工，做保管，后来慢慢对我产生了感情，她说喜欢我，还说以后她要离婚，非要嫁给我……”

啊！曹春英跳起来，几乎要疯了，直奔王通森……

几个人同时把她拉住，曹春英只觉眼前一黑，天悬地转，她晃了两晃，女警察扶她，她便跌倒在女警察怀里。

“继续说！”粗脖警察命令王通森。

“……我怕影响不好，后来就把她辞了。可是我这个人怕得罪人，又是一个村的，所以后来就让她丈夫李同来酒厂上班了，没有别的目的，只是想找补一下，我不愿意得罪人。”

“王通森！”女警察也急了，她一面侍弄着曹春英一面喊道，“你要老实交代，不许胡扯！”

“天地良心，我要胡扯，出门就让我的车把我轧死。”

曹春英全身抽搐，口眼紧闭，呼吸也要停止了。无疑，此时救人已是第一位的。

她被送往公社卫生院抢救。案子也就此搁置下来。

曹春英在卫生院住了两天三夜，虽然好了，但自此以后身体接连衰弱下去，人也越发地瘦。但是，她还在等，她不明白，这案子还来不来人调查？难道就算完了？她强挣着又去了公社派出所，派出所的人说，既然你去了局里，那就要听局里的安排了。

又是十天、二十天、一个月、两个月……然而杳无音讯。

麦收时节到了，以往有李同，自冬天没有了。今年的麦子自然长得不如往年好。

韩玉山没有露面，依旧是韩玉山媳妇从始至终帮助曹春英，一直帮她把麦子脱完粒。

七月末的一天，曹春英锁好房门，又拉起秋儿来到了韩玉山家。她进门就给夫妇俩跪下了，说：“玉山大哥，嫂子，只要我曹春英不死，总有报答你们的一天。”

韩玉山夫妇赶忙把她拉起来。

曹春英把钥匙递到韩玉山媳妇手里：“嫂子，还得烦劳你们。家里也没什么值钱的，只是那麦子还在晒台上晒着呢，我和秋儿要出一趟远门。”

韩玉山媳妇眼泪又掉下来了，擤着鼻涕说：“春英……春英，你非要把自己的命搭进去不可吗……”

曹春英说：“要是那样……秋儿就归你们了。”

韩玉山似乎挺不住，进到里屋去了。

韩玉山媳妇说："春英啊，你要听我的呢，这事就先忍下吧。你大哥说得好，有儿有女不算穷，想法把自己身子骨保住，把秋儿拉扯大是最要紧的。"

曹春英说："嫂子，你说的我记下了。可是和王通森的这笔账不算清了，我不如死。"

第二天，曹春英拉着秋儿登上了火车，开始了漫长的求诉之旅。

曹春英平生还是第一次坐火车。火车坐了十多个小时，到达省城 N 市的时候已是晚上九点多了。

车站广场真大啊，人也真多。这么晚了，车站四周卖什么的都有，"小米粥，热馒头"的吆喝声不绝于耳。在车站门口等拉住宿客的有面包车、蹦子车，也有平板三轮和手推车，几乎不容分说，曹春英母子俩便被拥上了一辆手推车，一个男的骑自行车在手推车前头拉，一个女的骑自行车在后面跟，把她母子俩拉进一条深深的巷子。巷子里有许多许多的"家庭式旅店"。

曹春英和秋儿住了一宿，花了六元钱，吃的是她们自己随身带来的干粮。

第二天，曹春英早早地退了房，拉着秋儿便出来了。她首先要寻找的还是公安部门，但这里是省城，不叫公安局，而叫公安厅了。她和秋儿坐了公共汽车，下了车又步行，边走边打听，后来又坐公共汽车，好容易找到了，却是省公安厅旧址，那个大院子里面正在施工，警察们不知搬到哪里去了。曹春英向过往行人和从里面出来的施工人员打听，却没人说得准。也是，一般人谁会专门注意公安和警察呢？

不远处有个自由市场，很热闹。母子俩在那里每人吃了一碗鸡蛋面，然后，去哪里呢？朝哪个方向走呢？N 市太大了，在这之前，不要说省城，就是县城曹春英上次也是第一回去，县公安局呢，很费了一番周折才找到。

阴凉处，一张桌子后面坐着一位留着山羊胡子的老先生。曹春英向他打听，不料还未开口，老先生倒先搭话了："上访的吧？"曹春英说不是，是来告状的，便向老先生打听新的公安厅地址在哪儿。老先生说："我告诉你啊，上访、告状都一样，你得有个状纸，按现在话讲就是起诉书。不然你冤哪苦啊，说了三千六，什么用也没有。因为你空口无凭啊！写一个吧，别看花不了几块钱，可管大用呢。"

老先生随说随就戴上老花镜，拿起笔，好像生意已成交的样子。这时候曹春英才看到桌子上立着个小牌儿，小牌上写着"代写状纸书信"。

经过讨价还价，以五元钱的价格曹春英得到了一份起诉状。起诉书写了六页，曹春英一面说老头儿一面写，然后又归纳了一下，并且用了复写纸，一式两份，也应该算是物有所值了。

老先生可说是N市的一张活地图，按着他的指点，曹春英找到了省政府信访处，把一份交了，又找到了迁了新址的省公安厅，把另一份交了。省公安厅接待她的是一位近五十岁的男性老同志，话不多，但态度和蔼，听曹春英叙述的时候不时“嗯”“啊”点头，表示同情和理解，然后他说：“行了，你这不是有材料吗？”

往下该去哪儿？还该做什么？还是该回家？

曹春英两次来到火车站，想买车票回家，但是又都走开了。她不甘心，更不放心。就这么离开了，她的案子会怎么样？会不会又被搁置下来？要知道，距家近千里，来一趟多么不容易！

在市区边缘的一条公路上，路两旁高大的青皮杨树像伞一样遮蔽着炎炎烈日。在那里，在树与树之间，有两溜如鸽子窝般的小棚子，里面住了人。曹春英领着秋儿走到这里，停下了。

一个同样领着孩子的花白头发大婶走过来问道：“大妹子，你是什么案子啊？”

曹春英没有回答，转而问：“大婶，你们就住在这儿吗？”

大婶说：“还行了，不然怎地？天天住旅店？谁有那个钱。”

曹春英又问：“你们怎不去公安局、法院呢？”

这时，睡在水泥管子里的一个粗壮汉子坐起身来反问道：“你怎不去呢？”

曹春英说：“我去过了，还交了状纸。”

那汉子不屑地哼哼两声，又躺下了。

曹春英知道，她和他们属于一伙儿，大约有着相同或相近的经历、相同或相似的冤屈和不平。于是，她决计也在这里安顿下来。

如鸽子窝般的小棚子都是用捡来的木棍、塑料布、油毡，还有破瓦烂砖搭建起来的，有的用绳子拴着，有的用铁丝绑着，简单，但看上去还结实。这里的人都很热情，当曹春英声明她母子俩也在这里安身的时候大家都露出欢喜的笑脸，并主动来帮忙。不远处是个工地，工地四周可以找到许多这样的“建筑材料”，到天黑的时候，在众人的帮助下，属于曹春英母子俩的一个鸽子窝式的小棚子便搭建成了。

数了数，这里住了三十几个人，有的携家带口，有的一个人来。他们什么案子都有：有的是因为土地，自己承包得好好的，种了西瓜，赚了钱，于是村干部眼红了，说话不算话，第二年这块地便稀里糊涂跑到村干部的亲戚手里去了。有的是因为宅基地，两家打架，还伤了人，大队、公社乃至县里都没能解决好，所以跑到这儿来了。也有年头太远的，还是文化大革命那时候的事，闹两派，她的儿子被人家打折了腿，到现在没人管，等等。这些人埋锅造饭，到那个工地的自来水龙头那里去取水；中午睡觉，到太阳偏西，稍凉快一些的时候大人孩子便从棚子里出来活动了，他们玩耍、跳皮筋儿、拍方宝，实实在在在这里过起了日子。

曹春英没有带盆碗锅灶，她每天领着秋儿到不远处的吃食摊上随便吃些东西。但是她每隔几天便要去一趟信访处和公安厅，信访处那里每天都有很多的人，她每次都要排很长时间的队才行。信访处负责接待的人有两个，每次都像是第一次见到她，每次都要她登记，然后叙述案情。曹春英说她已经来过好几次了，又交了案情材料，只是问那材料领导看了没有，什么时候处理。信访处的人说你既然交了材料，就不要再来了嘛。省公安厅门口的警卫倒是认识曹春英了，但也只放行她两次，后来无论说什么也不再放她进去。曹春英的心越发提得紧，她觉得，只有留下来死死地盯，才能有希望。

很长一段时间以后曹春英才了解到，这里的人之所以驻守在这条路边，也并不全是为了省钱，他们原来一直在等“奔驰车”。

这条路平时很安静，来往车辆不多。“奔驰车”意味着什么？原来它代表了省政府的高官们，这里的人坚决认为，只有截到“奔驰车”，当场求诉、当场述说冤情才能管了大用，也才能有好的结果。但是，一个月过去了，两个月过去了，大家没有截到“奔驰车”，倒是频频闹出不少笑话。最典型的一次是忽然有几辆高级轿车经过，于是衣衫褴褛的老太太首先冲上前去，边走边叫喊着：“毛主席万岁万万岁呀，毛主席万岁万万岁呀……”说喊不是喊，说哭不像哭，棚子里的人、水泥管子里的人便紧跟着出来了，都拥到了路面上，待车走近了，方知道是个误会，车里面没一个政府大官，原来是一个公司接来了两个外商，是谈生意的。

还有一次，是一个婚礼车队经过，摩托车开道，气派得很，于是大家又一拥而上，这一次车上下来人了，但很凶，两个戴墨镜的开口便骂：“找他妈死啊你们？”然而住在这里的人是好惹的吗？大家也不还口，只在车前面躺的躺、卧的卧，你的车高级，但你敢不敢轧？话又说回来，人家毕竟是大喜的日子，不愿意惹气，最后还是上了年纪的人从车里出来和和气气地圆场，并给他们扔下来几把糖果，孩子们发疯似的抢。

忽然有一天，一个人从远处跑回来告诉大家，说“奔驰车”不走这条路了！早就不走了！

大家如惊弓之鸟，然而不走这条路又走哪条路呢?

两天之后，他们纷纷搬到了另一个地方。因为他们不知从哪获得了消息，说“奔驰车”改从这条道经过。

这里临近了郊区，附近有一个新开张的农贸市场。据说奔驰车里的大官们开会要到郊区的一个秘密地点去开，于是这里便新修了一条路，那路不宽，绕过农贸市场，路两边还残留着一些庄稼地。

睡觉的棚子有的原封不动地移过来，有的从新开张的农贸市场附近捡来东西重搭。于是塑料布和油毡之外又增加了许多零零碎碎的纸壳板，就在这不宽的路两边，大家重新落脚，重新日夜企盼着“奔驰车”的到来。

天不知不觉冷了。曹春英在农贸市场花了一点钱买了一些处理的棉衣棉被之类，另外也有别人送的一些破衣服。曹春英依然每隔几天到信访处和公安厅那里去。她坚信，去总比不去好。

说话天又大冷了，有的坚持不住，回家去了。

也有的趁冬闲时节，从家里来了。

曹春英和秋儿在这里度过了阳历年，又度过了阴历年。她坚持不回去，坚持节前、节后都去了信访处和公安厅。秋儿也很懂事，从不和母亲提回家的事。

春节过后，天又渐渐暖和起来，然而他们始终也没有看到“奔驰车”，连影子也没有看到，于是有人说又改路了！也有的人说弄不好是乘他们夜间睡觉的时候，偷偷地过去了！

正在大家又惶惶然不知所措的时候，忽然一天傍晚开来了一辆轿子车，从车上下来了警察，大约有十几个，警察先是好言相劝，说春耕了，该回去了。也有态度蛮横的，一脚把那鸽子窝踹倒，像抬猪一样把他们抬进轿子车里去。尽管他们哭喊、抗拒，但哪里管用？没有窗和玻璃的轿子车风驰电掣般把他们拉到一个大院子里，这时天已经黑了。就在这大院子里，他们先是每人分到了两个馒头、一碗菜，吃完以后警察逐个给他们登记了姓名、地址，又验了身份证，然后他们又重新上了轿子车。再次下车以后，曹春英便看到了火车站。她知道，是要遣送他们回家了。

坐上了火车，秋儿便睡了。途中不断有下车的，也不断有警察跟下车去。天快亮的时候，曹春英一睁眼就看到了大王庄那个小小的火车站点儿。车上还有两个警察，其中一个跟着曹春英下了车。这时候迎头走过来一个人，曹春英认出那是公社干部，警察和那人握了手，交代了几句什么，于是曹春英和秋儿便上了一辆吉普车。从大王庄到王家庄全是土路，公社干部与她一路无话，吉普车颠簸着，在晨曦中扬起一路尘土，快到南庄自家门口的时候，曹春英看见了齐常贵。齐常贵站在她家门口抽着烟，像等待好久了。

公社干部与齐常贵握了手，说了几句什么，吉普车调头走了。齐常贵只看了曹春英一眼，没有理她。但曹春英却听见齐常贵从鼻子里哼出了一句："行啊，你。"

曹春英回到家，首先到地里去。发现麦子种上了，也浇了返青水。麦子长得也还不错。她原打算索性就把那地荒它一年，也认为肯定荒了，没想到，没有荒，该种的种了，该浇的浇了。她当天就跑到韩玉山家，她又要下跪，但韩玉山媳妇把她抱住，两人同时流下了眼泪。

接下来还要给小麦施肥，还要浇第二遍返青水。当曹春英重新操起这些活计的时候她发现自己已大不如从前，身体异常的虚弱，挖一锹土也要喘上几口气，再干，心脏便跳个不行，接着便有晕的感觉。怎么办呢？只有再去求韩玉山夫妇了。那夫妇俩真好，韩玉山虽然不言不语，但也就等于默认了他媳妇去帮助她。

曹春英感觉村里人投在她身上的目光更隐晦、更复杂了，同时发现村里人对韩玉山夫妇的态度也有些异样。这曹春英能理解，因为韩玉山从前不是个喜好帮助别人的人，现在怎会那般帮助曹春英呢？虽然每次的帮助都是韩玉山媳妇出面，但韩玉山也要没有意见才行。韩玉山媳妇对她说："春英啊，别人说什么你也别去听，你只当自己是个哑巴、聋子，知道吗？"

曹春英一面忙着地里的活，一面依旧在等、等、等。如果不是上面的人在麦子收割之前来了，过了麦收，她又要走了。

他们真的来了，在麦收之前。这次和第二次一样，来了三个人，其中一个戴眼镜的警察没见过，经介绍，是代表丰安市公安局来的。另两个则是来过的那位县公安局的粗脖大肚警察和派出所那个负责笔录的小青年警察。

但是他们这次明确地说，不想重新展开调查，也不想再听曹春英更多的申诉，因为材料他们已经看了，案情已基本清楚，如果没有什么特殊情况，可以这么讲，他们准备结案。

依旧由齐常贵出面，坐着警车，依旧把曹春英从家里接到大队部，所不同的是，齐常贵站了一会儿，自动离开了。

“曹春英，你还真行啊，”县公安局的粗脖大肚警察开首便说，“你居然告到省厅去了。你知道你这样做的后果是什么吗？你等于把市局告了！”

戴眼镜的市局警察说：“曹春英同志，必须承认，你这样越级上告是不对的。何况局里对你这个案子已经有所了解，他们县局已经向市局做了完整的汇报。”

曹春英说：“我没有办法……没有办法。”

粗脖警察说：“你以为你这样做就是办法吗？你以为你很聪明，是吗？其实你傻了，这个案子最后还是要由我们来处理的。”

曹春英问：“你们这次怎么处理？”

粗脖警察说：“可以告诉你，在你没有新的人证、物证拿出来之前，这个案子只能有两个结果：一是挂起来，二是结案。”

“挂怎样挂？结怎样结？”

“挂就很难说了，也许三个月五个月，也许三年五载。结嘛……”粗脖警察说着从皮包里拿出来两份材料，一并递给了曹春英，“这其中一份是不是你写的？字还不错嘛，恐怕是请人代写的吧？另一份你好好看一看，如果同意的话就在下面签个字。”

曹春英接过来，见一份就是自己交上去的起诉状，另一份是已经打印好的归纳材料，很整齐，也很厚。此时曹春英只觉头昏脑胀，眼睛几乎看不清那上面的字，她翻动着那份厚厚的材料，翻到了最后一页，仔细辨认，见上面写了这样的话：事出有因，查无实据。

“不！不对！有实据，只是他们反悔了，串通了，你们怎么就看不明白呢？”曹春英喊起来。

粗脖警察说：“法律是靠看的吗？法律凭的是证据！曹春英，你是不是想让我们搞逼供信？搞文化大革命那一套？”

派出所的小警察带着同情与无奈的表情说：“你的事真是很难，我一直跟着……真的没办法。”

粗脖警察又说：“再比如你和王通森的关系，怎么证明你说的对还是他说的对？你们两个人的事……”他看了看别人，嘴角挂了一丝很有兴味的笑。

市局警察叹了口气说：“这种事更难说了。”

曹春英哭了：“王通森他不是人……不是人……”

粗脖警察继续说：“我给你举个例子吧。比如夫妻俩，一个想离婚，一个不想离，但是只要两个人分居两年以上法院就可以判离。所以你不要以为你不签字这个案子就结不了，就可以无限期地拖下去。”

曹春英愣愣地坐在那儿，嘴里开始轻轻自语起来：“人就这么死了吗……坏人就这么坏吗……”

粗脖警察示意，小警察走过去，把手里的笔递给曹春英。曹春英麻木地接过了笔，又顺手放在椅子上。她站起来，那两份材料从她腿上滑落下来。她嘴里依旧叨念着“人就这么死了吗？坏人就这么坏……”缓慢地、身子直直地走出门去。

齐常贵从另一间房里跑出来，他喊道：“曹春英！曹春英！”但曹春英连头也不回，像根木头在移动。

一九八六年的麦收在华北平原上由南向北展开。这一年的麦收在收割技术上有了很大的飞跃，不少地方都使用上了联合收割机，但是这种先进的收割技术还没有扩展到太行山脚下的偏远小村，因为他们还不具备相应的经济实力。曹春英的八亩小麦直到完全熟透、麦穗子在阳光的暴晒下已快要崩粒了她还没有动手收割，原因很简单，她自己实在干不动，也实在不想再去麻烦别人。她谢绝了韩玉山夫妇的再次帮忙，最后等来两个麦客子。

两个麦客子都是精壮大汉，讲好价钱，他们只用了四天时间就把曹春英的八亩麦了收拾完了，其中包括脱粒、打场，一切都归整得利利落落。曹春英很满意，两个麦客子也很满意，拿了工钱走了。

然而麦收以后，曹春英却一直歇缓不过来。她开始不停地咳嗽，那样子极像是个上了年纪、累坏了的老人，咳嗽厉害的时候她不得不蹲下身去，以致鼻涕眼泪都流下来，但却没有痰。

曹春英到公社卫生院去，从赤脚医生成长起来的大夫们诊断她为重感冒引发了支气管炎。大夫说的也许不错，打了针，吃了药，咳嗽果然轻多了，只是胸膛依然憋胀得难受。药吃完了，咳嗽又开始了。一个月以后，曹春英第二次去卫生院，大夫仍旧诊断为支气管炎，只是没有痊愈。

曹春英坚持着，每天服药，每天静养，稍多稍累的活儿一点不干，一早一晚也多加衣服，不再着凉了，她相信病就会好的。她毕竟年轻，病好以后，她打算还要出门去，为李同、为秋儿，也为她自己，再去寻找公平，寻找新的希望，哪怕刀山火海，哪怕地狱熬煎。

但是她的病很不为她争气，时好时坏，有时看似好些了，但人却像个灯笼似的两眼放光，坐在炕上，披着被子，不咳嗽，也不喘，生命也像是静止了。不好的时候一旦发作起来便整夜整夜不能睡觉，她趴在炕沿上咳嗽，像是把肠子也要呕出来，依旧没有痰。

可怜的秋儿，叫着“妈”，为母亲捶背，为母亲抹搓胸口。

一天夜里，曹春英忽然从炕上翻身坐起，她朝窗外喊道：“李同！你到哪儿去？咱们不去了，咱们不去了，不去了！听见没？”她追出屋去，一直追到街上，仍然喊着：“李同，咱不去了，咱不去了！”

……这一年，南庄有了第一辆出租车，那是一辆崭新的黄色小面包，司机是个二十多岁的小伙儿，他能干上这一行，也是城里的一位亲戚从中帮了忙。人们在深夜的时候把他叫来了，先是把曹春英送到卫生院，转而又送到县医院，县医院不收，最后到了丰安市医院。

几天以后，丰安市医院确诊曹春英为肺癌晚期。

白露早寒露迟，秋分种麦正当时。就在人们准备播种下一年小麦的时候，曹春英死了，死在医院里。她三十三岁。

……故事讲到这儿应该算完了。但是不对，因为我们主要讲的是秋儿，也就是开头提到的那个十四岁的少年。

第二章

复仇之旅

五 秋儿哪儿去了

曹春英死了，秋儿到哪里去呢？王家庄大队管委会当时有两种意见，一是归大队抚养，一直到十八岁；二是归韩玉山夫妇抚养，因为众所周知，两家的关系不错，后来越发地好。不等做出决议，韩玉山媳妇主动来了，她要求抚养秋儿。

问韩玉山媳妇要什么条件，韩玉山媳妇说："什么条件也不要，只是可怜孩子。"

此时秋儿已经六岁，韩玉山媳妇抱起他，亲了他，把他领回自己家里。他们的一儿一女对秋儿很欢迎，他们的女儿大，儿子小，儿子叫江子，和秋儿同岁，只是长得比秋儿壮一些、胖一些。女儿大两个男孩儿六岁，像个亲姐姐似的对待秋儿。秋儿当然还是个孩子，无论如何还不能完全懂得大人的事，过了一段时间，那些经历，那些悲凄与痛楚，在和江子以及村中的小伙伴一同玩耍中，逐渐淡忘了。

秋天又要过去，冬天又要来临。一天，秋儿和江子两人和其他小伙伴儿在村口玩儿，忽然有一只小麻雀不知从什么地方落了下来，那小麻雀刚刚会飞，还飞不了多远，于是大家一齐追赶，秋儿跑得快，最后还是被秋儿追上，抓到了手里。但此时江子却表现得有些不讲理，他去秋儿手里夺那只麻雀，说："是我先看见的！"秋儿说："我抓到的！"江子说："我不看见你怎抓到？"秋儿说："谁叫你不快追！"江子气急了，于是说："没羞没羞，总吃我们家的饭！"

秋儿愣住了，一直愣在那儿好半天，麻雀从他手中飞走他也不觉得。大家又重新去追那麻雀，都随麻雀跑远了，却不管也不知道秋儿此时心里有多么难受。

江子没有说错，总吃人家的饭……为什么要吃人家的饭呢？

秋儿不再去追赶伙伴，也没有回家，他沿着村边的一条沟岸走去。

秋儿走进田间路，又遇到一条垅沟，于是又沿着那垅沟走，那垅沟很长，一直伸进大片的晚玉米地。

晚玉米都掰去了棒子，只剩了秆子在地里，然后呢，秋儿又拐进另一块儿玉米地。这中途，秋儿看见一条绿蛇在裹一只青蛙，青蛙在挣扎，蹬着腿儿，咕咕儿地叫，一会儿就不叫了。他又看见一只野兔从他眼前“噌”地一下逃走了，他呼叫着追，但哪里追得上？秋儿叨念：“兔爷兔爷别打架，兔爷兔奶别分家……”后面是什么？他记不起来了。还有许多的蚂蚱，那蚂蚱真是欺负人，专找长得不好的玉米秆子吃，秋儿逮了几个，攥在手里，任它们在手指缝里胡乱搅动。

其实秋儿根本不知道自己要去干什么或者要到哪儿去，刚才他只觉得心里难过，甚至想哭，他真想和江子摔上一跤，但不知为什么他有些胆怯，于是忍住了。现在走出了很远的路，他透过玉米秆子看太阳，太阳压山了，四周不知不觉地暗了下来。秋儿此时忽然想到该回家了，于是他调转头，自以为是往回走了。

深秋的庄稼地几乎到处是一样的，除了玉米秆子还是玉米秆子，割去了秆子便剩下茬头，于是除了茬头还是茬头。秋儿走了好半天没有找到来时的那条垅沟，也没有见到沟里的水，不过他倒是看见了田间路；秋儿朝那田间路走去，走着走着，想不到那路的尽头竟然还是田间路，是往东的还是往西的？大人们怎么分来？抑或是往北的？或往南的？

秋儿迟疑了，站在那儿不动，这时候他看见了那条垅沟，以为庄稼地里只有这一条垅沟，于是他顺着垅沟大胆地走，乐观的秋儿边走边纳闷儿，怎么不见了蚂蚱？也没看见青蛙和蛇，它们都跑到哪儿去了呢？

秋儿最终走出了庄稼地，站在了一条挺宽的土路上。但秋儿再一次愣住了，再往前走虽没了庄稼，但是这里他一点也不熟悉，来过吗？印象中，无论秋儿自己，还是和伙伴都没有来过。

面前有一个土堆，上面长满了荒草，秋儿爬上了土堆，站起身来朝四下里看，四周昏昏的一片，太阳早已经落山，连一点红色都没留下……村庄在哪里呢？为什么看不见？那远远的，是南庄吗？

秋儿害怕了，真的害怕了，他不知道自己走出了多远，他想高声喊叫，又不知喊什么或喊谁的名字。最后，他终于喊出："妈妈——妈妈！"

有一个人朝秋儿走来了。那人好像是听到了声音从土岗子那边过来的，他走到秋儿跟前，蹲下身，绽开满是皱纹的脸，很亲热地问道："孩子，找不着家了吧？"

秋儿点点头，细看那人，长了一脑袋白头发，很老，很像个老爷爷，并且脖颈上长了一个肉包包。那人又说："孩子，跟我走，我带你回家吧。"

"我要回家……"秋儿觉得委屈，哽咽起来。

"对呀，"那老爷爷说，"我就是带你回家。我就是咱村里的，你不认识吗？跟着我走，就到家了。"

秋儿摇了摇头。

老爷爷说："到家你就认识了，跟着我走，保证一会儿就到家。"

秋儿想，他不认识这老爷爷，但是村里有好多老爷爷，他怎么可能都认识呢？老爷爷牵起秋儿手的时候，秋儿没有拒绝。他们沿着这条土路走去了。

不一会儿，从后面开来了一辆卡车，那老爷爷连连摇手拦住那车，说："师傅，行行好，我们爷儿俩要回家，捎我们一程吧！"

司机师傅说："我去开城，顺路吗？"

老爷爷说："顺路顺路，你只要给我们捎到随便一个有汽车站的地方就行。"

秋儿忽然想，我走出这么远的路！有吗？但老爷爷力气大得很，他两手一提，就把秋儿送上了车。他们没有坐在驾驶室里，而是坐在后面的车厢里。卡车扬起浓浓的尘雾，开了大约半个小时，司机师傅停住车回头说："下车吧，我要拐弯儿了。前面不远就是梨村，那儿有公共汽车。"

老爷爷道了谢，和秋儿下了车。秋儿这时又渴又饿，便说："爷爷，我不住梨村，我住南庄。"

老爷爷说："对呀，过了梨村就是南庄。你知道你一个人跑出来多远吗，咱们在那儿吃了饭也就到家了。"

果然，走不多远便看见了灯光，还有一条街。那街上有饭铺也有卖零食的，老爷爷给秋儿买了包子，并要来了一杯水。秋儿真是饿了，他狼吞虎咽吃完了包子。老爷爷说："给你，把这水喝了。"秋儿咕咚咕咚又喝下了水，但自喝下那杯水以后，秋儿便感觉困得要命，两眼睁不开，再后来迷迷糊糊，就什么也不知道了。

当秋儿醒来的时候，发现自己在火车上。火车他是熟悉的，曾经和母亲一起坐过好几次。此时秋儿慌神了，用眼睛寻找那位老爷爷，却发现老爷爷原来就坐在自己身边，并且定定地望着他。秋儿吓了一跳，他突然感到眼前的这老爷爷的脸以及那目光没有了初看时的慈祥和亲切，而有了一种凶相。就连那一脑袋白头发也如刺猬般直直地竖起来，好像碰一下就要把你扎死。秋儿睁大了眼睛往车厢里寻觅，希望能看到熟悉的面孔，就像母亲带他从省城回来时那样有他们一起在马路边过生活的人，但是没有，一个也没有。

老头子看着秋儿，脸上又重新现出了笑容，说："秋儿，看什么？我告诉你，我要带你去一个好地方，那吃好的，穿好的，又逛街又看景儿，比你在家强多了。知道不知道？"最后这句"知道不知道"老头子是朝秋儿狠狠地说的，眼睛也直瞪着秋儿，秋儿"哇"的一声哭了，委屈地说："我要回家……"

车厢里的人有的扭头看，那老头子说："看这孩子，要回家也等下了火车呀，车上哪儿有家呀？听话，不许闹了。"

秋儿开始害怕，除了害怕远离家，更怕这老头子。

秋儿不知道自己什么时候上的火车，也不知道走出了多远和走了多长时间。总之，下火车的时候又已经是太阳落山了，没留下一点红色，就如他昨天在那条土道上没看到落日的一点红色一样。

从一下火车开始，秋儿便听出周围人说话的口音变了，与自己家那边很不一样，于是他的小脑瓜便意识到现在已经离家很远很远。此时的秋儿就像一只不得不听话、不敢不听话的小羊羔，任凭那老头子牵着手上汽车、下汽车，最后来到一处地方。

那是最最便宜的一种旅店。最最便宜的旅店秋儿也不陌生，因为他曾经和母亲住过这样的旅店。眼前这旅店有两层，地下还有一层，老头子拉着秋儿下了台阶，原来那地下的一层还分了好多木格子，木格子的门就只是一块块黑糊糊的布帘子。他们进了一间较大的木格子，秋儿看见这木格子里竟有如他一般大小的好几个男孩儿和女孩儿，他们每个人正抱着个盆子吃饭。

这时候，从旁边一个小的木格子里走出来一个老奶奶模样的人，秋儿细看，那老奶奶头发梳得很光，但却瞎了一只眼睛，她打量了秋儿，笑眯眯朝老头子说："不容易，又收了一个？"

毫无疑问，秋儿被人拐了。

也毫无疑问，秋儿从此要做别人手下的乞儿。

秋儿没来以前，这里有四个孩子，两个男孩儿两个女孩儿。男孩儿大的七岁，小的六岁，女孩儿一个五岁一个四岁，他们的名字便分别被叫做一子、二儿，两个女孩儿则叫大丫儿和二丫儿。现在又来个秋儿，于是当天晚上那老头子手里攥着根细细的藤条对他们说："听着，今天你们又来了个伴儿，也是六岁，从今往后他就叫三儿。听清楚没有？你们要是记不住……一子、二儿，你们俩也都尝过，我这藤条子可是抽饱了你！"

秋儿那一夜没怎么睡觉，不知道是因为想家还是在火车上睡多了，第二天迷迷糊糊被老头子牵了出来，老头子身上挎了个破包，手里拄了根棍子。秋儿只觉得牵着他的那只手实在狠，让他的整个胳膊都动不得。走不多远，秋儿便忍不住地叫道："爷爷，疼。"于是老头子的手略略松开了些。他们来到一个十字街口，秋儿看见大丫儿和二丫儿了，她俩和那瞎了一只眼的老婆子在一起，站在那儿，每人手里都有一个碗或笸箩，碗可能是木制的，笸箩是麦秸编的，但都又脏又破。她们伸出胳膊向过往的行人讨要，嘴里还不停地叨咕着什么。老头子并不走近她们，只指给秋儿看，然后对秋儿说："三儿，看见没？就这么着，你又有吃的又有穿的，还想怎地？要是不听话，就活活饿死你！"

他们又到了一个过街天桥上，在那里，秋儿又看到了一子和二儿。一子和二儿并排坐在桥的一侧；说是坐，其实不是坐，是跪，因为他们俩的屁股坐的是自己的小腿肚子。老头子拉着秋儿站在下面的台阶上，只露出半个头，远远地盯着一子和二儿。盯了一会儿，走过去，秋儿看到一子和二儿面前放了一张纸壳板，上面黑黑的写了一片，秋儿知道那是字，但写的什么字，秋儿不认得。旁边还有一个笸箩，和大丫儿二丫儿她们的差不多，笸箩里已经有了一些钱。二儿偶然抬起头，看见了秋儿，老头子立刻斥责道："看什么？低下！"

这时，天桥上又有一伙人过来了，老头子忽然转换了口气，高声叹息着说："这俩孩子也真是够可怜的。当爹的死了，当妈的又得了重病……"说着，他便从兜里掏出了钱放到小笸箩里。驻足观看的人有的把钱掏出来，有的走了。秋儿看到，当桥上清静没人的时候，那老头子反从笸箩里捏出钱装进自己兜里。

临走，老头子只对二儿一个人说："二儿，你小心着。我就离你不远。"

秋儿从早上到现在还没有吃饭，老头子在路上给秋儿买了包子。但这次不再管饱，只买了两个。两个鸡蛋大的包子秋儿几口就吃完了，他干干地看着老头子不敢言语，更不敢说再要。老头子偏在这时望着他笑，然后咧开满嘴的黄牙说："忍着点吧乖孙子，鹰饱了不拿兔儿！"

已过了中午，秋儿跟着老头子来到一处人少的地方。秋儿看见这里有垃圾堆和水坑，老头子找一个僻静的角落，从包里拿出了麻绳和一条破布，他把自己的一条腿弯过来绑上，又用布裹好，这样就很像残了一条腿。然后他拄着那棍子，让秋儿紧紧牵了他的衣裳，一跳一跳地重新来到街上。他们在一家商场门口坐下来，老头子又从包里拿出一只破碗放到面前。秋儿知道，自己真正的乞讨开始了。

秋儿不由自主地也把屁股坐在自己的小腿肚子上。

秋儿就这样入了伙。在好长时间里，老头子对秋儿不放心，即使晚上睡觉也搬来挨着秋儿睡。其实秋儿早已屈从于他，也早已昏昏然不知东南西北，就那么每日任由他摆布。

几天以后秋儿只觉得膝盖钻心似的疼，撩开裤角看，已经红肿了一块，又过几天，膝盖处硌起了一个硬包，秋儿再也不想跪了，就那么站着或如老头子那样正儿八经地坐着。老头子开始的时候不理他，但等眼前没了人，他忽然伸过一只手，在秋儿的裆里掐了一把，那一把有如铁钳子夹肉，疼得秋儿顿时"哇"的一声哭起来。回到住的地方老头子仍然不放过他，他让秋儿趴下，秋儿不趴，老头子喝令一子和二儿把秋儿摁倒，扒下他的裤子，于是秋儿的屁股上便狠狠地挨了两藤条。

这是秋儿第一次挨打，但这一次秋儿反倒没哭。

他们每天上午大约十点钟出发，那老婆子和大丫儿二丫儿在先，然后是一子和二儿，老头子和秋儿紧随其后。他们也经常变换地方，也允许坐公共汽车，但秋儿很奇怪，无论他随老头子到了哪里，老头子总能准确无误地找到一子和二儿。秋儿也慢慢发现老头子对二儿特别特别的不放心，因为二儿在他们几个人中最机灵，话也多，主意也多，因此平时挨打也多。每次挨打的时候二儿总是自动趴下，自动撸下裤子，眼里却含着泪。而一子呢，却显得傻乎乎、呆愣愣，他和大丫儿一样，别提多听话了。因此秋儿从没看见过一子和大丫儿挨打。后来才知道，一子和大丫儿来得早，大约有三年了。

他们每天从家里动身的时候总是胡乱地吃一点儿，并不管饱，只等下午六七点钟天擦黑了回来后的那顿晚饭。凭良心说，晚饭吃的还是不错的，每天都是那老婆子和大丫儿二丫儿她们先回来，也顺便买回了馒头或烙饼。屋外的檐子底下有个小节煤炉，那老婆子在锅里也放了油盐，把一堆不管是买来的还是捡来的什么菜全切在一起，足足实实地弄了一锅。在给每个人往碗里盛的时候有时是老婆子管，也有时是大丫儿管。吃完晚饭以后，他们的情绪居然高涨起来，居然忘掉了一切，居然在大通铺上拿起大顶、折起了跟头。星期六和星期日两天里他们出发得特别早，回来得特别晚，特别累，收效也相对大，因此这两天的菜里便能看到肉。自从秋儿来了以后，老头子便搬来和他们同住了，老婆子和大丫儿二丫儿则睡在那间小木格屋里。吃饭的时候孩子们归到一块儿，那老两口子便回那间小屋；那里自有他们的小天地，有酒，有另样的菜，老头子每天晚上都要喝两盅。

时间长了，秋儿发现这最最便宜的旅店里不只他们一户，他们只是最靠里最靠边的一家。站在门口望过去，那一溜木格子里还有不少和他们差不多衣衫褴褛但却拖老携幼的人。秋儿还看到这里也有擦胭脂抹粉的女人，还有穿得满像样、手里拎着包儿每天出去的男人，大家都忙，各不相扰，谁也不过问谁的事。

转眼就到春节了，老头子说要出去两天，让他们在家里要老老实实待着。并且说初一初二两天都不许出去，因为人家都在家里过节，逛街的人少，同时大过年的人家一出门就碰见他们也觉得晦气。第二天，老头子真的不见了。

在屋里待着，惨了，一天只给两顿粥吃，吃了那粥，一子和二儿还不闲着，在屋里打打闹闹，大丫儿和二丫儿则在一旁和那老婆子学针线。秋儿却不，秋儿忽然感到了一种沉静，自从来到这里从来没有过的沉静。他一个人躲在角落里默默地想起心事来。

他来这里有多久了？每天都在干什么？母亲曾经告诉他叫他不要随便吃人家东西、要人家东西，可是现在他每天不是都在向人家讨要吗？一点不假，是讨要，是要饭的……想着想着，秋儿忽然生出一个想逃跑的念头来，但是他立刻害怕了，在他打了一个哆嗦以后那念头也随之消失掉。

秋儿真的很害怕，不但怕老头子，也怕不知自己逃向哪里，真的，他能逃往哪里呢？他只知道一个“南庄”，其他一概不知道，那“南庄”在哪里？有多远？他甚至只知道自己叫“三儿”，是不是自己曾经叫过“秋儿”，他几乎不敢肯定了。

到了第三天，那老头子还没有回来，老婆子便有些急。她一急，便把那急火发在了孩子们头上，看谁不老实就在头上狠抽一藤条子，打得一子和二儿也像秋儿似的只好靠墙老实坐着。第四天晚上，老头子回来了，他怀里抱着个睡着了的孩子。老婆子急了脸说道："空了就回来，让人提心吊胆！"老头子沉了沉，也没好气，说："你说那便宜话，三四百里地说回来就回来的？你说庙会，那么容易？谁家的孩子谁不看紧？这死崽子一路总哭，在火车上差一点让公安扣了，那东西我又不敢给他多吃，他太小，怕吃死了。"

老婆子不再言语，赶紧给老头子预备酒饭去。

新来的孩子四岁，男孩儿，按顺序，便叫四儿。几天以后老头子便抱起四儿，自己也不再绑腿，依旧让秋儿跟在他的身边，他们来到过街天桥上，秋儿面前也出现了一块纸板，上面也写了一片字。老头子什么也不说，只低着头，让四儿朝他的怀里躺着。于是自有那好心人掏出钱来放到他的破碗里。

后来老头子又给他们做了重新搭配，让四儿和二丫儿一起，归了那老婆子；让大丫儿和一子在一起；这样秋儿就和二儿在一起了。老头子换上了一身挺不错的衣服，也换了一根像模像样的手杖，脸也干净了，那样子倒很像个在大街上溜达的退休老工人。他没必要去顾忌大丫儿和一子，因为大丫和一子两个一向老实，他现在可以腾出精力专门看管秋儿和二儿。他给秋儿和二儿设计了新花样，也不知从哪儿弄来的小学生的书包让秋儿和二儿挂在脖子上，里面也放了些书，只在那公园门口或自由市场门口跪着，跪累了，便让他们两手撑地，屁股撅起，脸朝地面，哭。

一开始秋儿和二儿哭不出来，只像个小猪似的瞎吭哧，后来又干号，没有眼泪。即便这样也奏效了，因为秋儿和二儿都已七岁，从外表上看已很像个小学生。给失学的小学生钱自然要多些，比不得一般的乞丐。但在一个地方不能时间太长，时间一长，就要出问题，有的人不免问道："你是哪个学校的呀？""你家住哪儿呀？"等等。还有那气不平的当即要拉起秋儿和二儿找学校去！此时秋儿和二儿便按老头子的嘱咐，逃之夭夭。因此老头子也不得不让他们打一枪换一个地方。

也就在这个时候，秋儿第一次留意到了那些真学生们，他们背的书包是新的，身上穿的衣服也是新的，他们是那么快乐，那么自由和无忧无虑。在他们路过或是特意来到他和二儿身边的时候，他们的表情是怜悯的，他们把自己的零花钱掏出来亲自送到秋儿手里，秋儿此时的心情非常复杂，既羞愧又羡慕。他想，自己什么时候也能上学，当个真正的小学生呢？那个老头子会不会有一天放了他们，而放了他，怎么样就能一下子成为一名学生呢？

天热了。有一次，秋儿和二儿在太阳地里晒得实在受不了，秋儿便提议到阴凉的地方去。但秋儿发现二儿变得越来越老实，在家里还好些，只要一出来，二儿就变得木呆呆、痴愣愣，那样子很像一直老实的一子了。秋儿强把二儿拉起来，到一个墙根儿下面去。但秋儿万没有料到，自己千小心万小心，还是被老头子看见了，也不知老头子在哪儿猫着呢。那天晚上的一顿打，让秋儿的屁股几天都不敢着地。

忽然一天傍晚，那半瞎的老婆子急慌慌地从外面跑回来，她与老头子在小屋里说了一会儿，便命令大家立刻起身，能不要的就不要，只把那必须的带上。秋儿他们不知发生了什么事，但是秋儿看到住在这里的人有的也像他们一样急慌慌地逃了出去。秋儿他们来到汽车站，又来到火车站，在火车上他们把带出来的晚饭吃了。火车开了整整一夜，下车的时候天已经亮了。

他们又来到了一个新的地方。

在一个僻静的角落，老头子让那老婆子一个人先走了，他和大家坐在墙根下等。好长时间以后老婆子回来了，于是大家跟在她后面七拐八拐地找到一个地点，那是一个大院子，里面有好多房，中间还停了马车，还有大汽车。他们进了大门便拐进一条既长又窄的过道，过道尽头还有两间房子，这里便是他们新的住处。

在这个新的城市里，秋儿他们第二天便开始了新的乞讨。一切都按老样子，只是秋儿和二儿不再装成将要失学的学生，不再背书包，老头子只让他俩半坐半跪在热闹的街口，纸板上也只写了“饿兄弟俩，死了父母”。这样简单、保险，对秋儿来说也是真实的。

其实从一下火车开始，秋儿便对这新的地方产生了一种亲切感，因为他所听到的人们说话的口音又变了，回味起来虽似很遥远，但那确是他所熟悉的家乡的口音。秋儿想，不是家，但起码离家不远了吧。

从那一刻起，那曾经有过的但从来也不敢多想的念头又突然冒了出来，那就是逃！但是老头子也似乎看破了秋儿的心事，越发对他形影不离，那目光也常像箭一样，随时准备射穿他的胸。

六 逃跑

然而，终于有一天，逃的机会来了。

那是一天下午五点钟左右，在一座新建成的立交桥下面，这里每天到了这个时候都不知从哪儿来许多小商贩，有卖书的，有卖衣服和鞋的，也有卖古玩和珠宝首饰的，密密麻麻摆满了立交桥的通道两侧。

那天秋儿和二儿也正好在这里乞讨，秋儿还看见了一个留着长头发、弹着一种像大葫芦似的乐器的男人，那人一边弹一边唱，那歌唱得悠长而凄苦，脸上是一副茫茫然要睡着了的样子。就在这个时候，突然有人从远处喊了一声："来了！"通道里顿时大乱，只见小贩们大呼小叫，七手八脚收拾东西，有的索性把地上的铺布连同东西一同兜起；这时，老头子不知从哪儿冒了出来，他朝秋儿和二儿喊道："还不快走！"同时一手一个牵起了他俩，人流忽而涌向北，又忽而涌向南，就在这一涌一回之际，秋儿不知怎么就从老头子手里脱开了。老头子转头叫道："三儿！"但已不见秋儿的踪影，因为秋儿被人流挤倒了，此时正趴在地上双手护着头。有人从他身上迈了过去，有人叭喳一声摔倒在他的身上，就在那人没爬起来的时候，秋儿先爬了起来，与此同时，秋儿忽然想起了那个念头，逃吧！实在逃不掉就让老头子把自己打死也认了！秋儿猫下腰朝人流的反面穿插，迎头便撞见了穿制服的人，但他们对秋儿并不理会，只将那来不及逃脱的小贩死死地抓住不放。秋儿站在通道的台阶上了，他也学老头子的样子，只露出半个脑袋朝四下里观望，然后像猫一样蹿进一家商店。

商店里也正是人多热闹的时候，没有人注意他，他一直往里走，撞见好几个门都是锁着的，最后秋儿溜进一条窄过道儿，窄道里黑洞洞的，窄道的尽头居然还有一个门，透过那门的缝隙，秋儿看见了外面夕照的阳光。他断定这便是这家商店的后门，用手摸一摸，那门没有锁，只是用根细铁丝捆着，秋儿用力拧开那铁丝，推开门，站到了街面上。

这外面就是居民区了，房子里出外进，道路也七弯八拐，秋儿知道他没有来过，他们从来不到居民区来乞讨。他加快了脚步，因为他真的很害怕，害怕不知什么时候那老头子就会像幽魂一样突然出现在他的眼前。

秋儿也随着那狭窄的街道七拐八拐，然后他看见了一个厕所，于是走进去；他既不大便也不小便，但也只好蹲下来，一是歇一会儿，一是把自己隐藏起来，一直到蹲到两脚发麻、天也黑下来的时候。

秋儿产生逃跑念头的时候就曾经想过，一定要朝着有太阳的方向走，因为那老头子把他带走的时候是背着太阳的，因此就越走越远。

现在秋儿从厕所里出来已完全没了太阳，怎么办呢？只好信步走，只好拣那人少、背静的地方走，只求离那个立交桥和他们住的地方越远越好。秋儿走饿了，实在饿了，可是他兜里一分钱也没有，他们所乞讨的钱都让老头子全部一分不剩地拿走了。秋儿在经过一家小饭铺门口的时候停下了，晚餐时间已过，里面正在收拾桌椅，秋儿走过去，在门口的一只垃圾桶里捡到了一个残剩的馅饼还有多半个馒头。人家也不管他，秋儿也不怕脏，因为他曾和母亲吃过许多次饭馆里的剩菜剩饭。

秋儿一边吃一边走，月亮升起来了，眼前出现了一片开阔地，那里停放了马车，还有汽车。秋儿忽地一下子惊住了，他以为自己又走回了他们住的地方，那里不是也有马车和汽车吗？再一仔细看，原来不是，这里没有院子，连大门也没有，只有旁边的几间房子里透出些亮光。秋儿看见其中的一辆汽车上有筐，有麻包袋子，那麻包袋子堆得老高，筐也堆得老高，秋儿乏了，累了，再加上紧张、害怕，于是他走近那汽车，然后双手攀住汽车轱辘，登了上去，人便到车厢里了。

秋儿在汽车车厢里躺了下来。夜晚的微风有些凉，他抻一条麻包袋子盖在身上；蚊子嗡嗡的，很多，他又抻一条麻包袋子盖住了脸。一块残剩的馅饼和半个馒头吃下去了，虽不再感到饿，但根本不饱，他又走得太乏太累，只觉两腿软软的，不多一会儿，秋儿就睡着了。

汽车开动的时候，他一点儿也不知道。

秋儿醒了，那大约是在夜里十一点多钟，但不是他自己醒的，一个人上到车厢里往下卸筐和卸麻袋的时候发现了一个东西在麻袋下面卧着，用脚触碰了一下，秋儿醒了，坐起来，反把那个人吓了好大一跳！

“嗨！你这小家伙，哪来的？”那人说，然后他又喊道：“二哥，快来看，咱们带回来一个活的！”

那个被叫做二哥的人刚把筐放到院里，立刻返回身。秋儿愣愣坐着，不时揉揉眼睛，他这才发现自己睡在汽车上，而这辆车此时停在了一户人家的街门口。

“嗨！你这小家伙哪来的？”被叫做二哥的人问着同样的话，“他在哪儿上的车？”

“你问我？我还想问你呢！”车上卸麻袋的人笑着反问，“肯定是咱们吃饭的时候他爬上去的。他盖着麻袋睡觉，我差点踩了他！”

“哎，小家伙，问你呢，你是哪儿的？家住哪儿？叫什么名字？”“二哥”一连串地问。

“我看不是个傻子也是个哑巴。”第一个人说，“这倒好，一会儿知道他住哪儿，深更半夜的我还得把他送回去，我冤不冤？”

从院子里又出来一个提马灯的，是个大妈，她先问怎么回来得这么晚？听说“带回来一个活的”，“还是个男孩儿”，大妈朝车上看了看，便埋怨说：“你们别朝他嚷！看把孩子吓的。”大妈的声音可不小，像是朝这两个男人嚷，然后她张开双臂，接秋儿下来。

秋儿不用人帮，很灵利地蹬着那车轱辘自己下到地面。月光下，这户人家的门口不似秋儿在城里看到的住家的门口，这门口很大，院子也很大，大门是用粗木头钉成的，门口堆放着柴草；还有那马灯、车以及牲口，这一切都让秋儿感到熟悉和亲切。

筐和麻袋很快卸完了，秋儿被大妈牵着手进到屋里。屋里灯光明亮，大妈惊呼道：“嚇，原来是个小脏鬼儿！”

这家人有里屋，一个女孩儿的声音从里屋传出来：“妈，谁啊？”

“你不认识。”大妈笑模笑样地说，“你爸他们给你带回来一个小弟弟。”

说着，女孩儿从里屋出来了，倏忽间秋儿好像看见了大丫儿，但不是，这女孩儿个子高得多，脸上也干净得多，她披着一件大人的衣服。女孩儿说：“是个小朋友。哎，你上学了吗？”

“这话问的，回屋睡觉去！”大妈说，“还上学呢，一看就是个少人疼的。孩子，饿了吧？”她问秋儿。

“饿。”秋儿说。这是他说的第一句话。

“今天是立秋。”大妈对那两个男人说，“我做好了烙饼、猪肉炖粉条子，还等着你们回来给你们贴贴秋膘呢！”

“说那没用的。”被叫做二哥的，一定是大伯了。他一面洗着脸一面说，“卖完了，就七点多，非要赶回家来吃这顿饭？只老娘们才干得出这事。”

“好啊好啊，这回先让这小子享享口福吧。”大妈说着就到屋外的柴锅去端饭去了。

“嫂子，”开车的、也是那个卸麻袋和筐的人大声朝着屋外说，“我们俩也算贴了秋膘了，你猜我们吃的什么？米饭炒菜！四个菜全是肉！我说要一个素的，二哥说家里种菜，在外面还吃菜，冤！”

“菜卖得顺嘛。”大伯说，“现在行市正好，可惜咱没有了。这会儿要是再有两车晚茬儿茄子大椒什么的，上去可就逮着了。”

饭端进来了，摆在桌子上，真的是烙饼、猪肉炖粉条，还有摊鸡蛋。秋儿怯住了，在他的记忆里似乎没见过这东西，仔细想来，起码没见过这么多。昨晚上像他小手一般大的一块馅饼和半个馒头只是让他临时充了充饥，现在他早觉得饿了。大妈拉他到脸盆前，帮他洗了手和脸，又让他脱下脏衣服，换上了刚才那女孩儿披过的那件大人衣服。然后秋儿便开始怯生生、一点点儿地坐在那里吃，不时抬眼看看别人。大妈说：“甭害怕，尽管吃，吃饱了算！”

开车的大叔点着了一支烟，也给大伯点了一只。开车的大叔说：“唉，傻小子，你光顾吃，始终还没告诉我们你叫什么名字呢！你叫什么？”

“三儿。”秋儿脱口说道。紧接着他打了一个愣，又改口说，“我不叫三儿，叫秋儿。”

“没实话啊。”开车的说，“你究竟是叫三儿，还是秋儿？”

“我叫秋儿。”

“那为什么说又叫三儿？”

“是他们给我起的。”

“谁？谁给你起的？”

“那老头子和那老婆子。”

“老头子、老婆子又是谁？”

“就是领我们到街上要钱的老头子、老婆子。”

大伯好像听明白了，他说：“我知道了，闹不好这孩子是让人给拐卖了，当了叫花子。他们有头有主儿，要多了归主儿，要少了挨打。这种事听说外头可不少。”

开车的又问：“那你的父母呢？”

“死了。”

大妈拍了一下巴掌，说：“你看我说什么来着？我一看就知道是个没爹没妈的孩子！”

“你家住哪呀？”

“南庄。”

“南庄？”大伯扭头问开车的，“咱附近有南庄吗？”

开车的大叔想了一下说：“咱附近没有，可是全国叫南庄的多得是。”他又问秋儿，“你是什么地方人？哪个省的，哪个县的，你们那个公社叫什么名字。你光说一个南庄，上哪儿找去？”

秋儿不吭声了，因为除了一个“南庄”他实在什么也说不出来。

“你姓什么？总还记得吧？”

秋儿使劲想了想，回答：“姓李。”

“大名呢？大名叫什么？不能光叫个秋儿吧。”

秋儿又使劲地想，但最终还是摇头，想不起来。他甚至不知道父母是否曾经给他起过大名。

“这可倒好，光知道一个南庄，别的一概不知道，光知道姓李，小名叫秋儿，其他也全不知道。”开车的大叔郁闷地说，“我的妈呀，这可上哪儿找去？另外这孩子的口音也怪，你说他是河南的？山西的？河北的？也像，也全不像，我开了三年多的车，几个省差不多都跑过，他属哪儿的口音呢？还真说不准。”

这时候，大妈伸出两手似乎要把那饭菜盖住，说：“孩子，咱不吃了，今天吃这么多就行了。一会儿睡觉，吃太多了不好。”又说：“你放心，不管你明天什么时候走也让你再吃一顿，吃不了带着，这全是你的。”

秋儿很听话，放下筷子不吃了。

开车的大叔站起来：“这么着吧，我先回去。明天打听清楚了你们再叫我，我再送他走。谁叫这事儿让咱碰上了呢！”

大伯说：“好，你也累一天了，什么话明天再说。”

开车的大叔走了。此时已是夜里一点多钟。大妈执意要给秋儿洗澡，被大伯拦住，说再折腾一会儿天就亮了。

大伯让秋儿同他一起在外屋的床板上睡，秋儿在里面他在外面。睡之前，他们把街门插好了，把屋门插好了，这一点秋儿看在眼里，不知为什么心里一动一动的，他反复问自己，是不是还想逃？又一次一次地回答自己，不逃了，不再逃了！就是这儿了。因为这一家人让他突然记起了江子和江子的父母，他们很相像，都那么善良，都对他那么好，只是大伯的岁数看去要比江子父亲大了些，胡子也多一些……

刚躺下不一会儿，大伯已鼾声如雷，秋儿腾地坐起，因为那一脑袋白头发脖子上又长个肉包包的老头子也打鼾，恍惚间秋儿又觉得是那老头子睡在他身边了。

秋儿想，这里仍然不是老家的口音，更不像他们讨要过的地方的口音，这里离南庄老家还有多远呢？还好远好远吧……

"小子，醒了就起来吧。甭管你大伯，叫他睡。"

第二天秋儿醒得很早，大妈一面这样叫他，一面给他重新预备了一身衣裳，但那衣裳一看就知道是女孩儿的，因为上衣的前胸还有一片浅色的小花儿。但秋儿还是穿上了，大妈让他照照镜子，秋儿也觉得可以。

秋儿昨晚吃得不少，他不再觉得饿，因此一家人吃早饭的时候无论怎么让，秋儿也没有再吃。秋儿有了闲兴，发现这家共有四口人，姓什么呢？姓朱。那个女孩儿肯定比自己大，应该叫姐姐。秋儿发现姐姐的下面还有一个小女孩儿，昨天一直在里屋睡觉，她没见到秋儿，秋儿也没见过她，这女孩儿很小，大约只有三四岁，当然是小妹妹了。

吃饭的时候秋儿无意间注意到大妈一只手的手指，那似乎有些残疾，其中三个手指伸不直，就那么半弯着，大妈拿筷子是用左手，干活时也多用左手。秋儿在院里转了一圈以后，又发现这里的房子与自己印象里老家的房子很不一样，老家的房顶是石板，而这里的房顶是灰白色的，上面什么也没有，它不漏雨吗？老家窗前大都有一个很宽的台子，母亲便把粮食晒在那台子上，而这里的粮食竟然晒在了房顶上，那么多的东西，房不会塌吗？

吃过饭以后，大伯要到地里去，秋儿也要跟去，大伯和大妈互相看了看，不但没有反对，反都笑了，笑了便是同意。

到了地里，秋儿看到不再如老家那样到处全是玉米，这里有菜，有很多很多的菜，大片的地里全是菜！有些菜不要说吃，就是看，秋儿也是未曾看见过的。大伯在地里拔黄瓜秧子，秋儿把秧子归到一起，然后一趟一趟抱到地边上去。不一会儿女孩儿也来了，是那个大女孩儿，她叫秀儿，她一面干活一面问秋儿多大了，秋儿说“七岁。”秀儿说：“我比你大三岁呢。我都上四年级了。”

快到中午的时候大妈来叫他们了，说有要紧的事，让他们赶快回去。

他们一进家门，秋儿便看见了一个警察，在秋儿的印象里对警察并不陌生，他们都穿同样的衣裳，似乎长得也都差不多，也都是一副很怕人的样子。另外还来了一个女的，大妈介绍说是大队管妇女和儿童的干部。

但这个警察却很和蔼，他猫下腰对秋儿说：“小朋友，据说你只知道一个南庄，又只知道姓李，小名叫秋儿，是吗?”

秋儿不吭声，对他来说警察仍然显得有些可怕。

警察同志又说：“你别害怕，再好好想想，起码你得说出你们公社叫什么名字，再起码，大队叫什么名字，知道这些就好办了，我们就能帮你找到你的家。”

大妈在一旁说：“其实找到了也是难事，他没了父母，回去了谁抚养他?”

警察说：“现在社会上拐卖儿童的事屡有发生，能找到还是尽量找到，把孩子送回原籍交到当地政府手里大家全放心，也有利于案子的侦破。”

秋儿不愿再想了，他已经想过很多遍很多次了，除了“南庄”和“李秋儿”，更多的，他无论如何也想不起来。

警察和大队女干部待了一会儿就走了。可是第二天他们又来了，他们和大伯大妈背地里说了不少话，说的什么话，秋儿不知道，也听不懂。第三天，他们又来了，警察说：“李秋儿，你愿不愿意在你朱大伯家住下?”秋儿想了想，说：“愿意。”警察对大伯大妈说：“看来也只能这样了。你们就等于是临时领养，我们派出所和大队管委会作为临时监护人。同时我们抓紧给周围几个省市发函发电，一有消息，马上通知你们。”

大队女干部说：“老朱，有什么困难没有? 不然，大队考虑给你们一些补助?”

大妈和大伯竟然乐颠颠一连说了几句：“没困难，没困难，不过多双筷子嘛！”

于是，秋儿就这样在朱家住了下来。

朱家两口子只生了两个闺女，再想要个儿子，但有计划生育管着，已完全没有可能，因此对秋儿特别喜爱。秀儿姐姐待秋儿也非常好，事事处处帮他、让他，每顿都怕他吃不饱。小妹妹也口口声声喊他“小哥哥”，或叫他“秋儿哥哥”，一时间让秋儿享受到了从未有过的温暖和快乐。这种感觉，又让秋儿想起了江子一家，但也只知道江子，也只影影绰绰辨出那一家人的模样，其他一切概没有记忆。

二十天后，警察又来了，对大家说，只周围几个省，叫“南庄”的有九百七十二个，叫李秋儿的也有几千个，但都确有其人，也都在家里好好的或上学或在外面打工，或已是垂垂老人，路都走不动了，并无一人失踪，也没有人报案失踪。

最后，派出所、大队和朱家三方正式签署了一份协议。协议的内容是：秋儿自今日起由朱家正式领养，派出所是监护人，大队管委会是证明人。派出所负责办理临时户口，且朱家无任何领养条件。但有一条，一旦被领养人的原籍找到，领养和被领养关系自行终止，人归故里，领养者不得有任何形式的干预行为。

既要报户口，就要有个较正式的名字。因为秋儿来的那天正好是立秋，朱保富夫妇俩便都一致同意说“就叫朱立秋吧”。

再过几天就是九月一号了。九月一号是孩子们开学的日子，大妈又给秋儿完全更换了新装，买了新书包，在村里的小学校给秋儿报了名。开学那天，秋儿便跟着秀儿姐姐上学去了。

秋儿这学一上就是七年。开始的那几年真好，家里的菜越种越精，品种也越种越多，春天一到，每隔几天就要把开车的大叔雇了来往城里送一趟菜。就在秋儿上学的第二年，家里翻盖了新房子，一共六间，全是整砖到顶的大瓦房。房顶上无须再晒粮食，因为地里根本不种粮食啦，有了钱，大米白面哪里买不到？那些年可把城里人看红了眼，村里有那在外面做事的回来便传言说“拿锄头的不如拿锄头的，拿手术刀的不如拿杀猪刀的”。还有的说，大学教授不如蹬板车的。蹬板车是干什么的？就是卖菜的！也有的说就是倒爷！

后来秀儿姐姐上了中学，秋儿上了三年级，小妹妹也上小学一年级了。此时养父养母似乎已经完全忘记了秋儿的实际身份，秋儿自己也忘记了。一天，养父朱保富酒足饭饱之后对秋儿他们三个一起说：“你们听着，只要你们好好学习，有志气，我和你妈就供。你们上高中就供高中，上大学就供大学，绝不耽误你们！”

可是后来，秋儿也不知怎么回事，家里慢慢变得不行了。首先是菜卖不上去价钱，据说是种菜的人太多了，特别是那从更远的地方运来的菜，他们熟得早，来得快，卖的价钱也更便宜，父亲朱保富每次从城里回来都垂头丧气。后来听说种果树很来钱，家里便很快买了树苗子，可是还没等结果儿，那桃儿和苹果就臭了街，多种多赔，少种少赔，等到你知道那好消息后，热乎劲儿已经过去了。这真是“慢走几步穷赶上，快走几步赶上穷”！

秋儿还发现买什么东西都比以前贵了，就是学校发的书本也比以前贵了许多，同时村里总有人时不时来家里要钱，要电钱、要水钱，还要交这税那税，这让养父养母十分不高兴。也就在这个时候，在外面做事的人回来都纷纷说他们涨了工资，他们再也不说“农民好”，再也不说那些眼红的话了。

秀儿姐姐上到初中毕业就不念了，养父朱保富也开始到外面打工。家里缺了养父就如缺了多半边天，养母的手有残疾，也干不了太多的活儿，秀儿姐姐虽说不上学了，可她怎说也还是个姑娘，于是地里只好又恢复以前的样子，重新种上了麦子和玉米。因为种粮食省工省力，投钱也少，如果再种菜，不但吃力费工，也卖不上价钱。既然种了粮食就不能图卖钱，荒了旱了，多少收一些，够一家人口粮就行了。至于挣钱，那就全靠外面打工的人了。秋儿发现，这种情况不只他们一家，村里好多人家都是这样的。

秋儿此时已上到初中二年级。这年春节，养父朱保富回家来了，秋儿对养父说：“爸，我不想上学了。”

养父说：“混。”

秋儿说：“姐姐是女的，她都能帮家里，我是男的，就更应该帮家里了。”

养父说：“你跟她们不一样。”

秋儿说：“怎么不一样？”

养父和养母都没有言语，没有说明究竟怎个不一样法。

然而不想再上学的想法秋儿一直坚持着，直到寒假结束，秋儿竟连寒假作业也没有做完。而且他也看出来，如果他继续上学，恐怕小妹妹就要失学了。于是在他反复的恳求之下，养父朱保富重重地叹气，养母试图把秋儿抱起来，但现在的秋儿已不是七年前那个夜晚的秋儿，秋儿已经是个男子汉，养母连他的一条腿也没有撼动，养母只能流泪……

于是当年开春，秋儿便随同养父出来打工了，跟随的是村里的一个小施工队。秋儿姓朱，叫朱立秋，这也就是我们开头提到的那个十四岁少年。

七
六年以后

六年以后。

秋高气爽，华北大平原一望无际。

在一条新修的、从广阔的田野穿过的公路上，一个年轻人独自行走着。他穿着牛仔裤，上身是一件浅棕色西服，脚下是皮鞋，但正如成千上万个年轻外出打工者一样，身上无论是西服还是牛仔裤，都是最劣质的那种，皮鞋也基本上是革制品，且早已穿得咧咧巴巴。

年轻人拦了一辆机动车，时风牌的，这种车俗称三蹦子，烧柴油，上面坐满了乘客。年轻人上了车，因为实在挤得慌，他便坐在槽帮上。三蹦子司机大声嘱咐千万小心，否则出了事故概不负责！

车开了近两个小时，太阳落山了。停了车，提着大包小包的女人们一面下车一面互相打着招呼，有远一些的，有近一些的，反正各回各的家。年轻人最后一个下车，他问司机还能不能继续往前走，司机说不行，前面的路还没有修好，过不去了。年轻人付车钱的同时还想问什么，可是司机忙得很，很快调了车头，突突冒着青烟拐进街里去了。

小伙子打听了一下，知道此地属开城地界，名叫寨口村，也是个不小的镇子。他在镇子上转了一会儿，随便吃了点东西，天便黑了，于是找个旅店住下。说是旅店，其实也还是“家庭式”旅店，只是门口的招牌很醒目，叫“宾至如归　热炕大被窝”。

店老板是一位年轻大嫂，小伙子站在柜台前交房钱的时候问这里离崇水县城还有多远，年轻大嫂说那可远了，差不多还有一百里地呢！在忙完眼前的活计以后，年轻大嫂又接着说，你去崇水县城走过头了，早应该在四马店儿往右拐弯儿，那儿有长途汽车。这时候又有客人来了，安置完新房客，年轻大嫂见那小伙子坐在柜台前面的椅子上还纹丝未动，便狐疑地看着他。

小伙子站起来了，说："其实我也不是想去崇水县城，我是去崇水县的大王庄镇。"

大嫂"嗐"了一声，说："你要早说去大王庄多好？告你，你在我这儿住一宿，明天随便搭个车往北十几里就是梨村，由梨村往西二十里就是大王庄。"

年轻人又问："是崇水县的大王庄吗？"

大嫂对这问题似乎无须再回答，笑着反问道："你是探亲访友啊，还是出差呀？"

年轻人迟疑了一下说："回家。"

"回家？"大嫂又疑惑地看他了，"你这兄弟没实话呀，请问你多长时间没回家了？怎么连自己的家在哪儿都不知道？"

年轻人不再说什么，转身离开了。

小伙子今年二十岁，长年的重体力劳动和艰苦生活的历练让他的身体精瘦而筋骨发达，他神情严肃，脸上棱角分明，唇上已显出微黑的胡须，这一切看上去与他的年龄不大相符，似乎过早地成熟，过早地持重。此青年便是朱立秋。

朱立秋那一年在麦收时节和老棍子两人一直等到七月初，养父朱保富和包工头冯师傅以及包工队里的叔叔大爷和哥哥们都回来了。据说今年家里的麦子普遍不错，而这里旱，但家乡那边却不旱，反而是风调雨顺，因此凡种麦子多的算是逮着了大运。

朱立秋把自己这些天来在少有的清静中所生发出来的心事以及那梦中的滴点记忆统统深埋在心底，他不想对任何人说，今后也不想说，永远也不想说。不错，他长大了，而且也算有些文化，但是养父母对他视如亲生，无论对自己来说还是在外人看来都不存在任何偏差，一旦对人说了，如果再传到养父母那里，便将对他们造成极大的伤害！

就这样过下去吧，反正自己的亲生父母没有了，这是无法改变的事实。再说，假的做得和真的一样，那么还有什么可说呢？自己就应该像真的那样对待他们，那才是正确的，才是个有良心的人。朱立秋后来常常这样想。

然而，他已经二十岁，从十四岁到二十岁，他度过了怎样的六年啊！

他们这个包工队严格地说只是个零星的组合，哪个村的都有，甚至也有个别外省人跑单了，走投无路，便自愿加入到这个包工队里来。其实从农村出来的包工队大都如此，其组合具有很大的临时性和偶然性。工头老冯从八十年代中期开始便来到这个城市的西南郊，在这一带干了多年，给这里的郊区农民盖了许许多多房子以及集体所有制下面的办公室和厂房之类。冯师傅是瓦木世家，为人也极好，随方就圆，他所承包的工程无论大小一向保质保量，有的时候包亏了，但亏也亏他自己，从不亏大家，更不克扣或拖欠大家的工资。

老冯不愁没活儿干，也不愁没人跟随他。十多年了，无论在老家还是在这一带，冯师傅已经小有名气，也可以说建起了一块叫得响的牌子，凡知道的提起他，绝大多数人都会竖起大拇指，说这人不错，靠得住。

但老冯毕竟五十多岁了，近两年无论从体力上还是精神上，都自感大不如从前。老冯不想让自己的这块牌子慢慢倒下去，很想选个人来接替他，且又能发扬光大下去。只可惜自己的儿子志不在此，而志在经商，从南方胡乱倒腾些东西卖，老冯长年在外面打拼，也不知道儿子究竟挣钱不挣钱，挣了多少钱，反正一和儿子谈瓦木的事儿子就跑。朱保富父子与老冯并非同一村人，更非亲非故，然而经过一段时间的观察与考验，老冯认定了朱立秋，他觉得这应该就是他理想中的苗子，况且观子看父，他的父亲朱保富就是个正直且又通情达理的人。

立秋这孩子不但能吃苦，而且心地善良，这从他对鳏寡而又笨拙的老棍子的态度上便可看出。这一点非常重要，否则，即使做了头领，恃权欺弱或欺软怕硬都只会逞于一时，想长久是不可能的。

从一些细小地方也可看出一个人的品行。在每天晚上收工的时候，有的人往往把盆子里没有用完的水泥就地挖坑埋掉，这样省时省事，也让房主发现不了，但立秋从来不，他总是能找到一个较大的盆子，把剩下的水泥归总到盆子里，再加些水，于是这水泥明天可以继续使用。如果剩下的不值得保存，他便把水泥垫到墙的根角下面去，这样要扒开墙根，还要填土垫平，费了时又费了力，但却没有造成浪费，同时也起到了加固根基的作用。房主说好，还愁没活儿干吗?

老冯发现立秋不但尽心尽力干那些只属于他和老棍子的脏活儿笨活儿，也常留心大人们手下的技术活儿。于是有几次老冯特意留出机会，让立秋来砌一段墙或抹一段灰；立秋自然格外地小心谨慎，也自然砌得很慢或抹得很慢，但令人欣慰的是，过后却没有几个人看出来这乃出自立秋之手。后来一次他对立秋说："立秋，那边是一个厕所，线已经放好了，你去挖槽，槽挖好了你把两个角垒起来，对，就两个角，然后我们就按你标的线跑墙。"

立秋垒角和标线的不过只是一个厕所，但仍有人投去羡慕甚至嫉妒的目光。立秋的手在发抖，心也在发抖，老棍子为他供水泥、递砖，同时也在为他使劲，因为老棍子每看他铲起一铲灰往那砖上放的时候都张一下嘴。事后老冯去检查了，除了外观上有些不大干净之外，两个角砌得上下笔直，茬口也留得不错。于是老冯心里更有了底。

然而立秋是个"黑人"，他还未成年，而未成年是不应该被雇工的。如果当时不是朱保富携立秋到家里来一再恳求，老冯是不会收留立秋的。

朱立秋到十八岁了，可好了，他有了身份证，也堂堂正正地申领了暂住证，老冯便堂堂正正收立秋做了徒弟。从此以后，无论大事小事，凡作为一个包工头应该通晓的技能与人情事理等，老冯都一一对立秋进行了传授。立秋这孩子也真争气要强，到他十九岁那年，他已能给一处房子撂地放线，对方如果有图纸，他也能照图施工了。

但不幸的是，就在那一年的初冬，老冯出事了，他在上房检查质量的时候忽然头昏眼花，一脚踩空，从房上摔了下来。原来他有高血压的毛病，一直没有检查过。

老冯摔坏了腰椎，在医院几经治疗，虽于性命无碍，两条腿却再也站不起来。家乡的木工们为他制作了一个木轮椅，他从此与木轮椅为伴，也就此终止了他的瓦木生涯。

工程本来完成得很好，房主很满意，但老冯回家了，没了领头人。在老冯回家之前已把大家的工钱全都结清了，大家也就默默收拾行囊、拿好工钱，还没有等到冬季来临，便提前回家去了。

冬季是轻松而漫长的，轻松便意味着无活儿可干，漫长则是在期盼和等待下一年春天的来临。往年，一出正月十五，大家便已离家上路了，今年春节，大家在相继拜望了老冯之后，有的人走了，去外面入了别人的队伍，有的人则选择留在家里，不再出去。然而朱立秋对养父朱保富说："爸，咱们还得出去，在家憋死人了！"

朱保富说："凭你凭我？凭我我老了，又光会种地，不懂瓦木工。凭你？孩子，你还小啊！"

立秋说："我再去找我师父，看他怎么想。"

于是立秋去了邻村老冯的家，对坐在木轮椅上的师父说："咱还是出去吧，上车下车我背您，干活的时候您坐在轮椅上看，一根草棍儿也不用您动，这样大家心里就有底，我心里也就有底了。"

老冯笑了，说："一个施工队出了个残废在那儿指手画脚，人家不笑话吗？谁信任你？谁又肯把活儿交给你？"

沉默了一会儿之后立秋说："师父，您看我能不能带班领人？"

老冯愣愣看了立秋一会儿，忽然一拍自己那双不争气的腿说："一病倒把我病糊涂了！我原来是怎想来？就是这么想的，原来我怎打算来？就是这么打算的，现在倒把这事忘了！"

立秋说："这么说您看我行？"

老冯说："不过有两样要做到，一是你要处处小心谨慎，不能以为自己成了就不把别人放在眼里；二是要有大人们辅佐你，不能光听你使唤，看你哈哈儿笑。"

立秋说："师父，这第一样我保证能做到，可是这第二样……"

老冯说："其实第一样你能做到，第二样就基本不成问题，没有人看一个仁义的包工头的哈哈儿笑，不管他是年老还是年幼。"

于是立秋亲自一个一个地找，一个一个地叫，有那在家里实在憋不住的，有那另谋出路又碰了钉子回来的，也有新自动加入的，凑在一起，又是十七八个人。他们临行前都在老冯家里聚了一次，老冯向大家讲了话，一是要团结，二是真心帮助朱立秋，谁也不许看笑话。

他们出发了。按照老冯事先的指点，他们首先到了一个老主雇家，这家房主曾先后让老冯盖过三处房子，对老冯有很高的信任度。又听老冯出了事，残废了，十分惋惜，对于老冯带出来的徒弟自然给予了相当的照顾。

老冯带领大家给这家房主盖的最后一处房子经过近一年的干燥期后正在装修。立秋他们住在这家房主提供的竹竿、毡布搭成的棚子里，立秋骑着同样是这家房主提供的自行车每日去外面"跑业务"，晚上回来，便极感兴趣地观看这家房主的装修……这里人家的条件真好，装修材料很讲究，活儿也要求得极为细致，立秋还是第一次亲眼目睹这样高档次的装修，也留意了其中的许多门道，譬如顶棚是头年他们抹的，现在用榉木板做成了大小两个环形，上面镶嵌了小灯，把小灯全部打开，像众星捧月般环绕着中间一个柔光弥漫的大吊灯。再比如水泥地面是他们打的，现在完全变成了熠熠生辉的大理石；

墙面呢，同样用榉木分割成许多尺寸均等的木格子，施工者正在做填充物，已经做好的从外观上花里胡哨，用手一摸软软的，里面是海绵。这叫软包，是时下正流行的。

找活儿干的滋味立秋是尝到了，艰难，且脸要比城墙厚。另外，每天这十七八个人的开销也要领头的先垫付出来。这家房主倒是答应在这方面帮忙，但不是近期，究竟什么时候，谁又好意思追问呢？

有一天立秋忽然想起了另一家房主，那是他十四岁那年随养父第一次出来遇到的那一家。

他记得很清楚，那是一位六十多岁的老汉，他家那个很深很深的渗水井就是立秋和老棍子两人挖的。老人家对他们很满意，也曾经向师父老冯透露过，说等他女儿盖房的时候也要找他们。那个地方留给了立秋很深的记忆，他在那里第一次梦到了母亲，那么清晰，那么反反复复，还有父亲，却是那么模糊不清，于是他曾骑了自行车跑到城里去寻觅……

现在他同样骑着别人的自行车来到这地方了，大约相隔三十里路吧，然而五年的时间，这里全变了，房子拥挤得像城市，大间挨小间，小间之上还起楼，到处都是人，也分不清谁是本地的谁是外地的，只有一样，空地少了，立秋在他们曾经搭过工棚的地方反复地找，再也找不见那块空地，也找不见老棍子经常坐在下面让“金牛儿衔草”的那棵老榆树。

不过命运有时就这样眷顾人，那位六十多岁的老汉还健在，但已不是六十多岁，恐怕足有七十岁了，老人家精神很好，耳不聋眼不花，他认出了立秋，又问冯师傅好，立秋把前前后后的事说了，老人家一番叹息之后拿起了电话，向电话那边的女儿介绍了立秋和他的建筑工程队。恰巧，对方正准备盖房，也正苦于找不到可心的施工队，于是立秋去了，一谈便成了。

这是一处临街的房子，上房盖七间，东西房各盖三间，前面还有一个带有古建筑风格的门厅，院子中间是花坛和假山，假山前面有水池，水池也要很像样，准备养许多的金鱼。因为是老父亲在电话中一口认定的，女儿便首先对他们有个好印象，两天之后，正式签了合同。

那活儿干的，快的时候真快，要巧要细了，便真搁了工夫，立秋牢记师父的教导，稳中求快，好中求量，这是个不小的工程，光房就十三间，又临街，两个月后完成了，亲朋好友、街坊邻居以及单位的同事们都来看了，过往的行人也看了，无不说好，称赞这工程的规摸和档次的同时也称赞了工程的质量，无一处是“胡弄”的，无一处不是按图纸严格施工的。

这支小小的包工队就此传出了名声，说这就是当年老冯的那支队伍，真乃强将手下无弱兵啊。与此同时，一开始那家房主说的话也兑现了，为他们介绍了工程，后来又有主动找上门来的，这家的女儿见他们不但活茬儿干得好，个个也都仁义，从不招人讨厌，于是也给他们推荐了主雇。

那一年他们走得很晚，已上了冻，他们的活儿才刚刚收尾。这中间当然又添了不少人，有后来从家里赶来的，有双手作揖请求收留的，更有那一听说真挣了钱，便厚起脸皮理直气壮地跑了回来的。到第二年开春他们重新踏上征途的时候又已是一个三十多人的施工队，立秋也就称职地成为了一个很年轻的包工头。

然而命运有时又毫不客气地虐待人。

正当他们的工程干了一个又一个、大家的心气正足的时候，手下承建的一所房屋因为水泥过梁出了问题而导致整个房体突然落架，双方就此发生了重大争执，立秋说：“开始我们就提出要到正规厂家去买水泥过梁，但你们不同意，为了省钱，非要我们现场制作不可，但你们又坚持自己去买钢筋，怕我们乙方从中‘吃二馍’，究其原因，是你们买回来的钢筋标号不够，便宜是便宜了，但质量太次，硬度有，但韧度没有，也就是说抗拉强度没有达到；也是怪我，应该这个工程宁可不做了，也不委曲求全，坚决不同意用你们买来的劣质钢筋现场制作，但是后来我还是同意了，为什么同意了？因为你们说如果不按你们说的做，一、这活儿就别干了；二、以前干的也一笔勾销，一分钱也不给！”

雇主说：“得了呗！你已经承认怪你了，还有什么可说的？”

细想也是，活儿毕竟是你做的，人家把活儿交给你，不管怎么说也是你没把好关，不怪你怪谁？更何况双方在话语权上是不对等的，一个农村出来的小包工队，一无背景，二人生地不熟，再加上这户房主实在刁钻蛮横，立秋等人最后只能认背，所幸没有伤到人已是念阿弥陀佛了。

这是个重大的打击，不但包赔了房主的全部损失，坏名声也传出去了，此乃本地人的天下，人们只听一面之辞，于是纷纷说这个包工队不行，质量保不住，也有的说老冯的这个徒弟不行，太年轻了……

接下来他们就开始没活儿干，大家坐在工棚里大眼瞪小眼，光等着吃了中午的再吃晚上的，不干活儿，吃得再次总也得吃啊！即使原来已经谈好、差不多快要签合同的，房主也特意跑来把原来说的退掉，可以随便找个理由，只不提那个令人磨牙、说不清谁对谁不对的“事故”。

立秋倾其所有，连存折也撕掉了，把该发的钱发给大家，损失全由自己承担。

麦收快到了，于是有人乘机回了家，有人投奔了别处的包工队，一时间，一个三十多人的队伍只剩了几个人。

养父朱保富和老棍子两人当然是最铁杆的，但他们都已经是五十岁左右的人了，这在包工队里已算做老人，立秋对养父说：“爸，和棍子叔也回去吧，收完麦也不要再出来了。”

养父瞪了眼睛：“那哪行？这儿剩你一个人！”

立秋说：“我不相信就这么完了，我必须要再闯出一条路来，不然过了麦收，大家也没处投奔。”

养父说：“要回一起回，要留一起留下！”

立秋说：“爸，秀儿姐姐今年‘十一’不是还要结婚吗？您回去吧，我挣到钱就寄回家里去，如果我找到好的门路，您和棍子叔再来。”

养父说：“孩子，把你一个人扔在外面我不放心啊！”

立秋说：“爸，我已经二十岁了，您还有什么不放心？”

朱保富无话可说了，这个“捡来”的儿子既孝顺又懂事，既聪明能干又有个犟脾气，他和老棍子留下的确没用，还不是一天耗那两顿饭吃？那一晚朱保富老泪纵横，反复叮嘱儿子，在外不容易，人心险恶，要处处小心谨慎；立秋也叮嘱回去以后要先替他去看望师父老冯，但坏事不要说，只说好的。第二天，朱保富和老棍子两人便扛着铺盖卷回家了。

立秋一个人也扛起行李离开了这家房主的工棚，但他茫然四顾，不知道去哪儿。

他身上现在只有一百多元钱和一个 BP 机，那 BP 机是师父老冯给他的，师父从一九九零年就带 BP 机，整整带了七年，师父说也要换个手机了，还没有换，就出事了。

麦收时节天气正热，立秋提着行李毫无目的地走，过了一个村又一个村，过了一个镇又一个镇，去哪儿呢？哪里是目的地呢？

他在公路边的树荫下歇下脚，已是中午，阳光像火一样，他坐在马路牙子上，看着从眼前过的来往车辆，腹内空了，昨晚上没有吃饭，今早上也没有吃饭，不是不想吃，是舍不得手里仅剩的那百十元钱。

这条公路的不远处有个桥，有桥就会有桥洞，那应该叫涵洞，立秋走过去，果然是个涵洞，不过很脏，还有人在这里拉屎，但顾不了那许多了，这里清静而凉快，是个天然旅店，他稍微清扫了一下，捡风刮来的塑料布、柴草和油毡碎片垫在下面，然后把行李打开……

但行李是需要每天提走的，否则再旧再破也可能丢掉，而且你今天在这儿安身明天又不知哪里安身，于是立秋每天提着行李去寻找有活儿干的地方，天黑了，没找到，便又回到这里歇息。一天，两天……十天，麦收过去了，没找到任何可以干活的地方，夏天去了，秋天来了，依旧毫无希望。手里那百十元钱应该早已花完，但竟然奇迹般的还剩了几块，因为在最后的一些天里立秋每天只吃一顿饭，一顿饭也只花三四角钱，只吃主食，不吃菜，连咸菜也不吃。

这中间他的BP机响了四次，其中两次是家里呼他，要他回去，不要在外面受罪了。另两次是村里人呼他，问他现在怎么样？有没有活儿干？但立秋只回了一次电话，这电话只能打到村委会里，他求村委会干部转告养父养母，不回去，坚决不回去！同时转告他人，现在没活儿，千万不要来找他。

一天，立秋如每天一样提着行李在路上走，他忽然发现前面有一处工地，忙走到近处去看，原来那工地既不是修桥筑路也不是盖房盖楼，而是在挖大沟！那沟看去有三米宽、三米深，长长的，一眼望不到头。挖沟的人很多，挖的方法也很原始，都是站在沟底用铁锹一锹一锹地挖，又一锹一锹地往上撇。怎么办？没有更好的活儿，更不要提什么技术活儿，只眼前这挖大沟，恐怕也得干了，因为现在吃饭要紧。

于是立秋向沟底正在挖的一个汉子说道："可以，纯力气活儿啊！"

那汉子"嗯"了一声，猛力扔上一锹土。

立秋又问道："请问大哥，你们是哪儿的？"

"哪儿的都有！"那汉子看去三十岁左右，长得墩墩实实，说话嗓门也亮。

立秋进一步问："请问大哥，我能干这活儿吗？"

"你呀兄弟，怕干不了。"这是另一个人在说话，那人看去三十多了，是个瘦高个儿，和那矮墩墩的紧挨。

"十七十八力不全，二十七八正当年，兄弟，你才多大呀？"矮墩墩的汉子带些瞧不起的口气说。

立秋并不理会这话，他接着问道："请问大哥，我也想在这儿干，找谁？"

两个汉子几乎不约而同地朝那边一努嘴："那不是？工头，姓马。"

立秋顺着他们所指的方向看见了一个穿花格衬衫的人，大约也是三十出头的年纪，不知为什么，那人正在朝沟底的人发脾气，嘴里不干不净。立秋走过去，站在一旁等，等那人不嚷了，他恭敬地说道："大哥，我也想在您这儿干，可以吗？"

没想到这位姓马的工头十分痛快，他只看了立秋一眼便一连串地说下去："谁都可以。按段儿给钱，三米宽、三米深，每人每天一米五，完成了，八块钱归你，完不成，滚蛋！另外，管吃管住，再另外，月底结钱。你要愿意就分给你一段。"

立秋说："那就分我一段吧。"

立秋很巧合地与这一高一矮的两个汉挨在一起，说干就干，立秋只把行李放在一边，抄起铁锹，按着划好的白线挖了起来。

立秋不认识别人，只和这两个人越混越熟，他们干活紧挨，吃饭紧挨，晚上睡在工棚的大通铺上也紧挨，立秋慢慢了解到，矮墩墩的汉子姓赵，叫赵大坡，是内蒙锡林格勒盟人，但他不是蒙族，而是汉族，他原本是个瓦匠；瘦高个子姓孙，叫孙好民，甘肃人，他原本是个木匠。他俩人本也不认识，其实和立秋一样，到处找活儿找不到，万般无奈才干了这挖大沟的活儿。

赵大坡有个特殊的地方，无论天气多热，他的一身破衣裳里面总要套穿秋衣秋裤，他说他们草原上都是这样的，目的是为了防晒，大家都习惯了。孙好民性格温顺，但身子骨有些单薄，看他挖沟的样子颇有些吃力。

其实只有立秋自己知道他比别人更吃力，那是个纯力气活儿，要从三米深的沟底生生把土扔上来，他才刚刚二十岁，真的不是卖大力气的最佳年龄。但是立秋把这一切都忍住，装得轻松应付，坦然对之，但这一切又瞒不了细高个儿的孙好民，当立秋挨着他俩也在大通铺上躺下来的时候，孙好民问道："怎样兄弟？够呛吧？"

赵大坡说："你这还算新鲜？老孙，记得那个大学生不？和你年纪差不多，干的也是这活儿！"

孙好民说："他还不是干了一个月走了嘛。"

赵大坡说："人家那是暑假开学了……哎，那大学生叫什么来着？"

孙好民说："好像姓韩……叫韩江。"

赵大坡说："小伙子真行，两手全是血泡。"

立秋本想闭眼睡觉，但他搭话说："他一个大学生怎也干这个？勤工俭学他可以去做家教啊。"

孙好民说："他好像是学法律的，他说学法律的没人找家教。"

立秋想，他也是个苦人啊。

正在这时候，姓马的工头忽然走进了工棚，他扯开嗓门问："你们谁是瓦工？谁是木工？嗨，有瓦工木工没有？"

赵大坡和孙好民同时坐起来答道："我们两个一个瓦工一个木工。"

立秋也答道："我也是瓦工。"

马工头说："那好，现在跟我走，去看一项活儿。"

马工头带他们看的是两项活儿，瓦工做地下室的一个很大的滤水池，木工做地下的门窗。工程虽不难干，但工作量很是不小，干到月底，完工了，上面的人来验收，结果也很满意。然而在结钱的时候，这三个人却与马工头发生了严重冲突，马工头说当初怎么说就怎么办，一天八块就是八块！立秋他们说一天八块钱指的是小工！现在他们干的不是小工，是大工，不是纯力气活儿，而是瓦工、木工的技术活儿，属技术工种，因此就要按技术工种给钱！马工头最后说："多一分也不给，爱要不要，不要就滚蛋！"

三人情急之下忽然想到了一个人，那人便是前来视察工程的一个科长，姓高，曾经夸奖过他们，态度也很平易近人，于是他们去打听了，终于打听到了姓高的科长家的住址。他们很想买点礼物，但是谁都没有钱，只好硬着头皮上到高科长所住的一个小区的三层楼上，那是个两居室，好像新搬迁，还没有装修。

他们把情况向高科长诉说了，高科长沉默了一会儿，说："这个事难倒是不难，我的话马工头还是听的，不过眼下我自己倒有个难处。"

三人问高科长有什么难处。

高科长指指两居室："愁找不到人装修啊！"

高科长的房子装修了一个多月，也是时下正流行的软包。立秋心灵手也灵，他有瓦工的基础，平时又颇多注意木工和装修的技术，自然在其中发挥了极其重要的作用。高科长满意是当然的，令人意想不到的是那工钱问题也解决了，而且解决得相当彻底，马工头一共付给了他们三个月的工钱，竟然全按的是技术工种！小工八块，技术工一天三十，相差这么多！但就在拿钱的当天，马工头辞掉了他们。

这三人可算患难之交了，谁也不愿意分开，于是他们又另外找了住处，是一户居民的房子，很小，房租每月二百四十元，三个人均摊。

躺在床上，他们又琢磨起工钱的事，立秋说："孙哥，你说那个姓马的怎么就那么怕那个姓高的呢？"

孙好民说："兄弟，这你还不明白？他管着他，他不听他的，工程就兴许验收不下来，以后也别想再有活儿干了。"

赵大坡说："这种事现在真他妈多！"

孙好民说："睡觉吧。"

赵大坡又忽然翻了个身，说："老孙，还记得那个大学生不？他说他们村里有一户人家，三口人，那个男的被人使了手段，生生煤气中毒死了，那个女的就打官司告状，打了两年多，就是打不赢！后来连气带累的也死了，他们还有个几岁的儿子，后来也丢了，村里人找啊找，直到现在也没找到……"

孙好民闭着眼睛，说："远了……他说的十几年前的事了。"

立秋却慢慢坐起来，问道："你们说的这个大学生，他是哪儿的人？"

赵大坡说："丰安市人，这我倒记得清楚，因为我有个亲戚就在丰安。"

立秋又问："丰安倒是听说过，可是他是哪个县哪个乡的？"

赵大坡说："记不住了，好像，是说……有个南庄。"

孙好民快要睡着了，咕囗说："什么南庄……是大王庄。"

赵大坡说："是南庄。"

孙好民说："我记得是大王庄。"

立秋说："也许你们两个说的都对，要么大王庄下面有个南庄，要么南庄下面有个大王庄……不过，那个大学生姓什么？叫什么名字？"

赵大坡说："姓韩，叫韩江。"

"他在哪儿上大学？"

"那就不知道了。他说他念的是法律。"

孙好民说："睡觉吧，行吗？"

赵大坡说："立秋今晚上是怎么了？这么有精神？"

他们哪里真正了解立秋？哪里知道立秋深深潜藏着的心事？

八
可怕的秘密

大王庄，大王庄，原来除了“南庄”，还有个大王庄……

朱立秋在那个小旅店住了一宿，按着那位店老板大嫂的指点，第二天一早他搭了个车走了约三十里路到了梨村，然后又等了四十多分钟才等到一辆小巴士，在十点钟左右的时候到了，一打听，还真的是大王庄！

大王庄……立秋努力在脑子里搜寻这个声音，但是没有，连一点儿感觉也没有，五六岁，真是个混沌、蒙昧的年龄，家乡如此重要的一个名字，自己竟然丝毫没有记忆。

名字不记得，到了这地方总该勾起些印象吧？然而也没有，这地方他似乎根本没来过，一切都是那么生，与到了外地没什么区别。大约不怪他吧，因为一切都在变，大王庄自然也在变，十多年过去，不但表面变了，建制也变了，大王庄公社早已变成了大王庄乡。

立秋在离开赵大坡和孙好民之前没有向两人透露任何一点关于自己的真实信息，他觉得这两人挺好，在三个月相处的时间里这两人够仗义，够朋友，越是那样，就越不应该把那么沉重的话题告诉他们。

于是他们开始在马路边等活儿的时候立秋向两人说了，他说家里呼他了，不信看看，就在 BP 机上，为什么呼他？因为姐姐十月十五号结婚，那天也正好是星期六。这无话可说，亲姐姐结婚难道不应该回去吗？

立秋没有说谎，家里的确呼了他，而且是秀儿姐姐亲自呼的，但立秋在公用电话里回姐姐的时候却说谎了，他说实在对不起姐姐，他有太重要太重要的事，实在实在脱不开身；秀儿姐姐很高兴地问他是不是个大工程，如果是，他就不用回来了，好好把工程抓到手是正经。秀儿姐姐通情达理，立秋感谢姐姐，从此也彻底关掉了 BP 机。

所谓马路边等活儿不过是身旁一块三合板牌子上写：“瓦工　木工　装饰装潢”，这也是一景，哪条路哪条街都可以看得到。因为他们觉得搞装修并不难，且比单纯做瓦木工赚钱要多，也容易得多。立秋说："两位哥哥，我走了。你们就多辛苦吧。"

……原来除去南庄和大王庄，还有个王家庄，到了王家庄才算真真正正到了南庄。

南庄、南庄，我真正的故乡，我真正的家！我认出你来了，你在脑子里也活起来了。

哦，前面不是那道土岗子吗？当年看它那么高、那么大，现在却没那么高、那么大了，是的，旁边就是那条土路，土路没有变，还是那么多土，脚随便踩上去就要暴起烟尘，不过，当年他就是在这条路上被人骗走的，那个白刺猬般的老头子就是从这土岗子那一边过来的。

快进村了，前面不是那排柳树吗？它们长高了，长大了，记得小时候多少伙伴啊，在树间穿梭、嬉戏玩耍，还有那片庄稼地，里面还有蛇和青蛙吗？

那排柳树快把村子掩住了……再走近些，那些房子依然故我，似乎还是那样陈旧，那样低矮，房顶上也依然是零零整整的石板，一切又像没什么变化……

南庄，故乡，相隔十四年，命运给了我机会，我又见到了你！

立秋进了村，向一位中年妇女打听："劳驾大婶，请问韩江住哪家？"

"韩江？不认识。"中年妇女摇头。

"他在外面念大学，就是这个村的人。"立秋进一步说。

"哦，你说念大学就知道了，这村只韩玉山家有念大学的。"一提大学生，中年妇女马上带立秋向前走几步，伸手指给了他。

立秋站在一户人家门口了，他呆愣了好久，这个门口勾起了他更多的回忆，无论是院门、院墙以及越过院墙所望见的屋顶，都还是老样子，都还是那么陈旧和衰老。立秋奇怪，包工队所盖过的房子，只要一年不去，那里就会变样，有的甚至让你认不出来。从大王庄到南庄这一段还没有公共汽车，路也仍是土路，立秋打了一辆黄色面的，那司机很不愿意到这边来。

街门虚掩着，他推门进去了。院里很安静，街上也很安静，每逢中午村里都是很安静的。立秋轻轻拉开屋门，屋门老掉牙了，发出了吱呀声。

"谁呀？"大约听到了响动，里屋一个苍老男人的声音问道。

立秋站在外屋中央："玉山大伯，是我。"

"你是谁啊？"说着，男人出了里屋，这让立秋很愣了一下，眼前的玉山大伯不但苍老、满脸皱纹，且腰也有些猫了。立秋一步上前双手攥住韩玉山的胳膊："大伯，是我，我是秋儿！您没想到吧？"

韩玉山注视立秋，从上到下，又从左至右，慢慢地，泪水涌出来了。

不知是立秋搀扶着韩玉山还是韩玉山搀扶着立秋，两个人几乎是相拥相抱，坐在了两只沙发上。那沙发也老了，而且是自制的，坐下去便咯吱咯吱地响。

韩玉山依旧不错眼珠地看着立秋，好像要从那脸上看出日月的痕迹，眼泪也依然在流。

立秋为他擦眼泪，说："大伯，别哭了，我这不是好好的吗？我就是不知道家在哪儿，只知道一个南庄，其他的一概不记得，不然我早回来了！"

韩玉山说："那你怎回来了呢？"

立秋说："知道韩江的名字，又知道他上大学，才知道大王庄和王家庄，好一路打听。"

韩玉山问完这句话就把头转过来看着自己眼前的地面。他坐沙发的姿势很特别，两腿是盘上去的，像半蹲半坐，大概也就是这个原因，那沙发两边的扶手已经向外咧开了许多。这样坐了一会儿以后，他脱掉鞋，真的蹲起来了，靠着沙发的靠背，然后拿出烟，问立秋抽不抽。立秋说不会，他自己点着了一根香烟，大口地吸起来。

立秋见他不说话，且心事重重的样子，自己呢，千言万语，千头万绪，一时也不知从哪儿提起，便问道："大伯，我大妈呢？"

韩玉山鼻子里吭哧了一下说："你姐姐坐月子，她伺候去了。"

立秋猛地想起自己还有一个姐姐！这个家有一个，那个家还有一个，那个家的秀儿姐姐正好今天结婚！这个家的姐姐已经生小孩了！

想到这儿，立秋觉得鼻子有点酸，心里也酸酸的。

韩玉山这才想起问立秋吃饭了没有。立秋说吃过了，在路上吃的。韩玉山去给立秋倒水，立秋说自己来，抄起暖壶给韩玉山倒了一杯，给自己倒了一杯。

立秋说："大伯，这些年来，我怎么觉得咱们家没有什么变化？您的身体怎么样？还好吗？"

韩玉山对着烟屁股，又点着一只，说："这个嘛，咱们村是个特殊情况，怎么个特殊情况，咱就不去说它了。这个家呢，特殊就特殊在江子身上，你姐姐结婚走了，江子上大学，家里就指望我和你大妈种地，你想，种地能挣大钱吗？能致富吗？我也想出去打工，可是这个家光留给你大妈行吗？不过我告诉你，我的身体还行，就是显老了点儿，我和你大妈一想起江子来呀心里就有了底气，精神头也立刻好了。”

立秋表示同意，说：“您说的一点不假，我在村里打听韩江没人知道，可一提大学生，人家立刻就知道是您家了。”

说到这儿，韩玉山抿起没了槽牙的嘴，笑了。

桌上的一台老式座钟还在摆，这时候咚咚敲了几下，深秋的阳光透过玻璃打到后墙上，又往东移了一大截。韩玉山从沙发上站起身，走出屋，穿过院子，到了门口，把街门从里面稳稳地插好了，然后回来又把屋门关紧，这才从沙发上拉起立秋的手，让立秋同他进到里屋去。

两人坐在里屋炕上，立秋问：“大伯，您这是干嘛？”

韩玉山摆摆手，说：“咱爷俩就踏踏实实聊吧，先说说你这些年都在哪儿，一个人怎么过的。你知道，把你丢了，我和你大妈心里有多难受！我们日日夜夜地找，找了半年多，也报了案。”

立秋奇怪：“大伯，您和我说这些，也要背人吗？”

韩玉山显出几分神秘地说：“万事小心无过……你说这些年咱们这里没变化，哪儿是光没变化，依我说完全和从前一样。”

立秋说：“没变化就是和从前一样嘛。”

韩玉山说：“我指的不是表面，是暗里的。”

立秋越发糊涂了，说：“大伯，您说的我不明白，难道我们村……”

“一言难尽！一言难尽……”不等立秋说完，韩玉山激动起来，两只手像不停地捶东西，又像是颤抖，“这么吧，时候也不早了，你还是在路上吃的，我去做饭，你在炕上好好歇，咱爷俩吃完了，再慢慢地仔细地起根发尾地说。”

立秋说：“大伯，我来做吧，我什么都会做。”

韩玉山说：“不不，你歇，你歇……我高兴啊！”

韩玉山说着，往出走，刚到外屋他又折回来，凑近立秋的脸：“你看看，我今年才五十三岁，头发胡子全白了，我也有许多的话，憋得我难受啊，难受啊！”

西屋是做饭的地方，立秋在旁边站了一会儿，看玉山大伯做饭，想插手又插不上，他便去院子里转，啊，这才是他最熟悉的地方，最熟悉的院子，那不是晒粮食的晒台吗？记得母亲当年也有这样的晒台……

三间北屋也是熟悉的，儿时的记忆又回来许多，江子呢？在上大学，不知在哪一个大学。咦？三间北屋东边又有一间耳房，那耳房是锁着的。立秋走过去，探身隔着玻璃往屋里看，那耳房不大，里面也有一张床，床边靠墙还有一个书架，那书架也不大，用一块布遮着，里面是些什么书呢？

这耳房是姐姐住的还是江子住的？当然是江子住的了，也许，江子时常回家来，江子也和自己一样，长大了。

约莫一个小时，饭菜做好了。

两个人默默地吃，谁都有一肚子话要说。

吃完了，也收拾完了，韩玉山说："咱爷儿俩是你先说，还是我先说？"

立秋说："大伯您先说吧。"

于是韩玉山便从头讲起来。

他首先讲到了王通森，又讲了立秋的父母以及他们的为人……

然后便是那些具体细节了，他讲到那天晚上他是如何躲在暗处亲眼看见王通森进了李同小屋的，又亲眼看见王通森从屋里出来做了那些诡秘的小动作；团起来的麻袋片子的确是王通森亲手堵进烟筒里的，而不是后来所传说的什么风刮进去的；还有那奇怪的从外面挂死了的门锁，以及那让所有人都埋怨李同自己粗心大意忘了打开的炉火上的烟筒火门儿……

至于王通森为什么要那么干，韩玉山只说了其中的一半，即王通森正在做假酒，而秋儿的父亲李同也许那天晚上正好发现了王通森在做假酒，这便要了李同的命，还有别的，韩玉山就不便说了。

他当时没有挺身而出，现在后悔极了！但当时他实在害怕，实在没这个胆量。后来派出所来调查了，他吃不好饭睡不好觉，妻子和他一起难受，开始的时候还鼓动他站出来做证，都不为，只为李同、曹春英夫妻俩的良好为人，但后来曹春英去县里了，又去了省里了，这便像大山一样压了下来，无论是谁就更不敢站出来讲了；最后，曹春英死了，这时候即使再讲出来，也晚了，人没了，一切还有什么用？再说，自己同样会遭到打击报复。

韩玉山说的全是实话，说得一把鼻涕一把泪。

外面的太阳一点点西斜，屋内快要看不到阳光的影子了。

“他们就这样死了吗？”立秋问。

“你已经六岁了，应该记得。”韩玉山说。

“我只知道我的父母全死了，我是个孤儿，但他们是怎么死的，为什么会死……我不清楚。”立秋说。

“怪我，怪我啊，孩子。”韩玉山带着哭音说。

“我做梦，梦见母亲背着我，在城市里，在马路边……”立秋说，转而他愤怒起来，“难道您就那么胆小吗？”

韩玉山把头深深低下去。

“难道王通森、齐常贵就那么可怕？”立秋直瞪着韩玉山，脸也如一块冰冷的铁板。

韩玉山依旧低垂着头，此时倒像个犯了大错的孩子。

“那个王通森现在在哪儿？”立秋问，声音平缓下来，显得异常冷静。

“他呀……”韩玉山仰起脸思考了一下说，“他可发大发了。他做酒、又做假酒，后来他又挖沙石料，挖沙石料可是一本万利，只要有人要，就挣大钱。咱南庄周围几乎都让他挖遍了！再后来他又到外头搞建筑去了，建筑也越搞越大，据说在北京，还有上海、南方什么的，都有他盖的大楼，他离开南庄七八年了，谁知道他现在在哪儿啊？”

“这么说他不是咱南庄人了？”

“早不是了，人家算那什么，企业家了。”

“哦……”立秋沉思了一会儿，“这么说，想告他也告不成了？”

“告不成，告不成，现在更不好告了。”韩玉山摆着手说，“他还有两个儿子，大儿子和他在一块儿，二儿子开饭店，听说开了五六个饭店呢。他的这个二儿子在南庄特别有影响，他每年春节打发人来给南庄的每个贫困户发年货，惹得大伙都说王通森这二儿子好。”

“嗯？他还知道笼络人心？”立秋说。

“还有，”韩玉山说，“现在南庄还是齐常贵掌着大权，再说派出所里他也有人。”

“难道就一点办法没有了？”立秋朝韩玉山瞪大了眼睛。

“秋儿，没办法，真的没办法，再说过去了这么多年……”

立秋翻身倒在炕上，把脸深深埋进被子里。

韩玉山说：“秋儿，该你说了，说说这些年你都是怎么过的。”

立秋一动不动。

韩玉山重重地吐出一口气，然后他俯下身来轻轻拍着立秋的肩膀说："孩子，别太伤心了，你大伯我现在正往长里看，我相信只要是共产党领导，终有一天，好就是好，坏就是坏，有罪的终归有罪！一开始我对你说我心里有底，指的就是这！"

立秋突然坐起身："大伯，我父母埋在哪儿？我想去看看。"

韩玉山考虑了一下，然后点头。

两人出门之前，韩玉山向立秋提出个要求说："外面若是有人问，我就说你是我雇来打短工的。你知道，我原来承包了五亩地，后来又加了三亩，一共八亩，确实有些干不过来呢。"

立秋说："随您的便，怎么说都可以。"

外面已是一片黄昏，太阳只把一点点余晖远远遗落在东面的坡顶上。

两人一直走到村外，竟没有碰到一个人。韩玉山说大伙都出外打工去了。

田野一片肃杀，按说正值深秋，不该如此肃杀，但该种麦子的地块有的竟没有种，有的只把玉米收走了，那地便从此不再管，任凭留下满地的玉米茬，更有的始终就那么荒……

他们走过地表混染着沙石又长满了荒草的地方，韩玉山说："秋儿你看，这周围都让王通森挖沙石料挖过了，只长草，种庄稼不结穗、不收子儿，这地啊算废了。"

再往前走，混沌的天空，残留的晚霞，仰头望去，眼前矗立着一个庞然大物，那是座高压线塔，好巍峨，好壮观。韩玉山走在前面，来到高压线塔下，他猫下腰，拨开眼前的荒草，有那粗的草秆，他用脚蹬住，把粗秆压折或使其紧伏地面，让三个小小的坟丘显现出来。

立秋走到跟前来了，他看到两个坟丘上各插了一块小木牌牌，后面的一个坟丘没有，韩玉山正用手扒开那里的草。立秋俯身下去细看，一个木牌写着："夫　李同　墓"，另一个木牌写着"妻　曹春英　墓"。

韩玉山回身说："这个是你爷爷。不知你还有没有印象。"

立秋跪了下来，在他的父亲和母亲之间，正对着的，是他的爷爷。

没有哭声，没有任何响动，立秋就那么跪着。

只有韩玉山打火机发出"叭儿"的一声，他又掏出烟来抽了，然后人蹲下去，被蒿草挡住，好似这里根本没有人。

“这三个坟哪，一共搬了两次家。”韩玉山一面抽烟一面叙述，他蹲累了，索性坐下去，“你知道吗？最先是埋在你家承包的地里的，可是后来那地归了别人，人家不同意地里有坟头，就只好搬到荒地边，那儿没人管，谁家也不属于，可是后来王通森又开沙石场了，他说要平，怎么办？就只好到这大架子底下来了，这儿彻底安全，又踏实，再没人嫌他们碍事了。”

这话说得凄凉，但朱立秋一动不动。

“秋儿，起来吧，咱该回去了。”韩玉山说，他站起来，见立秋仍没有动的意思，便又点着一支烟，“你爷爷也应该有个牌儿，可是我不知他的大名，总不能写李同的父亲或写秋儿的爷爷吧？木牌牌每隔两年就糟朽了，我就再换，反正也算不上正式，找点儿油漆，把字写上去就行了。都是我晚上偷着弄的，图的是我心里多少好受一些。”

天完全黑了，他们回家去。

第二天两个人都起来得很晚，立秋提出还要去村子里转一转，韩玉山再次表示同意。但同样提出一个要求，要立秋不能空手，一定要手里拿着干活儿的工具，韩玉山也要一路陪同，表现出同去地里干活儿的样子。于是两人一个拿了把锄头一个拿了把镰刀出了门。

他们走过立秋的家，那确是立秋的家，但是当年的家，曾经的家，立秋在这里生，在这里长到五岁多，然而这里早已换了主人，房子也重新盖过，不见了当年的一点点痕迹。韩玉山指着那里说，房子一开始归了村委会，后来卖给了人家，这家是县里的一户居民，女儿有钱，给父母买了这房子，大约图的是农村清静。

该消失的消失，该遗忘的遗忘，不该消失的，休想消失！

他们出了一个街口，有两个人迎面走来，一个中年人，一个近乎老年了。

韩玉山小声对立秋说：“那个岁数大的就是齐常贵，他快六十岁了，现在还任村主任兼书记。那个岁数小的就是王二润，他管收全村的水电费，霸道得很。”

人到了跟前，韩玉山主动搭话：“主任，忙忙活活的，干什么去？”

齐常贵说：“我就不信收不上来！哦，你在外面挣大钱，家里就白让你使水使电？哪有这种好事！”

王二润说：“其实也不是肯定收不上来，我只是拉不下脸动真格的。”

齐常贵看了一眼立秋，问：“他是谁呀？”

韩玉山说："是我刚雇来的伙计。地里活儿多，又杂，实在干不过来花点钱就花点钱吧。"

齐常贵说："你这话对着呢！我告诉你玉山，你们两口子也别太累了，身子骨最要紧，另外你们真有什么困难可以向我提出来，我尽量帮忙，咱们村出个大学生也算是我的光荣啊！"

两个说着，王二润也跟着嘻嘻哈哈地走了。

韩玉山和立秋来到了村子的南口，一眼望去，仍然是荒地多耕地少，有什么办法呢？家里只剩下老人和孩子。

韩玉山指着远处好大的一片房子对立秋说："你看，那儿就是王通森开始发迹的地方，后来他把那猪场也吞了……"

立秋望着那片房："现在这片房归谁？归村委会吗？"

韩玉山说："名义上是归村委会，实际归齐常贵的弟弟齐常富承包。不过也不怎么样，一开始来了一个养鸡的，办养鸡场，可是没想到第二年鸡成片成片地死，就不干了。后来又来过做棉被、做军大衣的，也没等两年就让工商给抄了，他们做的是假棉被，里面不是棉花，是布条子和海绵渣。"

立秋问："现在呢？"

韩玉山说："现在是一个四川人租了两排房做什么电脑桌，做完了往城里送，他弟弟齐常富就收那租金。"

立秋说："大伯，我想去看看齐常贵的房。"

韩玉山说："依我说没必要，你在外面也这多年，还想不出来？能想出来也就行了。"

两个人一面说话一面沿着村边走，不知不觉便来到韩玉山的地边。

韩玉山的八亩地种得挺花哨，一半播种了麦子，另一半种的有黄豆、红薯和几垅菜。黄豆已经成熟，只等收回家去把豆子摘下来，红薯秧子爬满了沟垅，也到了该刨的时候了。韩玉山说那几垅菜稀稀拉拉长得不怎么好，再加上平时吃一点儿就拔一点儿，已经所剩无几，应该重新翻整，种别的东西了。

立秋在韩玉山家一共住了三天，后两天他真的随韩玉山去地里帮干活了。他帮韩玉山把黄豆收回家里，又帮他把那几垅菜地重新翻整过来，打好了垅，然后韩玉山拿菠菜子前面撒，立秋在后面踩，那叫越冬菠菜，立秋在养父养母家的时候就干过这活儿，那时候他才只有十三四岁。

立秋要走了，那是第四天的一黑早，韩玉山一直把他送到村口。

还是来时的路，还是那条土道和那个土岗子，还有那片柳树，路上没有碰见一个人。

忽然，隐隐约约传来人的啼哭声，天还没有完全放亮，谁在哭呢？立秋登上那土岗子，借助东方熹微的曙光，他看见一队穿白戴孝的人自南向北走来了，啼哭伴着鼓乐之声，立秋明白，这是出殡。

农村习俗，人死了总要吵动一番，有钱的大吵，没钱的小吵，但最后总要埋人，立秋站在那土岗顶上看着，也只听到了开始那几声的啼哭，当稍稍远去的时候，不但啼哭停了，鼓乐也停了，好像一群哑巴在匆匆忙忙赶路。然而，立秋又分明听见了残剩的、孤独的、一个人哭泣的声音，那似乎是个女人，哭声细弱而凄婉，可以肯定，唯有这人，才是那死者真正的亲人。

立秋在土岗顶上跪倒，面朝北方，他“啊—啊”发出一连串几声长啸，那声音划破清晨，在天空中回荡，远处人听了不免感到凄厉而恐怖。

九 茫茫京城

朱立秋回到K市的时候，孙好民和赵大坡还在马路边上等活儿，也还是立秋走前写的牌子：“木工　瓦工　装饰装潢”，等活儿的地点也没有换。旁边又加了一个，是做防水的，纸壳板上写：“刮腻子　做防水”。

孙好民解释说：“如果我们换了地方，你回来找不着我们怎么办？”

赵大坡说：“立秋你一共走了八天，按说酒没少喝肉没少吃，怎么反倒瘦了？跟个刚从监狱里出来的一样。”

孙好民说：“他姐姐结婚，当然他得受头份累。”

立秋问：“怎么，还一点活儿没有？”

赵大坡说：“人家一般不认咱们这种小股游击队，都问你有资历没有。如果没有，人家连理也不理你。”

孙好民纠正说：“不是资历，是资质，你是不是正经公司，都干过哪些工程，有牌照没有。”

赵大坡说：“那天倒是有一个搞装修的老板路过这儿，姓秦，问我们俩愿不愿意入他的伙，他倒是正经的家装公司，叫什么来?”

孙好民说：“叫温馨装饰装潢公司。我们俩想，如果我们去了，你回来还是找不着我们，所以就没答复他。”

立秋问：“留了他地址、电话没有?”

孙好民说“留了。”然后从兜里掏出一张纸条，立秋接过来仔细看了看，说：“走，打电话去！”

市区边上的一个居民区，有一户居民的屋顶上加盖了一排简易房，温馨家装公司就设在这其中的两间简易房里。立秋他们三个找到这里的时候，公司办公室只有一个女的，立秋他们说约好了，是来找秦老板的。那位女士很客气，给他们倒了水，请他们小坐，说既然在电话已经约好，秦经理肯定一会儿就会回来。立秋三人见办公室墙上有一张业务覆盖图，红色的箭头从K市辐射出去，几乎到达了全国每一座大城市。

别看办公室够简陋，也不见人，但却潜藏着如此大的业务量，可见其能量和规模也会相应的大，他们算投对地方了。

不一会儿，秦经理果然回来了，他和每个人都握了手。

秦经理是个三十多岁的人，个头高而壮，壮得脸上疙疙瘩瘩很不平整，好像长过许多粉刺，那粉刺一挤，就会变成这样子。秦经理看上去绝对是个北方汉子，但他说话又带些南方的口音，秦经理说他是江苏人，因为出来打拼多年，口音变杂了。

谈话一拍即合。秦经理说他下面有好几个施工小组，政策是这样的：无论是谁找来的业务，合同统一由公司签订，但找来业务的人可以从中抽取10%的信息费。然后公司把任务分到施工小组，质量、进度等都由施工小组自己负责，公司只负责与甲方最后的结算。这其中，公司要提取20%的管理费，剩下的就都由施工小组自行分配了。

条件不可谓不苛刻，但也算相当灵活和开放了，有本事就自己去找业务啊，有本事就加紧加劲地干啊，反正余下的都属于你了。立秋他们三个几乎没怎么商量，便同声答应：“行，就这么办！”当即和秦经理签了合同。

不知怎么回事秦经理一眼就看中了朱立秋，问他贵姓，多大年纪，然后建议由立秋担任施工小组的组长，孙好民和赵大坡都一口赞成。

秦经理说："眼下就有一份合同，钱虽然不算多，也够你们干一阵子了。客户是居民区的一户人家，平房五间，装修意向书已经签了，该房主也不懂什么装修，但比较有钱，你们去给他策划、设计一下，他如果同意了，就让他按咱们的要求买材料，如果他提出不负责买料，让我们大包，那就最好不过了。但是有一条，材料由公司统一买，承包小组无权插手。"

立秋他们一一点了头，第二天便到达了现场。房主确实不懂装修，只说按较高的标准做，而且对进度也没有什么要求，因为有地方住。

软包的风潮已经过去，现在时兴的倒是硬包。墙上不再有海棉或玻璃棉，而是满铺了板子，再做菱形块儿或是条形块儿，屋顶除去"众星捧月"便是大圈套小圈，地面不是木地板便是大理石，除此之外，也没见更新鲜的。秦经理又给他们招来五个人，加起来一共八个，都归立秋领导。

这户装修沥沥拉拉干了足足两个月，材料由房主购进，但房主极聪明，那材料进得断断续续，因为这样你就不会赶进度，就会有足够的时间把手下的活儿做得细一些。秦经理不管也不催，因为进度的缓慢与公司无关，最终吃亏的是具体施工者。

然而这家房主也算是有良心的，或者说好人终没吃亏，秦经理很顺利地结了工程款，立秋他们也就很顺利地从公司拿到了钱。更令人意想不到的是，这家房主事后竟然为立秋他们主动介绍了客户。

这第二家客户是楼房，两室一厅，因为害怕走样，提出与第一家客户的装修完全一致。按理说这第二个客户应该算是立秋他们找来的业务，但是秦经理不同意，其理由是"没有根儿哪来的梢儿？第一笔业务是公司给你们的，所以才有了第二笔"。立秋他们颇感到委屈，人家是相中了他们的认真态度和活茬的质量，公司仍然要从中抽血，不过后来想想，为了长远利益，还是算了。

然而更没有想到的是接连发生了如多米诺骨牌那样的连锁反应，第二家给介绍了第三家，第三家又推荐给第四家，等等等等。他们都是小门小户，工作量也不大，但都刚拿到钥匙，准备迁入新居，着急得很，也兴奋得很。于是立秋他们一鼓作气，连春节也没有休息，更别提回家，到来年的三月底，所有人家装修完毕，检查验收，小缺点难免，大毛病谁也没挑出来。

一共干了五户装修，材料均是甲方提供，立秋他们实际干的是清包工，价钱从一万元到二万元不等，除掉公司抽走的20%，再刨去平时预支的饭费，余剩四万六千元。立秋作为施工小组组长，他按八个人平均分配，每人净得五千七百五十元。赵大坡和孙好民两人百般劝说立秋应该多拿一点，另外五个人也感到过意不去，但立秋如同什么也没听见。

与公司签订的合同中有这样一条，有活儿召之即来，没活儿各回各处，公司不负担任何生活费用。干活的时候一般吃住在现场，现在没活儿了，立秋他们只好另租了间房子，那五个人也自行散去，这三个人又住在了一起。

自头年十月到今年三月底，半年时间，他们没日没夜，苦干狠干，钱不多，但是够了，够了，比挖大沟强十倍还多……孙好民和赵大坡去逛街了，买回来崭新的鞋，又买回来衣裳，那衣裳虽然是旧的，地摊上买回来的，但穿在身上还蛮合身。

孙好民把所有的钱几乎都寄回了甘肃老家，因为家里有老人也有孩子，两个孩子，都是女儿，孙好民一门心思想要第三胎，这也是媳妇和两位老人日夜盼望的，如果老天长了眼睛，就让他们有个儿子吧！

赵大坡只往家寄回很少一部分，他把绝大部分钱都留在折子里，因为他是个离了婚的人，今年才刚三十岁出头，总要存些钱准备再找一个吧。赵大坡说他命不好，娶了个好吃懒做的，孙好民说你当初干吗去了？赵大坡说一顿饭，就因为那一顿饭！你想谁能天天下馆子啊！幸亏他们还没有孩子。

立秋的BP机响了，这是家里对他第三次呼叫，前两次都叫他回去，这一次索性叫他“速归”。立秋知道，自头年夏天一直到现在，他还没有给家里寄过一分钱，他去打电话了，孙好民和赵大坡也陪同一起去。

“立秋啊，在外面混不好就回来吧，万事不可强求。”是养父的声音，没别的事，还是要他回去。

立秋说：“爸，我现在挣到钱了，马上就把钱寄回去！”

养父说：“孩子你错了，我想的不是钱，是人啊！穷也好富也好，一家人只要在一块儿就是高兴的。”

立秋说：“爸，我有空肯定回去，但是有挣钱的机会了，难道不挣吗？不过也不是什么大钱，暂时也别叫乡亲们来找我。”

打完了电话立秋就去邮局寄钱，五千元整，他只寄走一半，自己留了一半。赵大坡在一旁看着，开玩笑说：“立秋你也留私房钱，肯定也想搞对象！”

立秋说：“我有别的用。”

赵大坡说：“我看你经常一个人发愣，肯定有女人了，留下来好给她花。”

孙好民说赵大坡："你别跟他开玩笑了，你看他是开玩笑的人吗?"

出了邮局，立秋说："我真有别的事，得走几天。"

赵大坡说："你不是说好了不回家吗?"

立秋说："不是回家。"然后他便把腰间的 BP 机摘下来，"这个留给你们，免得我回来的时候找不到你们。"

孙好民和赵大坡两人都愣愣地看着立秋，觉得见立秋这人除去干活认真、吃苦耐劳，平时却少言寡语，一般他不想说的话，再问也没有用。

孙好民说："你出去办事，正好用这玩意儿。"

立秋说："我用不到它。"

赵大坡说："有事我们呼你。"

立秋说："不用呼我，到时候我呼你们。"

赵大坡手里拿着 BP 机，摆弄了两下，又转递到孙好民手里，他只有小学三年级水平，他说他看那玩意儿费劲，连电话还从来没打过呢。

朱立秋说走就走了，第二天便买了去省城的火车票。K 市距省城二百多公里，两个多小时的路程。

韩玉山曾告诉了他韩江上学的地址，那所大学的名称他也记住了，但他口袋里没了钱，挖大沟挣的钱和给高科长装修挣的钱除去房租再除去每天吃饭，已所剩无几，最后的二百元钱又打架般的留给了韩玉山，所以从南庄回来路过省城他没有下车。现在，他有钱了，新买了一件夹克衫，夹克衫里装了两千多块，他要先找到韩江，看看能否从这个大学生那里得到关于南庄更多的信息。然后，他可以利用这些钱在尽量短的时间内到达两三个城市，去寻找那个发达了的、杀父害母的、又不知现在何方的叫王通森的人！如果神灵有知、苍天有眼，兴许不知在什么地方就能碰到他！

但是立秋失望了，他没有找到韩江，因为那所大学迁址了，迁到了郊区。立秋又找到郊区，偏偏不巧的是大学二年级的韩江和同学们一起到远郊考察、实习去了，要吃住在远郊。立秋为此事奔波了一整天，此时回市区连公共汽车也没有了。他只好又住进了一个小旅店。

躺在小旅店的床铺上，立秋左右盘算，此行不是冲动，不是头脑发热，为此他已筹划半年之久，自他从南庄回来的那一刻起，不，还要更早一点，从他在地里帮韩玉山默默干活的时候起，他就在盘算着怎样为这样的行动做好准备。父亲死了，母亲死了，世上最亲的人死了，对爷爷的模糊印象让他的悲伤与仇恨伸向了更遥远的记忆，他们死得那样惨，那样不明不白，而母亲生前做了那样世间少有的绝死的拼争！而他，他们的儿子，难道还有什么可惧怕的吗？还有什么可吝惜的吗？还有什么不能割舍的吗？在准备这次行动的同时，他不只一次地想过，不管在哪里碰到王通森或是掌握了他的行踪，他相信会一定认出他的，凭感觉也能认出他来……他将用怎样的方式报仇呢？

王通森可能从宾馆、从饭店里出来，然后走进轿车，也可能从家里出来，或者从轿车里出来走向宾馆或饭店再或其他的地方，他当然会有保镖或手下陪护……为此，立秋白天的时候路过地摊，特意买了一把弹簧刀，那是一把藏刀，钢口极好，犀利无比，全长约二十公分，缩进去只有十公分，把它装在衣兜里，安安静静的，只待刀锋出鞘的一刻。

立秋仰面躺着，从兜里摸出那把刀，他没有打开弹簧，免得“叭”的一声惊动了身边的人。记得在中学的课堂上老师曾讲过人体构造，现在派上用场了，左上方是心脏确定无疑，因为它每时每刻都在跳动，那么肝和肺呢？立秋用刀柄在自己的胸脯上轻轻滑动，慢慢寻找……肾不行，据说肾可以移植，最好是心脏，准确无误的心脏，一刀见成果，就在飞身上前的一刹那！

咦？心脏怎么跳得如此平稳？好像什么事也不会发生，据说一个好的运动员在休息的时候心跳不超过六十下，他有一个好运动员的素质吗？可能没有，也不需要，因为他的心脏早已激烈跳动过了，在韩玉山家的炕上，在那一段一段、一句一句、撕心裂肺的述说里，他的心脏几乎要冲破胸膛，在空中爆裂！自此之后它们反而平稳下来……够了吗？够了，胸壁能有多厚？十公分的刀长足以够到心脏，如果来得及，还可以如杀猪者那样，搅动一下。

后果吗？随便。

……一辆豪华列车呼啸着向北方驶来，掠过田野、村庄，穿越了广袤的华北大地，进入了北京地界。

从富丽堂皇的西客站走出来，不知道为什么，朱立秋竟然打了一辆出租车，好像是种下意识，又好像是主观的迫不及待；如果说火车供选择的余地不大，那么出租车你完全可以选很便宜的，然而朱立秋看见第一辆出租车便招手坐了上去，那是一辆桑塔纳，两元一公里，朱立秋向司机师傅说了一句：“天安门。”

四月的北京已经为“五一”黄金周做准备了，映入眼帘的，除了在其他城市还未曾见过的如此雄伟壮观的高楼大厦之外，还有衣饰华丽的人流和更加热闹的街市。这条街呢？这条街叫什么街？这大概就是人们传说中的长安街吧？因为它真的是那么宽，又那么长……到处是鲜花，还有彩旗，鲜花越来越多，越来越多，好了，前面就该是天安门了吧？没错，肯定是的……

出租车拐了一个弯在路边停下了，立秋付了车钱，然后他好像浑身颤抖着向天安门广场走去，真的，这就是老师在课堂上讲的、在书本和电视里看到的、无数次向往的天安门了。

人多，花更多，还有人在忙着搬运和摆放出各式各样鲜花的图案。立秋走到了广场中央，正面对着天安门，六年小学，一年半中学，在那个遥远而僻静的乡村里，天安门永远是同学们想象的极致和最高的精神奢望；在施工队里，“天安门”这三个字永远是人们相互打趣又相互鼓励的名字。今天他朱立秋来了，就站在广场的正中央，面对着天安门，面对着毛主席像……望着，望着，此时，他明白自己为什么那般迫不及待打出租车的原因了，同时又想，自己的心房不是不再激烈地跳动了吗？然而此刻怎跳动得如此厉害呢？像有一只柔软的小手在轻轻抚摸他的心脏，让他安静下来，安静下来，续而，它变得润润的，软软的，好像让温水浸泡了，立秋也觉得身子一软，坐在了地上。

秋儿就那么坐着，垂着头，似乎不敢再看天安门，也不愿看周围的人和鲜花。

太阳西斜了，立秋抬起脸，晚霞不知从哪座高楼的玻璃墙上反射过来，刺得他几乎睁不开眼，他站起身，离开了广场。

立秋现在很想给家里打个电话，自他只身飘泊，还从来没有主动给家里打过电话，然而今天不一样，他想倾诉，想对家里人说话，想和养父养母说说天安门和长安街，但长安街上没有电话，立秋只好走开去，他信步走，辨不清东南西北，也不知穿了几个街口，终于找到了一个报刊亭，那里有公用电话。

立秋拨了区号，然后拨通村委会，那边“喂”了一声，问他是谁，立秋说：“我是朱立秋，麻烦您，请找我爸来接电话。”那人说：“是立秋啊，我告诉你，往后别往村委会打了，你们家门口有个小卖部，那里有电话，我现在告诉你电话号码。”那人告诉了号码，于是立秋重新拨了，果然，不到一分钟养父朱保富就接了电话。

“爸……”立秋叫了一声，不知怎么，忽然哽咽了。

“喂，立秋，怎么不说了？你倒是说话呀！”

“爸……”立秋又叫了一声，然而还是哽咽住了。

“喂，立秋你是不是受委屈了？是不是让人欺负了？”听声音朱保富要急了。

立秋发现自己满脸是泪，他抹了一把，报亭的主人很好奇地看着他。

“不，爸，我没事，挺好的……”立秋说，“我就是问问家里好，挺想你们的，爸，您挺好的吧？”

“我挺好……你说话怎这个声啊？是不是有病了？”

“我没事，挺好的……爸，挂了吧。”

立秋挂了电话，他实际什么也没有说。

立秋此时不知道自己在朝哪儿走，他的精神有些恍惚，街灯亮了，车灯也亮了，他两耳充满了汽车的“呜呜”声，像风在呼啸，像雨砸在石棉瓦顶上“扑扑噜噜”的声音……

立秋忽然感到全身热起来，他把夹克衫脱掉，只剩里面的秋衣，但还是热，摸摸自己的脖颈和后背，竟然是汗涔涔的，他知道自己的毛病又犯了。这毛病近来已犯过几次，饿了的时候不感到饿，而是出汗，出个没完，并且伴随着狂乱的心跳。他坚持往前走，凭着他对城市的了解，估计已到了城乡结合处，于是路灯下有了地摊和煎饼摊，而这在城里的大街上是没有的，也不允许有。

立秋买了煎饼和鸡蛋，蹲在路边吃了，吃到一半的时候汗停了，心也不狂跳了。然后他朝一处民居的深处走去，从胡同的这一端走到胡同的另一端，终于看见一户人家门口贴着“院内有房出租”的字样，他叫了一声：“有人吗？”

一条小不点儿的狗先跑了出来，紧跟着出来一位中年妇女，问：“几个人啊？”

立秋说只他一个人，那妇女问住多久，立秋说只住一两个晚上。

女人的脸拉下来，说：“一两天不租，我是租房，不是开旅店！”说着把门“砰”的一声关上了。

立秋并不埋怨人，这里是北京，不是他所到过的中小城市或县城，那里有的是大小旅店，住一个晚上两个晚上都行，而这里有的是宾馆饭店，你住得起吗？

夜幕降临，街上开始变得清静，汽车也显少了。立秋看见了一座桥，以为那桥下面又是他习以为常的栖身之地，走近了，原来是一条河，河水在灯影里缓缓流动。立秋还没见过这么大、这么壮观的立交桥，远远望去，如白昼，如灯的海洋。

他在附近终于发现了一个不宽的通道，那通道有如他一开始住过的涵洞，但这里很干净，也聚集着一伙人，这伙人立秋一眼便断定与自己有某些相同或相似之处，一打听，果然，他们是民工，是修路的民工，他们统统聚在通道两边的便道上，有的靠行李坐着，有的躺着，也有三五成群地彼此大声说着话，大家像在等待着什么消息。这让立秋想到了许多，想到了若干年前他在那个白头发的、脖子上长了一个肉瘤的老头子眼皮底下逃跑的情景，那也是一个通道，聚集着恁多的小商小贩……北京原来也有这样的地方。

立秋找个背静处靠墙坐下了，过了一会儿，这伙人被一个人带走，连人带行李统统上了汽车。

通道里只剩了立秋一个人，除去头顶汽车经过的声音周围忽然变得很安静，没有风，也没有其他人经过，风被对面巨大的桥身挡住了。

立秋感到很疲倦，他躺下来，那伙人丢下的草袋子正好当褥，另一条当被，四月末的夜晚仍然凉。

来这里干什么？来到这座全国最大的城市干什么？就是为了看天安门吗？不，不……这一路上想得好好的，在N市的小旅店里也想得好好的，半年来他无时无刻不在想……在草袋子下面，立秋的手触到了那把弹簧刀，这以前的一段时间他几乎把它忘记了，现在把它从兜里抽了出来，再“叭”的一声弹开，弹开的声音在安静的通道里惹起一点点回音，然后，他蜷起一条腿，把裤脚卷上去，一直卷到大腿根部，他试着用刀尖划，再划，很疼，大约割破了皮，那么接着用力，再用点力……他感到有一根神经自肋下到脖颈，再到后脑，似乎麻木了，竟然不再觉得出疼。

他怀疑自己是否真的用了力，又怀疑那是否是真的刀尖儿，于是他用另一只手去摸，他摸到了黏糊糊的东西，没错，是血，自己的血，那血虫儿爬似的环绕他的大腿，好像在画一个圆。

立秋的第一步是先找工地，凡是正在盖或是刚刚盖起高楼大厦的地方他都去，因为唯有这些地方才最有可能找到王通森的公司或是王通森本人。北京的高楼大厦最多，也最高级，王通森不是发达了吗？他的公司肯定高级，那就一步步地找吧。他先徒步在附近找，然后又乘了公共汽车到远处找，但只跑了一天，晚上再回到那立交桥下的通道的时候便遇上两个巡夜的人要把他带走，立秋百般解释才算放过他，但他再也不能在那儿住了，又不得不跑到郊区，租了一间每月一百元的房子，并且预交了二十天。

北京真大，走一天也走不出它的范围。这里和全国其他城市一样，到处有工地，到处都在施工，你用不着去打探，远远地便能看见悬挂在高处或隔离墙上的某某建筑公司或某某集团公司的名字，但一个也没法和“王通森”三个字或者通森公司扯上关系，也有的工地看不到施工单位的名字，立秋便走进工地去，从推沙子的民工到吹哨子的指挥者，以及戴眼镜拿着图纸的工程技术人员，他都一一打听，但他们都忙，一致的回答均是“对不起，不清楚”。再进一步问，他们便说“根本没听说过通森公司，也不知道这个人”。

立秋摸摸大腿上的伤口，皮毛之痛，只两天就愈合了，年轻真好，没有什么做不到的！

立秋第二步放在了新竣工不久的大厦和楼群上，凭他的经验，凡够档次、够规模的建筑竣工后都会留下建设者的标记，即设计单位、施工单位等，还会标明年、月、日。既然竣工不久，就说明盖这大楼的人不会走得太远，起码在这大楼里办公的人有可能知道他们的下落。

立秋用七八天的时间看了无数个高档写字楼和华丽的商厦，也只有一两个在外墙的腰线之下的某一处刻有标记，但依然与“通森”二字毫无关联，既没有谐音，也没有相近的字，他去问楼里办公的人，但他们根本不管你那一套，忙得他们连个白眼也顾不上给立秋一个。立秋又去找物业，物业的人众口一词：“我们不管这个，你去派出所问吧。”

派出所？派出所能查建筑公司吗？

有一次，在住宅小区门口，他碰到了一个干保安的头头，那人三十出头年纪，说一口京味儿普通话，立秋吃早点，他也吃早点，立秋指着小区的楼群问：“大哥，像这么高级的住宅，应该算是别墅区了吧？”

那人说：“这叫高级公寓，不叫别墅。”

立秋接着问：“这需要具备相当实力的公司才能承建吧？”

那人很内行地说：“也不见得，靠实力，还要靠关系。”

立秋自然理解这说法，但他不想谈这个话题，便直接问道：“大哥，您听说有个公司叫通森公司吗？那也是有实力的。”

那人想了想说：“通森？听着倒是耳熟，不过可能也是四五年前了。”

立秋慌忙说：“我就是那公司的人，我回老家了，回来之后就找不见他们了，大哥，您能帮帮我吗？”

那人笑了，说：“兄弟，干吗一棵树吊死？再说北京这么大，公司多如牛毛，你上哪儿找去？”

立秋说：“我就是要找到这个公司，他欠着我钱呢！”

那人：“欠你多少钱？”

立秋说：“好几万。”

“没这么多吧？几千还不行？”那人撇撇嘴说。他吃完了，却站在那里不走，看着立秋，“兄弟，依我说，还不如跟我干保安呢，我在北京干保安多年，也干过好几个地方，你看我现在，包吃包住一个月也挣到一千五百块了。你小伙儿我看不赖，个儿是个儿，模样是模样，你要是乐意呢，我跟物业说一声，这儿正好缺人。”

立秋哪有心思听这些话，他缠着那人不放，说：“求求大哥了，帮我想想那个通森公司到底哪去了！”

“去了南方吧。”那人见立秋并没有当保安的意思，便说起了玩笑话：“听没听过？不到北京不知道自己官小，不到深圳不知道自己钱少，不到海南不知道自己身体不好。”

“这么说他去了南方？”

“一般在北京创了牌子就到南方发展了。”

“真的？这么说去了海南岛？”

那人走了。

想想，那人的话也没谱。

还有一次也是在住宅小区门口，立秋是个陌生人，保安说什么也不放他进去，立秋便盯住一个出来遛宠物狗的中年男人，夸奖道：“您这小狗真好！”

中年男人说：“一般，一般。”

立秋说：“您这么年轻就退休了？”

中年人说：“内退，我有糖尿病。”

立秋说正题了：“大叔，我想问问您，您这小区的楼房是哪个建筑公司建造的知道吗？”中年人只顾逗弄小狗，没着耳朵听，立秋再说一遍：“大叔，有一个通森建筑公司，您听说过吗?”

不过这位中年男人可能认为他问的这问题有点不着调，便不太友好地白了他一眼，说了一句："那谁知道!”

又出来一位遛弯儿的老头儿，立秋抢上前去问："大爷，您知道这个小区的楼房是哪个公司承建的吗?”

老头儿回身望望那片楼，又想了想说："好像是谁的儿子吧……谁的儿子呢？说不清。”

这“谁的儿子”肯定与王通森没关系，立秋刚要走开，遛狗的中年人又回来了，说："什么谁的儿子，是个香港老板。”

老头儿肯定地说："是谁的儿子。可就是到嘴边上想不起来。”

中年人使劲摇头："不对不对，是个香港老板，我第一批入住，那还有错?”

北京的闲人真多，两三个人短暂的争论也能立刻招来许多旁观者，门口的保安同时拒绝着立秋，立秋又在诉说着什么，于是便坚信这里发生了事，什么事且不管，看看热闹再说。

遛狗的中年人冲大家指着立秋："他要找一个……什么公司?”

立秋说："通森公司。”

中年人说："对，通森，大海茫茫的，上哪儿找什么通森?”

这时候一位女同志猜中了："是欠你钱吧?”另一位过路的停住脚步也猜中了，说："这种事多了去了，我们小孩儿的舅舅的一个邻居欠了他半年的工钱，要了无数遍就是要不回来。”

另外一位大嫂提高了声音问立秋："什么公司？通森？啊……我告诉你吧小伙子，去南郊找去吧！我好像在那边见过这公司的名字，跟个大标语似的，对不对?”

立秋糊里糊涂地点头。

就这样，在最后的几天里，立秋从早到晚在南郊一带奔波。

北京实实在在大，大得简直漫无边际，从市区乘公共汽车坐了四个小时也才到达远郊区，若在K市，早已打几个来回了。然而立秋在这里只看到了通达、通顺、通利、恒通等字样，他们都是公司，或大或小，或开发，或建筑，或装饰装潢，唯独没有见到带“通森”俩字的建筑公司。但他也基本全打问了，得到的回答仍然是“不知道”“不清楚”，或说“对不起，无可奉告”。

完了，二十天完了，必须回去了。

关键还是钱太少，行动和时间都受到了绝对限制，他原以为携带的两千多元可以让他跑两三个城市，未料只北京这一趟，也还没有走遍它的十分之一就用光了。仅剩的三百元钱不能再动，他必须留做回去的盘缠。

不着急，不着急，这是第一次，也可算是一次尝试……找到他，哪怕天涯海角。

十 哥仨好

立秋立刻回到了K市。

门锁着，立秋在门口发愣，房东正好引新来的住户要进屋。房东说："你那两个哥们儿前几天搬走了，搬哪儿去了，不知道。"

立秋马上去打电话呼孙好民，过了一会儿，孙好民回话了，说立秋你可回来了！快来吧，就在解放路东边的那条街上，是个歌厅，等你都等急了！

立秋赶到那里，果然是个歌厅。很好，回来就有活儿干，而且工程看来很是不小。

秦经理也正好在，他说："你倒好，一走就是二十多天，再不回来我就另找别人了！"

立秋马上着手策划，秦经理跟在后面，又说："搞对象去了吧？兴许还同居了，看瘦的，悠着点儿啊兄弟！"

歌厅是由饭馆改造的，又向里扩充了不少。饭馆不景气，普遍的不景气，代之兴旺起来的是歌厅，大大小小，档次不同的歌厅。有的不叫歌厅，叫练歌房或是啤酒屋，总之都是娱乐业，只在这解放路两侧就有五六家之多。

还是原班人马，一个不缺一个不少，立秋也依旧做这八个人的组长。他回来了，秦经理便不再露面，除了如以前一样按时预支给饭费以外，只等最后与甲方结账。

歌厅的装修除了漂亮以外还要有隔音、吸音的效果，所以仍然以"软包"为主，二十几个单间，再加上走道和吧台，工作量可想而知。立秋他们从五月中开始，一直干到七月初，总算完成了。这中间歌厅老板几次催进度，立秋也反映了，但秦经理只是口头答应，实际一个人也不增加，搞得立秋他们只好没明没黑地赶。还好，验收的时候无论歌厅老板还是秦经理都没有挑出什么毛病来。

据秦经理说歌厅老板和他是哥们儿，所以钱结得很顺利，但是这一次秦经理并没有如前几次一样按与公司签订的合同把现金及时付给立秋他们。秦经理解释说他的另外几个施工小组出了些问题，预付款没有按时到，资金便有些周转不灵，希望大家体谅一下，困难是暂时的，等缓过这一步，一分钱也不会少给大家。

好在没过多久，新的业务又来了，这次是一个小商品批发市场，工程量更大，而且急等招租、开业，所以工期要求得更加紧迫。立秋他们仍然日以继夜，干了两月有余又优质优量完成了工程。好了，可以喘口气了，立秋他们回到住处，一个个灰头土脸，身也累心也累，但他们静静地等待着，等待两次辛勤劳动的报酬一并到来。

然而，一天，两天，没有消息；三天，五天，还没有消息，也一次都见不到秦经理的面。歌厅的装修款分明给了，小商品批发市场的钱也结了，只不见秦经理通知来拿钱。

作为组长，立秋不得不到公司来找秦经理了。然而一切已晚，那户人家屋顶上的几间简易房已是人去楼空，只有它们还静静地伫立在那里。门锁着，是房东锁的，问办公室那位姑娘，房东说："她先走的，前六七天就不见了。"又问秦经理呢，房东有些恼，说："我租房，收房租，是不是骗子我管不了。"

只留墙上那张全国业务覆盖图，是那么耀眼，那么令人鼓舞……

立秋他们去找小商品批发市场问个究竟，那里正好开业，鞭炮齐鸣，市场经理又高兴又忙得不可开交，说："钱不是结了吗？还找我干吗？"

立秋说："秦经理失踪了。"

这位经理说："那是你们内部的事，与我无关。"

也真的与人家无关。立秋他们只好又跑到歌厅去问，那位歌厅老板说："说真的，有些话我不好给你们讲，那小子根本就是个骗子。"

"你们不是哥们儿吗？"

"哥们儿个屁！只不过是认识。我只是听说他手底下有支队伍挺可靠，质量保得住，我才找了他，没想到就是你们。说实话当时我就替你们捏把汗，结果还真把你们骗了。”

“大哥，我们怎么办？是不是应该到工商局去报案？”

歌厅老板大笑不止，说：“嫩啊，兄弟，太嫩了。”

不管怎样，立秋他们还是到当地工商局去了，查的结果，证明秦经理的公司完全是没注册没执照的非法经营，姓秦的的确是个骗子！

两项大的装修业务，没日没夜地苦干，从五月干到十月，历时半年，全刨剩下，每人平均也要拿七八千元，八个人就是六七万！姓秦的开始的时候如实兑现，原来是给他们糖球儿含，后面大数额的侵吞才是他要达到的真正目的。那张所谓的业覆盖图是故意用来唬人的；多方打听，原来姓秦的也根本没有其他的施工小组，只立秋他们一个，然而只这一个估计在整整一年的时间里就让姓秦的获利几十万元不止。

紧接着，材料商店的老板也找来了，姓秦的欠了人家很长时间的材料款，人家竟然寻到了立秋他们头上，然而谁也没有办法，大家同病相怜，一起把姓秦的告上了公安局。

公安局也好，工商局也好，茫茫人海，骗子有的是，且花样翻新，姓秦的是哪儿的人？是真名还是假名？谁能给个肯定的答复？也只有记录在案，等到终有一天发生了连锁反映，那人也就自然而然落入法网了。既然是这样，愁有什么用？工商局和公安局的同志说得好，也怪自己缺少了自我防范的一根弦，于是各自悲伤了几天，也就散去了。

立秋三人依然没有散，他们一同喝酒去。

三人萍水相逢，算来已一年有余，还从来没下过馆子，今天破例，痛痛快快地要了几个菜。人到了极度伤心的时候反而会大方起来。

立秋不会喝酒，也从来没喝过酒，饭桌上，赵大坡喝得满脸通红，说：“别让我撞上那个姓秦的，撞上了，钱宁可不要，我一刀宰了他！”

孙好民是个仔细的人，喝酒也有分寸，他说：“命中该有多少财就有多少财，再过几年即便你碰上姓秦的恐怕也认不出来了。”

立秋说：“怪我，全怪我，我一点儿都没看透他，也没多留个心眼儿。”

赵大坡说：“怎能怪你？你是兄弟，全怪我们俩这做哥哥的废物，白长了你几岁！”

孙好民说：“要怪全怪我，我最大，应该比你们多留个心眼儿。”

立秋大部分时间都两手插在裤兜里干坐着，只偶尔动动筷子，赵大坡说：

“立秋你倒吃菜啊，怕不够啊？服务员！拣你们拿手的再上几个来！”

孙好民说：“够了，够了，服务员，不要了。要多了浪费。”

赵大坡说：“孙哥你老是抠儿，你还有两个女儿将来帮你挣钱，老了养活你。我呢？连个媳妇都没有，可我一点不抠儿，也不愁！”

孙好民叹了口气说：“我那两个呀是赔钱货。”

立秋说：“你们两个肯定都会慢慢好起来的，我保证。”

赵大坡站起身来说：“这话我爱听，有了钱，咱不光下馆子，也他妈打炮儿去！”

孙好民说：“行了，大坡你喝多了。”

赵大坡咧咧嘴说：“你是说我喝多了？告诉你，在我们锡林盟，用饭碗干！”

孙好民说：“你们不是喝马奶子酒吗？那玩意儿我喝过，酸的，也没什么劲儿。”

赵大坡又使劲咧了嘴说：“二锅头，北京二锅头，知道吗？在我们那儿两箱二锅头能换一辆好自行车！”

立秋说：“相对比较起来，还是孙大哥的老家苦一点。”

孙好民说：“总之还是好多了。我小的时候冬天就没穿过棉裤，夏天也没穿过单裤，一条裤子补了又补，一年四季都是它。”

赵大坡说：“要说我爸我妈他们那辈儿才苦。我爸十六岁就到兴凯湖伐木，后来又到辽河。我妈呢？就算个孤儿，因为我姥姥和我姥爷离婚了，谁都不管她，后来我妈当了知青，再后来就和我爸结婚了。我爸比我妈大十二岁。”

立秋冲孙好民说：“他的酒量可以，你看他记得多清楚。”

孙好民说：“立秋，你多少也喝一点儿吧，光我们两个人喝多没意思。”

赵大坡也劝立秋：“你多少喝一点儿，总共三个人，倒有一个人滴酒不沾！”说着，赵大坡拿起酒瓶倒了半杯送到立秋面前。

立秋犹豫了一下，端起酒杯试着抿了一口，有点辣，咽下去，便立即感到像有个火球下到肚里了似的，停了一会儿，也并无其他感觉，于是一仰脖把半杯酒喝下去。

赵大坡高兴得鼓起掌来，孙好民也给立秋倒了酒，这次是满杯，说：“看来立秋还是能喝酒的，脸一点没红嘛。”

此时赵大坡早已把酒杯高高扬起，说：“立秋，跟你说句透膛的话吧，我们哥俩今生今世交了你，算交对了。在这酒桌上还是头一次跟你说这话。”

立秋端起酒杯，说：“赵哥，我也这么想来。”

孙好民说：“慢慢来，兄弟……”可是没等说完，立秋那杯酒一饮而尽。接着又自己拿起酒瓶，自斟自饮起来。

孙好民说：“行了立秋，见好就收吧。”

赵大坡说：“收什么收？咱哥仨是缘分，这辈子是生是死，永远在一块儿！来，干！”

……这一顿酒饭吃得好生痛快！立秋摸摸自己的脸，岂止是没红，连热也没有热。

又是深秋了，头年的这个时候，在南庄……不，从南庄回来了，是回来了，正好认识了那个秦经理……还有，秀儿姐姐真的结婚了，姐夫什么样？没见过，有朝一日好好见见……

立秋觉得身子在打晃，两脚如腾云驾雾一般。再往前走，他左看看，右看看，在寻找赵大坡和孙好民，怎么不见呢？孙好民叫了他一声：“立秋。”哦，原来孙好民一直在搀扶着他。赵大坡呢？在前面，不知哇啦哇啦说着什么。

一阵晚风吹过来，怎这么冷？刚刚是秋天吧，怎会这么冷？从里往外觉得冷……立秋一连打了几个寒战，然后便觉一股热辣辣的气流从腹内直冲上来，他禁不住把腰弯下去，“哇”的一声，吐了。

吐得很惨，连酒带菜，蒸腾着一股难闻的令人恶心的气味。人也如棉花一样瘫软下来。

立秋病了，真的病了，是重感冒，高烧四十度，处于半昏迷状态。深秋天气，不冷不热，怎么重感冒？就是，医生诊断就是重感冒，醒来后的立秋像在冰窖里，缩作一团，全身的骨节全要断裂了，无一处不疼，无一处不像被人狠命捶打过，同时伴随着一阵阵眩晕并且不时仍想呕吐。这种情况必须接受住院治疗。

壮实实的赵大坡快要哭鼻子了，问医生说是否与那次喝酒有关，医生回答说可能有关，但即使有关，也只能算个导因，根本问题是你们这位兄弟身体透支得厉害，属于虚寒亏损，再年轻也不行。赵大坡和孙好民两人听了更是懊悔不迭，他们不明白立秋哪来的那么大精力和体力，干起活来就不要命，有时连饭也忘了吃，连水也不喝一口，身体怎么受得了呢？现在终于撑不住了。而作为两位哥哥，当初为什么不劝他点，拦他些？

立秋本人没钱；孙好民也没钱，全寄回老家了。唯一有钱的是赵大坡，他折子里存有五六千元，是准备将来给那个没影的“她”花的，现在也只好取出来作医药费。

开始的两天，两个人注注守护着立秋，喂水喂药，后来赵大坡说：“哥，这里有你一个人就行了，我还是去外面寻摸点活儿干吧，好歹也得够咱三个人吃饭的，不然出了院之后怎么办呢？都等着喝西北风？”孙好民同意，他仔细，年龄也大，伺候人最合适，赵大坡便一个人出去找活儿干了。

赵大坡出去的第二天就找到了一家搬家公司，这个搬家公司采用的也是临时雇用制，即有活儿即雇，没活儿不雇，若招之不来，便不再招，反正两条腿的人有的是。立秋住了十多天医院，花去了赵大坡存折上的三分之二，出院这天，赵大坡便没有出去干活儿，提议又去吃馆子，孙好民连连摆手说：“行啦，留着你那点钱吧。”赵大坡说：“反正那点钱也不够了，索性就花完！”孙好民说：“没钱不行，有了钱倒成了坏事的由头，要不是那次咱非劝立秋喝酒，也引不出这场病来。”赵大坡说：“孙哥你就是想不开，纯属农民头脑。我这次帮人家搬家可开了眼界，你看人家那家装修的，有的像宫殿，有的简直就是外国景儿，跟电视里演的一样，那才真叫高级！”

三个人以前找不到活儿干的时候就在租来的小屋床铺上躺着，现在三个人又那样躺着了。赵大坡嘴里哼哼唧唧，似唱似说：“跟你们说实话，要不是有你们两个，我早回家了，真没劲……”

孙好民说：“你倒说这话，要不是你们两个，我头年就回家了。”

赵大坡翻个身冲孙好民笑着说：“你回去好打炮儿是不是？让嫂子给你生儿子！”

孙好民说：“你别老是打炮儿打炮儿的行不行？当立秋的面，他才多大？”

赵大坡说：“多大？二十一了，按理说都该有孩子了。”

孙好民故意逗他说：“你三十四了，咋还没有呢？”

赵大坡并不恼，叹了口气说：“在这儿我永远也有不了，唉，还是得回老家解决吻。”

立秋躺在那儿半天不言语，这时他问：“大坡哥，你刚才说看见人家装修得那么高档，为什么不问问是哪家装修公司？”

赵大坡哎哟了一声说：“你以为那是普通人家？人家都特有钱！”

立秋说：“他有钱是他的，也不妨碍你打听一下。”

赵大坡问：“干吗？你想学人家？钱在哪儿呢？家在哪呢？”

立秋解释说：“咱们三个躺在这儿算怎么回事？还是应该去找一家像样的装修公司投奔过去，不然以后我们怎么生存？”

赵大坡和孙好民一听，都明白了立秋的意思。于是孙好民说：“要去也是我和大坡去，你刚出院，得好好养些天。”

立秋说：“我自己明白我自己，不就是累吗？今后保证注意。”

赵大坡一直在想，忽然想起来：“有一家，姓冀，我们给他把家搬过来的时候他家就装修得特高级，这家人也不错，挺和气的，还请我们吃橘子，就怕地址我摸不准了。”

立秋和孙好民都让好好想想，明天无论如何顺藤摸瓜，从姓冀的这家也许就能找到一家像样的装修公司。

第二天赵大坡凭着自己的印象头前带路，来到了K市一个经济开发区附近的一片小洋楼，赵大坡指着其中一座小楼对门卫说去找冀先生，门卫还真的知道冀先生，但只让赵大坡一个人进，其他人只能在门口等。

到了小楼门下，赵大坡敲门，没回音，只听屋里杯盏交碰，笑语欢声，像正在贺新居。再使劲敲，里面传出一声“来喽！”

门开处，一个女的站出来，喧哗声也同时溢出四外，赵大坡说：“大姐，我找冀先生。”那女的立刻转身回去，边走边叫：“老冀，找你的。”

冀先生出来了，赵大坡恍惚有了印象，但人家对赵大坡却一点记不起来，问：“你找谁？找我？”赵大坡点头，介绍自己说：“我是搬家公司的，上次给您搬家，还吃了橘子……您不记得了？”冀先生说：“对，记得，怎么了？”

赵大坡愣了一会儿，忽然急中生智，说：“是这么回事，我们老板有个朋友，他也想装修房子，听说您家装修得特别特别好，可就不知道怎样和这家装修公司联系……”

冀先生进去了，关门，不一会儿，门开，冀先生出来了，手里拿一张名片，递给赵大坡：“上面全有。”

赵大坡接过名片见上面写着“广厦装修公司”，还有联系人和电话号码。他又问：“这家公司您认为怎样？”

冀先生随手关门：“还可以吧。”

……二零一零年十月底，朱立秋、孙好民、赵大坡三人申请加入广厦家装，经过考核，正式成为了这家装修公司的员工。

广厦家装是一个已有几年发展历史的、专门从事装饰装潢业务的民营公司，总公司在省城 N 市，K 市只是它的一个分支。立秋一行三人第一天来到公司便大开眼界，并为之兴奋不已。公司自有一栋二层小楼，虽不大，但既是搞装修的，公司自有的建筑便应起到榜样和标志性作用。小楼通体钢结构，墙面是彩钢岩棉夹芯板，门窗玻璃小巧玲珑，二楼的阳台围栏是雕花铁艺，屋顶呈大红色，由薄钢板压制成瓦陇形，一眼望去便给人以蓬勃向上的感觉。一层迎面是“广厦家装欢迎您”几个大字，大字下方挂有工商营业执照，还有中国装饰装潢协会会员证书和质量监督部门颁发的资质认证证书。

广厦家装实行的再不是召之即来、召之不来便弃之不顾的临时雇佣制，而是与每个员工都签有劳资合同，合同上有权利，有义务，有工资奖金制度，也有奖惩条例。公司员工有集体宿舍，有食堂，在公司上班的管理人员和技术人员以及没有外出任务的员工均可以在食堂就餐。就餐实行固定半价制，另一半由公司贴，外出有补助。除此之外，公司还设有培训部，中级培训地点就在二楼会议室，高级培训要到 N 市总公司去。

这样的公司哪儿去找？K 市并不大，人口不过三四百万，立秋他们闯荡了恁长时间，怎么就不知道这个广厦家装呢？山外青山楼外楼，一山更比一山高，以前他们一心往钱眼儿里钻，现在只能自叹是井底之蛙了。

总的考核成绩立秋最好，他瓦工、木工兼备，并通晓一些设计知识。两天后他们便穿上了公司统一的工作装，搬进了员工的集体宿舍。宿舍就在小楼的后面，是标准的活动房屋，八个人住一间，分上下铺。这种房屋的最大好处便是随着员工外出可以随时拆卸运走，当做员工在外面的临时住所。

孙好民和赵大坡在上班的当天便随同别人奔赴百里之外去支援，那里的一座四星级宾馆正在装修。立秋则分到了另一个组里。

广厦家装才真真确确有若干个施工小组。小组人员和人数并不固定，根据工程规模大小以及技术含量和所需工种的不同可以随时调换。留在家里的七八个小组，已全部进入一片楼区，当立秋背着他全部工具，随同其他员工也进入楼群的时候，他几乎惊呆了，想自己从十四岁随同师父和养父出来在 K 市和 K 市的周遭闯荡了多年，不但不知道广厦家装，更不知道 K 市还有这样的高档楼区，那简直是大手笔、大气魄，楼群一眼望不到边，最高的达三十几层。

立秋施展了他全部的技艺，贯注了他全部的精神，他发现，广厦家装对工程质量和工作精神要求得是那样严，那样细，那般一丝不苟，远不是他们装修歌厅和小商品批发市场所达到的标准就能了事的。搬来这里住的人也真是怪，分明已经很好了，还非要装修，而且品位也不一样，有的要求精致、小巧，有的喜欢简约大方，也有的追求欧洲时尚或意大利风格，也有的要求一派古香古色。这些绝不是赵大坡所说“宫殿似的”或“电视里的外国景儿”所能一概而论的。这里并非回迁户，而是高档商业楼，每平方米卖到七八千元，有本地人，也有外地人，外地人在本地做生意发达了，便在本地买了楼，也有人在市中心区住腻了、住烦了，来这里寻一块新的乐土。

两个月之后，也就是来年的一月份，立秋被公司领导叫去了，要和他谈话。

在二层小楼的一间办公室里，与他谈话的是一位看去四十岁出头的中年人。这人的头发很长，而且梳在脑后，像个女人似的留着一个喜鹊尾巴。但这位领导和颜悦色地问：“怎么样？干了这段时间感觉怎么样？”

立秋惭愧地说：“手艺糙，我们以前简直是粗制滥造，和现在没法比。”

“在我意料之中！”领导纵声大笑，笑得非常开朗，然后又问，“据说你连初中都没有念完？”

立秋回答：“初中只上了三年级第一个学期。”

“为什么呢？”

“家里穷。”立秋说。

“可惜了，十分可惜。”领导说。说完他站起身在后面的书架上取下两本书和几本杂志，“马上就到春节了，到了春节大家都要回家，我这儿有几本书和杂志，希望你利用春节假期好好看一看。过节嘛，自然吃好玩好，但也别光顾吃和玩儿……家里都有什么人啊？”

立秋回答的是有父母、有姐姐和妹妹。

“全乎人家！”领导赞叹地说，“好吧，过节之后咱们再交流。”说完，与立秋握手。

当立秋拿着那书和杂志出来的时候，才发现那书和杂志的内容全是关于装修的。一个装修，也有专门的书和杂志吗？同时他也不明白领导谈话是什么意思，是可怜他吗？抑或嫌他跟不上趟？还是可怜他这么年轻没有继续上学？

春节说到就到了，家里也早就呼了他。养父在电话里说，立秋，从K市回家的路就这么远吗？无论坐火车还是长途汽车也不过五六个小时的时间，火车或汽车就那么难坐吗……分明对他有了怪罪的意思。但是立秋不想回家，来广厦家装不过两月，所挣的钱也仅够回家的费用，他用什么面对家人？更何况他因为有病用了赵大坡的钱，赵大坡也是急需钱的，今年，和孙好民两人迫不及待地回去了。头年春节两人没有回家。

立秋一个人留在公司员工的集体宿舍里，他翻开那书和杂志，真的，关于家装，关于宾馆饭店以及各种办公场所的装修，上面应有尽有，竟然为此专门出了书，还有专门的杂志，解释了不少成功的范例和种种不同的工艺要求，也从那里面看到了意大利瓷砖，看到了上海洁具，看到了许许多多时尚的、款式新颖的、出自世界各地的家居设备和装修材料，也知道了什么叫风格，什么叫色调，什么叫工艺配制和怎样才算温馨、优雅和美……所有这些，两个月来他只是屡屡听人说过。

立秋买了一本小字典，他觉得自己上了初中所识所写的那些字都几乎就饭吃了。他读得津津有味，查得也津津有味，只可惜孙好民、赵大坡两人不在，否则和他们一起交流、探讨多好。

春节过后，立秋被提拔了，他当了第八施工小组组长。

接着，他在二楼小会议室接受培训，授课内容从设计理念到个性化服务，从最简单的造价、最低廉的装修项目到目前的几种流行时尚，也讲到美学……

授课的老师曾经是省工艺美院毕业的高才生，从事装修行业多年。其中也包括那位留着长头发的公司领导，他原来是搞舞美的，曾到中央戏剧学院进修过，但话剧不景气，戏曲更不景气，他便改了行，彻底干了装修。据说很挣钱。

自然也经过考试，考试过后立秋便正式上岗，带领三十几个人，同时给他配备了手机。

这一年，朱立秋完成公司下达的施工合同最多，也完成得最好，有了好的口碑，又给公司带来了更多的业务。

一晃又到了年底，立秋的报酬位于全公司的中上层，全年净剩一万六千元。立秋把其中的两千元暗暗地寄往了孙好民的老家，又拿出三千元暗暗寄给了赵大坡的父母，还剩一万一千元，立秋把一万元寄给了养父养母，他自己只留一千元。钱寄回去了，他仍然没有回去。

孙好民头年春节回家一箭中的，后来家里来信说生了，但还是个丫头，孙好民好一顿叹气，再后来他媳妇又呼他了，孙好民回电话说干吗，哪儿那么多事。他媳妇哭了，说超生……人家要罚款。问罚多少钱，媳妇说两千元。

赵大坡头年过完春节回来就向立秋和孙好民报告了他的大好消息，有人给他介绍了一个对象，还是黄花大闺女，只年龄偏大了点，仅比他小四岁，今年整三十，所以今年还没到春节赵大坡便请假提前回家结婚去了。当他和孙好民过完春节从家里回来的时候，两人都向立秋红了脸，赵大坡说："立秋你不够意思，人病了，那是救急，不是借债，谁要你还了?"立秋说："不是还，是给你出的喜份儿。"赵大坡说："有这么大的喜份儿吗？我们那儿的人全眼羡了，都认为我交了一个大款。"

孙好民则说："兄弟，你不该，不该……你也有两个老的，还有一个妹妹上学。"立秋说："我那个妹妹不上学了，她没有考大学，现在已经工作了。"孙好民说："那也不该，你别听我那屋里的，女人说话就是邪乎。"

他们又干到了秋天。

一天傍晚，下班回来以后，立秋把孙好民和赵大坡拉到一个僻静处，说："两位哥哥，我想辞职，不干了。"

赵大坡和孙好民都瞪大了眼睛，愣愣地看着立秋。看了好一会儿，赵大坡说："立秋你是说梦话怎地?"

立秋说："我不是说梦话，也不是和你们商量，我只是告诉你们一声，我要辞职了。你们如果愿意和我一起走呢更好，不愿意呢，就留下，咱们还是天底下最好的哥们儿。"

赵大坡急脸问："为什么呀？你总得有个理由吧?"

立秋想了一下说："理由很简单，就是嫌钱挣得太少。"

孙好民也不理解："可挣多少算多呢？现在咱们总比以前强多了吧！再说人家公司领导对我们不错，凭良心说，对你错吗?"

赵大坡说："我觉这么干可对不起人！"

立秋站起身来，面带笑容："那你们就留下。"

孙好民一把拉住立秋："说清楚，你打算去哪儿?"

立秋说："我打算自己干。"

"自己干?"赵大坡和孙好民更愣了。

立秋说："我打听过了，再说杂志上也有，申请办个体公司或是装修队之类才要万八千块钱的注册资金。"

赵大坡说："你想得容易，那份罪咱又不是没受过。"

孙好民不断从牙缝里打着吸溜，说："如果咱一起走呢……"

立秋说："那就看咱仨怎么干了。"

赵大坡说："你还是先问问看吧，整不好咱前几个月的活儿白干，一分钱工资也不给你。"

于是第二天立秋便到小楼里去找了那位留着长头发的公司副经理，他姓董，自听过他的讲课之后，立秋一直叫他董老师。

董老师叫他坐，问他有什么事。

立秋早已拿定主意，因此毫不犹豫："董老师，我想辞职，出去自己单干。"

同样，董老师也惊异得睁大了眼睛，好久好久注视着立秋。立秋并不回避，也直直地望着董老师。

"什么？朱立秋，你说什么？我没听懂。"

立秋又重复了一遍，加了一句"对不起"。

董老师低头看着桌面上的玻璃板，他的下额小幅度地摆动几下，然后向后掠了一把他的长发，站起来在地上开始踱步，说："谈谈，你对公司有哪些意见？业务上的、员工福利待遇方面的，或者对某个人、某件事。"

立秋说："董老师您误会了，我对公司没一点意见，对某个人也没有，公司非常好。"

"那又是为什么呢？嫌你的工资低？奖金不满意？"

"都不是。"

"那为什么要离开？"董老师摊开双手。

"董老师，"立秋说，"我其实就是想出去自己干，想挣更多的钱。"

董老师终于相信立秋说的是实话，他重新回到办公桌旁，沉默了一会儿说："当然，这是你的权利，我没有理由阻拦你，但是年轻人，我还是想提醒你一句，请你三思而后行，你肯接受吗？"

立秋说："董老师，我早已想了无数遍。实在对不起。"

董老师说："朱立秋，你用不着用这种口吻说话，去与留都是你的权利。合同上不是写得很清楚吗？咱们互有义务互有权利，你为公司做出了许多努力，公司也尽可能合理地付给了你报酬，我们之间不存在谁亏欠谁的。"

立秋说："董老师，您有什么要提醒的，请您说吧。"

董老师说："现在我觉得没什么必要了。倒是有些感想说给你听，第一，我很为你的这种大胆和魄力感到振奋，你们这代年轻人比我们当初强多了。第二，也为即将失去你这样一员干将、这样一个人，感到十分惋惜。毫无疑问，这是我们广厦家装的一个损失。”

立秋心里有点潮潮的感动，但很快克制住了。董老师又问：“打算什么时候走?”

“我们很快……”

“我们？还有谁？你要带走一拨人吗?”

立秋摇头，说：“只是和我一同来的两个哥们儿，那两个人您不太熟悉。”说着，把手机掏出来放在桌上，他要还给公司。

董老师也毫不客气地收下手机，说：“对不起，一码说一码，手机当然要留下。但同时也请你们放心，工资、奖金该给的还要给，绝不会少一分钱。”

说完，与立秋握手：“祝你成功!”

十一
不是装出来的酷

朱立秋、赵大坡、孙好民三个人真的走了，离开了广厦家装。为了避免与广厦家装争夺业务，他们走得远一些，来到了距K市二百公里外的衡德市。

他们在一条叫富民路的街上租了两间房的一个门脸儿，一间睡觉，一间办公。他们用在广厦家装八个月的工资注册了一个小公司，叫新远，并印制了公司介绍和业务说明书。他们每人都换了一身颇为像样的衣服，赵大坡还扎上了领带，他站在“新远家装”几个大字前面还照了一张相。后来在门脸房的屋顶上又配了漂亮的霓虹灯。

这一切都是打肿脸充胖子，不过摆个架式而已，到现在他们每人兜里都只剩了一点生活费。

终归是老天不负苦心人，无论是立秋、赵大坡还是孙好民，每天都分头出去找业务，遇到新竣工的小区，或是谁家盖了新房，抑或哪个单位又建了办公室，他们都把脸抹长了，硬着头皮往里闯。

年底以前他们找来的第一笔业务是装修一个生态园餐馆，老板在和立秋交谈完后，竟一口咬定非他们装不可。他说我不看别的，只看人，人是第一因素，这是毛主席说的，只要人好，你还担心他手下的活儿不好吗？

这笔业务很是不小，中途让几个慕名而来的打工者加入了队伍，他们变成了十来个人，并把门脸儿扩大，扩大成四间，他们每人也都置了小灵通。

他们跑来的第二笔业务是一个机关招待所，招待所一把手力排众议，摒弃了比他们大许多、也很正桩的家装公司，偏偏选择了新远。这笔业务让他们三个变卖了小灵通，全部换成了中国移动。

在事后补签的“不可预见费”里，除去“袖口里”的部分，他们又安装了一部座机，并买了一辆客货两用的二手车。

他们找来的第三笔业务是一个汽车城的办公区，那工程更大，二十多个人整整干了四个月。他们把客货两用车卖了，换了一辆加长130，又过了一段时间，他们添置了一辆捷达牌轿车。与此同时，房东搬走了，另外去租房子住，把整整五间房的院落全部租给了他们。

赵大坡第一个考了驾本。他对那辆捷达车倍加珍惜、倍加宠爱，每天擦得干干净净，隔个仨月俩月便去保养。赵大坡西装革履，皮鞋锃亮，头发也锃亮，他每天开车到处跑，喝酒，钓鱼，去歌厅，桑拿洗浴乃至带领客户到野外游玩、采摘等一切应酬全是他的事。赵大坡人长得憨憨实实，个子不高，小肚子便显得一天天凸出来。他总是笑眯眯，给人一种弥勒佛相，这种人好打交道，他不忌人，人也不忌他，便开创了许多业务渠道，也干成了许多别人难以干成的事。

孙好民的任务是守在家里，守在家里的主要任务是带人干活儿。他是木工出身，也有初中文化，多年的实践让他能看懂简单的图纸，复杂一些的就要靠立秋了。孙好民为人低调，即使再急的问题他也不急，但就是靠着这样的低调才领导了现场那一大帮子人。

立秋无疑是最忙、最累的人了，他既要照顾到家里，又要顾到外面，寻找业务虽然有赵大坡，但中途出现了问题或具体到谈合同、谈价钱的时候就要立秋出面了。他走遍了衡德市的大街小巷，反复与甲方拉锯，一遍又一遍地现场设计，一遍又一遍地核对尺寸和征求甲方意见，一笔业务的最后成功，也几乎让立秋精疲力尽了。

但就在这样情况下，立秋也考了车本子，但他平时不开，都是赵大坡开，立秋坐车的时候绝大部分时间都在沉思默想，而赵大坡永远是喜笑颜开。赵大坡耐不住寂寞，便让立秋也开一程，立秋不开便不开，开则风驰电掣，往往把赵大坡吓得大喊大叫。

当家里活茬充裕的时候，立秋便和孙好民一同留在家里，那五间房便是车间，天气好的时候院子也是车间，立秋瓦木全通，工人们有点怕他，怕他眼里不揉沙子地挑毛病，怕他干起活儿来不吃饭不喝水、不说也不笑的那股劲头。

立秋有时一个人去桑拿，那多半都是在很晚很晚的时候，他觉得累，再坚持一会儿，又不累了，但却出汗，心跳加速，他自己知道这是老毛病了，于是躺进桑拿间里，往硫磺石上猛烈泼水，让常人无法忍受的热气蒸腾着他，他就那么躺着，躺着，待穿好衣服走到外面，他感到神清气爽，便又投进工作里去了。

那年夏天，立秋认识了一位时尚杂志的记者，那位记者一眼就相中了他，非邀请他做一回广告模特，立秋问挣钱不挣，记者回答说："当然挣！不过不挣也可以，我可以负责在我们杂志上给你们新远家装刊登广告两期。"让立秋拍的广告是一款新式床垫，记者让立秋微微侧身躺在床垫上，一支胳膊屈起来支着头，另一只胳膊伸出去，做轻轻环抱状。几天以后广告登出来了，人们看到立秋那只伸出去的胳膊原来环抱的是一个半睡不睡的美人，与立秋相比，真的出现了一种妩媚和沉毅的反差美。标题是"娜雅床垫，我甜蜜的梦"！

大家都被这照片逗得大笑，高科技，真是无处不在，无所不能！赵大坡指着那照片说："立秋，这要是让你那远处的对象看见了……嗨，嗨……"他的意思是吃不了兜着走。那位记者为他的这副杰作也感到十分得意，他感慨地说："我是找对人了，作为男模特，关键是骨子里自然显露出的一种沉毅和冷峻，而不是故意装酷，你看我们许多影视男明星，明明是面团儿，是稀不溜，哪个不是装出来的？"

记者如约在他的时尚杂志上为新远家装刊登了广告，以此抵消了立秋的模特费。广告上有地址、电话、联系人等，旁边就是那款新床垫的广告，同属时尚家居，起到了相互配合、相互促进的作用。不知床垫怎样，新远家装自刊登这则广告以来业务源源不断，他们不得不经常加班，又不得不加了新人。

如此这般，两年过去了。

一个雨天，雨始终不大，有时像毛毛雨，有时淅淅沥沥。

立秋一整天没出去，他一直在床上躺着。

赵大坡从外面回来，以为立秋不舒服，孙好民从工作现场回来也以为立秋不舒服，立秋从床上坐起来："锁好门，今天咱们哥仨去吃馆子。"

他们来到斜对面的一家饭馆，要了酒和菜，满满摆了一桌。

孙好民顺便把写好的一封家信放进饭馆门口的邮箱里，他的手机往老家打不通，那里没信号。赵大坡从钱夹里拿出一张照片，上面是他儿子，已经两岁多，他咧嘴笑，儿子也咧嘴笑，孙好民看完了让立秋看。

立秋看完了把照片递给赵大坡："咱们喝酒吧，但是今天谁也不准多喝，点到为止。"

赵大坡说："你这又是哪一出？既然出来了，就喝个痛快！"

孙好民望着立秋，手指弹着桌面，发出有节奏的响声，说："可能他又有事。"

果不其然，立秋说："我要走了。"

外面的雨时大些时小些，房檐上也滴滴嗒嗒紧一阵慢一阵，小饭馆因下雨的缘故只有立秋他们一桌。桌上的酒和菜就那么放着，谁也没有动。

立秋从提包里取出一张方方正正的纸和一个绿本子，仔细看，原来是营业执照正本、副本。立秋说："孙哥，营业执照那天我去改过了，法人换成了你。"

赵大坡把酒瓶打开，但只给自己倒了一杯，他一口喝下去，说："立秋，你不够意思，我们平常总看你心里有事，问你，你就是不说，今天你又来个突然袭击！"

孙好民望着窗外。

立秋说："大坡哥，你不会有意见吧？孙哥比你要谨慎、仔细，你也需要有这么个人牵着。"

赵大坡说："你先别管牵不牵，先说你去哪儿？干什么去？去多长时间！"

立秋说："这个就别问了。平常问我不说，现在我仍然不会说。"

孙好民转过头来："兄弟，你去哪儿，干什么去，我们就不问了，但是你总得给我们一个时间吧？我们心里也好有个底。"

立秋说："少则一年半载，多则三年五年。再往后，我自己也不知道了。"

赵大坡说："散伙，散伙，干脆全散伙！"

孙好民拉赵大坡，让他坐下，说："立秋，听我一句话，血气方刚的岁数谁都有过，可是那岁数过去了，你就会觉得干了好多蠢事，干了好多不应该干的事……"

孙好民真是仔细，他似乎已经猜到立秋是什么事了。

赵大坡说："孙哥，你还替他难受，你看他脸上挂一点相吗？"

孙好民接着说："你已经是二十六岁的人了，家里有父母，有姐妹，万不可以……"孙好民心里大概真的不好受，他说不下去了。

赵大坡说："你肯定又是去找那个女人。也难怪，那年你去过一趟，一晃又隔好几年了。"

立秋说："可不是？又隔好几年了。"

孙好民说："吃菜吧，不然也浪费了。"

他们喝了酒、也吃了菜，但谁也没吃出滋味儿。往日他们吃剩下了总要打包带走，今天剩了多一半，就剩在那里了。

第二天一清早他们送立秋走，立秋什么也不要，什么也不带，只穿了他一身较像样的衣服。

送君千里，终有一别。快到公共汽车站的时候，立秋说："孙哥，大坡哥，只要我活着，就不会忘记你们。你们好好办公司，大坡的许多业务渠道孙哥你要帮助他巩固，大坡哥也要多听孙哥的意见，千万别让自己成了脱缰的野马。"

赵大坡说："我看你就是没缰绳的野马，又跑了。"

立秋又说："我知道，人在金钱上是没够的，孙哥，好好干三五年，然后把东西卖掉，回家吧。"

三个人在公共汽车站边拥抱在一起。

这之前，立秋给家里寄去了四万元。余下四万元，他办了银行通卡，带在身上。

他的第一站自然是回到养父母家。

屈指算来，他已整整五年没回来过，养父母已加倍显出老相。朱保富头发、胡子全白了，腰也慢慢塌下去。养母那两根手指弯得更加厉害，她依旧说着这两根手指比天气预报还准，阴天下雨它先知；只是不知道立秋你什么时候回来。说着，养母又哭了，接着说："其实远吗？远吗？就几百里地，我们要是年轻，早找你去了！不在乎钱，想的是你这人啊，儿子……"

养父说："你以为我们忘了吗？我们没忘，我们天天都在打听你那个南庄……现在派出所也有电脑了，他们全国性儿地查，可就是没有啊，查不到啊，孩子。"

立秋说："爸，查不到就查不到，往后也别查了。"

养父又说："你在外面要是打听到了消息也不用瞒我们，我们明白，心里明白着呢。"

立秋说："爸您别瞎想，我没有消息，也不打听，我就是您的儿子，这辈子都是您的儿子。"

……立秋去看望了师父老冯，老冯依然坐着轮椅，不过早已换了新的，很先进，前面放下来是个餐桌，后面放下来还可以仰卧。立秋把带来的水果、点心拿给他，老冯指指牙："点心还可以，水果是吃不动了。"

立秋找来了小刀，一片一片地削下来放师父嘴里，师父像个没牙佬，呜咽着，同时流下了眼泪。

立秋又去看了老棍子。老棍子似乎从来没有年轻过，现在却也不显老。他依旧像条晒干了的老树根，住的一间屋也黑洞洞、冷清清。

立秋给了老棍子三百元钱，让他爱买什么买什么。

原来小妹也二十岁了，有了男朋友，她时常住在镇子上男朋友家里。养父让立秋给小妹打了电话，小妹跑回来了。

不认识啦，不但立秋不认识小妹，小妹也愣愣地看着立秋。养父说："也难怪，你从十四岁就跟我出去打工，那时候她才多大？从二十岁那年你又一直没回来过。"

小妹说："行啊哥，西服革履，大款嘛！"

立秋说："大款才不西服革履，大款讲究休闲。"

小妹也有手机，是只小灵通。她用小灵通通知了秀儿姐姐。姐姐来了，带着孩子来的。

立秋真的为那年没有参加姐姐的婚礼感到惭愧，好在秀儿姐姐一点也不怪罪他。小外甥已经五岁了，姐姐有点发福，她说她正准备减肥呢。

立秋一共在家待了三天。

临走，他把自己的手机给了小妹，并告诉她说，自己的电话很多，要赶快去换个号。

小妹说："那你用什么？"

立秋说："大款嘛，就再买一个。"

正说着，手机在小妹手里响起来，小妹接听，问对方是谁，然后便把手机递给立秋："哥，找你。"

是赵大坡。

赵大坡问："你在哪儿呢?"

立秋说："我在家。"

赵大坡又问："刚才接电话的是谁啊?"

立秋说："是我小妹。"

赵大坡说："真的假的? 是她吧?"

立秋说："胡扯。"

赵大坡说："你告诉我地址，我开车找你去，也看看两位老人家。"

立秋说："不用了，我一会儿就走。"

养父朱保富走过来，双手摁在立秋的肩上，说："立秋，你给家里寄四万块钱，真是管了大用，我和你妈活这把年纪也没一下子见过这么多钱……"

立秋说："爸，您别忘了，五年了，这是五年的钱。"

养父说："可是你记住，不在钱，在人，在心。"

养母又流下了眼泪，说："立秋啊，你这一走，又不知道哪天回来……"

立秋说："爸，妈，你们放心，走到天边，我也是你们的儿子。"

小妹说："我保证你外面有女朋友了。"

立秋在小妹的鼻子上刮了一下，说："等有了女朋友第一个先让你看!"

立秋说走下午就走了，养父朱保富没有送，连屋门也没有出。养母和小妹一直把立秋送到了村外。

……很不错，很不错，一路上，看见田里的人多了起来，证明回来种地的人多了。

也有了一条路，水泥的，穿村而过，伸向不知名的地方。

好啦，一切都清静了，没了手机，不知道别人，别人也不知道他。

立秋的第二站是上海。

大上海，只听说，从未见面。

浦东，黄浦江夜景，江上的货轮和游轮。

陆家嘴的高楼大厦，盛于北京的高楼大厦。

他去了陆家嘴，那里的高楼是他从未见过的，同时他把"汤臣一品"听成了“通森一品”。为此他在大街上跟了两位先生好一段路，他问：“先生，你们刚才说什么?”

“汤臣一品，十一万一平米。”

“是汤臣，还是通森?”

“怎么？还有个通森，更贵?”

“不不，我是问你们是汤臣还是通森。”

“汤臣嘛，你去看看就晓得了。”

……他在上海待了一个月，如在北京那样看了许多高楼、工地，也看过许多公司的名字，浦东、浦西也全转了，然而毫无所获。

上海的八九月份气温和北方差不多，只是天天下雨，身上潮乎乎让人难受。

立秋于九月中旬到了广州。

他有些迷糊，不知不觉随着人群到了黄花岗烈士陵园，在门口，他站了半天，按原路而回。他舍不得那一张门票。

他又糊里糊涂去了虎门炮台，炮台是看了，但看后他让自己尽量把这些忘掉。

在白天鹅宾馆门前逗留的时候，他先后盯上了两拨人。

一班人不知从哪儿走来，簇拥着一个胖子，那胖子穿一身中式衣褂，浅棕色，有人怕他晒，给他打着遮阳伞，走进了宾馆。

另一班人是从轿车里下来的，其中一个却是一身白，连礼帽也是白色的，留着两撇小胡，提了根拐棍，也走进了宾馆。

立秋琢磨他想象中的王通森，抑或一副凶相，抑或道貌岸然……

韩玉山给他讲过，说立秋小时候当然是见过王通森的，只是那时候他太小，现在可能没有印象了……总之，也许就是这样子的吧。

于是，他花去了五千元在白天鹅宾馆住了三天。那两拨人在小餐厅里用餐，他也在小餐厅用餐；人家在大堂聚会，他也去大堂聚会；他们外出，他也外出，打一个的士，跟在后面。

最后，他打听清楚了，原来其中一位是正在洽谈投资的新加坡华侨，另一位是个古董商，应客人之邀前来鉴定一批古董。

中山市是个新兴的城市，一切全是新的，这里到处是总部基地，到处是高科技工业园区……不会吧，那个人不会在这里吧，他那么老，韩玉山说他有六十多岁了，怎么可能在这里呢?

他又去了深圳。

他尝到了“不到深圳不知钱少”的滋味儿，一个包子要两块五毛钱，相当于在衡德市吃一顿饭……他再也住不起旅店了，为此他买了一件风衣，好在深圳也有郊外，也不冷，这里的初冬和北方的夏天差不多，他便常常躺在郊外草丛中过夜。

在罗湖口岸，他看到了怎样的一幕?那里原来也有人乞讨，有人扒着汽车玻璃，有人抱住过往行人的腿……由此立秋想起了许多，想起来一子和二儿，还有大丫儿、二丫儿……那个白刺猬般的老头子和瞎了一只眼的老婆子呢?还活着吗?一子和二儿现在在哪里?还在乞讨吗?不乞讨了，在干什么?回到他们父母身边了?想他们也都和自己一样是个成年人了。

同样是一无所获之后，立秋不得不为他通卡上的钱打打算盘了。短短三个月，他已经花去了两万多元，如果再有三四个月仍找不到那个人，他可能要倒回到二十年前，沦落到沿街乞讨的地步了。

对面就是香港、澳门，那个人会不会在那里?

但是不行，那需要办很复杂的手续，和出国差不多。

去参加个旅游团?

也不行，据说旅游团来去匆匆，根本容不得个人一点时间和空间。

去海南吧，也许命运会让他们在天涯海角狭路相逢!

如果海南也落空呢?那就去重庆，去武汉，去福州，去厦门，总之，只要他，和他，还活着。

从广州坐火车经湛江，过海峡大桥，立秋于十二月五日到达海口，然后又乘长途大巴两个多小时到了三亚。他想从南向北，先三亚，后海口，再湛江，然后南宁或昆明，一路寻下去……

……美丽的三亚湾，祖国的最南端，不用说来，就是听说也没有听说过呦。

椰风海韵，阳光沙滩。

立秋买了一张地图，是旅游图，于是他又犯晕乎了……沙滩、温泉、高尔夫，度假村、森林公园、海底世界，哪里是他必须去的地方?那个人又可能在哪里?海，向远处望全是海，这可真叫大海里捞针了。

要是有一张重点建筑分布图就好了，再能标出投资方和施工单位就更好了，可惜这样的地图恐怕全世界也难找。

立秋看到：

住宅园林　足不出户　成就世袭罔替
椰梦长廊　收藏游戏　风景代代相传

又说：“兰色海岸　仅列几十尊邸　如在席外　只能羡为观止。”

然而它们只是广告，下面开发公司的名字和招商单位均与“通森”二字挨不着一点边。

立秋又看到：“阅读自然，犹如阅读一部自我心灵史。”

那是个公益广告牌，配合这句话的画面是岸边绵绵的垂柳和远处的椰林。

“此情此景，最坚硬的心也会变得柔软。”

这句话的旁边是草坪，一位母亲和孩子依偎在花坛边，沐浴着春日的阳光。

立秋在这两块广告牌下站立了许久许久，他离开了，他怕又如在天安门广场那样瘫软下来。

如果说海南与其他地方有什么不同，那就是它的市区与郊区没有明显的界限，华丽的住宅毗邻着古旧的村寨，宽绰的公路一直通向郁郁葱葱的远方。底色是白与绿，然而一切斑斓、一切时尚又混杂其间。

立秋在大街上徘徊，他留意着每一栋大楼上的招牌，观察着迎面而来或擦肩而过的每一个人。这里操什么样方言的都有，有南方的，也有北方的，仅立秋听出来的就有七八种。服装呢，可说是五花八门，立秋也分不清哪是哪个少数民族的服装。

立秋在这里居然也找到了北方面食，他吃了老家肉饼，也吃了山西刀削面。

然而他的住宿如以前一样，是个大问题。

他也如以前一样，一开始住进了洗浴中心，第一天也真洗了个澡，然后他每天晚上去睡个觉，每天也花去十元钱。

然而很快白眼就来了，主要是来自做足疗和做按摩的小姐们，人家发现这个人一分钱也不消费，原来是个“蹭铺”的。最后一天，服务生很婉转地说了客气话，把他撵走了。

立秋上了一辆巴士，朝乡间走去。

他在一个地方下了车，因为看去是个山寨。

他沿着一条鹅卵石小路往里走，路两边是一簇一簇的竹子，还有一簇一簇的灌木。接着，他看见了竹楼；竹楼不成，不能住，那肯定是少数民族。少数民族语言不通，习俗也不同，住了也麻烦。

他拐了一个弯，从岔道再往前走，在一片椰林的掩映下，他看见一处白色的房子。于是走过去。

那房子的外墙全部用水泥抹过，刷了一层白色涂料，大概也很劣质，表皮斑斑驳驳，许多地方都脱落了。但房子看去很大，很宽，根据经验，里面又会有许多单间。

这房子门前又有许多树枝和灌木，围出了一个篱笆，篱笆上爬满了叫不出名字的植物秧子和野草。立秋站到了篱笆门边，喊道："喂，有人吗？"

没有回音。再喊："喂，请问有房子住吗？"

从白房子里出来一个矮瘦的老头儿，问："哪个要住？"

立秋和老头儿打了招呼，老头儿便点手示意，让立秋绕到房子后面去。

房子后面原来还有一个门。立秋将那窄窄小小的铁门推开，矮瘦老头儿已经站在夹道里等他了。

果然不出所料，这里另有一排分了许多单间的房子，数一数，大约五六间，但简陋而低矮。靠外有围墙，靠里便是房主的正屋，中间形成一条窄窄的夹道，便属于租房房客的院落了。另有一条夹道通往房主住的屋子。

矮瘦老头儿领立秋径直走到这排单间房的倒数第二间，用钥匙开了门，问道："几个人住呢？"

立秋说只我一个人住。

然而老头儿很不以为然地笑了，说："又是一个人住，等住进就不像样了，来了姐妹，要不就是夫妻两个人哩，再不就招个烂女人进来住。"

立秋保证说："只我一个人住。"

老头儿伸出一个手指头："一百元啦。"

立秋认为还比较满意，房子足有八九平方米，价钱真的不算贵。再说被单褥单床上都有，海南嘛，冬天也不需要棉被棉褥的。

立秋在这儿就住下来了。

这里距繁华地段不过两公里，立秋每天出去，有时步行，有时乘巴士或公共汽车。如他以前到的城市一样，遍寻着所有的建筑，不放过一栋大楼，不放过一座商厦；他在豪宅门前逗留，向人家打听这样高级的住宅该怎样一个建筑公司承建，以及它的开发商是谁？等等，他记下了许多公司的名称，琢磨着它们背后可能哪一个是“通森”，或者它的谐音、近音是“通森”这个名字的变种。他每天很晚回来，随便半路吃点东西，然后洗洗睡觉。

没有人问他此行的目的，也没人知道他是干什么的。

这一排坐南朝北的小屋一共有六间，立秋住的是第五间。挨立秋住的一间和一进门的一间都是中年妇女，在服装批发市场捡垃圾，那些纸盒子、饮料瓶之类拾来也不是自己卖，而是由承包头儿收了，给她们称了分量，把钱给她们，由承包头再去卖。她们天不亮就走，天不黑不回来。五间除去两间还有三间，这三间一个是走街串巷修电器的，一个是在餐馆打工的小两口，剩下最后一间，也就是正数第六间，这间有点特殊，门不再朝北，而朝东，因为房主在盖它的时候就让它卡在夹道的尽头，这样就借助了三面墙，多出一间房来。这样也就自然而然与立秋住的第五间成了紧挨的半对门儿，窄窄的，如果两人同时从屋内走出来，有可能撞个满怀。

然而别扭就别扭在这里，住在这间屋的偏偏又是个女人，而且很年轻，看去不超过二十二三岁，弄得立秋出来进去都格外加着小心。

过了几天立秋释然了，原来她是个孕妇，细看才看出来。但立秋也奇怪，好长时间了，却一次也没看见她的丈夫。家里其他人呢，似乎也没来过。难道她一个人住在这里吗？

“您早。”又过了几天，年轻的孕妇主动与立秋打了招呼。

“您早。”立秋还礼道。

“大哥，您是做什么工作的？”又过了几天，年轻孕妇开口问立秋了。

立秋听出她的口音是北方人，但具体哪省哪市还听不出来。

“我是来海南找工作的。”立秋说。

“这么说您还没有工作？”

“正在找。”立秋回答得尽量简单。

“听房东说，您不是来旅游的吗？”后来，那孕妇又问道。立秋发现她不但是北方人，而且很北很北，其口音与赵大坡很有些相似。

“有时候也顺便旅游。”立秋不得不回答。

立秋在这里度过了春节，他躺在竹坯床上，听着外面噼里啪啦的炮竹声响；他走到外面去，三亚，也和其他地方一样，春节的喜庆映红了半边天。

房东家里平时只有老两口和一个孙子，到了春节，却出奇的热闹，他们的儿子儿媳、还有两个女儿，全回来了。儿子儿媳在湛江工作，两个女儿在三亚教书，都是小学教员。初二这天，房东婆婆端着一竹屉饺子进到夹道里来，逐门让房客们吃饺子，但是六个住房的有三个回家了，只剩下在餐馆打工的小两口和立秋本人，再有，就是那位年轻的孕妇，不知为什么，她哪儿也没有去，也不见有人接她。

房东婆婆不多不少，只让他们每人吃六个；剩下来的饺子可以都归你，但你必须先吃六个。也不知这里是什么规矩，大概也是图了六六顺吧。

“阿婆，我这里也包了饺子。”年轻孕妇也托了托盘说。

阿婆摆摆手：“不消啊，不消啊！”

立秋体会那意思大概是说不需要吃、不需要吃，或也可能是吃不惯你们的。

立秋吃了房东的饺子，咸中带甜，甜中又带了海腥味儿。

“大哥，尝尝我包的饺子吧。”年轻孕妇站在门口让立秋了，“我看你是北方人，我们北方口味是一样的。”

立秋本已在床上躺着，他不得不站起来，朝外说：“我吃了饭，又吃了阿婆的饺子。”

立秋没有碗筷，也没有锅盆之类，年轻孕妇进屋，便把一碗饺子放在他床上了。

十二 在海南

立秋每月按时交房费，有时候交完房费也不免在房东屋里小坐一会儿，时间长了，彼此便慢慢熟悉起来。其实那矮瘦老头儿很健谈，他说他原本是云南人，苗族，五零年的时候闹土匪，父亲挑着他同母亲一起逃出了大山，来到城里一看，也是满街的大兵，他们当时误会了，错把解放军当成了土匪，结果连夜翻山越岭来到广西，后来又听说三亚这地方好过活，可以打渔；但是他们一天鱼也没打过，只种椰树。他说三亚原来不叫三亚，只叫大湾子，那时这里的土地可不像现在，根本没人管，可以随便种。

他话言话语中总是夸耀他的儿女，说他们很孝顺。特别是儿子和儿媳，每次回来都给他钱，还买回来许多好吃的。他出租着房，平时只看一个孙子，所以生活不寂寞，也很富足。他还说他们现在住的这地方原来叫三塘寨，是个黎族人居住的地方。不过三塘寨现在没人叫了，因为搬走的人越来越多；他的老婆就是黎族人，结婚的时候他十八岁，老婆十四岁，所以他现在的生活习惯也说不清是汉族的、苗族的还是黎族的。不过他说这地方很好，很安静，往东有集市，往南往北有椰林和竹楼，是个平时散步的好地方。

“你既然是来旅游的，”老头儿问立秋，“你怎不去崖城镇哩？往西三十里就是。”

“那里有大楼吗？立秋反问老头儿。

“大楼……”老头儿犹豫了一下说，“大楼怕没有。崖城镇是个古迹哩，古时候是流放犯人的地方。”

立秋又问：“阿叔，听说过通森建筑公司吗？”

“哪里晓得哟，”老头儿说，“盖大楼的就同这天上的雨一样，说来就来，说走就走的嘛！”

阿叔说得不假，海南的雨真是说来就来说走就走，而且冬天也下雨。

过了春节，进入三月份，雨更多了起来。不过也多亏有了雨，不然真不知道这里的人到了夏天可怎么过。

又是一个阴雨天，立秋去交三月份的房租，房东两口正在吃饭，他们的孙子一面吃一面看小人书。立秋拉过一把凳子，坐下来等。

正房就是好，空气流通，阳光充足。外面虽然飘着雨丝，但太阳时隐时现，不时把阳光洒进来。

立秋指着窗外面的篱笆随便问道：“阿叔，为什么不砌院墙，非要围个篱笆呢？”

阿叔吃着饭说：“你不晓得，这地方说不准什么时候也要占。你砌院墙算白搭，人家只认施工证上的房，就连你们住的小屋也不算数哩。”

立秋的眼睛忽然盯住了那篱笆上的一点，房东说的话他根本没听见。

立秋在那树枝、竹坯和乱七八糟枝条夹成的篱笆上看到了什么？看到了一个字，是个“木”字。它印在一块木板上，而这块木板只是半块，有明显的断痕，雨滴正顺着木板线儿似的滴下来。它应该是鲜红色，现在已变成了暗红色，上面沾满了污渍。

凭他的经验，他一眼便能断定那是一块塑面锯末夹心板，它的全部应该是八十公分左右见方，四周还应该是镶了金属边框，是工地上或高楼顶端经常可以见到的那种招牌板。那么上半块是个“木”字，下半块应该是个什么字呢？倘若……

待饭吃完，立秋把一张百元票递给阿叔。

倘若下面是个“子”，那么整个字便是“李”；倘若是个“口”，那么便是“杏”；若是个“林”字呢？整个字是什么？不就是“森”！

立秋啊立秋，住了两个月，怎就没有注意这篱笆呢？

他走出去，蹲在那半块木板的下面，用手拨开篱笆根部的枝条，果然，他找到了那断掉的一半，用手抠掉上面仍然很坚固的灰泥，露出来了，天爷，果然是个“林”字，那么整个字就是“森”了。然而“森”什么？森林？森林防火？森林公园或者森林别墅？他想不出来。

他急不可耐地沿着篱笆搜寻过去。终于在拐角处，另一块八十公分见方的招牌出现了，它扎在厚厚的篱笆墙的外侧，面朝西，若不刻意寻找是绝对发现不了的，他用力把那块板翻转过来，篱笆枝条折断了，发出“噼啪”的响声……啊！果然是个“通”字！连接起来便是“通森”。

此时立秋忽感脊背上一阵潮热，全身无力，心也狂跳起来，几乎要瘫倒在雨地里。

“喂，你在做什么？”阿叔站在屋门口喊道。枝条折断的声音惊动了他。

立秋没有言语。

阿叔又问：“你要拿去垫床吗？”

立秋摆摆手，把木板放回原处。

回到屋里，立秋问：“阿叔，那木板是从哪里来的？”

阿叔疑惑不解地看看外面，又看看立秋，说：“垃圾堆上拾的嘛。”

“垃圾堆？哪个垃圾堆？现在还在吗？”

“年头远喽，”阿叔说“就是这房子也是我和你阿婆一担一担地捡来的碎砖。你知道，那时候我儿子才刚刚工作，两个女儿还上学，生活饥荒哩。”

“不，不，我是问那个垃圾堆在哪儿？”

“你发神经啊，”阿叔不耐烦了，“哪个还记得嘛。”

立秋回到自己的小屋，躺在床上……

接下来，他开始了一场信心十足、目标又十分具体的寻找。那木板既然是拾来的，自然不会太远，立秋在几公里以内向遇到的每一个上了年纪的人询问，问几年前或若干年前哪里曾经有个垃圾堆或者垃圾站。

这问题糊里糊涂，没头没脑，大多数人不理解为什么要问这样的问题，也就大多数人摇头表示不知，甚至用迷惑的眼神望着他，也有的稍微思索了一下指向火车站或者远处的高尔夫球场。

火车站、高尔夫球场立秋早已去过，哪里还有什么垃圾堆或垃圾站呢？

于是他把话说得更加直白，问见没见过“通森”这两个字，在大楼的顶端，在工地围栏上……然而，外来人口很多，你也不知道是不是外来人口，总之他们对以前的事一无所知，原有的居民呢，好像大脑都出了问题，似乎集体失忆。

立秋不断遭受冷遇，遭受拒绝，还有白眼。有一个单位，当认出他已经是第二次光顾了，负责人命令保安把他撵出去。

又下雨了，海风卷过来腥味儿携着雨丝，飘来荡去。

立秋在一条街上走着，那是一条小吃街，其中有北方面食，他常在那里吃一碗刀削面。

他走过那面馆，老板早已认得他，以为他会进来，但立秋毫不经意地走过去了。他似乎感觉不到饿。

立秋又看到了那两块公益广告牌：

“阅读自然，犹如阅读一部自我心灵史。”

“此情此景，最坚硬的心也会变得柔软。”

立秋啊立秋，不管你是朱立秋还是李成秋，你注定是个废物、白痴、混蛋！父母的冤仇看来是报不了了，你应该没脸活在这个世界上！

他走上一条僻静的小道，这里离住的地方不远了。小道两旁有草丛，也有水塘，他站在水塘边，摸摸裤兜里的那把弹簧刀，那把刀还在，从来没有离开过他，也许现在就该用这把刀把自己的生命结束了吧。或者在脖子上坠上一块石头，走下这水塘，将自己沉到水底去……

希望，失望，再希望，再失望……是否预示着永远的破灭？

太阳斜射过来，身边出现了一个人影子，他转过身，见是一个四十岁左右的中年人，那人扬起脸，解开裤扣，撒尿。

立秋忽然定住了神，他仔细端详，慢慢认出了眼前这个人，那长相，那个头儿，那疙疙瘩瘩的脸，不是姓秦的所谓秦经理还会是谁？

六年时间过去了，姓秦的卷走了大家的钱，他逍遥法外，却未料在这里碰见了他！

立秋转到他的后面站定，姓秦的穿一身短袖花裤褂，方便完了，他回头看一眼路边停的一辆车，那像是辆“本田”，姓秦的大概开车从这里经过。

立秋挡住了他的去路。

“你干吗？”姓秦的瞪起眼睛问。

“不干吗，”立秋说，“只想跟你要钱。”

“不认识，开什么玩笑！”姓秦的说，他想闪开立秋，但立秋伸手拦住了他。

“秦经理不认识我了？我姓朱，曾经做过你的装修小组组长。”

姓秦的愣住了，继而飞快扫了立秋一眼，也认出了立秋，但他明显装作不认识，说：“谁管你是猪还是羊，一边去！”

立秋一把抓住了他的衣领，姓秦的急了，扬手要打，立秋把握紧的拳头朝他晃了晃，姓秦的手便放下来，然后去掰立秋那只抓他衣领的手，但哪里掰得动？立秋说：“别较劲了，你知道我有多大力气。”

姓秦的说：“你想打劫？”

立秋说：“海南也有警察，咱们俩还是到公安局去吧。”

姓秦的突然变了一副笑脸，说：“兄弟，刚认出你来，你叫朱什么秋对不对？哎呀呀，那年我家里实在有事，急等用钱，所以没来得及和你们打招呼，后来我又找你们，可就是找不到啊……”

立秋说：“现在好了，找到了，一共八万元，还不算五年的利息。”

“可是我现在没钱。”

“没钱开这么好的车？”

“那车是借的。”

“还是到公安局吧。”立秋说完拽起他，在地上哧哧地走。

“好吧，我给你。”姓秦的忽然转变了态度，“就你一个人？”

立秋说：“你放心，我不会一个人独吞的。”

“怎么给呢？”

立秋说："很简单，现在就跟你去银行，我告诉你账号，看着你把钱汇过去。"

姓秦的笑了，说："太麻烦了，我让他们拿现金来当面给你好不好？你自己爱怎么汇怎么汇。"

立秋说也可以。松开了手，人却靠在汽车车门上，让姓秦的当场打手机。

姓秦的很听话，打手机说："四儿啊，告诉你，秃噜了，明白不明白？你赶快拿八万块钱，我就在国际高尔夫往西、再往北那条小路上，旁边有个水塘，我的车也在这儿，明白了吗……对，越快越好！"

太阳落下去了，黑影子罩下来。刚才雨停了，这会儿天空又飘起了雨丝。

二十多分钟以后，从北面开来一辆摩托车，上面有三个人，一个开的，两个坐的。他们下了车，看了看这阵势，其中一个走过来，把一个皮包样的东西递到了立秋的面前，但就在立秋伸手去接的时候，姓秦的猛地从后面抱住了他，紧接着，立秋的头上、脸上狠狠地挨了两拳，他当即两眼发黑，天旋地转，完全失去了还手的能力。

立秋感到又是一顿拳脚，他失去知觉了，似乎又被拖到水塘边去了，扑通一声，掉进那个水塘里。

有人发出凄厉的喊声："打死人了！打死人了！"

……当立秋醒过来的时候，发现自己躺在医院里。

他的头上、腿上都缝了针，稍微动一动，无一处不疼的。护士给他打了一针，他又睡过去了。

他再次醒来，发现床边坐了个女的，仔细辨认，原来是那个年轻的孕妇。

"你？怎么……"立秋不知怎么说。

"你什么也不用说。"那孕妇似乎看懂了他的心思，"我叫彭秀娥，今天正式告诉你名字。"

"他们……他们呢？"立秋问。他是指那几个歹徒。

"我喊打死人了，打死人了，他们才跑。是我让人帮着把你送到医院来的。"彭秀娥说。她似乎在张扬，在显摆，也表现出一种幸福的味道。

"谢谢你。"立秋说。

"警察来过了，你还没醒，我告诉了那个车牌号。"彭秀娥温存地说。

立秋痛疼难忍，他不想再说了，闭上眼睛。

护士来了，把彭秀娥叫走。一会儿回来，她手里拿着一个塑料袋，塑料袋里有个纸包，打开纸包让立秋看了看，里面是身份证、房门钥匙以及那把弹簧刀。

彭秀娥说："你平常带个刀干什么？就是为了打架吗?"

立秋说："为削水果。"

彭秀娥说："好，咱们今天就给你削水果。"说着，从床头柜上拿起她买来的水果，慢慢地削皮。

上午九点多钟的时候警察第二次来，向立秋详细询问了案发的经过，走的时候，警察特别告诉彭秀娥，说她提供的那辆本田车牌号是假的，根本不存在这个号码。

彭秀娥说："你也真是的，连车牌号码也不注意，这是个常识问题啊。"

立秋说："他们在电话里说暗语，我也没注意。"

彭秀娥小声笑起来，说："看你平时挺凶的……"

立秋说："我怎么挺凶的?"

彭秀娥说："总绷个脸，乍看怪怕人。"

立秋说："是吗？我可能天生就这样。"

"也是怪了，我每天一般是不出门的，"彭秀娥又说起那天的事，"前天不知怎么，非想出去遛遛不可，心里抓痒痒似的非要出去，可刚出去又下雨了，按说我得回来吧？可是我偏不，结果就让我撞见了，他们正打你……当时我怕你肯定完了，不死也得残废……"彭秀娥说着，脸上挂着笑，眼泪也同时掉下来。

立秋说："真的谢谢你，不然淹也把我淹死了。"

彭秀娥说："你命大。不然，死一个人在这地方可容易了。"

立秋在医院一共住了八九天。这中间房东阿叔来过，他听说了此事，只是来证实一下是否真实。然而立秋实在没有想到，在这天涯海角，竟是这个叫彭秀娥的年纪只有二十二岁的孕妇始终照料着他，他的那一身脏衣服是她洗的，她给他打饭、喂药，帮他洗脸洗脚。她早晨来，晚上走，打吊瓶的时候她一刻也不离床边，眼睛只盯着吊瓶。上厕所是立秋最为难的一件事，开始护士还管一管，到后来一点不管了，全交给了彭秀娥，她搀着她，一直搀到厕所门口，她嘱咐他小心，然后站在一边耐心地等。病房里的男人们说："你媳妇快生了吧?"包括医生和护士在内的女人们说："秀娥呀，以后可要管住他呔，男人在外面得罪了人，可不是开玩笑的!"

立秋实在不好意思，他不明白为什么会是这样。要知道，他们虽然住得很近，几乎出屋就脸碰脸，但他们毕竟很少说话，不错，他吃过她的饺子，但立秋很快买了几个椰子回赠了她。难道就因为在这遥远的他乡和那个狭窄的夹道里他们同是北方人？

立秋说："你回去吧，我没有伤筋动骨，只是皮外伤。"

彭秀娥说："你怎么知道没伤筋动骨？大夫还要给你查。"

立秋说："你看，你多不方便，万一出了闪失，可怎么向你家人和你丈夫交代？"

彭秀娥说："怎么会呢？没看我处处加着小心吗？"

后来，立秋说："你回去吧，过两天我就出院了。"

彭秀娥高兴地说："对呀，过两天你就出院了。"

他们说话的时候立秋是严肃而认真的，眼睛直视着彭秀娥。彭秀娥则眼帘低垂，脸上挂着笑意，鼻尖上总闪着细碎的汗珠。

立秋把房门钥匙给她，说他的银行卡就在枕头的凉席下面，求她打个的，去银行取出钱来。彭秀娥说："不用了，我这里有。"

出院的时候彭秀娥真的用自己的钱结了账。半路，他下了车，又特意给立秋买了一件短袖衫和一条短裤，她说夏天快到了，又说海南人几乎一年四季都是这样又短又薄的打扮，唯有你朱立秋从来的那天到现在只这一身长裤长褂，永远没见你换过。有时候见他晚上自己脱下来衣服自己洗……便一个人躲进屋笑。

这话说得让朱立秋脸一阵阵发红。

但立秋终觉社会复杂、人心险恶，他出院后的第一件事便是去银行取钱，然后如数还给了彭秀娥，并且还稍稍多了些。

彭秀娥无论如何不肯要，说看你也不像那有钱的。

立秋说我是没钱，但你救了我，又照顾了我那么多天，不要不行。

彭秀娥要了，数了数："怎么还多出来？"

立秋说："多少就是它。"

彭秀娥轻轻叹了口气："这多的，是劳务费吗？"

立秋没吱声，回自己屋里去了。

他们又恢复了以前的样子。

立秋仍然每天出去，出门进门，点一下头，或打一声招呼。立秋发现这叫彭秀娥的女子分明比以前冷淡了许多，点头或打招呼也总是他主动，她被动，被动得极其简单，不过是“哦、嗯”。

立秋感到是把她得罪了，想想，自己也本不该那样。哪样？那样小葱拌豆腐一清二白，颇有点过河拆桥的意思。然而又该怎样做呢？难道得了人好处、受了人帮助，不还钱、不报恩吗？除此之外，还能怎样做呢？

立秋也始终纳闷，彭秀娥为什么一直没有亲戚、朋友来往？她的丈夫也始终没有见到，看样子她快要生了，仍然不见她一个亲人的影子，立秋想问，又不好意思问。还有，她是北方人，北方大了，哪里的北方人？哪个省哪个县？她什么时候来到三亚？来做什么？她丈夫哪去了？这些都只是闲来没事的问题，在立秋脑子里一闪而过，立秋有更重要的事要做，不愿多想下去了。

直到有一天，立秋突然听见阵阵痛苦的呻吟声……

已经很晚了，夹道房里全息了灯。那呻吟声一阵紧似一阵，凄凉而无助。

立秋实在忍受不下去了，他起身下床，敲开了彭秀娥的房门，彭秀娥挣扎着开门以后便顺势蜷缩在墙角，身上的衣服已经湿透，豆大的汗珠还在往下滚。

怎么办呢？立秋想去叫房东，但房东只有老两口和一个孩子，他想喊起夹道里的住户，但他们第二天都要工作，耽误不得的，况且拾破烂的两个女人向来对谁都没有好脸色。立秋当机立断，下腰把彭秀娥平托起来，彭秀娥很听话，不再呻吟，立秋稳稳地托着她出了夹道的门，外面一片漆黑，他把她一直托到大路上，然后把她放下来，彭秀娥靠在他怀里，又开始呻吟。

他们在路边等了好半天才等来一辆出租车，把彭秀娥送到了医院。

那是多么难熬的一夜啊，立秋一直守在产房外面。

天快亮的时候彭秀娥生下一个男孩儿，七斤重。

押金是立秋出的，他现回去取，身上没有那么多。

在家属一栏里，立秋签的是自己的名字。

这算不算是因果报应？或者叫因因相报？现在该轮到他伺候她了。

这是上次立秋住过的同一所医院，难免碰到原来的医生和护士，她们对立秋和彭秀娥曾经的解释颇感匪夷所思：何必呢，说那瞎话，现在孩子都生了！

当然还是立秋接她出院。

紧接着便是熬粥、做汤、预备洗脸洗脚水，甚至刷洗屎尿布，所有该干的立秋全干了。

那女子诚惶诚恐，脸上却始终荡漾着幸福的笑容。

这笑容着实让立秋哭也不是，笑也不是。

立秋问她了，她原来和他一样，在这里没有亲人，没有朋友，甚至还不如他，立秋住院的时候还有房东阿叔来看过，而她呢，只有立秋……

总该有丈夫吧？你丈夫呢？

她却轻轻摇了摇头，立秋也不好再问。

谢天谢地，她恢复得很好，也很快，四五天之后便下地干活了，从此不再麻烦一点立秋。

然而，再想恢复以前的样子，却难了。立秋每天从外面回来的时候彭秀娥已把饭菜做好，等着他。开始两天立秋吃了，算是接受了她的感谢。

第三天，立秋无论如何不肯再吃，说和以前一样，在外面吃过了。但只见彭秀娥叹了口气，站起身，把桌上的两盘菜用筷子慢慢扒到垃圾桶里去，那样子像是黛玉葬花。

“浪费！”立秋跑过去，怒不可遏。

“我知道你看不起我。”彭秀娥说。

“我怎会又看不起你？”

“这儿的人都看不起我，当然也包括你。”

“怎样才算看得起你？就为吃饭吗？”

彭秀娥始终没动，脸向着墙，她在擦眼泪。

“唉！”立秋叹气了，短促而粗重。好好的菜，没了，进了垃圾桶，但桌上还有花卷，小巧得很，还微微冒着热气……她知道他爱吃面食，所以这几天顿顿做面食。唉，可怎么好呢？

立秋抄起墙角下的一根葱，还有西红柿和一个类似茄子一样长长的东西，他干脆利落，不一会儿，菜重新做好，说：“吃饭吧。”

屋子里有一个小圆桌，两个小竹凳，小竹凳坐上去吱吱响。立秋吃了几口菜，便放下筷子不吃了。潜藏不住的幸福又回到彭秀娥的脸上，她问：“怎么又不吃了？”

立秋则没好气：“我说吃过了，非让吃！”

彭秀娥咯咯地笑，不明白她笑什么，过了一会儿，她朝屋里的立秋问：“你晚上不出去吧？”

立秋回话："我什么时候晚上出去过?"

彭秀娥说："我想，今天晚上咱们俩好好说说话，行吗?"

"说什么?"

"说说我，也说说你。"

"那你现在就说吧，我也正想听。"

"等我把桌子收拾了。"

彭秀娥收拾完碗筷，又给婴儿喂了奶。小煤气炉上的水开了，她沏了两杯绿茶，叫了一声"哎"，立秋也就从屋里出来。在这狭窄夹道的终端，在这春末的夜晚，彭秀娥便说起了自己的事。

十三 彭秀娥

彭秀娥说她是河北丰陵县人，立秋问丰陵县在哪儿?彭秀娥说："就在首都北京的北面，往东是承德市，往西是张家口，往北是内蒙，我们属承德市管。"

立秋说："怪不得，你说话的口音和我一个姓赵的朋友有点像呢。"

彭秀娥问："你朋友哪儿的人?"立秋说："白城。"彭秀娥说："白城，知道，离我们那儿远了，不过说话口音的确差不多。"

彭秀娥继续说下去，她说母亲一共生了她们三个，姐姐远嫁山西，嫁给了一个矿工，后来那矿工死了，姐姐又嫁了一个，还是矿工。弟弟在县里上中学，母亲生弟弟的时候，因为严重缺乏营养，后来做下了病，主要是心脏不好，医生说是供血不足。父亲在一个民办公助的小学里当老师，当了好多年了，但家里依然很穷，学校更穷，老师的工资不是拖欠就是根本发不出来。

停了一会儿，彭秀娥突然说："你知道我们那儿的山有多高、风有多大吗?"

立秋摇头，他生长在平原，最高最大的山就是父亲放过羊的那些山了。

彭秀娥说我们那儿的风一刮起来呀遮天蔽日，脸对脸谁也看不见谁，你要是正好碰上风头，能把你卷起来几十丈高，然后再把你扔下去，扔在哪儿就不知道了。有一年寒假，父亲去给一个学生辅导作业，要翻过两道山梁、走七十多里路，回来的时候，父亲就不见了。大家找，找了好几天，最终在山涧里找到了，是父亲的尸体。那天晚上刮了大风，估计父亲就生生被大风卷起来又扔到山涧里……那是冬天啊，父亲肯定又冻又饿，摔不死，也走不出那老山沟。

父亲的工资是家里唯一的经济来源，山坡地种了些荞麦，下雨便收一些，不下雨一点收不着。那时她像现在弟弟一样，在上中学，于是她的中学念不成了，她只有十四岁，出去打工吧。她和几个小姐妹先是去了承德，在承德给一个个体户纳鞋垫儿，对，光纳鞋垫儿，不管卖，后来又给人刷过油漆，充当油漆工，也在食堂里做过饭，又帮人家卖过野山果，再后来村里一个人告诉她们说张北县好，到张北去吧！你知道张北吗？就是张家口北边的一个县，现在归张家口管了。她们在张北县城做饭馆服务员，原以为不过端端盘子刷刷碗，不想除去这些，老板还让她们干别的，干什么？接客人……后来她们跑了，去了莱城，可没想到，到了莱城也尽是这种事。

婴儿醒了，发出十分有力又顽强的哭声。彭秀娥回屋去，立秋干坐着，过了一会儿，她说："睡着了，我接着说。"

"我有个远房表姐，村里人都说她发了。

"表姐那年给家里盖了两层小楼，你知道，两层小楼在我们那儿意味着什么吗？意味着大款，意味着特别特别有钱，表姐春节回家来也气派得很，大包小包，然后送了亲戚送朋友。别人问她，她说是从南方倒服装挣的钱；村里也有倒服装的，向她讨教，她又说是开饭馆挣的钱；村里也有在外面开饭馆的，却挣不着钱，于是她又说懵你玩儿呢，是开发廊挣的钱，可是她又根本不会理发。大家就乱猜了，乱猜的结果便断定那钱来得不正经。

"可是我不信，那明明是看人家有钱眼红嘛，眼红了就胡编排人家。我就去找表姐了，让表姐也给我找个工作，也要多多地挣钱，表姐说工作实在难找，我说不行，那我就跟着你，你去哪儿我去哪儿。表姐为难了，说因为你还小，等我回北京慢慢寻摸再说吧。

"没过多久表姐真托人捎话来了，说可以去找她，而且还能多带上几个人，我正发怵一个人去北京呢，就找了两个姐妹一同去了。表姐到车站接我们，把我们带到一个郊区，你知道吗？北京还有生产队呢，咱们这儿都没生产队了，北京还有……"

立秋说："怎么咱们这儿？我和你不是一个地方人。"

彭秀娥说："你看我，说滑了嘴了。北京那生产队叫绿化队，你知道绿化队吧，就是专门搞绿化的，秧树苗，秧草坪，也卖也绿化，队里一共有六七十个人，百分之九十都是和我们一样的外地打工仔，有男有女，也有五十多岁的老头儿。表姐不知道怎么和那个绿化队队长认识的，那个队长挺有钱的样子，你别看一个队长，也开一辆很高级的新车，表姐和他说了会儿话，撂下我们就走了。队里管住不管吃，但是可以给你提供做饭的地方，我们这些外来人就商量自己摊钱自己起火，选出两个人提前回来做饭。队长平时不在，都是一个副队长管我们，我们每月可以挣五百块钱，男的壮的可以挣到八百。我们高高兴兴，热热闹闹，虽然累点儿，可是我觉得那是我最快乐的一段时光……你是不是困了？是不是听我说这些没劲？"

彭秀娥起身又去看孩子，然后她叫了一声，"拉了！"好半天才出来说，"你不愿意听，我就不说了。"

立秋说："你简单一些行吗？我只问你，你一个人是怎么跑到这海南来的？再有，孩子的爸爸。"

彭秀娥说："你别忙啊，我马上就说到了。后来那个绿化队因为占地，解散了，我们这些打工的回家的回家，另找门路的找门路，我就去找那个队长，问他知不知道现在我表姐在哪儿。他说你表姐啊，去了海南。我说怎么去了海南？队长没说表姐以前干什么，只说后来她自己开了一个歌厅，花了二十多万装修，可是歌厅没开两个月就被拆了，说是违章建筑。我表姐就去找房主，房主说你损失了我也损失了，你找我，我又找谁去？我表姐非让他赔装修钱，房主说你凑合忍着吧，不成你上告啊！队长叹了口气，说当初她不听我的呀，结果赔了个底儿朝天，就去了海南。我问队长知不知道表姐具体去了海南什么地方，队长掏出手机，当时就找到了表姐。表姐说娥子，你来吧。我当时二十一岁，胆子也大，就来了。你猜我表姐干什么？"

"干什么？"

"自己在做歌厅小姐。"

"你表姐多大？"

"她三十五六岁吧，可是她对人说她二十五，她说娥子，你也大了，就跟表姐一块儿做吧，有表姐保护你、帮助你，让你吃不了亏的。你说我怎么办？回去吧，上哪找活儿干？弟弟的学还上不上？妈妈的病又怎么办？没钱拿什么治？但是我抱定一个原则，只和客人唱唱歌、说说话，绝不做出格的事，也不要客人的小费，因为我有台费就够了。所以我的坐台率也就很低。”

“一口的行话！”

“你别生气，我这是把实话全说给你。就在我去歌厅一个月左右，来了一个年轻的；你知道，歌厅这地方三十岁以下的人来得很少，一般都是三十五至五十岁之间的来，这个人才二十六，他是河南人，是个个体户小老板，做消声设备。消声设备你知道吧？”

“不知道。听说过。”

“他说他来纯粹就为放松一下，太忙太累了。他唱歌唱得挺好，我就陪他唱；其实我也不会，不过就这一个月来学了那么一点儿。他从来的第一天就很喜欢我，说我和其他女孩不一样。后来他每星期至少来一两次，不找别人，专找我。他给小费，我不要，我说我有台费，他说那我就给你攒着吧。我没当真，过了一段时间，他叫我看一个存折，是我的名字，身份证号码也是我的，他在上面给我存了五千块钱。又过一段时间，他又给我存了五千，就把存折交给了我，他对我很尊重，从来不动手动脚，我也很尊重他，当然还有感动。”

“为钱。”

“你肯定会这么说，但是我告诉你绝对不是，他说这钱你别乱花，可以寄回家去，他还说你考虑考虑别在歌厅做了，就到我这小厂子里来吧，将来这厂子就是咱们两个人的。他不勉强我，但是他坚决要求我一样，就是不能出台。就在这个时候，我表姐走了。你知道，其实歌厅的生意也不好做，无论什么，只要一多就不好做。表姐是个挣大钱的人，她说娥子别在三亚这个地方待了，看来不行，去珠海吧，听说珠海要好一些。”

“哪里？”

“珠海。可是我不听她的，没跟她走。没跟她走的原因就是因为他。表姐并不局限这一个歌厅，她总串厅，哪儿的歌厅都去，所以对我们的事情她也不是十分清楚。我不跟她走她很生气，说好啊娥子，你翅膀硬了，不听话了……表姐就一个人走了。她现在珠海什么地方我也不知道，我不好意思和她联系，她也没再跟我联系。”

“可是我很后悔，当初真应该把事情告诉她。再后来我给她打过电话，可是晚了，再也联系不上，表姐换手机号了。”

“接着说。”

“到了夏天……你知道夏天这里有多热吗？人们只在一早一晚出来，中间都待在家里，太阳晒死人了！那时候我还在国际机场东边住，他来了，给我房间安了个小空调，安完了，他没走，我给他做饭吃，就像给你做饭一样……”

“少拿我比！”

“吃完饭，他还没有走，我们俩就聊，越聊越贴心，越聊越热火……朱哥。”

“别这么叫，我讨厌这叫法。”

“你知道，人到了这时候是很难的，结果我们俩就发生那事了。当他知道我真还是个处女的时候他感动得什么似的。两个多月以后，我发现我怀孕了，我把这消息告诉了他，他不躲避，不害怕，反而非常高兴，他说等到了“十一”黄金周我们俩就结婚，先在这儿办，然后再回老家办，把今年挣的钱全花光！可是……就在说这话两天以后，他装车；他这个人没一点小老板的架子，平常什么活儿都干，他的员工都说他人不错。那天装的是消声器，消声器你知道吗？大的有半吨多重，他在车上，下面的人往上一掮再一推，铁和铁一打滑，他被挤到汽车的前架上，生生地挤死了，吐了血，鼻子和耳朵全冒了血……要不我跟你说，死一个人是很容易的呢……”

“秀娥，回屋躺一会儿吧，咱明天再聊。”

“不，你以为我很难受是吧，其实我早难受过去了，眼泪也都流没了，你就让我接着说……后来我就搬家了，搬到这里来，免得在那间屋里一想起就伤心。没了他，他们那个小厂子没多久也就散了，没人知道我们的事，我从来也没向任何人说过，但是开追悼会的时候我去了，我站在人群里流眼泪，可能当时有人会纳闷，哪来的这么个女的，也可能有人多少猜到了一些，我不知道。但是我下决心一定要保住我肚子里的孩子，一定要把他生下来，我敢对老天爷发誓，他真的对我好，对我是真心的，绝对没掺一点假。可是我不能去认亲，我见过他的父亲和哥哥，还握了手，但我没吭声，因为死无对证，谁能证明那就是他的孩子？是再也说不清的事。我这样子也不能回老家，不用说村里人，就是我母亲，气也得把她气死！”

“回屋休息吧。听话。”

“朱……我该怎么叫你？叫你朱哥你不愿意听，我也觉得俗，歌厅里都这么叫。叫你朱大哥？远了，那就叫你哥哥……也不行，也不行。”

“怎么不行?”

“就是不行。干脆我就叫你名字吧，朱立秋，或者立秋。”

“没礼貌。”

“就这么叫!”

“随你的便吧。”

“朱立秋同志，我说完了，也该说说你的事了吧?”

“你每天出去，神神秘秘的，你说你是来找工作的，又说是来旅游的，我看什么都不像。”

“我是来讨债的。”

“讨债的? 谁欠了你的债?”

“一个叫通森的公司，欠了我一笔很大的债。”

“有多大? 几十万? 几百万? 上千万?”

“不，比那还要大。”

“吹牛，我看你就是不肯说实话。”

“秀娥，今天太晚了，以后有时间再说好吗?”

“彭秀娥有些失望，啧啧嘴，又叹口气。”

拾废品的中年女人回来了，除去在餐馆打工的小两口，修理电器的也回来了，他们看了一眼朱立秋和彭秀娥，谁也没说话。他们有的吃了饭，有的没吃饭；吃了饭的洗洗涮涮，没吃饭的开始做饭，然后各在各的屋待着，谁也不管谁的事，谁也碍不着谁。

这一天，立秋去交四月份房租，看见房东的儿子、儿媳正好在家，他们刚从润江回来，因为“五一”长假到了。

春节的时候立秋曾见过他们，但没说过话，这一次房东阿叔很自豪地为立秋做了介绍，房东儿子也主动伸出手来说：“小伙子，一表人才嘛。我叫米旺山。”

米旺山三十七八岁，长得很像他父亲，也很健谈，说着一口带些广西口音的普通话。交完了房租，米旺山让立秋坐，立秋便坐下了。房东儿媳倒了一碗茶，递到立秋面前，问道：“朱先生在这里干什么工作?”

立秋说：“一是来看看三亚风景，二是来看看这里有什么好工作可做。”

“难了，”米旺山说，“你可能不了解情况，其实在海南找工作更难。这里不外乎三种职业，一是旅游业，大部分被本地人包了，二是娱乐业，你干什么？做服务生？做保安？对你来说恐怕太亏了吧。否则你真有实力，就来投资，那是最好不过。”

立秋搭讪说：“米大哥在润江做什么工作？”

米旺山说他干过许多，做过材料员，做过测绘员，也搞过招工，现在是建筑成本核算员。他爱人呢，是搞旅游的，现在市旅游局工作，会计。此时阿叔插进话来，他说儿子儿媳“都是白领，白领喽”！

“这么说，米大哥是搞建筑的？”立秋问。

米旺山说对，他们是双成集团公司。为什么叫双成呢？因为开始是亲兄弟俩，两人的名字里都有个“成”字，所以企业名字就叫双成。后来哥俩闹翻了，老二另外立了个公司，可老二不行，没搞好，而老大越搞越红火，现在是湛江有名的民营企业家，生意一步步也做到海外去了。

“米大哥，听说过通森建筑公司这个名字吗？”

阿叔听见了，他指着窗外的篱笆，又指指立秋：“他死要问喽，就那样两块糟污板！”

米旺山一开始没听清是怎么回事，但他到窗前向外看了看，说：“对，那就是通森公司留下的，不过已经好几年前了，那时候我们“双成”也正好在三亚。”

“后来呢？”

“竞争激烈，后来不知怎么它就撤了。不过那公司也是很棒的，现在可能是个跨国公司了。”

“跨国公司？”

“现在可能是在澳大利亚吧，也许是新西兰？要不就是在印尼……说不准。”

米旺山的爱人插进来说：“是在澳大利亚，上次我们同学聚会，我的一个同学说她弟弟就在通森公司，去澳洲很长时间了。”

“在澳洲什么地方？”

“澳洲那么大，那可不知道。”

米旺山问：“怎么？朱先生与通森公司有联系？还是有什么特殊的瓜葛？”

立秋说：“哦，我也是一个同学的弟弟在那儿，家里让我顺便替打听一下，他好长时间没回家了。”

“怎么，他弟弟和家里失去联系了吗？”

“失去联系了。”

米旺山爱人说：“好办。朱先生你不是来旅游的吗？我建议你应该去澳大利亚走一走看一看，也顺便打听了。”

米旺山说：“这倒是个好主意。澳洲非常好，景点很多，是最适合旅游和人类居住的地方。”

立秋问：“能不能在那儿找到工作？”

米旺山笑了，说：“老弟，谁给你办签证？除非你有特殊背景，要么你偷渡，但是你不要忘记，那是在太平洋中间！”

立秋两手伸向所有的衣兜儿，他在寻找那张“新远家装”的名片，但一张也没有找到，因为长时间派不上用场，不知什么时候全部扔掉了。于是他说：“我什么都会干，也什么都干过，我会瓦工，会木工，也当过包工头儿，我最拿手的是搞装修，保证是技师级！”

房东阿婆叫吃饭，米旺山夫妻俩见立秋那样子只是求职心切，对他去澳洲旅游便不再抱希望，说“朱先生一起吃吧”。

立秋说：“谢谢。”但他站着没动，沉了一会儿，他终于问道：“要多少钱？”

“什么多少钱？”

“去澳洲旅游。”

米旺山夫妻俩立刻来了兴趣，妻子说：“一万三千七，八日游。护照自己办，但是我们可以帮你，签证由我们统一签，一切都方便，快捷得很。”

“大姐是导游吗？”

“我不是，我是做财会的。”

米旺山说：“她要是导游，这日子就不可能待在家里了。”

米旺山妻子接着介绍：“我们一共有四个团，现在两个团在国内，两个团在国外。在外面的一个是泰国，另一个正在澳大利亚。过了这个黄金周他们就回来了。”

立秋决定赴澳旅游。

米旺山夫妻俩都对立秋表示祝贺。妻子当即回屋拿出来一份他们旅行社的说明书，同时也验看了一下立秋的身份证，说一切都没有问题，只要把钱交够，待“五一”黄金周结束，让立秋同他们夫妻俩一同回润江，办妥了手续，估计半月之内就可以成行了。

房东阿叔也为立秋高兴，他拍拍立秋的肩膀，亲昵地称立秋为秋伢子，说："澳洲哟，风光喽，风光喽！"

他们高兴，立秋却一夜没有睡好。

他躺在床上，又像第一次看到篱笆上那两块木板，脊背不停地出汗，钱花了，这次是兜底地花，万一再找不到怎么办！

他不再出去，只去外面洗了个澡，便耐心等待黄金周的结束。

彭秀娥问："你怎么不出去了?"

立秋更做难了，更不知道该怎样回答她。若说自己身体不舒服，她肯定又会来了许多事。若回答说就是不想出去，她肯定还要问："为什么?"

"有点累。"她再一次问的时候，立秋这样回答。

"你是不是中暑了?"她还是来事，说着，进来了，"告诉你，来海南需要很长一段时间适应，刚来的时候我也一样，总觉得累，浑身不舒服。"

"没事，一会儿就好。"立秋说。

"我给你捏捏肩捶捶背吧。"

小姐的那一套。

然而彭秀娥说做就做，她揉弄立秋，让他翻过身来趴在床上。一面为他捍肩、捶背，一面说："我也奇怪，给你买的那身衣服你为什么不穿呢？天多热啊！"

立秋说："我不习惯。"

"有什么不习惯？你看房东老头儿那么大的年纪不是整天一条短裤吗？说话夏天了，看你怎么办。"

立秋不再说话，因为他在享受，真的很享受，那两只柔软的小手啊，实在是立秋从来没有体验过的。

他不能不承认这是一个萍水相逢的真心女人真心的爱抚。

"那么硬，哪儿哪儿都硬。"她为立秋一把一把地揪着背说，"不知道的，肯定认为你练过功夫。"

最坚硬的心，也会变得柔软……立秋忽然想到广告牌上的那句话，然而，见鬼去吧！

他慢慢坐起身，双手握住彭秀娥的手，告诉她："秀娥，我要走了。"

"你要走？去哪儿?"

"澳洲。"

“你要出国？去干什么？”

“我说过了，要去讨一笔债。”

彭秀娥默默地看着他，然后坐在床上，说：“我早就猜到了，你那笔债，不是钱。”

“对，不是钱。”

“你不用说出来，说出来我害怕。”

“一个叫王通森的人谋害了我的亲生父母！”立秋吼叫起来。

彭秀娥双手捂住了脸。

“他做着大老板，过着天堂的日子逍遥法外！”立秋眼里涌出了泪水。

彭秀娥扑到立秋怀里了，她搂住立秋的腰，把眼泪滴到立秋的胸脯上。

他们就这样默默无言地坐了好一会儿。

第二天，人们都出去了，夹道里静静的，除去婴儿偶尔的啼哭，只剩下了他们两个人。

她又来到立秋房里，里面裸着，外面只披了一件薄薄的睡衣。

立秋依然在床上躺着。

她站到了床前。

立秋把眼睛转向别处。

她慢慢俯下身去，把脸贴到立秋的脸上，立秋没有躲避，继而，她的嘴唇紧紧地吮住他的唇……

立秋忽然蹿起来；此时他像个土匪，也像只狼，两眼因睡眠不足布满了血丝，他掀掉了她的睡衣，再把她抱起来，撂倒在床上……

然而彭秀娥却用手抵住了他，眼里含着泪。

“慢……”她说，“我现在就是死了，也要和你说清楚。”

“说什么？”他喘着粗气。

“你和他不一样，他是先喜欢上了我，做了许多让我感动的事，我才喜欢上他。你呢，从看到你的那天起我就喜欢你了，无论你怎样对我，即便你以后坐了大牢我也喜欢你。你要问为什么，我也不知道，真的不知道……好了，来吧。”

立秋愣愣地看着她。

“来吧，我现在全是你的，你想怎样就怎样。”

……

这是立秋生命中的第一次，刻骨铭心的第一次。

最后他给她留下了地址。

地址有两个，一个是养父母家，另一个颇绕口：某省丰安市崇水县大王庄乡王家庄村南庄。

十四 亡命大洋洲

按着旅行社的要求和指导，立秋在润江给家里打了长途电话，要家里到当地公安机关为他开出一份户口所在地的证明，还要户口簿上一页的复印件。电话是养父接的，立秋在电话里没有说去旅游，而说他要去国外打工，养父朱保富很痛快地答应了，但话很少，这让立秋感觉到家里似乎对他不再如以前那样牵肠挂肚，他感到心酸，好像看到了养父那张苍老而又逐渐漠然下去的脸。

是的，没有人明白和理解他，他也不想让他们明白、理解。也许到真正明白和理解的时候，就应该是大功告成的时候了。

很快，润江地区的公安部门收到了传真，他的手续合理而齐全。在旅行社人员的帮助下他又去申办出国护照，八天后，护照拿到。一周后，签证下来了。旅行社为他们集体换了汇；立秋身上带的四万元，在来海南以前花去了两万，如今花剩了不足一万五千元，别人有换三千五千的，也有换一万两万的，他交完了旅行费，兜里只剩下几百元。听人说澳洲与中国的季节变换正好相反，于是赶快买了一身秋衣秋裤，余下来的也换了汇，共七十三个澳元。

然而一切都既成事实以后旅行社的人又说实在对不起，现在是澳洲的旅游淡季，人不够，要等凑足了人才能走。于是他们又等了一个多星期，和前面加起来已是二十多天；不管怎样，立秋终于可以踏上新的征途，到那遥远的国度去寻找他“昼思夜想”的人了。

他们乘坐国际航班，经过十多个小时的飞行于六月三日上午到达悉尼。

果然，一下飞机立秋立刻感到气温大变，不用说三亚，比湛江也冷了许多。

这次的旅游线路是这样的：由悉尼入境，然后去布里斯班和黄金海岸，再转机南下墨尔本，由墨尔本出境。

无论是坐飞机还是出国，立秋都是第一次，然而，他不存在和大家一样的喜悦与激动。他也想用心体验，但他觉得一切都平淡无奇，一切都浮光掠影，他心不在焉，而在遥远的、尚不可知的某个地方或是某个角落，在那里游荡，在那里寻找。

他随同人群参观悉尼歌剧院，站在悉尼港口的大桥上，人们盛赞这惊世绝伦的建筑，有人说它像白帆，有人说像美丽的睡莲，立秋却只觉得怪异，怪异得像噩梦，那两只像贝壳样的东西翘起来倒好像是两块棺材罩。不过沉静下来的时候他也想看一看，看看那高高的塔楼屋顶是怎么做成的，是由什么做成的，据说就是用贝壳……

导游的脚步很急，这在一定程度上倒顺应了立秋的心情。进到歌剧院里面，立秋也只觉得富丽堂皇、华贵无比，真的如水晶宫殿一般。至于一切的细节构造，凭他现在的水平他还看不懂，他也不想看懂。

出了歌剧院，在悉尼的大街上瞎溜达。其实全世界的大城市都差不多，让立秋稍感兴趣的是那些建筑的结构和所用材料。在他看来这里的高楼大厦还不如他所到过的上海多，也不如上海的高，而且多是砖瓦结构，没有塑钢，没有钢玻璃，式样也不如浦东新颖。下午他们去看了什么？立秋似乎没什么印象。他花一个澳元买了一份澳大利亚的全国地图，和在三亚一样，那是一张旅游图，但有了旅游图也好啊，整个下午他的注意力基本全放在这张图上了。

第二天，他们去了一个叫“谊园”的地方，谊园的老板是南方人，据说是应了他的邀请。立秋在那里看到了中国江南风格的园林，楼台亭阁、竹林、假山，还有中国的古玩字画在这里倒成了异国情调。下午本来说去唐人街的，不知为什么不去了，而改去了一个很大的超市，立秋对那个导游简直充满仇恨。那个很大的超市里有一个很大的商店，在那个商店里耽搁了很长很长的时间，同行的人基本都掏腰包买了东西，有买衣服的，有买皮制品的，也有买工艺纪念品和珠宝首饰的，唯有立秋一毛不拔，因为他只有七十三个澳元，买了一张图，还剩七十二澳元。

晚上，在下榻的旅馆里，立秋只是躺着。他洗了澡，还是躺着，只把那张图拿出来看。说这里已变成冬天其实也不算冷，比起中国的冬天差远了，立秋的一身西服加上秋衣秋裤足以对付，也因为他年轻。

第三天他们乘飞机去了布里斯班，据说这里乘飞机比坐火车和坐长途汽车还要便宜。到处都是英文，立秋只在乘坐的一辆巴士上认出了阿拉伯字码“333”。车上很空，除去他们这拨旅游的，基本没有别人，这辆车在一幢大楼旁边停下，下车以后，导游说这是市政府大楼，是布里斯班标志性建筑。立秋看到一盏大白天还亮着的灯，导游介绍说这是为纪念在一场什么什么战争中牺牲的烈士。这里的大街宽敞、明亮、整洁，笔直笔直的，只是街上的人太少了，敢打赌，中国任何一个城市都比这里人多。三人行必有我师，有那知识丰富的，说这里的人在很早以前大多来自一个叫达尔文的地方，也大多是华人，他们的祖先一开始是挖金矿，后来又给人家放牧，这也许就是最早的华人打工仔吧。那市府大楼的钟楼很高，立秋目测当有百米以上。

有人说这里就是黄金海岸，有人说不是，黄金海岸就是黄金海岸。总之他们没有到海边去，因为导游说这个季节海边没什么好看的，不如多在布里斯班看看，因为它是澳国的第三大都市。立秋估计所谓黄金海岸，大概也就和三亚差不多，不过是阳光、沙滩，有晒太阳的、有游泳的、有玩冲浪的，还有远处的帆船……在布里斯班的第二天，立秋吃到了一种面，叫空心面，说是意大利特产；不管怎样，总比这几天吃面包、沙拉还有袋鼠肉好多了。

自然又去了商店。这家商店专门卖珍珠饰品，说这里的珍珠世界有名，都是纯天然的，而且养殖时间长，价格也非常便宜。很多人都买了。

八日游，已经过去了四天。

立秋不知道这八日游包括不包括往返路程的时间，他问导游，导游说当然包括！往返路程不也是旅游吗？那就是说，还只剩下两天。

不能再等了，四天来毫无作为，连一点信息也无处可获。茫茫大海，泱泱大洋洲，他要寻找的人究竟在哪里？立秋，难道你真的是来旅游的吗？

不会就在布里斯班吧？要么在悉尼？当时为什么不在悉尼逃遁？或者就在布里斯班逃遁吧！不，不，还是留在最后，留在无可选择的回国之前……

次日凌晨，他们乘机经三小时来到墨尔本。

立秋不知道在墨尔本这第一天时间是怎么度过的。

第二天吃过中饭之后，导游和旅客们发生了争吵。旅客们说在布里斯班的时候不去黄金海岸倒也罢了，但是大家曾经提出到大堡礁去。导游又说去大堡礁太远了，那要经过阳光海岸，快到凯恩斯了，此次没有安排这条线路。

“那就到菲力浦岛去看企鹅。你说的！”旅客们现在抓住了理由，吵嚷道。

“现在时间不对，看企鹅要在八九月份才好。”导游又这样说。

“你怎么说话不算话?”

“不是不算话，去了也没意思。”

“难道就总让我们逛大街？要不就逛商店?”

立秋上厕所，趁他们吵得热闹，悄悄溜出了宾馆。

大街上的人都那么坦然、悠哉，立秋想快速奔跑，但他不敢，那样会显得很乍眼，很特殊。

他想拦一辆出租车，这样会离开得快一些，于是他一面走一面回头看，过去了一辆，但里面坐了人，又往前走了好长时间，却再没见到出租车，没想到澳国的出租车这么少！

他来到一处电车的站牌下，没有人，只他一个。等了好一会儿，一辆黄棕相间的电车过来了，但没有停；又过了好一会儿，一辆电车依然不停。立秋虽尽量克制，但仍显出些张皇失措，他怀疑所站的地方究竟是不是电车站?这时走过来两个“老外”，也只能暂且称人家是“老外”了，一男一女，看样子像夫妻；当第三辆电车过来的时候那夫妻俩向电车招了手，于是车停下了，立秋便紧跟那两人上了车。这时他突然想，澳国的公共汽车是不是还需要招手才停？不招手，光站在那里等大约是没用的。

电车叮叮当当走了半个小时，立秋看见那两个人摁座位上的电铃，于是他也摁电铃，电车停下，别人下车，立秋也跟着下车，那一对夫妻走进一栋楼里去了，立秋却站在那里茫然四顾。

他望去，这是个新的街区，然而大同小异，也似乎走了半天又回到了原处。澳国地处南半球，太阳是在北面的，这在出国之前立秋就听说了，然而此时他身处何地？又去往何方?

一个警察朝他走来了，立秋分不清那是交通警还是什么警，他想躲避，甚至想跑，但已经来不及了，警察向他说出一句英语，立秋听不懂，愣在那儿，警察忽然蹩脚地说了一句汉语，立秋听懂了，他说的是：“需要帮忙吗?”

然而立秋连连摆手，他不需要帮忙，哪敢让帮忙，他强装镇定，不紧不慢地朝警察挥手致意，然后向一条岔路上走，那警察还在盯着他看，他却不敢再回头看警察，幸亏后面来了一辆巴士，他学会了，使劲招手，巴士真的停住了；刚才乘电车才花了一个多澳元，他还有充足的钱可以乘车。

巴士比电车快多了，二十多分钟以后，立秋再次下车的时候可跑出得远了。从宾馆出来是两点整，现在已是四点多，跑了两个多小时，太阳也如在祖国的冬天那样，早早地隐到山林后面去了。太阳既然是在北面，那么他现在应是向西走了？然而也未必，电车和巴士中途都拐了弯，他自然也拐了弯，谁敢保证他现在不是向北或是向东走呢？他向四周张望，城市的高楼已落在远处，眼前开阔了许多，也空旷了许多，他断定自己出了市区来到郊区了。

澳国的市政设施真是齐备得很，即使到了郊区，行人指示牌，各种交通提示，街名、站名都有，但全是英文，立秋一点也看不懂。此时他真盼望能碰到个祖国同胞，哪怕天南海北，哪怕香港台湾，但是没有，起码眼前没有，他只看见两个头上戴得花里胡哨、下面穿着花裙子、又黑又胖的两个男人。哪国的？不知道。然而碰到语言相通的又怎样呢？他向人家打听什么？打听王通森在哪儿？王通森你认识吗？若说地方，他又去哪儿？什么地名？他根本无法决定。

眼前看去是个镇子，没有高楼大厦，但远处有个尖顶建筑，几天来他看见过许多的教堂，那当然也是教堂了。更远的地方是平原，绿绿的，像种了草，立秋朝镇子里走去。

立秋感到有些冷，因天已黑了，估计太阳光在地面上的热量散尽以后会更冷。他进了镇子首先找到了一个小餐馆。全球的个体户大概都一样，翘鼻子老头儿一身白褂油乎乎的，待客却十分热情，立秋在这里吃了牛排和一种烤饼，他比平时吃得多些，以抵抗夜晚的寒冷。这一顿饭竟让他花去了八个澳元，然而立秋不知道这算贵还是不贵，因为他这还是第一次自己吃饭。

吃过饭立秋不走，他凑到柜台前，冲翘鼻子老头儿连说带比画，他的意思是："我能不能在你这里打一份工？"

翘鼻子老头左歪歪头右歪歪头，终于停明白了，他发出"NO""NO"的声音，同样连说带比画，意思说我这店很小，有老伴儿和儿媳两个帮我就足够了，不用别人帮工。闻声走出来的正是他的老伴儿和儿媳，老头儿一并用胳膊把她们拢到一起，像哥们儿，强调了他要表达的意思。

立秋继续在小镇的街道上走。街上的人很少，但街道很整齐，而且有路灯。房子大都是砖木结构的平房，不拥挤，有的地方稀稀落落，偶尔也见二层小楼。立秋经过一家电影院，游人正进去看电影，是从门口的海报上看出来的。他觉得渴，走过电影院不远，看见街边一个卖冷饮的，对面是个咖啡厅，那也是从门口的招牌上看出来的。立秋想买瓶矿泉水，但是卖完了，他拿起一瓶柠檬汁样的东西，老板朝他伸出两个手指头，两个澳元！

但立秋太渴了，忘记刚才在餐馆里要一碗热汤或是开水，他一口气喝掉柠檬汁，然后走进对面的咖啡厅。

咖啡厅主人是一对三十来岁的夫妻，其长相在立秋看来与他在电车站牌下碰到的那一对夫妻没什么区别。这里比小餐馆里的人似乎多些，猛然进来个异国面孔，他们不免侧目。店主人同时向立秋发出几声询问，立秋也同时更加细微更加准确地连说带比画，意思仍然是“我能不能在你这里打一份工?”然而店主人发问的意思是：“你究竟要喝哪种咖啡？是古巴的还是雀巢的？要不要加糖或者加冰块？不、不、不，先生，您究竟在说什么？是想喝茶？茶也有……”等等。

驴唇不对马嘴，立秋沮丧之余，只好退出身来，店主无奈地朝所有人摊开了手。

立秋看了看表，快八点了。月亮升起来，多半个，黄黄的。今天是几号？大概八号吧？还是九号？这里有时差，说不准是几号。大概明天还有一天，旅游团就该回去了，此时他们在干什么？还在吵吗？或是已做着回去的准备？导游，那个导游因他而倒霉了……他不愿再想下去，继续走他的路。

他不能走得太远，他要寻找的那个人当然在城市，即使不在市区，也不会离市区太远，更不会在遥远的僻壤乡间。他必须就近找一份工作，让自己先安定下来。然而这份工作也不能在市区，市区太危险。

立秋朝一栋房子走去，那看去像个作坊，走过去细看，原来是个自行车修理店，因为外面挂了里胎、外胎还有瓦圈之类。很好，想不到澳国也有修自行车这一行。

他敲响了一根柱子，那柱子是铁管，发出了悦耳的声音。立时，一个十多岁少年推门出来，态度很不友好，他怒喝了一句，估计是“你干吗?”立秋说：“我想在你家……”然后他用手做了敲敲打打的动作。男孩儿不懂，转身向里喊，这时一个汉子出来了，他好像刚洗过澡，粗脖粗肚粗腿，立秋向他比画着，重复了刚才的意思。

“柴拿?”那汉子冒出一句。

“对，柴拿。”立秋赶忙说道。

汉子朝他伸出手，立秋不知他什么意思，想了一下，明白了，便从兜里掏出了身份证、澳元等拿给他看，但是没有出国护照，护照在导游手里。

“NO，NO……”汉子看过了，还向立秋张手。立秋不知他还要什么，然而自己什么也拿不出来了。他想，会不会是有关的技术证明？抑或上岗证之类？也怪了，难道修自行车也要什么上岗证吗？

那汉子等了会儿他，大概真的是猜对了，见立秋再拿不出什么，那汉子摇摇头，又朝他挥了挥手，表示再见，回屋去了。

立秋也只好继续走路。房屋开始变得愈加稀疏，然后便看见了公路。他希望很快有另一个村镇出现，也许在新的村镇能找到一份工作。

他沿公路边一个人走下去。

他停下，借路灯的光亮看了看手表，若是在中国，无论郊区还是纯粹的农村，只要走上十几、二十分钟，见不到村庄也会碰到人家，然而在这里，他已经走了一个多小时，不要说村庄，就是个人影子也没见到。抬头望望，月亮还是多半个，由黄黄的变成了白白的，眼前除了一条公路，便是暗红色的土地，稍远处是朦胧、起伏的山林。

再走，出现了一条河，那河静静地流，不知流向哪儿。公路上偶尔有汽车朝另一方向开去了，刚才没有，这条公路到了这儿怎么突然有汽车了呢？它发出的声音很大。

……好了，前面影影绰绰，好不容易是个村镇了。然而现在已经是十点多，进了村镇，他什么也不能做，既不能住店，也不能再吃；虽然肚里又有点饿……他必须为自己兜里的澳元精打细算，谁知道距离挣到钱还要多长时间呢？他后悔喝了那一瓶柠檬汁！

路边有个垃圾桶，垃圾桶旁边也扔了一些杂物。杂物中有个木柜，像个大衣柜，静静地躺在那里。立秋走过去开了那柜门，发现里面很宽敞，也很完好，于是他迈进去，然后蜷起腿，躺下来；他累了，真的累了，不是身体的累，而是精神的紧张和疲惫。还有这个不争气的肚子，明明吃了不少又觉得饿。躺下来不动，看你饿！

好了，就这么过一夜吧。外面很冷，昼夜温差很大，关上柜门就不冷了。还管它像个什么，知道，像个棺材。

他迷糊着刚要睡去，忽然什么东西重重地撂在柜子上，发出呼噜噜的巨响，立秋本能地推开柜门爬出来，这时，只见一个妇女尖叫着跑了。几十米外就是房屋，有人从房屋出来了，大约三四个，他们用手电照大衣柜，照立秋的脸，然后朝他叽里呱啦说个没完没了，其中一个男人伸出粗壮的胳膊去抓立秋的衣领，立秋搪开那胳膊，问他们“干吗?”他们没有动他，却拥着他，让他走在前面，后来那个粗壮的男人牵起了他的手，怕他跑了，立秋真的害怕起来，怕他们把他交给警察，然而他们在镇子的街里拐了一个弯就到一家店门前了，他们没有看他的任何证件，几乎是把他硬塞给那个旅店老板。

虚惊一场，立秋也只好认了。他想，露宿街头，在人家这儿也许是违法的吧!

这个普通的乡村旅店很好，设施非常完备，有卫生间、洗浴、毛巾、肥皂，还有香水，另外还有个小小的灶间，你可以自己做饭。立秋只洗了洗手脸，更没有自己做饭，他倒头便睡，但这一宿竟花去了四十个澳元!

立秋很早就退了房。走出镇子，他站在路口东张西望，他觉得自己这下算彻底迷路了，其实说迷路并不确切，因为他根本就没有准确的、固定的路要走。但是他还是要尽快地离开这个镇子，因为他已经把不好的印象留在这里，说不定什么时候人家突生疑问，便要追将上来，那就麻烦大了。数一数，身上还有十九个澳元，他决计再花几个乘车。

重回到公路，坐上巴士。乘客很少，但巴士开得很快，不知驶向哪里，窗外依旧是起伏的山林和一眼望不到边的棕红色土地。

下车的人都不知跑哪里去了，不知换乘了别的车，还是进了路边的几栋大房子。立秋站在那里愣了好一会儿，才发现眼前是个牧场，他听到了羊的叫声。这之前，他还没有见过牧场，只听赵大坡说过内蒙的牧场，不，内蒙不是牧场，是草原。

立秋朝牧场走去。他推开一个大木门，便看到一个人正在修理羊圈。那人看去五十多岁，除了胡子，满脸像擦了红粉一样红，要么就是刚喝了酒。他用射钉枪加固着羊圈的木栏，圈里都是一色的绵羊，大约有七八十只，不远处还有一个羊圈，不知有多少只。红脸男人发现了立秋，向他发出询问，立秋指指他的牧场，朝他伸出大拇指，称赞他。红脸男人苦笑了，他指指天，又指指地，然后用木板条在地上写了“06”两个字，立秋知道那是指头年，红脸接着又做了个炎热、满头大汗的样子，立秋明白了，他是指头年干旱无雨，他的牧场不怎么样，也许还亏损了。立秋是来寻找打工机会的，见红脸男人无意间透露了不乐观的情景，他便不好再出口。于是立秋动手帮忙，让红脸男人在前面扶着那木板，由他来操作射钉枪打钉。射钉枪在立秋手里就如个玩具一般，他太熟悉了，熟悉得有些想念，于是他打得又快又好，把个红脸男人追赶得手忙脚乱，也乐得合不拢嘴，他哈哈笑着，连接射钉枪的电线险些将他绊倒。很长的一段木栏不多一会儿便修理完了。

临走，立秋向红脸男人问了“墨尔本”和“悉尼”，红脸男人听明白了，他指了两个不同的方向，似乎一个向南，一个向北。立秋在茫然中忽然意识到自己可能正处在两个城市的中间，也许还是等距离吧？如果是那样的话，当然还是去悉尼，因悉尼是澳国第一大都市，他要找寻的那个人在悉尼的可能性是最大的。于是他向红脸男人再一次询问去悉尼的准确路线，红脸男人伸出胳膊向前，然后又向右画了一个半弧。

必须必须尽快找到一份工作，必须必须尽快安顿下来，哪怕暂时的安顿也好。“天高皇帝远”这句话也许在哪儿都适用，在异国的乡下，只要安分守己、踏踏实实地打工，估计不会有人对你的来龙去脉感兴趣。然后，一切从长计议，君子报仇，十年不晚！

澳国真是个人烟稀少的国家，路上的车也很少，偶尔有出租车，但即使是空车他也不敢拦，因为他坐不起。白色的、蓝色的巴士已经过去了两辆，车上明明人不多，立秋如以前那样招了几次手，但人家再也不停，身处异国，真不知道究竟是怎样的规章制度。

说话又中午了，立秋感到十分饿，他知道，又要出虚汗了，他向前走了一段路，刚好路边有个快餐店，店里什么都有，香肠、火腿、三明治、汉堡，立秋只吃了一个大汉堡；不觉得饿就行了。

无奈之下立秋拦了一辆卡车，车上装的是扫帚和拖把。司机是个黑人，一开始他踩了个急刹车，朝立秋大声呵斥，大概是立秋的拦车有些莽撞，把他吓了一跳，还以为是打劫。

牧场那红脸男人说得不错，卡车开了七八分钟后真的向右拐了一个弯，然后驶入高速。立秋闭上了眼，他不愿再想事，也无心去看沿途的风景，只任风在耳边呼呼地响。但黑人司机不愿他闭眼睡觉，他拍了下他的肩，打开了音响，音量放得很大。

卡车开了四十分钟左右司机说到了，便停下了车。立秋见眼前似乎是个旅游点儿，空地上停了不少车，有巴士，有出租，也有私人轿车，但黑人司机只停车人却坐着不动，他望着立秋笑，立秋会意，他不知是多是少，拿出两个澳元给了司机，司机高高兴兴下车去了。

他到了立秋却没到，他还要继续赶路，在悉尼郊区的某一个村镇，哪怕给人家清扫垃圾、刷盘洗碗，不要任何报酬，只图吃个饭、睡个觉就行。

太阳西斜了。

一眨眼，落山了。

这个不争气的胃，这个不要脸的胃，又饿起来。

月亮升起的时候，他看到了一处房子，很漂亮、很高级，旁边有个加油站，无疑，这是个汽车旅馆。立秋进去了，他必须吃一些东西，否则连路也走不动了，要知道，他中午只吃了一个汉堡。

但他依然没有吃饱，吃了什么，他几乎不记得，却花去了九个澳元。他兜里只剩四个澳元了。

他在月光下走着，在望不到头的路灯下走着，有时也穿越小路，认为那样会近一些，朝着他所认为的悉尼的方向。

半夜了，除了远处火车的声音，大地一片寂静。

偶尔有大鸟，从路边的丛林里飞出来，在空中扑棱棱拍打翅膀，不知为什么，却吓人一跳。

又累了吗？立秋？你的精力，你的自信，以及你吃了那么多好东西所积存的热量，都到哪儿去了？

算来，整整两天，他不曾好好睡觉，从他准备逃跑的那天晚上他就没有睡好，现在他又持续走了六七个小时，为了明天，为了保持体力和精力，是应该找个地方歇一歇了。

然而去哪儿歇呢？哪里是他歇息的地方？

除去公路，还是公路，除去起伏的山林和暗红色土地还是山林和土地。即使有旅店，他只有四个澳元，连想也不要想了。

他下了公路，跨过壕沟，脚下的土地干燥而坚硬，在他看来像晒干了的铁红底漆。

前面是一个土坡，土坡朝阳的一面，注意，朝阳的一面便是北面，那里长有一簇一簇的茅草，估计可以藏身和遮风了。

立秋走到了土坡前，在两簇茅草之间坐了下来。很好，很舒服，全身像散了架……

他望着满天星斗，坐了一会儿，躺下；躺了一会儿，觉得不行，很冷，一阵风顺土坡刮过，全身像没穿衣服，还有沙子随风灌进了领口，他打了一个哆嗦。

站起身蹦一蹦、跳一跳吧，再挥挥拳、踢踢腿，果觉好些了，于是再躺下去，同时把上衣领子尽量拉往头部，盖住半个脸，是不是更好些了？大约不再有风的原因，他真觉得好些了，便开始迷迷糊糊地睡去……

他醒来的时候发现自己睡了好大一觉！头顶上有太阳，照着他，也照着土坡，照着大地，他睡了整整一宿吗？已是第二天清晨了么？

然而怎么不觉得暖和呢？阳光是那么明亮，刺得他睁不开眼，但他全身像披了冰，像掉进冰窖里，他觉得比昨天夜里还冷，动一动，全身又不太听使唤……啊，原来他在发抖，禁不住地抖，牙齿也在咯咯打战。

几点了？阳光这么强，是不是快到中午了？他想看表，但胳膊抬了两下，竟没有抬起来。他再努力动动腿，腿也僵硬得可以，脑袋里像灌了铅，沉沉的，晕晕的，不过还好，意识还存在。

是睡着了吗？还是曾经死去了？是不是刚从养父母承包的地里回来？抑或从工地上回来？眼前又是哪儿？

好吧，就这样死去，一切也就解脱了，解脱在异国他乡，解脱在这暗红色土坡下面。

他像个缩成一团的巨虫，一动不动，也不想动，听着自己粗重的呼吸和急促的心跳。他终于抬起手腕看看表，果然是中午了，整整十二点。

那是什么来了？像壁虎，家乡叫夜里虎子，但没有见过这么大的，这个足有一尺多长，悉悉索索地爬到了他的跟前，可能把自己当成可以吃的东西了，也许就当成了一块肉吧。

立秋看着它，它高高地扬起头，前半身也翘起了，看不见眼睛，但也分明在观察着立秋。

立秋拼尽全身气力站起身，然后发出一声沉闷的吼叫，同时飞起一腿，但那一脚踢空了，那壁虎一样的东西身手非常敏捷，滋溜溜蛇一般的游走，煞时踪迹全无。立秋也重新躺下去。

昏昏沉沉，似又要睡，喉咙里不时发出呓语。

不知过了多久，立秋忽听得似有人声。

人声越来越近，他睁开眼睛，头像要炸开了似的疼。

眼前站了两个人，像是学生。其中一个男孩儿俯下身来摸了他的额头，然后朝远处喊了一声，喊的什么，不知道，是英语。

又跑过来好几个人，其中一个女孩儿也摸了他的额头，然后惊呼，惊呼什么，不知道，但可以听出是惊呼。恍惚间，立秋看到惊呼的这个女孩儿竟是一副中国人的面孔。

他们拉他起来，但立秋只觉天悬地转，哪里起得来?

女孩儿开口发问了，竟然真的是中国话："你是中国人吗? 还是日本人? 或者是韩国人?"

立秋嘴唇嚅动，说出"中国"俩字。

女孩惊异了，惊异得张大了眼睛，她接着问道："你是中国人? 怎么会一个人躺在这儿?"

虽是汉语，但带着一种卷舌的"老外"味儿。

立秋不吱声，他无法说清这问题。

女孩儿又问："你是不是很难受? 你在发高烧你知道吗?"

立秋仍然不吱声以后，女孩儿便开始吩咐了，然后她和一个男孩儿朝公路快速跑去，剩下来的几个七手八脚抬起立秋，抬到了公路边。这时正好两辆轿车也开过来，他们把立秋抬进其中一辆车里。

开车的是个男孩儿。立秋身边坐了一男一女，他强睁开眼，见身边的女孩儿便是那个一副中国人面孔的女孩儿。

女孩儿把一根吸管放到立秋嘴里，让他吸一罐饮料。立秋努力控制自己的意识，不让自己再昏过去。

他们来到了一家医院，立秋很快挂了吊瓶。那几个原来是学生，而且是大学生，他们逗留了很久，唧唧喳喳像麻雀似的在病房里或楼道里说个不停，大夫忍无可忍，把他们撵走了。那个女孩儿没有走，她和其中的一个男孩儿一直守着立秋到天黑。

立秋是重感冒，大夫说非常危险，再迟一步，人也许就无法抢救了。大夫告诉了女孩儿，女孩儿转告了他。

第二天下午，女孩儿和那个男孩儿又来了，他们见立秋恢复得很快，都很高兴。他们坐在病床边，向立秋说起了昨天的事，女孩儿说也真是巧了，因为是英女皇寿辰，昨天才放假一天，他们也才外出野游，便碰到了他……否则他一个人病倒在那里，恐怕真要死在那里了。

立秋真心地表示了感谢。他们便再次问他一个人是怎么病在那里的，立秋回答说也因为出去游玩，不过迷了路，后来就病在那里了。

他们问他叫什么名字，立秋如实相告，并拿出身份证给他们看。

“朱里奇，”女孩说，“这名字很好听！”

“朱里奇”，明明是朱立秋，干吗说是朱里奇?

女孩儿指着男孩儿给立秋做介绍：“他叫戴维，是我大学同学。”男孩儿也指着女孩儿介绍，说她叫“琼”。只一个字，琼，但这一个字说得很蹩脚，像是说“窘”！

第三天下午只有叫琼的女孩儿来了，戴维没有来。琼给他买来了水果，一面给他削水果皮一面坐在床边和他说了许多的话，她说她是墨尔本大学的学生，今年十九岁，该上三年级了。她又问立秋多大年龄，立秋说二十七岁。她又问出院以后他准备到哪儿去或者回到哪儿去，立秋一时无法回答了……真的，去哪儿呢？只说现在，如果医院的人好事或者多疑，应该早已向警方报案了，即使不报案，也很可能要有医院专门的人来追问他的来龙去脉了，其实仅仅要求他出示护照这事也足以败露。因此还是要尽早出院，以后再说以后，否则夜长梦多。

立秋身上只有四个澳元，当然付不起住院费和治疗费，他也无任何资格享受医疗保险，只能是叫琼的女孩儿替他付了全部费用。第四天，她用法拉利跑车把立秋接出了院。

坐在车上，立秋说：“这里原来还是墨尔本，不是悉尼?”

女孩儿说：“你傻，真傻，这里怎么会是悉尼呢?”

立秋说：“我那天坐了很长时间的车，又步行了六七个小时。”

女孩儿说：“迷路了，肯定是迷路了，你病倒的那个地方，是墨尔本郊区。”

“什么?”立秋真为自己感到奇怪，“我还以为是到了悉尼郊区。”

女孩儿耸了耸肩。她的车开得很慢，后面不时有车鸣喇叭。

立秋不知怎么称呼她，若叫她“琼”吧，很不习惯，他叫不出口；若叫大妹妹吧，不知人家能不能接受；叫女士肯定不行，人家还小，才只有十九岁，那么就称呼姑娘吧。于是他说：“姑娘，我感谢你，也感谢你的同学们，如果没有你们我肯定要死在那里了。”

“想报答我吗?”女孩儿两手并不握方向盘，而是在打着节拍，汽车音响在播放着欢快的音乐。

“当然要报答。”立秋说，“不过要等我有了机会挣到了钱。但是，姑娘，我还不知道你姓什么，难道你只叫一个琼字吗?”

“我姓王，叫王琼。”女孩儿说。

“姓王?”

“怎么?你对这个姓氏感到奇怪吗?”女孩儿回头看了看他，“中国不是有很多很多人姓王么?留学生里也有姓王的。”

“你父亲姓什么?”

“我说朱里奇，说你傻你真是傻，我姓王，我父亲能姓什么?”女孩儿笑了，笑得咯咯的。

“噢，是我糊涂了……你们什么时候来的澳大利亚?”

“很早很早了，我父亲从美国直接移民到这里……怎么?朱里奇，你是移民局派来的吗?”

“对不起，我只是好奇。”

“这有什么可好奇的?澳大利亚的华人有十多万，而且还在逐年增加。告诉你，朱里奇，我还有爷爷奶奶!是个很完美的家庭。”

立秋暗暗呼出一口气。他觉得自己既荒唐又没有良心，人家对他那么好，救了他的命，他却这样胡乱地、没边没际地猜疑。

立秋忽然叫停车，说有重要的事要和她说。

车停在一条岔道旁。两个人坐在车里，王琼期待地、又不解地望着立秋。

立秋诚恳地说:“对不起，一开始，我没有和你说实话，其实我是从旅游团偷跑出来的，因为我要在澳大利亚找一份工作，我很穷，又找不到工作……姑娘，你的确是个好人，所以我想，还是不应该瞒你。”

王琼的脸涨红了，她喊道:“朱里奇，怎么会这样?怎么会这样?”

立秋说:“姑娘，你现在可以作两个决定:一，去报案，把我交给警察;二，现在我下车，你放我走。以后只要我活着，我是一定要报答你的。”

说着，立秋就去推车门。

“朱里奇!”王琼大声喝喊，“你坐下，坐下!听见吗?”

立秋坐下了。

“我能帮你……我想，我肯定能帮你。”王琼低头想了一会儿，然后默默地说。

"帮我？你来帮我？怎么帮？"立秋大惑不解。

"让我试试看吧，朱里奇，你就不用管了。"王琼说完，重新发动了车上路。她吹着口哨。

"我们现在去哪儿？"立秋不免感到些惶恐。

"当然是我家里呀。"

"去你家？不不不……我已经给你添了许多麻烦，又花了你的钱。"

"朱里奇，"王琼严肃地说，"你现在身体还很虚弱，需要休养，知道吗？"

"去你家里休养？"

"怎么？你不愿意？可是你又没地方去。"

"是，我没地方去……那么一开始你想把我拉到哪儿？"

"也是我家里呀！"

十五 托克森

法拉利跑车行驶大约半个小时以后以更加缓慢的速度进了一条林荫道。立秋在林荫道外面看到一条河，静静地流着，那天晚上他见过一条河，宽窄差不多，不知是不是同一条。

汽车在一座宅院的大门前停下了。大门是立秋在中国见过的那种很普通的铁艺大门，两边连接着同样的铁艺围栏。一个三十多岁的女人跑出来开门，她系着围裙，在围裙上搓着两手，看去是这家的保姆无疑了。

汽车进院以后又绕过黄杨树墙和花坛，眼前是一栋二层小楼，那院子也很大，足有三亩地那么大，但小楼看去已经很陈旧了。小楼虽是砖木结构，但油漆有很多地方已有剥落的痕迹，底部的塑料青石板立秋也一眼看出是后贴上去的，是为了阻挡砖的风化和老化。王琼把车开进车库，说："站着干吗？进去吧。"

随王琼进了客厅，客厅大约有四十平方米，但光线不太好，因为前面的窗子太小，且窗框又厚又宽，这样中间的玻璃就更小。家具都是木质的，呈暗黄或暗紫色，明显地也很陈旧。王琼说："喝点什么？咖啡还是可乐？"

立秋说谢谢，因为不渴，所以什么都不喝。

王琼"叭"的打开一听可乐，然后又问道："不然你喝茶吧，喝爷爷的茶。"说着便跑到客厅后面去了，不一会儿又跑出来，说："爷爷不在。"她忽然隔着窗子向外面看，对立秋说："爷爷在那儿！"随即跑出去，边跑边叫道："爷爷，来客人了！"

为了礼貌，立秋也跟了出去。

院内有不少树，有高树也有矮树，有草坪也有半谢不谢的花。立秋看见院子最远的一个角落有一个人正在猫腰干活儿，再走近些，原来在清扫地上的树叶。其实在刚进门的时候立秋已经瞥见了一眼，以为那是个仆人。只听王琼高兴地说道："爷爷，您没有听见吗？来客人了，是从中国大陆来的！"

那人直起身来，原来是个瘦弱的老人，清瘦的面庞除去皮肤略白以外皱纹爬满了额头和眼角，看去和一个偏远地区的农民没什么两样。

王琼说："朱里奇，你应该叫爷爷。"

立秋叫了一声爷爷。

老人"嗯"了一声，看了立秋一眼，但明明看见了，又似乎什么也没看见，他老眼迷离。王琼继续向爷爷说立秋的事："爷爷，咱们帮帮他吧！他很可怜，就为了找一份工作，他参加了旅游团，然后偷跑出来了。他现在是个黑人，爷爷，咱帮帮他吧。"

老人似听不听，然后说了一句："我不管你们的事，等你爸爸回来吧。"

"我爸爸什么时候回来？"

"不是说明天嘛。"

老人边说边夹起扫帚缓缓走去，他把扫帚放进装工具的小屋里，然后走进客厅，大约回他自己房里去了。

立秋也随王琼回到客厅，王琼说："朱里奇，你别介意，爷爷老了，太老了，而且他有病。"

立秋说："我怎会介意？人老了不都会这样吗？"

王琼高兴起来，问："朱里奇你有爷爷吗？"

立秋说："和你一样，有父亲母亲，爷爷奶奶。"

王琼高兴地拍手，说出一连串英语。立秋听不懂，说："你说的什么？我一句也不懂。”

王琼大声说：“我是说幸福的家庭都是一样的，不幸的家庭各有各的不幸，懂了吗?”

立秋说：“不懂。我和你一样，都有爷爷奶奶，可是你幸福，我却不幸，我要为了生活奔波，为吃饭发愁。”

王琼又带出一句英语，然后说：“我是指幸福的家庭，你家庭所在的地区肯定是贫穷地区，贫穷本身就是一种不幸。”

立秋说：“你要这么说就有些道理了。”

王琼拉起立秋：“走，去看奶奶。”

他们走进客厅最里面的门，拐弯，然后进了楼道终端的一间房子。立秋看到穿了一身黑衣服的老太太正在屋里念经，她前面的桌子上供着耶稣，还有菩萨，她闭着眼睛，双手合十。王琼轻声说：“奶奶，有人来看您来了，是从中国大陆来的。”

那老妇人连头也没有转动一下：“你好，孩子。”

“他叫朱里奇。”

立秋说：“您好。”

“哦，很好，你们去玩吧。”老妇人说，依旧在念她的经。

于是两个人就出来了。王琼边走边说：“奶奶是个基督徒，每礼拜都去教堂做弥撒。可是你看她在耶稣像旁边又放了一个菩萨，funny!”

“什么?”

“滑稽!”

该吃晚饭了，保姆来叫。保姆果然就是那个开大门的，其长相立秋在海南曾经看到过许多，即皮肤微黑，深眼窝，鼻子扁而平，保姆说：“小姐，吃饭了。不知道有客人来，小姐也没有提前打招呼，来不及，所以只能简单一下啦。”

这保姆也说的是汉语，但半生不熟，像老外，又像广东一带的人。

王琼跑进客厅侧门，边跑边说：“我去看吃什么。”然后出来，一脸可怜相对着立秋，“朱里奇，我们到外面去吃吧，又是馒头米粥，爷爷几乎天天吃这个。”

立秋说：“馒头米粥还不行吗？对我来说已经很好了。”

保姆跟在王琼后面：“不是还有鱼和沙拉酱吗？面包也是新鲜的。”

立秋坚持不去外面吃，王琼也就不再勉强。餐桌上，王琼的爷爷、奶奶默默无语，尽管王琼努力活跃气氛，以使立秋不感到窘迫，但两位老人只默默地、静静地吃饭，他们彼此之间也没有话，他们甚至连看都没有多看立秋一眼，只是“嗯，啊，很好”等，应付与敷衍着别人。

两个老人吃得很少，不一会儿，便放下筷子，各回各的房间去了。

“朱里奇，你一定以为他们对你抱不欢迎的态度，是吗？”王琼说。

“不，我不会那样想。”

“这就对了。”王琼说，像个大人似的，“不要说你，平时对我的同学，不管男同学女同学他们也是同样的态度。不信，你问阿月。”

阿月就是那个保姆，她就在旁边收拾碗筷，不吱声。

饭后王琼亲自为立秋准备好洗澡水，立秋洗了澡。

然后又把立秋拉到楼上去，让立秋看给他准备好的房子。那是楼上最西边的一间，面北朝阳，与王琼住的最东边的一间遥遥相对。

在立秋洗澡的时候保姆已经把房子简单收拾过了，因为王琼的伙伴中时常有人住在这里，所以收拾起来并不费事。

“有时戴维就住在这儿。”王琼耸了耸肩说。

“哪个戴维？”立秋几乎忘记了。

“就是和我一同看你的那个戴维呀！”王琼说。

王琼又拉立秋来到自己的房里。她的屋子凌乱不堪，明显新装修过不久的顶棚和墙壁不知是她还是她的伙伴在上面任意涂鸦，桌子上有书，有期刊，地上有颜料、画夹和画笔，一台电脑随便放在墙角，上面也压了书和纸张，床上扔着她的衣服和一把吉他。

立秋搔了搔头皮：“好家伙，一个女孩儿的屋里这么乱！”

“乱吗？我倒没觉得。请随便坐。”王琼说。

“这台电脑为什么不用？”立秋问。

“厌烦了。”王琼说，“既费时间又费精力，坐下来不知不觉几个小时就过去了，fictitious world！”

“什么？”

“虚拟世界，一点意思也没有。”

王琼抓起床上的衣服走出去，走到楼梯口，她喊道：“阿月，衣服！”

保姆阿月走上楼梯，在楼梯口，她接过衣服，拿去洗了。

屋里也有一台小小的冰箱，王琼从里面拿出饮料，给立秋开了一听，一面喝着，一面很爽快地谈起了自己；她说她高中毕业以后本打算去进修文学的，因为她很爱看书，同时对写作也颇感兴趣，但是父亲坚决反对，说她如果一意孤行便立刻终止对她经济上的一切供给。父亲说你爱看书是好事，也应该提高自己的写作能力，但绝对不能把写作当成职业，绝对不能！

“没办法，只好服从了。”王琼摊了摊手说，“所以按着父亲的意愿就报考了工商管理专业。但是你知道，我对那个专业实在不感兴趣，所以成绩一直不好，后来我又慢慢对绘画产生了兴趣，我觉得绘画很能发挥我的个性。所以看吧，也许中途我会更换的。”

“你父亲会同意吗？”立秋问。

王琼又耸肩：“不知道。”

她拿起床上的吉他，问立秋：“你喜欢唱歌吗？”

立秋说喜欢听，但不喜欢唱。

“其实我的兴趣非常广泛，”王琼说，“音乐也是我的爱好之一，但是我歌唱得一点都不好。”

说着，她拨弄琴弦，唱起了一首英文歌。

立秋听不懂，自然也不知道她唱得究竟是好还是不好。

夜幕降临了。

立秋躺在床上，他环视自己住的房间，宽绰、整洁，墙上的两幅镶着厚厚木框的风景画更让这房间显得精致、典雅。床垫软软的，富有弹性，薄薄的被子也是软软的，微微散发着一股并不难闻的羊毛味儿……立秋惊叹自己的命运，怎会在穷途末路之际，甚至濒临死亡的关头，忽然之间起死回生，继而住到这样的房间里。

无疑，他遇到了好人，遇到了善良的人，这个叫王琼的女大学生和她的同学救了他，他们是他的恩人，而且这个女孩儿还在继续帮助他……然而，毕竟前途渺茫，他所要寻找的目标直到现在也仍然不知下落，他现在赖以栖身的、这个看去富有的家庭也绝非久留之地，他没有说出他的全部，没有向这个善良的女孩儿和她的家人说出他此行的真实目的和他的本来面目……

第二天，立秋很早就起来了，而这女孩儿似乎有睡懒觉的习惯。立秋不敢轻易活动，只待在自己房里。九点了，方看到王琼穿着睡衣，散乱着头发站在阳台上打手机。从她的说话里立秋听出她是打给父亲的，似乎在说回家的事，此时立秋方才想到今天已是星期六了。

王琼关了手机看到立秋，高兴地向立秋说了一句："爸爸十点到家！还有苔娜。"然后就跑到楼下去了。

果然，十点刚过，院子里开进来两辆轿车，一先一后。立秋会开车，但他不懂车，叫不出那车的名字也不知那车是否高级、高级到什么程度。从第一辆车里下来一个男人，四十多岁，微胖，头发稀疏，已经开始谢顶了，戴着一副无框眼镜，这是王琼的父亲没错了。第二辆车里下来一个女的，身边还有一个十二三岁的小男孩儿，女人略显年轻，肤色倒与保姆阿月相近似，小男孩则全然是白种人的长相。

为了礼貌，立秋早已下楼站在了二层小楼门口。王琼首先张开双臂奔向那男孩儿，男孩儿也扑到她的怀里，两人拥抱。王琼叫那男孩儿"博尔"，后来又叫他"糖包儿"，男孩儿叫她"姐姐"，是汉语，很响亮。男人笑着指着她俩朝那女人说了一句英语，从他的表情和声调看立秋猜想那大概是说"看，见了我们不亲，倒和他亲！"

不见王琼的爷爷、奶奶出来。进了客厅，王琼马上就把立秋推到父亲面前，介绍道："爸爸，在电话里说不清楚，他叫朱立秋，是从大陆来的。他的家里非常贫穷，他自己也非常贫穷，为了在澳大利亚找到一份工作他从旅游团里偷跑出来。他现在非常危险，随时有被抓的可能。爸爸，我们帮帮他吧，设法给他找到一份工作！"然后又对立秋说："朱里奇，你应该叫叔叔。"

立秋叫了一声叔叔。

王琼的父亲看了一眼立秋，严肃地对王琼说："宝贝女儿，这种事我们怎么好管？这牵扯到法律，法律，你懂吗？甚至牵扯到国际法律！你的同情心是可以理解的，但违法的事我们不能做。"

没想到王琼的脾气很大，她恼了起来，说："难道我们就看着他被抓捕、被拘留，被遣送回去？这对你们并不难，对吧？只可惜我是个学生，没有那么多社会关系，否则我根本用不到你们！"

她父亲说："可是这是澳大利亚，不是在中国。"

小男孩儿依然在纠缠着王琼，他的母亲命令道："去看爷爷奶奶。"小男孩很听话，跑进客厅后面的门里去了。那女人说的也是汉语，声音低沉，像个男的，且卷舌卷得更厉害，她沉稳地对王琼说："琼，你要知道，这种事很多，管起来是很麻烦的，弄不好，我们自己也会有麻烦的。”

王琼几乎针锋相对地说：“苔娜阿姨，我亲爱的继母，如果我没有记错的话，三年前您曾经给一个印尼人找了工作，并在澳国留了下来。阿月不也是你雇来的吗？后来取得了澳大利亚国籍！”

不知是嗔怪还是欣赏，她的父亲用手指戳点着她，同时扭头和那女人说起了英语，王琼打断他们说道：“你们不要又提我的学习成绩，这是两回事，你们不觉得我的口才和我的语言表达能力很棒吗？苔娜阿姨，是不是这样？”她又对立秋说：“朱里奇，你应该叫苔娜阿姨。”

立秋完全不知所以，只好叫了一声苔娜阿姨。

但苔娜阿姨说：“琼，正如你所说，这是两回事。”

“什么两回事？”

“你的口才，和你要我们办的事，我们办不了。”

立秋坐不住了，觉得自尊心受到了极大的损伤，他站起身来恭敬地说：“实在对不起，是我给你们添了麻烦，我现在就走，马上离开。你们不要再为这事争吵了。”说完，他转身就走，但是王琼一把拉住了他，拉住他不放，她真的生气了，喊道：“你们干吗？你们这是歧视，是缺乏人道，缺乏起码的同情心！”

女人发出一声惊叫，这惊叫也包含着一定程度的欣赏，她惊叫的时候很像外国电影中表情夸张的白种女人。

看得出来，父亲对女儿是宠爱的，那男人似乎无计可施了，稍思忖了一下，他说：“你爷爷知道吗？”

王琼余怒未消，喊道：“爷爷根本不管这事！”

王琼父亲扭过身去和那女人交谈了，他们说的是英语，后来王琼也参加进去，慢慢地，立秋看出来事情似乎有了转机。但他们自始至终说的都是英语，立秋一句也听不懂。

然而他们的确颇费了脑筋，立秋看到整个一个星期六和星期日，王琼的父亲和那个苔娜阿姨一直都被王琼追赶着、拉扯着解决这事，他们也时而争论。立秋关在自己房里，心中怎么想怎么不是滋味。然而要命的是，目前他真的走投无路。

吃饭的时候，大家又都碰面了。两个老人依旧默默吃饭，吃完饭，各回各的房间去。王琼的父亲和苔娜阿姨不时看一眼立秋，这让立秋如坐针毡。

是啊，他是这个家突然而至的、没来由的一个麻烦！他琢磨着还是要离开，必须走，不管到哪儿，也不管后果如何。

但就在星期日的晚上，王琼高兴地跑上楼来，她向立秋报告说："OK，解决了。"

立秋大感意外，欣喜异常，问是怎么解决的。

王琼说："更多的你也不要问，一切都由我来操作。但是你一定要听从指令，明白吗?"

王琼首先要立秋亲手写一封求职信，那信是写给澳大利亚永久性居民王恳家的，并声称他们曾经是很亲近的邻居。信中还要尽量清楚地说明立秋本人及他家庭的困窘状况，以及他的技术特长；他的技术特长是什么呢？王琼告诉他，是园丁和室内装修。但发信地址必须是立秋的户口所在地，而发信的时间，是头年的某月某日。

王琼又以父亲王恳的口吻写了一份热切盼望对方来澳帮工的复信，信中的劳务要求与立秋的技术特长相吻合，并针对前来帮工者提供了所有一切应该提供的担保，其中包括开列工资、待遇等若干项目。这封复信发去的时间则是今年五月，求职信和正好希求前来帮工的信相隔很长时间。

王琼拿走立秋所有的证件，然后让他耐心等待。她预备了所有的信件与证件中英文各若干份，首先要去中国驻澳使馆，再去移民部；至于立秋的潜逃，父亲已答应通过他的朋友，先和两边的旅游部门交涉，然后再去找警方，其理由是复信的时间太晚了，父亲太忙，没有看到那封求职信，因此，对方不知情，来澳以后才做了那样的傻事。父亲说无论如何这是违法，是其中最难办的环节。其实王琼不见得想不出这主意，但是她说那牵扯到经济，也就是钱，因此必须和父母商量并征得他们的同意，起码是父亲的同意，否则，一切都是白搭。

一切都做了，立秋让自己镇定下来，老老实实等待结果。

一天，两天，十天，二十天……王琼除了上学以外，余下的时间全部为这事奔波，有时她索性不上学了，半天半天的旷课，立秋于心不安、不忍，同时又感动不已，同时又没别的办法。然而王琼是个活泼、乐观的女孩儿，她似乎不懂得发愁、忧虑，快快乐乐办着这事。

这中间，她的伙伴们来了，邀她出去，王琼摇摇头，送走了同学们。

那个叫戴维的男孩儿来过了，并且来了两次。一次王琼不在家，一次两个人在楼上闲谈了大约十分钟，戴维就那么走了。

忽然有一天保姆阿月叫立秋接电话，立秋十分奇怪，在这异国他乡，谁认识他？谁会给他来电话？而且竟然打到这个家里？

他拿起耳机，里面传出一个男人的声音："你是朱立秋吗？"

立秋说对，请问您是哪位？

那男人说："我是米旺山，告诉你，你是个混蛋、流氓，是个卑鄙的小人！"

声音大得刺耳，说完，对方"啪"的挂了电话。

立秋忽地想起在三亚的房东，那个矮瘦老头儿和他的儿子米旺山，他是他们找来的客源，现在不知给人家造成了多大的麻烦，甚至损害……

但也证明了他的事有了进展，不是吗？

一个多月以后，王琼拿回来一张表格，表格细密而复杂，在王琼的指导下，立秋逐一填写了，王琼在下面附上了英文。

过了几天，王琼带他到移民部去了，人家要面试，也叫当面考查，又是在王琼的帮助下立秋逐个回答了问题，他回答，王琼给他做翻译，王琼并且向人家保证他的英语包在她身上，又说朱里奇天资聪明，保证水平会提高得很快很快。如果不信，过一段时间看！

又是几天以后，警察来了，和颜悦色地向立秋出示了罚款单。虽然事出有因，也值得同情和理解，但利用旅游机会设法逃匿，仍然触犯了本国法律，因此罚款是必要的。

自然又是王琼出钱。

王琼说："没有拘你几天简直是个意外。"

她又说："Great！"

立秋问她什么意思，王琼说："太好了！"

终于拿到了合法签证，有效期是五年，如果需要，还可以继续申请。

最后一道程序是携立秋到有关部门去登记劳务种类，以及工资、个人所得税税号等。这一切办完，屈指算来已经快两个月了。

这天下午，王琼很早从学校回来，她来接立秋，让他上车。

两个多月来，立秋不敢乱动，连这个院子也不敢出，特别是在王琼不在的时候，他没了保护，随时都有做阶下囚的可能。现在好了，一切都过去了，他有了合法身份，也总算有了一份工作。王琼要带他出去好好庆贺一番呢！

法拉利车驶出林荫道，驶过街镇，开进了宽阔、笔直的市区公路，来到了墨尔本热闹的商业街。王琼携立秋先到一家服装店，为立秋选购了一套新西装，乳白色的，很雅致，还有一件咖啡色的休闲夹克和一条牛仔裤。立秋哪里敢要？但王琼说已经是八月份了，你自始至终只这一身衣服，刚看到你的时候就觉得你冷，现在春天快到了，又要热，你难道还是这一身衣服吗？

这花去王琼不少钱，立秋也只好说等他有了工资，一定还给她。

他们又去了一个超市，王琼让立秋自己选了两件内衣内裤，她付钱。这让立秋再一次脸红了，他几乎不好意思看王琼一眼。不过还好，付钱的时候兜里还有，多少？四个澳元。但也够了，澳大利亚的服装很便宜。

想不到王琼在一旁却笑起来，说："原来我们的列瓦利士先生并不是无产阶级！"

立秋奇怪地问谁是列瓦利士。

王琼说："你不知道列瓦利士？他是小说《牛虻》里的一个复仇英雄！"

立秋说："干吗拿我比他？"

王琼说："因为你长得有点像他。"

立秋说："那肯定是外国人，怎么会像我？"

王琼说："朱里奇，不在乎是哪国人，在乎气质。"

傍黑的时候他们来到了一家餐厅，粉红色的霓虹灯把餐厅名字照得耀人眼目，**Fast Eddys Cafe**。王琼说这家餐厅二十四小时营业，很受欢迎，因为旁边有一家迪斯科舞厅，因此就特别受年轻人的欢迎。他们在这里吃了晚饭，吃得很丰盛，在立秋看来很奢侈，王琼说其实也没有什么特殊，这个店的炭烧牛排还算有些特色。

吃过饭后王琼说去旁边的迪厅跳舞，立秋不去，说他不会跳舞，也从来没跳过。王琼说："今天就是为了给你庆贺，不跳舞怎么庆贺？"

立秋说："你请我吃了那么多好东西已经是庆贺了。"

王琼有些扫兴，她说："早要知道，我们刚才为什么不喝酒？真是的。"

但过了一会儿，也就好了。

吃了饭，又不跳舞，只好按原路返回。

来的时候是傍晚，现在已是九点钟了，商业街更加灯火辉煌，各式各样、高矮不等的大楼也更显得流光溢彩。

王琼开车向来不快，她总是一面开一面听音乐，手也总爱打着节拍。她指指外面的大楼说世界上许多大公司都在墨尔本，特别是跨国集团，他们的总部一般都愿设在墨尔本。立秋问为什么？王琼说墨尔本投资环境好，人文环境也好，是最适合人类居住和发展的地方。

立秋说难怪你读的是工商管理，说得这么内行。

沿宽阔的柏油路走了一会儿，王琼忽然指着一幢大约十层的塔楼对立秋说："看，那就是父亲的公司！"

立秋隔窗望去，见塔楼顶层闪烁着一行英文字，他不懂，问王琼："那是什么字？"

王琼说："托克森，或者通克森，父亲公司名称。"

立秋问："是中国的公司吗？干吗叫这名字？怪拗口。"

王琼说："是警钟的意思，懂吗？"

立秋说："哦，警钟长鸣的意思，那还不错。"

王琼又说："其实我也说不太准，从一开始就是按着爷爷的名字起的。"

立秋说："你的爷爷很老了，干吗按他的名字起？"

王琼说："因为爷爷的名字叫通森，是按了他的谐音。"

"什么？你说什么？"

"朱里奇，你看前面那摩托车多狂！"

"王琼，你刚才说什么？什么通森？"

"爷爷的名字叫通森，没听明白吗？"

"那么，你爷爷姓什么？"

"朱里奇，你是不是在发昏？"

"哦……"

"朱里奇，怎么了？你没事吧？"

"没事，王琼，你们老家是哪里呀？"

"中国大陆啊。"

"大陆什么地方？"

"听父亲说是大王庄还是什么南庄？记不清了，反正我是在那儿出生的。"

"噢……很好。"

"你说什么？"

"我说……我说……"

"朱立奇，你怎么啦？怎么了……朱里奇，你醒醒，醒醒啊！"

十六 刀出鞘

立秋第二次昏倒了。

王琼急坏了，她当即调转车头就近去了一家医院，为此她闯了红灯，又压了黄线，探头灯都记录了下来。

她一直在床边守着，守了一夜，第二天也没有上学去。

医生诊断没什么病，可能是一时经受了什么重大刺激，导致心血管突然闭阻，进而昏厥过去。今后注意不要让病人再受刺激就行了。

王琼很奇怪地看着他。

第二天下午便出了院，医生也开了一些药，但立秋坚决不吃，王琼强迫他吃，后又亲手喂他，立秋只好吃了两次，有益无损。

王琼依旧奇怪地看着他。“原来，”她说，“我们的朱里奇身体不是很好。”

立秋一声不语，只静静地躺着。

……世上真有这么巧的事吗？我一下子就撞到这个家里，一下子就撞到了这个我花了一年时间千寻万寻也寻不到的仇人！澳国，这个大洋洲，我真是没有白来啊！

这个老鬼，我还曾经叫过他“爷爷”，打扮成一副农民的样子，以为我就认不出来了？以为就可以逃脱了？可是老天长了眼睛！

唯一难办的是王琼，这个女孩儿对自己那么好，他欠了她的情，欠了她的恩，怎么下手？怎么下手亲自杀了她的爷爷？她终于问他了，说：“朱里奇，医生说你受了严重的精神刺激，你受了什么刺激啊？”

立秋说：“我没受刺激。”

她说：“不对，我说到大王庄、南庄的时候你就昏过去了。”

立秋说：“哦，我也想起了我的家乡和我的父母，我想他们啊！”

她眼里竟然含了泪水，说：“朱里奇，我理解你……放心吧，我一定会让你变成一个有钱的人，以后也会让你把你的父母接来，让他们都变成澳大利亚公民。”

然而，都见鬼去吧！顾不了那么多。

那把刀还在，当他们从墨尔本远郊的荒野把他救起来住院的时候，护士收走了他的衣服，出院的时候又原封不动地还给了他。后来王琼让阿月去洗，立秋披着睡衣跑下楼来将衣服夺下，因为那刀还在口袋里。他自己洗了衣服，将刀藏在最隐秘的地方。

想不到，今天会派上了用场！

其实刺杀那老鬼很容易，王琼上学，他的儿子儿媳只在周六周日才偶尔回来一趟，那老妇人似乎与老鬼也并不怎么亲密，她整日像个泥胎一样面无表情，不说不笑，据说还经常去做什么弥撒。唯一要避开的是保姆阿月，她经常在厨房里，隔着客厅，又隔走道，如果不弄出太大响动她是听不见的。而又会弄出什么响动呢？他有还手的可能吗？他有抵抗的能力吗？只那么一下，两下，会像宰一只青蛙那么容易，最多发出几声如青蛙鼓气样的声音。

在祖国，已经是秋天，收获的季节，而在这里，春天就要来了。

立秋特意在外面寻了一块石头，夜深人静的时候他把那弹簧刀磨了又磨，时间长了，虽没用过，但却削过很多次水果皮。

等过了星期五，因为阿月很早就出去买菜，然后一天不出去，她要为周六、周日这两天的饭食做准备。

等过了周六、周日。

星期一、星期二也不行，因为那老妇人整日在屋里念佛，只有星期三、星期日才去做弥撒。

星期三到来了，阿月又出去买菜，但不是一清早，而是吃完早饭、她把一切收拾停当以后。

“朱里奇！”王琼从车库里开出了车，把手放在嘴上，飞了出去。她每天这样，立秋不知那是什么意思。

紧接着，老妇人出门了，她披了一件黑袍，两手在前面叉着，去教堂做弥撒去了。

自从拿到了正式用工合同以后，立秋谨遵职守，他每天要打扫院子里的树叶，负责花草树木的管理以及房间以外的所有清洁卫生。这个家庭原来是请了小时工的，每周来一次，现在有了立秋，王琼便把小时工辞了。

立秋放下了扫把。

院子里静静的，房子里也静静的。

这个庭院的南面，不，是北面，有一片桉树林，那里经常有鸟叫。

那个老鬼吃早饭的时候出来了，只喝了一碗米粥。

立秋摸了摸那把弹簧刀，就在兜里。

行动吧，立秋，宜早不宜迟。

然后呢？没事儿人似的走出这个大门，扔掉弹簧刀，没用了，再然后呢？随便去哪儿，随便往哪走，后果随便怎样。

他进了客厅，也无须把脚步放得太轻，即使他听到了也无大碍。

走过通道，一间，两间，西边的最后一间，好了，开门……

然而屋里却没人，还是第一次进这老鬼的房间，一切是那么简单，只有一张床和一把沙发椅。

去走道东面，其他房间全锁着，最东面一间是那老妇人的房间……怎么？从老妇人的房间里倒传出些响动，那门虚掩着。

推开门……他看到了什么？

那老鬼的头恨不能低进胸腔里，他双腿跪着，下面是一个铺垫，屁股落在小腿肚上，就如当年立秋乞讨时那样，他的前面是一尊耶稣像和一尊菩萨像。他发出呜呜咽咽的声音，像哭，又像拉长了声音叨念。

他回过头来了，立秋看到了一张像被人揉搓了千百次的废纸一样的、半抽搐的脸。

他问："孩子，有事吗？"用手抹抹眼角，似是有泪。

就在这一刹那，立秋愣在那儿了。

这是王通森吗？是韩玉山所述说的王通森吗？是我要刺杀的人吗？

老是老，按时间推算他早该老了，但老中要带些阴险，老中要透出些凶光，起码应是一张垂死挣扎的脸！而这张脸却是那样痛苦、无助，让人可怜……平时还不曾如此近距离地看过那张脸，他总是低垂着头，吃饭的时候面无表情。

会不会搞错？仅凭王琼那么一说，通森，王通森，而世上重名的事常常有，大王庄、南庄，重复的地名不也有吗？事后他也没有再盯问王琼，怕王琼生疑。

王通森该杀，但不能杀错。

“我没事。”立秋说。他转身走了，轻轻关上了门。

“王琼，上次你说你是在南庄出生的，那时候你多大？你是怎么知道的？”晚上，立秋这么问王琼。

王琼说：“当然是爸爸告诉我的，后来爷爷来了，爷爷也这么说。”

“他怎么说？”

“爷爷说我几岁的时候就离开南庄了，搬到了市里；那城市叫什么丰还是安记不清了……”

“是不是丰安市？”

“你怎么知道？”

“我是瞎猜。”

“后来我们又搬到了省城，再后来爸爸就把我接到了澳大利亚，我在这儿上完小学，又上中学。”

“你爷爷原来是做什么的？”

“爷爷一直搞建筑啊，后来做大了，做强了，爸爸就接了他的班。朱里奇，我还有一个叔叔呢，叫王安，在中国大陆做生意。”

“哦……”

“朱里奇，你对我家很感兴趣是不是？”

“哦不，我只随便问问。”

还要等到星期三吗？似乎不用了。

恰好星期五那老妇人早早地出去了，应该不是去做弥撒。

王琼也走得早，她说要提前到校，和同学们商量做义工的事。

只有阿月在家。

那老鬼，真正的老鬼，从房间里出来了，他拄了拐杖，穿了一件风衣，依旧低垂着头，好像在数着地上的蚂蚁，一步步走出去。

阿月在厨房里。立秋放下手中锄草的小铲，也走出了大门。

在大街上吗？在人群里吗？随便怎样；也好免去了看那张令人不忍下手的、痛苦的脸，也免去当着菩萨和耶稣的面。

他看见他在林荫路上走，林荫路上有人，有儿童在玩耍，他们在玩滑板。

他看见他拐进草坪中的一条小路上去了，弯曲的小路两边也有人，有女人和孩子，她们沐浴着春风……那草坪很大，很宽，隔不远就有一排排树木，草坪中还有花坛和人家；那些人家也多是二层小楼，也有平房，但都比王琼家的小楼显得新许多。老鬼走得非常慢，偶尔也抬头看看天，还故意挺胸，一下，两下，好像他全身都很难受。

立秋，还等什么？冲上去，只需那么一下两下，就在他仰头看天的时候。

还是等一等吧，最好不要吓着了女人和孩子。

老鬼在一个花坛边坐下了，立秋隐藏在树后，那老鬼好像感到累，花坛附近还是有女人和孩子，你们赶快走开！走开呀，乘老鬼坐在那里，也可以过去和他说句话，接着就把事情办了。然而，那老鬼竟和女人和孩子攀谈起来，好像还蛮有兴致……

真麻烦！

立秋，是你麻烦还是别人麻烦？是你麻烦！

老鬼站起来又向前走了……看你走到哪儿去，多活几分钟少活几分钟是一样的。

老鬼来到公路边，在人行道旁等了一会儿，然后走过去。

对面有一块空地，空地上有石桌、石凳，还有椅子，那里有好几个老人，立秋也走过去，同样隐在一棵树的后面。

那些老人大约不是中国人就是日本人，或者韩国人菲律宾人也说不定，他们在下棋，下的什么棋，不知道。立秋看见他们互相打招呼，那老鬼也打招呼，然后他把拐杖放下了，坐下来看人家下棋。这时候又过来一个带小孩儿的，那女人看去很年轻，白种人还是黄种人看不清楚，那孩子还很小，将将会走，她拉着她，不时发出笑声。

秀娥，彭秀娥……那孩子也应该会走了吧……胡说八道！到现在那孩子也还不满五个月，怎么可能会走路呢？

立秋，过去呀，稳稳地过去，那些老人一点也造不成妨碍。

然而，犹豫了……为什么犹豫？因为总之会见血，因为那老鬼总之会翻滚、挣扎一会儿，不会立刻就死，也许还会发出大声的号叫，这血腥场面让老人们看到十分不好，别忘了，旁边还有女人和孩子，特别是孩子……

回去吧，在树后待久了会招疑的。

回去了，宁可当着菩萨和耶稣的面；还不如当着菩萨和耶稣的面！

面团儿，稀不溜……他想起了那位时尚杂志的记者，那是在说当下一些装酷的明星。说不定自己就是个面团儿，就是个稀不溜！

他回来了，上楼，在床上躺着。

阿月看见他回来了，喊他，让他把一袋子择完菜后的垃圾放到外面的垃圾桶里去。阿月近来总对他使白眼，好像对他看不惯。

过了一会儿，那老鬼回来了，看着他走进房子。

立秋重新放下锄草的小铲，这一次把脚步放轻了许多，以免让厨房里的阿月听见。

走过两间房，那两间一间是储藏室，一间是楼下卫生间，第三间，门没有关，开着很大一条缝。

用不着敲门，也不用推门，直接就可以进去……然而他听到了什么？好像扑通一声，什么东西掉下去了。

他站到了门口。

那老鬼歪倒在床边，手杖横倒在他的身上，他满脸痛苦、扭曲，一只手摁床，想要站起来，一只手在空中乱抓，好像要抓到点什么，他没有看见立秋，用嘶哑而又无力的声音喊道："阿月……阿月……"

立秋就那么站着。

那只摁床的手颓然地放下去，另一只手也不在乱抓，而是抠紧自己的胸，人也开始蜷缩，蜷缩，像个受伤的虫子在地上蠕动，嘴里仍然在叫："阿月……我的药，药……"

多好的机会，只消稍微用力，掐住他的脖子，不会有什么声音，也不再用刀；另外他也可以把房门关紧，转身离去，让他喊吧叫吧，谁也听不见，还会一声比一声小，这应该叫自然死亡，与他朱立秋一点关系也没有！

然而，怎么回事？怎么回事？似乎有些身不由己，立秋跑出去了。

他跑进厨房，喊了一声"阿月"，阿月正在操作打汁机，白了他一眼说："晓得吧？阿月这名字也是你叫得吗？"

立秋大声问道："他的药在哪儿？"

打汁机发出了"哗哗"的响声，阿月不再理他。

他也不想再理阿月，跑回房间去，用斥责的声音问老鬼："你的药在哪儿？"

但老鬼已双眼紧闭，只见嘴唇仍在动，说什么，已听不清了。

是什么在指使你，朱立秋，是鬼怪吗？是妖魔吗？还是父母的在天之灵？父母的在天之灵要你仇将恩报吗？

他进了客厅，拿起电话，拨通了王琼的手机，王琼很高兴，说："朱里奇，你还是第一次给我打电话。"

立秋说："你赶快回来吧。"便撂下了电话。

王琼的高兴彻底表现在行动上，不到一刻钟，她的车就已开过了那座河桥，此时立秋背着那老鬼也到了那条林荫路；那老鬼真轻，像背一袋米糠。

不用说了，那老鬼已奄奄一息，但进了王琼的车，同样不用一刻钟，便在医院里得到了抢救。

要知道，从下车到病房还有一段距离，也是立秋背进去的。

那老鬼原来早就有冠心病，此不过一次突发而已。但何等危险，何等千钧一发，多亏了立秋这样一个好心人，一个善良的好心人！

医生也埋怨了一下这个帮工，说遇到这种情况最好不要动他，只把药塞进他嘴里就好了。

立秋完全默不作声。

老鬼只在医院住了两天，待他儿子王恳回来的时候他已经出院了。

老鬼，那个老鬼，在病床上就向立秋伸出一双干瘦的手，说："多亏了你，孩子。"

回到家里，他再一次伸出干瘦的手说："多亏了你呀，孩子。"

王琼则说："朱里奇，你相信缘分吗？"

立秋什么也说不出。

王琼左歪歪头右歪歪头，显出幸福又得意，说："你忘了我曾经救过你？现在呢，你又救了爷爷，难道这不是缘分吗？"

……距王琼家不远的那条河叫亚拉河，这名字还是王琼说的，目测，约有八米宽，水深不知道，大约是从西向东流吧。

立秋站在那河的桥上，水泥栏杆也很古旧，雕饰着花纹，但顶部很光滑柔润，是被游人或行人长久抚摸的结果。夜已经很深，桥上、路上都不再有行人了，但往东南方向望去，墨尔本市区仍然灯火辉煌。

跳下去吧，立秋，也无须展体纵身，凭你的本事，只需攀着桥栏，让身子落到下面的桥墩上，然后悄没声儿地下到水里，没有人知道，也没任何响声，水不够深也不要紧，你只要坚持不让自己浮上来，再坚持把嘴张开，让水灌满，再浮起来也就没事了。

还在犹豫吗立秋？你留恋什么？你的留恋，与你的耻辱相比较起来多么微不足道，你是个小人，是个伪君子，是个十恶不赦的孽种，下了一百个决心，做了一百手准备，事到临头，你却把谋害父母的天字号仇人亲自背上了柔软的抢救床！

对，就这样……抓住栏杆，小心，栏杆上有一根钢筋暴露出来，不要让它挂到自己的衣裳，轻一点，轻一点，一只脚先落到桥墩上，对，就这样……

第三章
王通森

十七
红颜祸水

来了多长时间了？过了这个月，大约整两年了吧。

和老家比起来，这里哪儿像冬天？有个厄尔尼诺现象，不知是不是受影响了，如果受影响了，老家的冬天也应该不那么冷了。

不冷吗？那是年轻人不冷，俗话说老人小孩儿无六月，你看那些年轻人，只穿着薄薄的运动衣，还有那胖子，居然穿短裤、无袖衫，像刚打完篮球似的。这个国家的大胖子真多。

唉，想当初自己也是这样不怕冷的哟，不知不觉，老了。

老了便事多，便处处麻烦，首先你不能太早出家门，太早出来即便没有风，也还是感觉冷。冷，居然眼睛先冷，迎风流泪，见到光就睁不开眼睛。按理说，自己如果活到八十岁，也应该算是一边一半的人，改革开放一半，计划经济一半，可是为什么总觉得穿西装不舒服呢？休闲装也不行，总还是中山装穿在身上感觉好些。后来研究了，原来西装你总要敞胸露怀的，即使把扣子系上也只那一两个，休闲装也不能穿得太厚，厚了就不叫休闲了，只有中山装最严实，最合体，你还可以随便往里套衣服，总之谁都不怪，只怪自己老喽，一切都说不得、讲不得了。

想起当年打拼的时候是绝对要穿西装的，忙还忙不过来，拼还拼不过来，哪里还觉得冷呢？

这几天来的人少了，在这里我们要被称为“老外”，但那些老外们就是不行，不但语言不通，好多人情事理也不懂，只能下下棋，若和他们交流，可费了老鼻子劲。很可惜，唯一能说几句汉语的那个日本人大前天走了，他只比自己大两岁，就走了。据说走得很惨，只有老伴儿哭他，女儿在国内，居然没有来，儿子远在非洲，也没有来。

该回去了，太阳一偏西，又要冷了，该回去了……

这个人是王通森。

但是他真想在这儿多待一会儿，否则回去做什么呢？也还是胡思乱想，没来由地胡思乱想，那就好像从黑洞洞的深井里往上捞东西，什么乱七八糟都被打捞上来。真应了侯宝林大师那句话：坐着就想睡，躺下睡不着；眼前的记不住，过去的忘不了。什么叫老呢？这就叫老。

他这一生太纷繁、太复杂，经无数事，阅无数人，有些事、有些人记不清了，也无须记清，但有些事有些人即使想忘打死也忘不了。

五十五岁那年他的胃被切除了三分之二；他的小儿子被判处七年有期徒刑；大儿子此时在国外发展，不管老子，说死也不肯回国。他开不出员工的工资，他的建筑工程款被甲方严重拖欠，而他开发的楼盘又售不出去，干干放在那里等待楼市大跌，后来民工造反，致使雪上加霜，身体也就在此时下了一个大台阶，再也不能恢复到原来，而且每况愈下。

至于人，无论他得罪的还是他对不起的，很多很多，他的合作伙伴，他的甲方，他的领导，还有那些摔断了胳膊、摔断了腿的民工们，以及吃了他的贿、上了他圈套的老实巴交或胆小怕事的知识分子……

但是他不后悔，一点都不后悔，那是就群体而言，大家都那样，社会上都那样，无论如何他成功了，成为了人们公认的成功人士之一。有人说，上到山顶，看到的不过是自己的坟丘。然而他毕竟上到了山顶，许多人上不到山顶，半路摔了下来，甚至摔得头破血流。

资本市场，人和物都是资源，没有竞争就没有繁荣，没有剥削就没有进步，这是规律，铁的规律，是放之四海而皆准的。有哪一个老板愿意把剩余价值统统分给他的手下人，而继续成为老板的吗？

但就个体而言，他还是忏悔了，深深地忏悔了。

人人都说神仙好，唯有金银忘不了；
终朝只恨聚无多，聚到多时眼闭了。

这是他来澳大利亚之前在珠海的床榻上偶然看到电视连续剧《红楼梦》的重播所听到的一首最后的插曲，其实这电视剧在二十世纪八十年代就播放了，但那时他没有时间，连这回事也不知道。现在他有时间了，太有时间了，他觉得那插曲就是唱给他听的，禁不住掉下眼泪来。

钱啊，即前程，没有钱即没有前程，有了钱，前程便算有了标志，也有了保证。任何人在金钱面前都不得不低头，在金钱面前没有真君子，没有英雄好汉，更别提那靠每天挣钱来吃饭的。所以为了钱什么事都干得出来，什么事都可以置之于不顾，也许一开始不是为了钱，是为了追求某种美好，幻想达到某种美好的目的，然而一旦与钱即前程发生了矛盾，你就会立刻变脸，甚至不惜毁了它！也不惜与之结成永远的仇恨！

人们都说企业家有原罪，起码国内许多人都这样说。自己有没有原罪？自己那些事算不算原罪？算不算？谁能给个明确答复？

所谓一将功成万骨枯指的是战争，然而经济建设何尝不是如此？如果自己那点儿事也算原罪，那么天下的原罪何其多！

如果不算原罪，那纯粹说明了社会上存在着一种很严重的仇富心理。

然而我对你真的是一种美好的向往啊，其中未有一点关于钱的杂念，如果说有，也是为了你、我两个人的。从我见到你的第一眼起我就真心地爱上了你，并为我们两人设计了美好的前景，当我在路上反复碰见你，用大胆的、直接的目光盯着你看时，你开始把头低下去了，脸上泛起了红晕，我当时感觉幸福极了，这说明我对你的爱意你是感觉到了的。当我把你调到我的酒坊，让你干着那么轻松的工作，又拿到那么高的工资时，我觉得舒服，觉得满足，因为我看到你那愧疚的、可爱的笑脸，同时也看到了自己在朝设计好的目标一步步靠近。当我把买回来的新衣服送给你时，你婉言拒绝，我吃惊，我愤怒，我不理解，但后来我理解了，证明你不是一个随便的、贪图享受、好占便宜的女人，于是我就更爱你了。后来你无声地离开了我的酒坊，我一点不恼，一点也不怪你，因为我明白你。

再后来……我终于触摸到了你的身体，你是那么让我心动，让我体验到了从未有过的新鲜和快乐，说实话，在这之前除了妻子我从来没有碰过别的女人，连一句过分的玩笑也没有过，你在惊恐中呻吟，在抗拒中喘息，在嗔怒中细语……我抚摸并夸赞你的头发，抚摸并夸赞你的脖颈和你的腿，以及你身体的每一个部位，我的心是真的，我说的也是真的，我对你迷恋已久、渴望已久，绝非只图一时快乐和一时取信于你。我对你讲我的计划，描绘我设计的美好前景；我清楚地告诉你那时候我已经是四十五岁年纪，然而我却像个年轻小伙子似的满怀了那样的激情！这并不新鲜，那个年代许许多多中国人都那样，那是一种迸发，是捆绑太久、憋闷得太久的一种势不可当的迸发！

当我把我的离婚计划以及我们俩可能共同生活的远景向你和盘托出的时候，我被我自己感动了，流下了眼泪。我说："春英，这一切都是你的，我所挣的钱都是你的，我所做的一切也都是为了你！"你说："我知道你对我好，我明白，但是这不可能，你知道吗？是不可能的。"说这话的时候你也抚摸着我的肩膀，你比我整整小了十四岁，此时温存得倒像我的姐姐。我说："怎么不可能？有什么不可能？只要有决心，只要我们坚持，世界上就没有办不到的事！"你看，那时候我都疯了，许多人都疯了。

王通森没有说谎，他真的拟好了一个离婚计划，并开始逐步冷淡妻子。妻子不过是他中学时候一个同学，相貌平平，智力平平，然而那时候她的家境比起他来略显宽裕，设在大王庄的中学离她的家很近，当时作为王家庄大队党支部书记的儿子在经济上并没有得到多少实惠，于是他每每带去学校的中午饭便时常被这位女同学没收，掺了红薯秧子的玉米饼子便同他一起来到她的家里。她家的饭食不但热乎乎而且质量较好，因为劳动力多，也因为那里是公社所在地。如此这般日久生情，他们就这样相好了，后来结了婚。这一过程过于简单，也显得很粗俗，其中有什么感情可言？有什么千丝万缕不能割舍？如果说还夹杂了一种羞耻感也不过分。他已是四十多岁的人了，这之前没有任何理由，也找不到任何时机可以悔改当初，那么现在，他遇到了曹春英，应该是最好的时机了。

唉，如果曹春英是一个轻浮的、贪图享受、好占便宜的女人倒好喽，他也不会如此用情，更不会陷得这么深，自然也就不会招致后来那样的惊天大祸！

反过来说，当时曹春英但凡坦露一丝诚意，但凡表现出一些宽容和理解，或者还能感念他对她的一番情意，再或者哪怕"糊涂"些也好，那样他就可以放心大胆地把真实情况告诉她，说那天晚上他真的去了李同的小屋，火门儿是他关的，门钥匙也是他从外面挂上去的，烟筒，坦白地说，就是他堵死的。然后他们俩人可以共同编制让所有人都能信得过的谎言，她帮助他共同渡过这一关，他们也可以开始属于他们两人新的生活了。因为他所做的这一切都是为了她，为了他们两个，他是真心爱她的呀！然而，这个女人却是那么冷酷无情，那么翻脸不认人，她从怀疑到肯定，从憎恶到仇恨，以至把他完全彻底地当成了势不两立的敌人。他对她的爱到哪儿去了？他对她的好处到哪儿去了？她必置他于死地而后快，他是被逼到墙角、被逼到绝路，他是迫不得已才又做出那良心泯灭、伤天害理的事情，他使出了钱，让钱去摆平一切，同时又把一盆脏水反扣在她的头上……春英，我的好女人，实在对不起，我真的是走投无路了呀！

是的，他不能因为情而不要钱，而不要前程。那么李同呢，他那样对待李同可以说一半是因为钱，一半是因为情。他当时正在做假酒，他怀疑李同发现了，发现了便有可能坏了大事，这便是钱。他爱曹春英，李同无疑是这条爱的路上最大障碍，这便是情。那天晚上他偶然干了那事还真的起到了一箭双雕的作用，保护了假酒，也扫清了爱的绊脚石。

在李同的小屋里，大约待了一分钟，说了什么，现在已无从记清，但给他的感觉是李同紧张、猥琐、做贼心虚，其实这之前曹春英就没提起过李同，也没见对李同怎样的好，更没见她当人面夸过李同，而现在，这女人动了真的，豁出命来了。他又觉得冤枉，甚至委屈，他当时做了那样的事实在是因为喝多了，起码是在半醉半醒之间，但问题就在于如果说醉了，怎会做出那般清醒又狠毒的事？若说清醒着呢，现在想来是多么糊涂啊，那可真是糊涂到家了！总之没有想到会有那样的后果……但事已至此，也只好一不做二不休，把那条道一直走到黑吧。

但是，你这个女人啊，说你脆弱你却又那么执拗，执拗得简直到了疯狂的地步。实际呢，你真的很脆弱，脆弱得不堪一击，何苦来你那么折磨自己？让自己惨上加惨？偶尔在街上碰见你，你那憔悴的脸、深陷的眼窝，你那日渐消瘦的身躯，你以为我心里就好受吗？

可谁又曾料到忽然几天之内你停止了挣扎，生命消失了，消失得无影无踪……我的好女人，无论如何，我再也见不到你了，即使我再想悔过，悔过一千次、一万次，也毫无意义了。

但是我害怕啊，我表面装得坦然自若，内心真的很害怕，因为不管怎样李同的死成了一宗命案，而且又牵连到了你的死……不，不只是你，还有李同的父亲，你的公公，他也死了。另外，你们的儿子呢？那个叫秋儿的孩子，他到哪儿去了？

可怜的孩子，多少年了？现在也不知流落何方，更不知是死是活。

我的好女人，你活着的时候我害怕，你死了，在相当长的时间内我依旧害怕。因为不知什么时候就有风吹草动，不知什么时候就另有知情人跳出来说三道四，是谁？我不知道，有几个，我也不知道，究竟有没有我也不知道。

怕就怕真的有，有了，事先没有在我这里得到好处，又不肯和我说，那才是非常可怕的。

我总结了，这都是因女人引起的，后来我又听说了“红颜祸水”这句话，深有感悟。对于一个男人，事业永远是最重要的，永远是第一位的，但愿这场灾难快些过去，从此风平浪静，永无人再提起。我也发誓从此再也不招惹女人了，连边儿都不沾！

然而，命运听他的话吗？是命运左右人，还是人左右命运？这其中人的主观因素又能占到多少？

他有两个儿子，大儿子叫王恳，一九六五年出生；二儿子叫王安，一九七零年出生。他之所以给他们起了一个“恳”，一个“安”是希望他们此生勤勤恳恳和平平安安。大儿子王恳学习成绩优秀，也很懂事，知道心疼父母，知道两个如狼似虎的儿子在这家里要吃饱肚子便意味着父母肩上的担子多么重，于是高中毕业后大儿子便没有去考大学。但是把儿子安排在哪里呢？恰逢这时，闹出了李同的那宗命案，他不想让儿子知道这样的事，即便风言风语也不愿他听说，怎么办呢？唯一的出路便是让儿子远离南庄。

崇水县城里有个叫刘天河的，是一个盖民房起家的建筑工程队的老板，也是他的“南庄高粱白”和沙石料在崇水县城的最大需求客户。他们的私交很好，于是便把大儿子安排在那里，刘天河很够朋友，一开始便让儿子做了材料员，两年以后又做了会计，因为大儿子王恳在那个建筑工程队中是唯一的一个高中毕业生。

假酒照样做，和真酒并举。假酒不过是别人的酒买来兑了水，喝不坏人，更喝不死人。况且，李同命案炒得沸沸扬扬，没有人在这样的大事面前再吵吵小事。

沙子也照样挖，因为它的利润太可观了，简直就等于平地抠饼。土地是老天爷的，挖出来就是钱，钱是自己的。

李同命案终于过去了。对他来说除去损失了一部分钱，就像什么也没发生一样。

一九八八年三月的一天，他开着一辆新购置的黑色“切诺基”在崇水县城里游荡，他在为扩展新的销售渠道、寻找新的客源奔波，虽然他让大儿子王恳一面给刘天河打工一面还要眼观六路耳听八方，意思是千万不能把自己家的事忘了，但春天将至，万物催生，他在家里怎待得住？还是一个人跑到县城里来。

但命运就是这么不长眼睛。

当他开着“切诺基”刚刚拐过一个丁字路口的时候，一个女人骑着自行车竟然在他前面约四米远的地方突然来了个左转弯；不错，如果他注意力集中，四米远的距离根本不算回事，他完全可以急刹车，但他偏偏注意力不集中，又偏偏没有急刹车，所幸的是他的车速并不快，在四十迈左右，因为他一面开车一面在巡视路边的那些工地，就在这时他把那个女人撞倒了，自行车卷成了饼，人趴在地上不起来。

他把她送进了医院，但不是县医院，而是丰安市第一医院。因为那女人在车上一面呻吟着一面说：“你得把我送市医院，我是那儿的大夫。”

不是发誓不再碰女人了吗？连边儿也不沾！可他何曾料到，这起小小的车祸便从此让他和这个女人结下了不解之缘，她像一把钩子，紧紧把他勾住，又像一贴膏药，黏黏糊糊，他揭不掉，又逃不了，然而，他又不敢离开。

丰安市第一医院的大夫们说：“吆！这不是耿大夫吗？你怎么让车给撞了？”

大夫给她做了检查，照了片子，还好，肋骨上只有轻微骨折的痕迹，其余便是一些皮外伤。大夫们都说问题不大，输输液、吃点药，少活动多休息，很快就会好的。

然而大夫又对王通森说：“你这个人也真是，不长眼睛，怎么把市长夫人给撞啦？”

这话立刻把王通森吓出了一身冷汗，市长夫人？真的是市长夫人？是丰安市的市长吗？是正市长还是副市长？这之前，他这个在崇水县尚且提不起来的小小土财主还根本不敢想丰安市，更别提什么市长、副市长……此刻，他忽然想到了一个词：机遇！对，机遇，说不定机遇就在后面紧跟着，那样就有可能坏事变成了好事，也即平日所说“塞翁失马，焉知非福”。

大夫告诉他说：“看你开那么好的车，肯定是有钱的。假如你是没钱的，她的医疗费就公出，因为她本来就是我们这儿的大夫，又是市长夫人。可惜你是那有钱的。”

王通森说：“不不，责任全部在我。大夫，尽管用最好的药，最好的护理，所有的费用全归我。”

原来，这位市长姓陶，是个主管城市建设的副市长。

自有医院的人通知了市里，转告了陶副市长。

等着，王通森也等着，然而陶副市长迟迟不来。

他不敢离开医院半步，从下午一直守候到天黑。陶副市长依然没有来，他便在医院附近找了个旅店，住下了。如果撞的不是市长夫人，他可能给家里打个电话，让沙石场或是酒厂随便来个人陪伴一下，甚或拍在桌上几百元钱然后一走了之。说实话，即使让交通队来裁判他也绝对不会是事故的甲方，而怪只怪那骑车突然左转弯的人，但现在不同的是，他撞的偏偏是市长夫人。

第二天陶副市长依然没有露面，但却等来了另外两个人，这两个人着实让王通森大为吃惊，也大为不解。

那是两个年轻人，一个是他的儿子王恳，一个是位姑娘，王通森没见过。

而大夫们却只不认识他儿子，对那姑娘却很熟悉，他们说："你这丫头，接到电话了，怎么今天才来看你妈?"

那姑娘说："阿姨，接到电话几点了? 从县城到这儿一百里地呢，我们根本赶不及!"

匆忙中儿子王恳主动介绍了父亲，说："这是我父亲。"

姑娘脸红了一下，腼腆地叫道："王叔叔。"

儿子纠正说："不对，我不是和你说了吗，我爸比你爸大，大好几岁呢。"

姑娘改口又叫了一声"王伯伯"。

说完，两人跑进病房去了。

王通森明白了，他心里骂儿子，狗日的瞒着你老爹！但他又夸赞儿子：狗日的，算你行，在这一点上比你老子强了百倍！但他终究搞不清楚，儿子怎么会和市长的女儿混到了一起? 他们是怎么认识的? 或者说儿子是怎么把市长的女儿搞到手的? 好啊，看来这个春天是个好春天，真的要大喜临门了！

下午，陶副市长终于来了。

陶副市长坐了一辆吉普车，半新不旧，实在与王通森的"切诺基"相差老远。那时候，一九八八年，一个普通市级干部和县委书记差不多，大都坐这种部队淘汰下来的军用吉普。王通森对这位陶副市长早就有了一种想象，他认为一定是西装革履、仪表堂堂，或打着官腔，或笑容可掬，有很高的修养，或表现出很高的修养，但见了面，这一切均对不上号。

陶副市长叫陶强，看上去四十三四岁的年纪，的确比王通森小了不少。他个子不高，留着寸头，皮肤黑红，显得很壮实。若说西装是有的，而且还扎着领带；那时候，一九八八年，穿西装并不很普遍，但陶副市长的西装已经穿得很旧了，也不干净，肩上不知被什么东西还刮了个口子。领带是鲜红色的，只是领结部位已经油乎乎，看出很长时间没有洗过。乍眼看，陶副市长好像刚从工地或田里回来，脚下一双皮鞋虽然新，但鞋帮上有泥垢，裤角子上也有。他又好像刚刚干过活儿，西服袖子是挽着的，脸上有汗渍，除去西服领带不说，他的这副模样倒让人想起了农村的底层干部。

王通森诚挚而歉疚地说起这次车祸，把责任一揽在身，并保证为此负责到底，同时不忘把自己的名片双手捧送陶副市长，也顺便问道："陶市长主管什么?"

"乱七八糟，乱七八糟……"陶副市长说。

"您谦虚，"王通森说，"乱七八糟，就等于全管、全抓!"

这位叫陶强的副市长咧嘴笑着，他的嘴真不小，如果说他是个半土不洋、既土又洋，既时髦又有些侉里侉气的人也不过分。

陶副市长看望了妻子，医护人员也向副市长做了汇报。他让妻子安心疗养，出来的时候拍了拍王通森的肩，反倒安慰王通森几句，他说他忙得很，一方大口仍然笑着，然后上车走了。

如果说好，他喜欢陶副市长这副模样，特别是他的笑，这种人好打交道。如果说不好，他怕这种人不靠谱，有些事能办成，有些事也容易办砸。

但王通森决不放弃这个机会。他依然每天到医院来，对副市长夫人嘘寒问暖，施展他无微不至的关怀。慢慢地，和医护人员也混得熟了，他可以借用医院的电话对家里做遥控指挥，也故意买来很多的水果和零食美味，让副市长夫人和医生护士一同分享。于是，医院的人也向他道出了关于这位市长夫人的情况。

她叫耿兰，原本是县级医院的内科医生，后来因为和副市长结了婚，便调到市级医院来了。讲老实话，她的医术并不好，人也不求上劲，但她长得蛮可以，特别是那皮肤，四十出头的人了，脸上不见一点褶子，永远是细细嫩嫩的，白里透红。前年，她忽然得了一种病，子宫肌瘤。那是一九八六年，子宫肌瘤在医学界还没有更好的突破，唯一的办法便是切除。她已是四十岁的人，又已经有了一个孩子，切除了子宫也应该不算有大碍了。这之后，她一直在家养，后来养好了也不再来上班，只在发工资的时候才来医院一趟。她是市长夫人，谁又能拿她怎地？她也能凑合，即使奖金少她也不在乎。

怎么说呢？王通森对这女人有了种好奇，也有了种同情，同时也有些看不上眼。

她在医院住了十天。陶副市长没有再来过。

她的女儿和王通森的儿子王恳又来过一次。那一次，王通森点手把儿子王恳叫到了病房外面，他真的骂了儿子，但不是“狗日的”，而是“臭小子”，他说：“翅膀硬了，学会跟你爸保密了，是不是？”

儿子笑而不答。王通森命令：“说，究竟怎么回事？”

儿子说她叫陶小霞，初中毕业，原本没有工作，在家待着。他俩是在陶小霞家认识的，因为刘天河与陶副市长是老同学，又是一同当过兵的老战友。老同学加老战友还要送礼吗？要送的，一定要送，所以刘天河每逢年节便让他这个做会计的到陶副市长家里去，他和陶小霞就这样认识了。他们很谈得来，后来陶小霞和她爸陶副市长说要到天河建筑工程队去上班，陶市长和刘天河打了招呼，小霞就去了。王恳是会计，刘天河让小霞做了出纳，于是一个会计一个出纳，他们很快就确立了恋爱关系。

“儿子，你有多大把握？”

“您指什么？”

“废话，你的婚姻，你的对象！”

“估计差不多。”

“她的父母知道吗？”

“不知道。可能有感觉。”

“千万不能让刘天河知道，明白吗？起码现在不能让他知道，等生米煮成了熟饭，就什么都不怕了。明白吗？”

他这样嘱咐了，但他并不担心，因为儿子王恳并不比他缺少心计。

十天之后他用“切诺基”把耿兰接出了院，既没有通知陶强，也没有麻烦他们的女儿陶小霞。

陶副市长的家在一栋普通的居民楼的三层，两室一厅。这两室一厅曾经很认真地装修过，但现在已显得很过时、很陈旧，看那墙上贴的还是壁纸，脚下还是已经老化了的地板革，凡是人经常走过的地方那地板革已露出片片白色。家具和摆设呢，也很普通，女主人离家十天，灰尘已在上面积了很厚的一层。

耿兰恢复得非常好，脸上明显充溢着健康而又喜兴的红晕，四十多岁的人了，一颦一笑，还像个大姑娘似的。她让王通森坐，要去给他烧水沏茶，但王通森不坐，说："你不用忙了，把你送回了家，你又恢复得这么好，我也就放心了。"

那女人似乎有些过意不去，她说："也难怪，这屋子这么脏，你可怎么坐呀！"于是动手要去收拾屋子。

王通森说："叫你不用忙就不用忙，明天我给你派个人来，一是替你打扫卫生，二是再伺候你几天，你刚好，不要又累着了。"

那女人站在那儿望着王通森："你真要走啊？"

王通森说："我得走了。十天了，家里许多事要办。"

那女人说："你就不能再坐一会儿吗？"

王通森说："不用管我，你赶快躺一会儿吧。多盖一点儿，暖气停了，小心别着凉，着了凉，病了，又是我的事。"

"你烦了，是不是？"

王通森自觉说走了嘴，又说："没有，没烦，哪能烦呢？"

王通森说到做到，第二天真的给这女人找来一个伺候她的。

这是个女孩儿，十九岁，是在丰安市的劳务市场雇到的，条件当场讲定，管吃管住，月工资三百元。

"你是哪里人？"王通森问那女孩儿。

"承德市。"女孩儿回答。

"承德？那不是避暑山庄吗？很好的地方，怎么出来打工？"

"承德有不少县嘛。"女孩儿说。

王通森明白了，出来打工的女孩儿总爱说城市，而不说她们具体是哪个县哪个乡的。他遇到过一个"上海人"，细一打听，原来距上海还有二百多里，是很远很远的一个乡。

他把女孩儿带到陶家，说好暂用十天，然后看情况。

然而还不到两天，耿兰便呼他了，叫他回电话。

据说生意做大做强的高级商人有的已经用一种叫大哥大的电话了，那东西像块板砖，又像瓦匠用来抹沙灰的木擦子把儿，但王通森只有BP机，而BP机也还没有汉字输入，只有符号和数字，而这些符号、数字如果不详细阅读说明书一般人也根本看不懂。但王通森不敢怠慢，赶快给耿兰回了电话，问又怎么了，有什么事，是不是身体又觉得不舒服？耿兰说，你雇来的这个小丫头又懒又笨，什么都不会干，我不想用了，你来一趟吧。王通森说，那你现在觉得怎么样？有什么不好？耿兰说，就是觉得不好嘛，外面不疼里面疼！王通森说我马上去，不行的话，咱们回医院再查一查。

王通森进门的时候那女孩儿正坐在一旁掉眼泪。耿兰见到他却是满面春风，说："你真快，比曹操还快！"

王通森问："我怎么比曹操还快？"

耿兰说："说曹操曹操就到嘛。"

王通森想不到这个女人还会幽默。

他说："你尽说快了，也二百里地呢。"

耿兰说："你家有那么远吗？"

王通森说："赶快说正经事，她究竟怎么了？"

"谁呀？"

"你不是说她又懒又笨？不想用了吗？"

这时候，那女孩儿停止抹泪，大声分辩说："我使劲往好里做，本来心里就害怕，可是她总找碴儿，没碴儿也找碴儿，还骂我！"

耿兰显出笑不叽叽的模样，说："行了，别哭了。我给你钱，你走吧。"

说着，她真的从口袋里掏出三天的工钱给那女孩儿。女孩儿只好把钱接在手里，却泪眼汪汪地看着王通森。

王通森也只好说："对不住啊姑娘，原来说十天，可现在连三天都不到。"

女孩儿说："老板，我叫齐燕儿，往后有什么活儿您多想着我一点，行吗？"

王通森说："可以，可以。"

女孩儿抹着眼泪走了。王通森在脑子里倒记了一下女孩儿的名字，齐燕儿。

耿兰问："你吃饭了吗？"

王通森说："吃过了。走吧，我的车就在楼下。"

"去哪儿？"

"去医院啊，你不是说还疼？"

"可不是？里面不疼外面疼，外面不疼里面疼。"

王通森说："可能伤口发炎了。让你小心，让你小心……"

耿兰说："其实也没大事……兴许呀，你给我捏一捏、揉一揉就好了。"

说着，她就脱外面的衣服。

王通森说："我又不是大夫，知道怎么揉？万一揉不好反倒揉坏了！"

耿兰边脱边说："你练习着揉嘛，慢慢就会了。"

王通森也拦不住，这女人便露出了白白的脖颈和白白的胳膊，脸却绽放成一朵桃花，她分明保养得很好，整个身体圆实而又柔软。

霎时间，王通森犯了许多犹豫，他想，这算怎么回事呢？她是市长夫人，又很快成为自己的儿女亲家，她就是亲家母，是儿媳的亲妈，儿子的丈母娘，在这三层楼上，在这两室一厅……算怎么回事呢？再说，如果陶副市长这时候回来，像什么话？又该怎么说？

"快呀，我都快冻死了！"那女人趴在床上叫道。

王通森不再犹豫，正因为她是市长夫人，正因为他们极有可能成为儿女亲家，他才必须做到处处让她满意，至于其他，顾不了那许多了。

他给她捏着肩，揉着背，捶打着腿部，那女人的屁股圆乎乎，肉乎乎，偶触到肋下，因为有过轻微的骨折，王通森的手特意放轻，那女人便咯咯的、像搔到痒处似的笑个没完，舒服了，便发出娇滴滴的呻吟。

王通森喘了，边喘边说："也真是的，那天你不好好骑车，非要来个左转弯干吗？"

耿兰不时"哎哟、哎哟"轻声叫着，说："我要不转弯……哟喂，轻点儿……咱们上哪儿认识去呀！"

"那天你究竟跑崇水干什么去了？"

"我去看我女儿，老陶派车把我送到那儿，他就不管了，可是我一下车碰见了我中学的一个老同学，就把看女儿的事给忘了，我就和老同学到她家去了，还在人家那儿住了一个晚上。第二天我借了人家的车又去看女儿，走到半路又不想去了……哎哟喂，再往下点……想回家。"

"记着赔你老同学的车，或者赔人家钱。"

"记着呢，用你操心……你的手真有劲。"

"你女儿有对象了吗？"

"没有吧。不知道，她也不跟我说。"

这女人真是个一心不挂二的糊涂虫，但她很会享受，王通森却卖了好一通力气，出了大把的汗。

十八
陶副市长

王通森不好意思当面向陶强陶副市长要呼机号码和办公室电话，但他从耿兰那里得知了。

陶强很难联系，他平时根本不在办公室，呼他，他也不回。王通森又不想往他家里打，一打，当然又是耿兰接，他不愿意和这个女人多废话，如果可能，他也不想与这女人再来往。

但他绝不放弃，驱车二百里，反复来丰安市寻觅，终于有一天他见到了陶强。

陶强是主管城市建设的副市长，他正带领一干人在一个建筑工地视察，这干人中有台商，有市政府有关领导和一些专家。王通森得到了这个信息便追到了这个工地，他见一座拔地而起的高楼伫立在眼前，便勇敢地走上前去，叫道："陶市长！"

然而他高估自己了，他以为在医院那一见陶副市长会记得他，而陶强打量了他半天，问道："你找我？有事吗？"

王通森说："陶市长，您不记得我了？我把您爱人前几天从医院接回家了，她恢复得很好，很健康。"

然而陶副市长并不拿架子，他对任何人都不见外，当认出王通森并想起这回事的时候他说了句："噢，行了，挺好。"然后拍拍王通森的肩，又说："没事吧？没事一起看看吧。"

这真是意想不到的好机会，王通森巴不得能进入这高等人群中，于是他跟在众人后面，也一起参观、视察，一起发表议论，对于建筑他已不外行，有刘天河在前，又有儿子在那里学习，因此也能说出个子丑寅卯来。然而他也发现，这里不光有台商、领导和专家，还有丰安市一些五行八作的人，但也可以说是有头有脸的。

更想不到的是，下午，他们去了大东家酒楼，陶副市长设宴款待。

大东家酒楼也是新盖的，一共四层，开业还不到一年，一层和二层属酒楼，三层是市金属公司和社队企业局所在地。四层呢，是招待所，凡重要客人和有身份的商家来到丰安，一般都住在这里。酒楼的顶端悬挂着“丰安金属”几个大字，整个看起来规模宏大，气势磅礴，可算丰安市的一个标志性建筑。

那时候，金属材料实行双规制，即一部分按计划，一部分投放市场。但也正因为如此，让不少人从中发了财。原因是，可以把掌握“计划”的人的手中的“计划”拿了来，自己投放市场。

据说大东家酒楼便有了这样的人的私人股份。

在酒席宴上，陶强带头豪饮，他又换了一身新西装，领带也是鲜红的。他的酒量真大，逐个与台商、专家、领导以及所有的人碰杯。他的一方大口笑得非常豪爽、非常灿烂，他的那些社会上五行八作的朋友此刻没一点客人的样子，反而比陶强这个主人还主人，他们满不在乎，与这个碰了那个碰，自己也喝得哇呀呀乱叫。筵席持续了近三个小时。

王通森目前还没有实力能结识到台商、领导和专家，但他却结识了工厂厂长、商店经理，还有倒买倒卖的，那时叫“倒爷”，当然也有市金属公司和社队企业局的经理、业务员之类。这都是陶强的“狐朋狗友”，也算是丰安市的上流社会人士了。

然而，耿兰，却成了他的一块心病，上次他给她捏呀揉的很卖了一顿力气，她也很舒服了一番，但她并不就此罢休，她又呼他了。

王通森问：“你还有什么事?”

耿兰说：“没事就不能和你说说话了?”

王通森说：“我忙得很，可没时间闲说话。”

耿兰说：“我呀，还是难受。”

王通森说：“求你了，就不能自己去医院看看吗?”

耿兰说：“怎么? 你不想管了是不是? 从这往后就没你事了是不是?”

那女人明显急了，王通森也只好去了。

但这一次耿兰却预备了酒和菜，酒是茅台，耿兰说都是别人送给老陶的。菜则是她自己买来又亲手炒的，很丰盛，看来这女人对做饭还行。

王通森说：“你总说难受，怎个难受法? 让你去医院又不去，难道你就看着我这老远往这儿跑?”

耿兰说："让你白跑吗？这一桌子都是为谁做的？"

王通森说："合着二百多里地我就为吃你这顿饭？"

耿兰说："你那么关心我、照顾我，我还没报答你呢。"

王通森说："幸好我在丰安。"

耿兰一听说他在丰安，更高兴了，说："往后你可以天天来、随便来，什么时候来都可以。"

王通森说："行了，您饶了我吧。"

耿兰又拿出了一瓶红葡萄酒，朝王通森晃了晃，说特意为他买的。

王通森说不喝酒，近些天就没离开过酒桌，所以看见酒打心眼里发怵！

耿兰也不勉强，她自己倒了一杯，一口喝下去，又倒了一杯，朝王通森的饭碗"叮"地碰了一下，又一口喝下去，倒第三杯的时候王通森躲开了，端着饭碗站起来，耿兰看了看他，一仰脖，又喝了。

三杯酒下肚，耿兰的脸红得像西红柿一般。她双手托腮，愣了会儿神说："你听说我的事了吧？"

王通森不语，加紧吃饭。

"我没了子宫。"

王通森说："你千万可别喝了。"

"我知道她们编排我……"耿兰叹了口气说，"也许当初我再生一两个就好了，人家说女人天生就是生孩子的，可是我只生一个，也只让生一个，多余的营养就全集中到子宫上去了……我也是医生，懂这个。"

王通森说："你既然也是医生，为什么不回医院上班呢？"

耿兰说："我上班干吗？没意思……我又不缺吃不缺穿的。"

王通森吃完了，准备走。

但耿兰伸手拦住了他，她又倒了一杯酒，默默地、一小口一小口地喝着，说："你知道，以前可不是这样子的……一进去，很多、很多……可是后来，里面干涩干涩的疼，什么也没有，可不是疼？"

王通森感到脸一阵阵发热，但他也知道，这女人也有值得同情的一面。

耿兰又把那酒喝干了，说："他不愿意回家了……他越不回来，我就越恨他，我越恨他，他就越不回来。"

"你说的是老陶？"

"但我保证，他外面没有别的女人。"

王通森说：“我走了，你也吃饭吧。”

“怎么？吃完了就想走？”

“我还有事。”

“有事，有事，你们都有事！我在这家里守活寡！”

王通森说：“陶副市长确实忙，我这些日子和他打交道就看出来了。”

王通森说着从沙发上拿起包，但他刚要迈步，耿兰忽然站起来从后面抱住了他的腰，续而转到前面，把头抵进他的怀里，同时听到了她嘤嘤的哭声。

已进入五月，天暖和了，王通森只穿了白衬衫，那女人只穿了小坎，胸脯鼓鼓的……

男人啊，虽然已经是四十八九岁的男人，可怎那般经不住诱惑呢？

动物还有个发情的季节，人却不论，什么时间都可以。

总之还行吧，精力和体力还算可以，还能让那女人爹了妈了的叫个没完。

其实细想也没意思，如果把上半身盖住，女人基本都差不多。

陶副市长，如果你能宽容、迁就一些，我觉得也还可以；并不完全如你老婆自己所说的那样糟糕。从这一点上看，我认为你也有责任。

……可是龌龊呀、龌龊呀，现在想起来真他妈龌龊！他们是什么关系？他们是儿女亲家，一个是男方的亲家公，一个是女方的亲家母，这算怎么回事呢！

王通森后来发现这女人其实不见得每次都要求干这个，有时她让你抱一抱她，亲一亲她，或者周身抚摸她一会儿，她就很满足了。然后她像个猫儿一样地听话，像个小孩子似的朝你撒娇儿，一张有点兜齿的娃娃脸儿显出十足幸福的样子，也应该算是可怜的女人了。

但陶副市长果然如耿兰所说不愿意回家吗？他不回家到底是不是因为忙？还是如耿兰所说？如果真如耿兰所说，那即可证明陶副市长确是拿她这个老婆不当回事了，那么自己还顾虑什么？还怕她什么？就这么一个不起眼的女人？这么一个好吃懒做、没有上进心的女人？工作和事业永远是第一位的，况且自己已是快五十岁的人，满打满算能有多少精与力的储备？长此以往，自己身体岂不要毁了？

一天下午他呼陶强，陶强回了电话，说刚从外面回来，在办公室呢。天爷，又是个好时机，这位副市长居然也有在办公室的时候。马上起程！

陶副市长的办公室宽大而气派，真皮沙发、老板台、茶几、靠背转椅，应有尽有。只是，王通森为了坐下不得不自己用手抹了一下那沙发，立刻摸了一手尘土，陶强坐在老板台后面，正用抹布自己抹呢，足可证明这办公室形同虚设，平时极少有人来的。

陶强这个人王通森试过了，你叫他“陶市长”，不加那个“副”字也可以，你加副字也可以；你什么都不叫，只叫他老陶，也可以，甚至拍拍肩膀就和他说话也可以。但王通森觉得还是恭维一些的好，于是开口便省去了那个“副”字，而且直截了当：“陶市长，今天来找你，必须要说点儿正格的。”

陶强说：“不是用了你几十号人吗？还要什么正格的？”

王通森说：“我的酒厂关了。闲下那么多人干什么去？”

陶强问：“怎么关了？”

王通森说：“不关行吗？竞争得这么激烈，我那‘南庄高粱白’一点儿也销不出去了。”

陶强说：“你不是还有沙石场吗？”

王通森说：“沙石也不能再挖，我把村子四周都挖遍了，群众都有了意见。再说我还往哪儿挖？挖到马路上去？”

陶强掏出了“扁三五”，王通森收回了他的“希尔顿”。

陶强说：“工程倒有的是，只怕你干不了，原因是你没有资格证明，也没有那么多设备。”

王通森说：“怎么没有？挖掘机、装载机、东风140、解放，我都有！再说你也知道，我们农村人哪个不会砌个转、抹个灰的。”

陶强哈哈大笑：“这个你瞒不了我，你们砌个厕所、搭个鸡窝还差不多。”

王通森说：“陶市长，你也太看不起我了吧，我那也是七八十人的一个企业呢！”

陶强豪爽地说：“丰安要翻身，要彻底改变面貌！我们第一期就要盖几十座商厦和写字楼，这样可以放手招商引资了。另外几个有污染的工厂也要搬到郊区去，不少危房要改造……提起这危房来呀，其实是房管部门的事，可是他们不依不饶，偏要往我身上推。”

王通森说：“那还不明白吗？谁都得承认你陶市长有魄力、有胆量、有开拓精神！说老实话，丰安市有你这么个市长老百姓算享了福喽！”

陶强正经地说：“老王你别跟我来这个，我这个人不吃捧，讲究是骡子是马拉出去遛，讲究用实践去检验真理。”

王通森说："陶市长，你说怎么个遛、怎个检验法？"

陶强说："马上有个工程，图纸已经出来了，我们叫八十一家。"

王通森问："怎么叫八十一家？"

陶强说："你先不用细问，找时间先看看图纸，看你能不能干。"

王通森说："怎么不能干？听你一说，不就是盖房吗？图纸在哪儿？"

陶强说："你这个人，性子有点随我，想干就要干。"

王通森说："干事业嘛，就得这样。"

陶强说："这也不是我一个人说了算的，回去把你的情况好好写一份材料交给我，我倒要看看砌厕所搭兔窝的能干什么大工程。"

王通森说："陶市长，你就赌好吧！"

说到这儿，应该走了。但这么半天屋里没人，王通森便想到了耿兰，于是转换了话题，也转了称呼。

他说："老陶，听夫人讲，你总不爱回家？"

陶强说："你没别的事了吧？没别的事我还得走，一会儿还有个会。"

王通森说："你看，你是我们的市长，关心一下你的生活也是应该的嘛。"

陶强说："有什么可关心的？我吃得饱睡得香，身体倍儿棒！"

王通森说："可是晚上你总得休息吧，你平常都在哪儿睡觉？"

陶强说："我四海为家，老王，不是吹，任何一个饭馆、商店，任何一个工厂、街道，甚至个人家里，我推门就进，都可以住一宿，也都可以吃出饭来，你信不信？"

王通森说："我信，这一点我绝对信。"

陶强说："有时候我也睡在工地，和他们研究晚了，就和他们一块儿挤一挤。有时候也睡在这办公室，就躺在沙发上，告诉你，撂下脑袋就着，一觉就是天亮！"

王通森说："我全信。但是你有家，有老婆，为什么不回家呢？"

陶强又扔给他一支"扁三五"，自己重重地吸了几口，望着天花板，说："不但我不回家，我女儿也很少很少回家。"

"为什么呢？"

"那个娘们儿……"

"你是说耿大夫？"

"哦喝，你还叫她大夫，你看她哪点儿像大夫？除了吃就是睡，除了睡就是吃，她谁也不关心……”

“你怎么这样说人家？当初你们怎么走到一起的？难道是父母包办吗？”

“你要问这个，我也糊里糊涂，当初也许是看她比我小，长得还不错吧……老王，既然你提到这儿，我还告诉你，她在那方面……不行。”

“你指哪方面不行？”

“她没了子宫。”

什么也不要问了，一切都是真的，证明耿兰没有说谎，陶强确是不待见她，或者说对她烦了，腻了，厌了。

他加紧准备，首先要在崇水县城打响，续而进军丰安市，抓住陶强所说那个“八十一家”工程不放，详细地给陶强写了一份他的这支队伍的基本情况，瓦工多少，木工多少，其他可以聘请钢筋工、管工以及高价聘请工程师等，设备更不用说了，凭眼前的条件他承建个一两层小楼也是不成问题的。

他真的关了酒厂，关得很及时，因为据可靠消息，本县工商局新换了领导，接到举报说王家庄村有人做假酒，他不得不关，不敢不关，余下来的人统统派往县城工地，他在那里早已接手了一些小型工程。

关于沙石场，他却和陶强说了假话。他还在继续挖，为什么不挖呢？沙石是建筑工程必不可少的原料，他有车、有人、有设备，路途是远了些，但挖上来就是原料，拉到工地就卖钱，他还有南庄的西和北两个方向没挖呢！

然而，最让他呕心的还是那个女人，她依旧缠着他不放。

首先这 BP 机开不开呢？只要开，就不敢保证全是工作和事业上的事，吱吱一响，就有可能是耿兰呼他，去不去呢？按理说不去，不该她、不欠她，副市长又拿她不当人，凭什么还去？然而王通森又犹豫了，都不看总还要看她是未来的亲家吧，此时得罪了不但都不好，也怕万一这亲家做不成。

真的很忙啊，只恨自己没有分身术。但还是去一趟吧，好好与她谈一谈，这几天两脚快朝天了，也算在那里歇一歇，如果可以的话不妨睡个觉。

他进门的时候耿兰正在做饭，他坐进沙发里，不一会儿真的睡着了。

耿兰给他搭上了一件衣服，轻轻和他说：“你睡吧，睡醒了，饭也好了。”

他真的睡了一觉，睡得很舒服，很踏实，睡醒了，耿兰正坐在他旁边看电视。

然后耿兰把饭菜端上茶几，问：“要不要喝酒？”

王通森摇头，惺忪着睡眼朝屋里望，他似乎觉得这屋里多了一样东西，也算是个突然发现吧，他发现了一盆巨大的盆景，盆景下面是一个土黄色浅浅的瓷盆，下面又是一个精致的木托，端端正正摆放在电视机旁的长桌上。

王通森不懂盆景，但还是被那盆景吸引住了，他走过去仔细观看，竟然也看出许多门道来。

那盆景盘根错节，葱茏起伏，底部是一条粗粝的老根，老根扶摇直上，突然半空齐刷刷折断，青绿色和青紫色的枝芽便从那断面和根的头部暴长出来，有的枝芽上又生出了湛青碧绿的嫩叶，竖看去，很像是雄狮的头，横看呢，那盘绕的根及延长部分便很像一条巨蟒腾空甩尾，整体看来是狮头蛇身……好，好，真是好盆景！即使不懂盆景的人也禁不住要惊呼它的精妙绝伦。

耿兰说："看它干吗？破玩意，昨晚刚送来的。"

"怎么？"王通森问，"昨晚陶强回来了？"

"他没回来，别人送来的。"耿兰说，"送来就走了。"

"老陶知不知道别人送了他盆景？"

"谁知道他知道不知道，"耿兰摆放着碗筷，"这烟啊酒的，全是别人送到家里来的，他也不拿，也不问，你说他知道不知道？"

"我怎么知道他知道不知道？"王通森说，"不过，这盆景，我估计最少也得值两三万块！"

耿兰说："吃饭吧，不然全凉了。"

王通森同样没喝酒，他只踏踏实实地吃了饭。

耿兰说："不许你走，今天我有事跟你说。"

王通森说："我不走，我也有事，想郑重其事地跟你说。"

耿兰说："好哇，是你先说还是我先说？"

王通森说："谁先说都一样，反正都是同一件事。"

耿兰笑了："你怎么知道是同一件事？"

王通森说："当然。我的儿子、你的女儿都和我说过了。"

耿兰喜出望外："说过啦？那往后咱们俩就亲上加亲了！你知道，前两天小霞回来向我坦白，说怎么怎么喜欢你的儿子，怎么怎么和你儿子好上的，你儿子叫王恳，对不对？我当时就想，怎会这么巧？你说咱们俩天生就有缘分，是不是？"

王通森说："怎么是咱们俩有缘分？是两个孩子有缘分。"

耿兰说："俩孩子有缘分不就等于咱俩有缘分吗？"

王通森突然把脸拉下来，很严肃地说：“耿兰，往后咱们就是儿女亲家了，彼此要恭之敬之，你可以叫我大哥，我也可以叫你大妹妹，但切不可以再有别的关系。那很不像话，也太不像人，如果让孩子们知道了，我们还活不活?”

耿兰说：“你傻呀，干吗让他们知道?”

王通森说：“纸里包不住火，时间长了没有不透风的篱笆。”

耿兰看着他，犯起了嘀咕：“你的意思我这儿往后你就不来了，是不是?你知道这回我呼了你多少遍吗? 呼一次你不回，呼一次你不回，快把我气死了，你还敢不来了?”

王通森板着脸：“你能怎地?”

“能怎地? 你就不怕我反咬你一口?”

“怎么咬? 咬哪儿? 哎哟哟，好疼噢……”王通森捂着裆，下流地开起了玩笑。

“我说你强奸!”耿兰说，“别看陶强平时不回来，可他还是我丈夫，还是副市长，我要是跟他告你一状，你吃不了兜着走!”

王通森看着那张白里透红的脸，这张脸此时是那么卑琐，那么令人厌恶。

王通森狠狠地说：“你以为陶副市长拿你当回事吗? 呸! 人家就如同没有你这个人一样!”

未料这话真真地扎了耿兰的心窝子，她愣在那儿，好半天不说话，然后哭了，哭得嗷嗷的，很伤心。

王通森心也软下来，说：“别哭了，往后呢，咱们互相尊重，你尊重我，我也尊重你，不许再有别的想法。”

耿兰抬起泪眼：“那你还来不来了?”

王通森说：“我一个人肯定不来了，要来也是一家子来，或者和你嫂子一块来。”

耿兰叫道：“那还不是和不来一样!”

王通森犯愁：“你这个人哪……”

耿兰走过去擦干了眼泪，她手里抡着毛巾，忽然那毛巾在空中抡出几个圈儿，脸上也是一种怪模怪样的笑，唱道：“巧儿我自幼儿许配赵家……”然后，她说：“王通森，是不是认为我就没办法治你了? 嗯? 告诉你，我还有一张大牌。”

王通森觉得这女人要神经，便笑着说："好，好……大牌大牌。"

然而耿兰趴到他脸旁对他说："你不信？我有个弟弟你也不信？"

王通森说："信，哪儿能不信？不过你这个弟弟是市长，还是市委书记？"

"那倒不是，他是省里的。"

"那就是说他是省长或省委书记喽？"

"他是省里的秘书。"

王通森也唱起来："巧儿我自幼儿就怕秘书，我好怕秘书……"

耿兰说："好，等着瞧。"

王通森正色地说："耿兰，别闹了，我们都这把年纪……我和你不同，你在家闲着没事，我可得去拼、去争、去干，我有家庭，有老婆孩子，对不起，我真得走了。"

"拜拜！"耿兰坐着没动，朝他招了招手。

王通森也回了个"拜拜"，又说："我真的不骗你，'八十一家'知道吧？那工程立刻要上马，正等着我呢。"

王通森边往出走边想，这女人简直就像个孩子，她的智商与她的年龄实在不相符，要么就是神经出了毛病。

所谓"八十一家"工程，是丰安市首次的拆迁工程。沿市区周围要修一条环形公路，公路冲击了这一带的民房，数了数，正好八十一家。

那时候还没有兴建居民小区的风潮，这"八十一家"已经是很惹人眼目的工程了。回迁房统统安排在公路的另一侧，距公路二百米远，依然是平房，但按统一的图纸，也统一施工。

王通森在最后关头终于拿到了这项工程。但其中的艰辛、其中的离奇曲折及许许多多的耐人寻味，绝对是局外人难以知晓和难以体察的。

他曾三次向陶强行贿。

然而，是行贿吗？是受贿吗？抑或是索贿？也是也不是，或者说全不是，这一切都难以分辨，难以说得清……

第一次，他呼陶强，陶强回电话，说他在大东家酒楼，老王你过来吧。

王通森说："光是喝酒吃饭我就不去了，我找你可有正经事。"

陶强说："你就过来吧。"

王通森去了。果然，在大东家酒楼，好大一桌子人。

他有许多的事要去办，真的没时间在此光陪人喝酒吃饭，他急匆匆忙活活十分夸张地将陶强拉到了门外，从包里拿出三万元现金，说："这个给你，装起来。"

陶强见到了钱，顿时像见到了救星，问："给我的?"

王通森说："给你的。快装起来吧。"

陶强咧嘴笑，说："老王你真是及时雨，谢谢你了!"

说着，陶强把那钱公然地、堂而皇之地托在手上，他回到餐桌边，"啪"地往桌上一撂，说："李子，小姚，钱说来就来，拿走发工资去!"

王通森稍微逗留了一会儿也稍微打听了一下，原来这一桌子的人都是越了级，直接跑到陶强这儿朝他讨要工程款的，其中叫李子和小姚的一班人最为着急，据说已经三个月发不出民工工资，陶强把三万元现金在这里派上了用场。

你说是公用还是私用? 你说算是行贿还是受贿? 王通森说不清，但他心里却感到苦，觉得那三万块钱无形中打了水漂儿，自己连个响也没听见。

第二次是陶强主动呼他。他既荣幸又高兴，以为"八十一家"工程有希望了，说早晚是他的真不假。

陶强问："老王，你有钱没有?"

王通森说："别人用没有，你老陶用，我能说没有吗? 用多少?"

陶强说："五万。"

王通森说："不要说五万，就是五十万我也给你，只不知道你用这钱干什么，不会又去打水漂吧?"

陶强说："不会不会，怎么会打水漂?"

王通森立马送去了。他们在公路边碰头，当着司机的面，王通森又把五万元现金亲自交到陶强手里。

陶强也很忙，从认识他那天起他就很忙，王通森还没有来得及多问，那墨绿色吉普车调转车头，急忙忙驶去了。

直到现在，算一算，二十年过去喽，终不知道那笔钱陶强用去干什么了；给了人家，又怎么好多问呢? 陶强也从来没提过那笔钱。

王通森做好了一切准备，但"八十一家"工程迟迟不亮底牌。

陶强也觉得很过意不去了，他感慨地说："老王你够义气，够朋友，可是你看这事弄的。"

王通森说："你是主管城市建设的副市长，最后的裁定权应该就在你这儿!"

陶强摇头："你不知道，我这个副市长也很难。"

王通森说："你们当官的难，我们干企业的就不难吗？你看我，本来就不胖，现在又瘦了一圈，回到家孩子都说我跟个糟老头子似的，比我实际年龄老了七八岁！"

陶强说："老王，往后咱们是儿女亲家了，看在我面子上，能忍就忍了吧，往后工程多的是。"

王通森气不顺，大发牢骚："儿女亲家怎么了？儿女亲家就应该吃亏吗？工程预算我也搞了，顾问、技术人员我也聘了，设备我也有，哪点儿不合格？哪点不具备实力？不就是八十一家平房吗？应该非我莫属！"

陶强也真犯了难，说："也是呢……哪个环节出了问题呢？"

那天晚上，王通森辗转反侧睡不着，他想到儿女亲家，也就同时想起一个人，即耿兰。

他有很长时间没到耿兰那儿去了，最后一次去还是五月底，现在已是七月，整整一个半月，连面也没有见一次，耿兰也再没有呼过他。

他猛地记起，那女人曾经说……不信？好，等着瞧！

什么等着瞧？等着瞧什么？难道她真有大牌？难道暗地里真有治服他的撒手锏？问题会不会就出在这儿呢？

第二天，他抱着试探的目的去了。耿兰没有呼他，这是他首次主动登门。

然而他见到那女人让他心酸，一个多月时间，她才真真正正地瘦了一圈，披头散发，衣衫不整，脸上布了一层灰。

她瞪眼望着他。

然后她扑进他的怀里，在他的肩膀上狠狠咬了一口。

她坐在他腿上，一面往他肩膀上涂紫药水，一面抽抽涕涕地哭，哭完了，她又笑，哭是为了发泄，笑则十分明显地带了一种胜利的喜悦和得意，还有一点幸灾乐祸。

王通森心里嘀咕，天爷，弄不好这事真与她有关系！

耿兰斜眼看着他，说："你今天干吗主动来找我？嗯？是不是知道了我的厉害？"

王通森索性开门见山："姑奶奶，你弟弟究竟是干什么的？"

耿兰说："就不告诉你！"

王通森故意逗她的话："我料定你弟弟也不是那有权有势的，充其量是个办公室秘书，否则的话你早就应该有个好工作了，也不会在这家里死腻活腻。”

耿兰说：“怎么叫死腻活腻？我觉我挺好，什么都不干，什么也不想干，有什么意思啊！”

王通森说：“你说吧，你想怎样，怎样你才觉得满意？”

于是两人又干了那事。说也奇了，你陶强是怎么搞的，你不是男人吗？我能办到的你办不到？其实只要稍微下点辛苦，让女人达到满意还是挺容易的。即便是你的这么个女人。

两天以后，陶强又呼他，他给他回电话，陶强在电话里说：“老王，你有钱没有？”

王通森觉得好笑，又是这话，钱你少用了吗？还问“有钱没有？”但他说：“有，用多少？”

陶强说：“就三万吧。明天下午三点整，你去大东家，412 房间，把钱交给立文同志。男的，三十六七岁。”

王通森问：“立文同志是谁？干什么的？”

陶强说：“你别多问了，连我也不多问。”

王通森说：“钱是我的，凭什么交给他？”

陶强说：“上次不是跟你说了，我这个副市长也很难哪。”

王通森明白其中的事理，也体会陶强的难处，是啊，钩套圈儿、圈儿套钩，谁没有难处呢！

大东家酒楼王通森已经很熟悉，他曾经在那里也招待过几次人，知道 412 便是四楼自西向东数第 12 房间，而四楼主要是用于住宿和接待远方客人的，他到 412 房间门口，敲了门，里面一声“请进”，然后果真见一位男子，看去也真三十六七岁，正坐在沙发里看报。

王通森问：“请问是不是立文同志？”

那人盯着他看了一会儿，竟然说：“这里没什么立文同志。”

王通森说：“是陶副市长让我来的，找立文同志。”

那人说了声“不认识”，然后开了门，走出去了。

王通森心中纳闷儿，明明三点整，明明三十六七岁，人也不错时间也不错，这屋里又没第二个人，怎么就说不是立文同志呢？他站在楼道里只好又呼陶强。

陶强过了很长时间才回电话，他抱歉地说："老王，这事怪我，本应该我亲自送去。"

王通森也不便多问，只好又亲自把钱交给了陶强。以后的事就不知道了，也就等于第三次向陶强进行了贿赂。

然而耿兰又呼他了。

当他再次来到了耿兰那里的时候，耿兰扑过去搂住他的脖子，连声问道："拿到了吗？拿到了吗？"

王通森不明白："拿到什么？"

"'八十一家'工程啊！"

"拿个屁！"王通森愤愤地说，"我整整花去了十一万，连个影子还没见到！"

耿兰说："不对呀，前几天我就和他说了，给你说了许多好话，还说咱们是儿女亲家呢！"

王通森问："你和谁说了？"

"我弟弟呀。"

王通森笑："你弟弟，一个秘书，管个蛋用。"

耿兰去桌边打电话："你别着急，在我这儿好好待一天……"

王通森说："待可以，不过我很累，什么也不想干，除了吃饭就想睡觉。"

"可以，可以，我的大宝贝儿！"

耿兰把电话拨通了，叫道："我找耿立文！"

王通森刚躺下，忽地又坐起来："你说什么？耿立文？"

耿兰说："对呀，耿立文，我弟弟。"

"立文同志？"

"对呀，立文同志。"

"好，好，好个立文同志……"

王通森终于拿到了"八十一家"工程。

他全力以赴，昼夜施工，自己也经常吃住在工地，把个工程搞得热火朝天。

同时，他没有忘记，也不敢忘记隔三差五到耿兰那里去。

有时他需要事先打一个电话，如果万一陶强或陶小霞回家来了呢！

他把车停在不远处的一个商场门口，步行二百米，神不知鬼不觉地溜进了那三楼的两室一厅。

如果说，身材好、长相好、皮肤白皙而又有光泽的女人极少是那勤劳而又质朴的女人，那么，曹春英是个例外。

如果说，处处保养、肤色因之鲜艳可人多是那好逸恶劳的，那么，耿兰是这方面的一个典范。她真的什么也不干，每天除了瞧电视就是睡和吃，其次便是盼望王通森的到来。有时她也一天三四次地换衣裳，如果她困了，想睡觉，她可以从上午十点一直睡到下午三点，晚上还照样睡。

王通森也越发感觉到，这女人之所以对自己抓住不放实际是一种心理上的需求，而并非因为真爱，她把他当成了报复的工具，以报复而得到一种心理平衡。报复谁？当然是陶强。

耿兰后来说："你信不信？原来我说陶强外面没人，现在我保证他外面有人了。"

王通森说："不会，老陶从始至终也不是那种人。"

她又说："你看他，猛然回来一趟，连看也不看我一眼，更别提碰，睡醒觉就走！以前还能说句话。"

王通森问："他每月的钱给不给你？"

耿兰说："钱倒是给，但不是每月，不定什么时候往桌子上一扔，也许几百，也许一两千，扔那儿就走。"

王通森说："那是他实在太忙了，顾不上你。"

耿兰晃着脑袋得意地说："他在外面有人不要紧，我在家里有人！"

这话让王通森听了只觉苦在心里。

耿兰又说："老王，你要跟我一条心，不许离开我，不许背叛我，听见没有？"

王通森说："我现在不正按你说的做嘛，我的宝贝儿！"

"八十一家"工程进展迅速，从七月底到十一月中，王通森完成了这项工程，并且完成得很漂亮。丰安市的有关领导和附近的群众都屡屡来这里参观，这让他赢得了许多好的名声，更让他在这项工程中取得了丰厚的利润。

然而刘天河垮了，这实际上从王恳来到他那里的时候便种下了埋伏，后来又增添了陶小霞，两个人同心同力，暗中为自家拉了不少生意，也拉走了不少人。开始时，刘天河也努力争取"八十一家"工程，但也只是争取，争取到半路便彻底被淘汰出局，理由谁也不说，因为谁也说不清。当刘天河再让王恳和陶小霞两个人拿着礼物去陶副市长家的时候，首先遭到了陶小霞的婉言拒绝，她说不要请客送礼，不许父亲腐败。他们是老同学、老战友，从此再少往来，刘天河后来发现了某些蛛丝马迹，但已无济于事，“八十一家”工程已然开工了。

对不起啊，刘天河是他最对不起的人之一，刘天河的人大部分都流向自己这里，自己的建筑业务日渐红火，而刘天河却日渐惨淡，他垮了，而自己却壮大起来，要知道，从始至终刘天河都拿自己当朋友，并未设防的啊！

十九 原 罪

在陶强的领导下城市建设取得了很大成绩，不但屡屡竣工了许多重要工程，也为丰安市引来了资金，招进了人才。有一位曾在中科院工作的教授，研究出了一种能给人体增加营养、又能提高人体免疫力的植物菌，据说这项研究不能说在世界上绝无仅有，起码位居世界前列。陶强通过朋友介绍，让老教授的这项植物菌产品在丰安落了户。省城的一个先富起来的人家，拥巨额资产，想第二次投资又处处小心谨慎，怕上当受骗，后来慕名托人，转了三个弯终于找到了陶强。陶强建议他把资金投到丰安近郊一个中等超市上去，那一家人居然都听了。南方的一对夫妻，是做汽车配件生意的，不知为什么，不想在南方做了，他们想建个汽车配件城，却苦于没有地方，陶强千里迢迢，把这对夫妻接到了丰安，一年后这个汽配城就在丰安开业了。

陶强政绩斐然，有目共睹，同僚们艳羡他，上级褒奖他，于是后来有人说：“老陶，你干脆再兼个经济技术开发区主任吧！”

陶强说：“你看你看，鞭打快驴，你越使劲干就越给你加码！”

然而经大家的建议和领导的批准，陶强的一方大口豪爽地笑着，就这样答应了兼做经济技术开发区主任。

他更忙了，资金要筹集，设备要购置，房子要修建，人员要安置，各种手续要去申办，各种渠道要输通；人也变了，西装笔挺，也不再有褶皱，领带鲜红，也不再有油渍，平头也变成了大背头；墨绿色军用吉普不见了，换成了“桑塔纳”，那是丰安市第一辆桑塔纳轿车啊。

与此同时，王通森干了许多许多的工程，他在丰安市已稳稳地扎住了脚，时间已到，条件已成熟，他觉得大儿子王恳应该结婚了。

王通森原打算在大东家酒楼举办这场婚礼，也好让丰安市的上流社会为之震动，后来他又想，与正红得发紫的陶副市长联姻还是保持低调好一些，这于私下里行事只有好处，没有坏处。那么还是回老家办吧，回老家有回老家的好处，同样让乡亲们亲眼看一看，亲身参加参加，今日之王通森已非昨日之王通森，一切污垢与不堪的往事都将在这场婚事中如秋风扫落叶一样洗刷得干干净净。

然而女方却有些打眼，耿兰是不可能主持操办这场婚礼的，而陶强又的确没有时间，因此陶强对他说：“老王，咱们合二为一吧，到时候你们就来接小霞，我这边就不办了，只上你那边一块热闹热闹算了！”

这倒也合了王通森的心意，合二为一，这场婚礼在南庄将会引起更大的震动，产生更大的影响。

在婚礼举办的前一天，耿兰忽然患了感冒，住进了医院。这又符合了王通森的心意，让他觉得天助我也，因为他根本不愿意耿兰出现在婚礼上，谁知道这女人在婚礼上会说什么、做什么呢？她也许会哭，也许会笑，甚至会当着众人的面，特别是当着陶强的面说出一些意想不到的话来。

婚礼的确排场，不要说南庄，就是在整个大王庄公社也是极难见到的。

齐常贵率领大队一干人马替王通森忙前跑后，搭喜棚用的铁管、卡子、苫布等，还有沏茶倒水、端盘子洗碗的人都没用王通森操心，而由齐常贵大包大揽，动员了一些人为村里唯一的大款、唯一让全村感到光荣的企业家出一把力。喜棚一直搭到街上，阻断了一条路，从早晨起来那条街就已熙熙攘攘、吹吹打打了。

公社领导也来了，向王通森祝贺，并递上了大红封。快开席的时候，县领导也来了。这不禁让人感慨，本来刘天河是崇水县有名的企业家，现在换成了王通森，且在丰安市也正走红。而县领导不管那些，谁是利税大户谁便为县里争得了荣誉。

作为曾经的好朋友，刘天河没有来，听说他变卖了资产，去三百公里以外的地方养狐狸去了。

女方家长没有为女儿举办婚礼，其亲朋好友都到王通森这里来了。王通森在这里见到了耿立文，他是耿兰的弟弟，陶小霞的舅舅，不能不来。

陶强介绍说："老王，这是立文同志，省委秘书，见过吧?"

陶强这位亲家真是健忘，大东家412房间，怎能没见过呢？但王通森说："久仰大名，可我们还是第一次见面，对吧?"

耿立文也点头，他们很客气地握了手。

陶强又给王通森介绍一位头发已经花白了的老领导，那人看去有五十六七岁了。

陶强说："这是省委的陈副书记，老王，别说你，就我也是第一次见。"

王通森恭敬地叫了"陈书记"，双手握了那双软得好像没长骨头的手。

王通森在忙碌中也留意到，耿立文对这位还并不算太老的陈副书记几乎寸步不离，像照看自己亲爹似的，他站起身，他便去搀，他要走路，他便赶快用手把旁边的人挡开，生怕别人碰了他，这位耿秘书，也真真看到他骨头里去了。

陶强人缘好，他带来好多的人，整整装了两轿子车，其中有丰安市的领导，有陶强的同事和他外面一些五行八作的朋友。这些人都非常能喝，也不讲客套，其脾气秉性大约也与陶强差不多，他们哇呀呀叫着，叮当碰杯，吹着牛说着大话，为这场婚礼掀起一个又一个欢乐的高潮。

那一场事啊，震动了十里八村，让王通森挣足了面子，淡去了许多不愿想起的回忆是自然的。

婚后，陶小霞不再去上班；刘天河垮了，她也无班可上，便留在南庄的家里，每日和婆婆在一块儿。

儿子王恳到自家公司来了，但王通森不让他再做会计，他认为一个男人每天埋头于账本和算盘终不会有大的出息，他让儿子博揽杂事，涉足公司的各个领域，目的是将来好接自己的班。

二儿子王安却是个不争气的东西，念到高中一年级便说什么也不念了，他说头疼，一上课或一写作业就头疼，王通森只好也让他到公司来，然而二儿子来公司能干什么呢？只能干干不动脑筋的工作，就干干保安吧，好歹也统领几个人，好歹也给他个锻炼的机会。

一年以后，陶小霞生下一个女儿，是王通森给取的名，叫王琼。

大儿子王恳与父亲非常相像，都有着非常强的上进心和自尊心，他不安于长期在父亲的公司里工作，形同给别人打工，他更支持妻子小霞去读夜大，以此提高自己，充电加油，将来好创建完全属于他们自己的一番事业。

小霞生完孩子恢复得很好，她去了，很听话，但她也不知道想不想去读那夜间的大学，反正她去了，报了名，也考了试，就在崇水县城里，王恳租了一间房，家里的安乐窝他不住，和小霞两人就住在那土坯墙和石棉瓦搭建的房子里。

但总的来说一切还是很好的，王通森原想再要个孙子，并已和儿子王恳表明了这层意思，至于罚款，不用他们发愁，做爷爷的全掏了，否则光是一个孙女儿也实在太显得孤单。

然而命运，命运！王通森一辈子对命运这个词儿始终琢磨不透，他本不信命，但有时候有些事就无法解释，怎么解释也解释不通！

就在一天下午，小霞在去夜大听课的路上突然遭遇了车祸。

又是车祸！而且是左转弯，她突然来个左转弯……同样是在崇水县城，同样是骑自行车，同样是在那条路上。

冥冥中，似乎该死的不死，不该死的却死了，她的母亲是不是早早地就把女儿的寿数借走了呢？

那一年小霞二十二岁，儿子王恳二十五岁，小孙女还不满七个月。

小霞那么爱王恳，爱得淋漓尽致，爱得百依百顺，她哪点儿像她的母亲？脾气禀性一点儿都不像！然而老天为什么让她那么短命呢？

小霞是个好妻子，是个好儿媳，现在想起来依然让人心碎。

陶强哭得像头驴，嗷嗷的，他边哭边说对不起女儿，女儿长这么大，直到结了婚，他没有带女儿逛过一次商店，也没逛过公园，更没亲手给女儿买过一件衣裳！

耿兰真的犯了神经，她不哭也不闹，只到处游走，住进了医院。

然而活着的还要继续活下去，该干什么还要继续干下去。

儿子王恳经人介绍考了“托福”，以奋发向上来化解悲伤与悔恨，悔恨不该鼓励小霞去上夜大，不上夜大也许就不会有这场悲剧了。王通森此时也只好鼓励儿子、支持儿子，于是几经周折，儿子王恳终于在一九九一年年底飞抵太平洋彼岸，就读于美国加州大学。

孙女儿长到三岁那年，王通森彻底关掉了沙石场，并举家迁到了丰安市。他变成了城市居民户口，从此与南庄老家一刀两断，就连崇水县也再没回去过。

丰安市又有不少建筑工程镶上了王通森的名字，提起企业界名人，他算其中一个。

那是哪一年？记不清了，大概是一九九三年或一九九四年吧，王通森第一次见到“小姐”。

他正与他的客户们在一家高级餐厅吃饭，那时候的餐厅或饭馆才刚刚时兴附带 KTV 包间。

小姐们来了，是王通森要的，每个客人身旁都有一个，王通森自己也有一个，否则会让客人们见怪，说你怎那么抠儿，你不要我们怎么要？

王通森于声色之地本无多大兴趣了，他甚至感到了某些厌恶，耿兰那女人让他足以看透女人，他不胜其烦，已根本不再到她那里去，况且人们说过，人的一生只能真爱一次，这话有道理，他已经真真正正爱过一次，那就是曹春英。先不管爱的结果怎样，反正他真爱过了。

几乎不用问，只站在一旁看一看就知道了，凡是于这种场合无忧无虑、敞开来享受的人，都不会是那自掏腰包的。

真正掏腰包的却是揪心拔骨、心事重重，表面还要装得大大方方、满不在乎的样子。

轮到他们自己，好像每一分钱都穿在肋骨上。这就是当时王通森的写照，虽然那时在丰安市他已算个名人。

王通森忽然觉得他身旁的这位小姐有些眼熟。

“小姐贵姓?”他问。

小姐回答：“我叫文静。”

“哪里人?”

“四川。”

“四川?”王通森疑惑地看看她，“你恐怕不是四川人吧？也恐怕不叫文静吧?”

小姐立时显出了尴尬的神色，像做贼似的，她轻轻叫了一声：“王老板……”

“这就对喽，”王通森说，“你姓齐，叫齐燕儿，对不对？还记得我让你去伺候那个叫耿兰的女人吗?”

叫齐燕儿的小姐赶忙给王通森斟酒布菜：“谢谢王老板还记得我。其实一进门我就认出您来了，只是怕您笑话。”

王通森继续说着：“你是承德那边什么什么县的人，对不对？怎么？不做保姆了?”

齐燕儿说："早就不做了。"

"做这一行多长时间了？

"才半年多一点。"

王通森说："你好像又长高了，人也漂亮了，完全是个大姑娘了嘛。"

齐燕儿说："您不想那时候我才多大？十九，现在我都二十四了。"

客人们不失时机地起哄了："喝个交杯酒吧！老交情了，喝一个，老王，喝一个！"

喝个交杯酒就喝个交杯酒，不过王通森忽然想到了一个人，同时也生出了一个念头。

喝过交杯酒，热闹劲儿转到了其他话题上，王通森这时碰了一下齐燕儿，意思是要她出房间去。

在另一个没人的包间里，王通森说："齐燕儿，咱们真算老相识了，那年介绍你做保姆只做了三天，还受了气，始终觉得对不住你……"

齐燕儿已很会说话："王老板，您有什么事尽管说，将来我求您的地方多着呢，您可别烦。"

王通森说："是这样。我有个朋友，很苦，很可怜，但是他有钱，也有地位，只是身边缺少个女人。"

齐燕儿看了一会儿王通森，很快明白了，她低下头不说话。

王通森又说："你想，你这么年轻、这么漂亮，做这一行终归有不了大出息，即便能挣点钱也是暂时的，因为时不时就要扫黄打非！"

齐燕儿抬起头来："是个老头儿吧？"

"当然不是了！"王通森说，"但是我也要和你说清楚，他也不算年轻了，四十六七岁吧。"

齐燕儿吐了一下舌头："不算老头儿也差不多！王老板，您让我考虑一下再答复您，行吗？"

王通森说："当然可以，首先说愿不愿意，然后我们再谈条件，好不好？"

齐燕儿给王通森留了呼机号码，王通森给她留了电话号码，就是那种超大型木抹子把儿似的大哥大。

第二天，王通森便找到陶强。

两人进了一家很小的饭馆，不应叫饭馆，应该叫饭铺。自从没了陶小霞，王通森和陶强相遇或者相约，便经常在这样的小饭铺里坐一坐，这里僻静，都是下层劳动者，认识他们的人少，他们可以安安静静地自斟自酌地喝一点酒，借此相互道一些体己话。他们毕竟还是亲戚，中间还有小孙女儿这一根线牵连着。

王通森说："老陶，最近听没听说过一段顺口溜儿？"

"什么……"

"工资基本不用，老婆基本不动，吃喝基本靠请，烟酒基本靠送。这叫四项基本原则。"

"妈的，还挺合辙押韵。"

"你说有没有道理吧？"

"有屁道理！我的工资月月光，你问我哪儿去了？怎么花的？我也不知道。"

王通森说："你不知道，我知道。别人总抓你的大头，比如你那烟，就跟公烟一样。"

陶强摆摆手："钱嘛，挣了来，花了去。"

王通森又说："那第二条呢？老婆基本不动？"

陶强喝酒，不言语了。

王通森说："我也真奇怪，你长年累月不回家，那个问题你怎么解决？"

"什么怎么解决？"

"我问你呢，你还不到五十岁，难道两口子的事你就一点不想了？"

陶强回答说："想也没办法。她不行，我也不行。"

王通森说："你怎么不行？阳痿了？"

陶强说："有点吧。这个娘们神经有毛病，看见她我就烦。"

王通森摊牌了："老陶，我想……给你找一个。"

陶强连连摆手："别瞎闹、别瞎闹，你什么时候听说我陶强有过花事？连绯闻也没有。"

王通森认真地说："我的确给你找了一个，已经跟人家谈好了，二十四岁，人长得很不错。"

陶强说："老王，你还是不了解我，你看我这一天忙的……告诉你，人一忙，什么事也就忘了。"

"老陶，忘了，不等于不存在。"

"别瞎闹、别瞎闹。"

“你完全可以放心，也什么都不用管，一切都由我来安排。”

他们喝酒，不再谈这事，桌上的酒菜只有一盘花生米和一盘肉皮冻。

然后王通森便与齐燕儿通了电话。

齐燕儿倒干脆利落：“王老板，就按您说的办吧。”

于是王通森到郊区去租了两间农民的房，那房是独门独院，而且要经过一条长长的胡同，很背静，很难找，一般情况下是绝难发现的。

他又特意雇来两个人，把院门扩宽，以便汽车可以一直开进院里。然后再把两间屋子好好整理一番，该粉刷的粉刷，该清扫的清扫，床、衣柜和沙发安置好，这些东西全是他新买来的。

那一天，齐燕儿梳妆打扮了，坐在屋内静静地等候。

当陶强坐着王通森的“桑塔纳2000”穿过长长的胡同开进院里，齐燕儿只隔窗看，身体没有动，当王通森推了陶强一把，陶强似乎踉跄着进了屋，他便站在那里，彻底傻掉了。

房租以及齐燕儿的报酬统统由王通森支付。但王通森只管了半年，以后便不再过问。

陶副市长变了，这种变化只有王通森和特别细心的人特别观察之后才能得出结论。

陶副市长不再如以前那样显得粗枝大叶、马马虎虎，甚至不再那么不拘小节，他变得开始节省，开始计较钱的去路和所花多少。当然，他也不再“四海为家”，而常常看表，该下班了，他一刻也不耽误，最多是别人走了，他也跟着走掉。至于他回了哪儿，没人知道。

陶强是个很讲义气的人，他知恩图报，同时也隐隐约约感到有把柄在别人手里，于是他开始刻意地为王通森的事业卖起力气来，他在大会小会上有意无意地提到通森建筑公司，也向他的一些无话不谈的哥们儿直截了当地推荐王通森，人们对陶副市长怀着旧有的信任，这让王通森在以后的工程竞争中屡屡稳操胜券，然而王通森绝不做偷工减料或蒙混过关的勾当，他的每一项工程都说得过，看得过，虽不能说在丰安市一花独秀，但也件件干得漂亮。当然，给包工队的承包合同多写金额、给购进建筑材料以及电梯等设备多加价格，而实际不是那么回事，以此来扩大成本、减少利润，达到偷税漏税的目的是难免的，也是很普遍的，包括税务部门在内，都是心照不宣的事。

他在丰安市做足了，把触角伸向了郊区，又伸向了毗邻的城市，然后，王通森感到，他应该向省城发展了，向省城进军！

然而省城N市，对王通森来说还是陌生的，他仍然需要个媒介，需要个人帮他导入，找谁呢？

他花重金在省城报纸上做了广告，又在街路上做了广告牌，但都无济于事，省城名企荟萃，竞争得更加激烈，外省的建筑公司在这里也同样占有一席之地，所以他的广告投入如泥牛入海。

这种情况下他又想起了耿兰，他已快一年时间不到她那里去了，BP机废弃不用了，大哥大号码又没告诉过耿兰，她想找他，再也没那么容易。然而王通森现在想起来耿兰还有个弟弟，耿立文，是省机关哪个办公室的秘书。

他去了，耿兰没有变，还是原来的样子。

但她却用冷漠的、甚至是仇恨的目光看着他。

王通森说："宝贝儿，你看我这几个月忙得脚丫子快朝天了，实在没工夫到你这儿来，可是我这心里始终装着你！"

耿兰说："好，你今天既然来了就不能白来。"

说着就去铺床，床上垫得厚厚的、软软的。

王通森已是五十多岁的人了，他竭尽全力，拿出所有的本事，尽量满足她的需要，然而那女人却与以前不太一样了，她发出痛苦的喊叫，疼，疼，疼……但她坚持让王通森做。

妈的，人就是禽兽，没有爱，也能干那事。

完事以后，耿兰向王通森要了大哥大号码，王通森留了一手，把中间的5说成3，因为5和3在写和认的时候很容易混淆，把责任也好推给耿兰，说她写错了，或是认错了。

王通森说："抽个时间带我去见见你弟弟吧，我往省城发展需要他的帮助。"

你说她幼稚吧，在这些地方又颇富心计，你说她像个小孩子吧，笑起来又带了种格外的刻毒，说："看情况吧，看你还像不像以前那样我一叫就来。"

王通森叫苦不迭，与其这样还不如另寻门路，哪怕花更多的钱。

后来还是陶强帮了他的忙。

陶强去省里开会，让王通森也跟了去，他住在饭店里，会议结束以后，陶强带他去见陈老。

陈老，就是当年去南庄参加过儿子王恳婚礼的那位省委陈副书记，如今已经离休，赋闲在家，王通森别提多高兴，比较起来，耿立文算个什么？赋闲在家，更能发挥余热，利用起旧有的关系也更加没有顾虑，瘦死的骆驼还比马大呢！

陈老的家那才是个家，紫色天鹅绒幔帐，带靠枕的、宽大的布面料沙发，环形吊灯与光亮的木地板相映生辉，墙上有名人字画，多宝阁上摆放着古玩和稀奇古怪、又令人充满遐想的各种石头。一座半人高的座钟像个巨人靠墙站着，钟摆嘀嗒、嘀嗒悠闲地摆动。

想不到，耿立文也在这里。

他带着很不高兴的样子看着他们，说："你们怎么来了？谁叫你们来的？"

陶强无论如何是他姐夫，话也不大客气："我叫来的，看看陈老，不可以吗？"

陈老好像正在里屋写字，阎王爷好过小鬼难搪，人家陈老倒是蛮客气蛮热情地请他们坐，说："想不到离休了，还有人来看我。"

陶强做介绍："陈老，还记得老王吧？王通森，您参加过他儿子的婚礼……"

陈老在想，想起来了，他有些悲天悯人："后来听立文说起了，哎呀，多可惜，那么好的一个女孩子……有多长时间了？二三年了吧？"

他是说陶小霞。

陶强说："三年了。"

耿立文出来阻止："陈老的血压不太好，别再提这种事了。"

陶强又介绍王通森："通森同志是我们丰安有名的企业家，主要从事建筑行业，他每一项工程都完成得很好，人也很好，很讲信誉。"

耿立文又阻止："姐夫，你要明白，陈老现在什么事也不管了。"

陶强还是陶强，说话很少曲里拐弯："立文你不懂，离休以后更能管好多事！"

"你什么意思？你什么意思？"耿立文连问几个什么意思，一赌气进别屋去了。

陈老却很大度，摆着手说："没关系、没关系，我喜欢直来直去，不过立文实事求是，我现在什么也管不了，也不想管了。"

王通森不得不插话了，他和陶强事前商量好，先恭维陈老的字："陈老，我是慕名而来，慕什么名呢？听说陈老的字非常非常好，在省城可说首屈一指，今天特意向您求赏一幅。"

陈老知道在恭维他，说："我的字我知道，拿不出手哟！才刚刚练了三年。"

王通森说："陈老是不是嫌我们不够档次？这样吧，您出个价儿，只要能求到您的字，花多少钱我都愿意。"

陈老笑容可掬："言重了，言重了，字这个东西很难说，往往是仁者见仁、智者见智，你说它好，别人也可能说它不好。"

王通森说："总之还是说好的人多，不然也不会有人专门让我来找您。"

"就为我的字？"陈老说，有些认真了。

王通森说："当然，不然二百多里地我跑什么？"

于是陈老边说边往他的里屋引："既然这样，来来，你就随便挑一幅吧。"

陈老的里屋也分里间和外间，里间是寝室，外间是书房，王通森一进来便看见了一样令他为之一震的东西，那是一座盆景，老根盘旋向上，像狮子的头，卧在盆底的是一条蟒身，尾巴稍稍甩出盆外，与以前所见到稍有不同的是那"蛇"或"蟒"的尾巴尖部已经生出了细碎的嫩芽。因为距今已经好几年了。

这件东西在那两室一厅里摆放了多长时间王通森无心留意，东西再好再贵不是他的，他搬不走，然而这东西什么时候没的？也许在他看过之后的第二天就没了，也许过一段时间没的……你也不用去问耿兰那女人，那女人糊里糊涂，什么都不知道，甚至谁从她家搬走的，她也不会记得。因为那东西不能给她带来舒服和快乐。

王通森问问陶强试试："老陶，你见过这么好的盆景吗？"

陶强也在看那盆景，说："没见过，真挺好的。"

这就是陶强的悲剧，起码是他悲剧形成的一个重要因素！

王通森也没必要捅破，便故意夸赞这盆景："稀世珍品，稀世珍品，放到市场上去我看起码得好几千！"

陈老不同意了："好几千？恐怕不卖你吧？你知道它是怎么来的吗？它是我的一个朋友，从新加坡特意给我捎过来的，后来我让立文专门到花卉市场打听了一下，你猜多少钱？六万！我是不想卖，如果要卖，肯定还要多，是不是立文？"

耿立文不在屋。

也真奇了，难道世上真有完全相同、分毫不差的盆景吗？那么别人送给陶副市长的那座盆景哪儿去了呢？王通森揉揉眼睛，生怕自己看错了。

不管它吧，王通森最后挑了陈老的一幅字，故意撒憨又撒娇地说："陈老，我可就这么拿走啦！”

陈老说：“拿吧拿吧，陶强，你不要吗？”

陶强说：“我不要，要了我也欣赏不出好坏来。”

陈老说：“亏得你还是副市长”

陶强说：“工农兵出身嘛。”

王通森夸张地拉起陶强：“老陶咱们快跑吧，不然的话，陈老一会儿改变了主意咱们还得掏腰包，我可没带那么多钱！”

王通森拉陶强在前面走，后面传来陈老满意的笑声。

就这么摸准了路。

摸准了路，也号准了脉，知道陈老喜欢什么，是个什么样的人。王通森以后再去便不需陶强带领，他先后为陈老送去了古瓷器、名人字画，还有冬虫夏草和真正的长白山人参。陈老对这些东西都一一推阻，但最终的结果，都一一笑纳。

后几次去都没有再撞见耿立文，那座狮头蛇身的盆景还在，但王通森选择的是公务员上班时间，耿立文不可能在上班时间还在陈老家。陈老说：“通森啊，立文是个很有潜在能力的年轻人，况且你们还是亲戚，不要因为中间有一个人不在了，就不想做亲戚了。”

王通森点头称是，但他心里说，宁可什么也不干也不想和这种猫头鹰式的人物打交道！

陈老先后为王通森介绍认识了省建筑设计院一个设计室主任，那是陈老当年的老同学，又介绍认识了省交通厅基建处一个年轻的处长，那是陈老姐姐的儿子，如此而已，陈老只能做到这些了。他是文职，在任的时候是管思想、管意识形态的，实业方面不可能认识更多的人。至于省机关的领导，陈老一个也不管推荐认识，要找你自己找，陈老在这一点上还是非常讲原则的。

但这也足够了，有了洞就可以钻下去，就可以做到洞洞相连，他王通森便是那打洞的老鼠。经过他一番苦功，奇迹果然出现了，省建筑设计院设计室主任竟然是省规划局局长的姨夫，而交通厅基建处处长又和城建局局长是老同学、老战友，何等奇妙，何等令人欢欣鼓舞！

当然没那么简单，还要经过很多的迂回曲折，但以后的几年里王通森承建了省邮电大楼、两个星级宾馆和一个影剧院，又接手改造了省干部家属大院、省博物馆以及火车站服务楼的后期工程等是不争的事实。

其中，他有两年时间曾三个工地同时开工！

在向省城进军的第三个年头，他便卖掉了丰安市的房子，把家又移到了省城 N 市，从此便是省城的一户居民，与陶强也相隔了二百多里地。

木抹子把儿似的大哥大摒弃了，归入了历史，新的手机像块小巧玲珑的肥皂。耿兰，你这个女人，叫我怎么说你呢？反正你再也找不到我了，再也找不到了！

来到省城的第四年，他便把多余的资金投向了海南。

海南热啊，海南的土地便宜啊，他在三亚花了八百五十万人民币买了两块地皮，然后盖起了二十一栋塔楼。他不再满足于只干建筑，同时做起了房地产生意。

静下心来想一想，算一算，不要说其他地方，光是省城 N 市，从袖口里飘出去的钱就有五六百万……有时候真的很心疼，那都是他的血汗啊。

可是越到后来这方面的事他听说得越多，有的人长年供别人的孩子在国外读书，一年就几十万，有的送一套别墅外加好车，一下就几百万，他又觉臊得慌，认为自己很抠门儿，相对比较起来他算是小巫见大巫了。吃完了晚饭，他也时不时在省城的大街上遛一会儿，看着那一栋栋或一群群或高或矮的楼房，他知道，那后面，都潜藏着故事。

原罪到底有没有？按理说是有的，起码在他这里有，他忘不了在盖宾馆大楼的时候一个民工从脚手架上摔下来，摔断了腿；忘不了在用汽车把钢筋拉直的时候，钢筋断了，甩了出去，抽在一个民工的头上，那人当场毙命。当然，他给了钱，或者说给了抚恤金。然而责任不是他的，只属于对方不小心或属于意外事故，但他还是赔了那条人命三万元整，那人的妻子和他的父母竟然很满意地抹着眼泪回家去了。

如果这也叫原罪，那么要不要打仗？打仗的时候难道不死人？

自己当初也有过仇富心理，现在变了，这一点也不奇怪，奇怪的是那些理论家们，“原罪”说风行的时候他们大肆罗列理由，证明原罪不但存在，且罄竹难书，社会上开始否定“原罪”了，他们又连篇累牍地证明“原罪”子虚乌有，是社会转型期必然会出现的一种不良社会心态。

随便吧，一切都随你怎么说吧，反正他王通森拼到今天这一步一是感觉不容易，再则也觉得很过瘾了，总比自己做大队党支部书记的父亲整天为王家庄那些永不知满足的农民社员像傻子一样地卖命强了不知多少倍。前面再有千辛万苦，不在话下，吃得，肯定吃得！

不幸为王通森所言中，转过年来国家便开始宏观调控，即压缩基本建设，紧缩银根。王通森的厄运及一系列倒霉的事情便接连到来。

首先三角债成了最恼人的问题之一。讨账的黄世仁变成了杨白劳，甚至比杨白劳还可怜：欠账的杨白劳倒成了黄世仁，简直比黄世仁更霸道，更理直气壮。

他投三亚那二十一栋塔楼一栋也没有卖出去，静静地待在那里，等待贬值，曾经蒸腾着繁荣热气的海南房地产市场一片萧条，惨不忍睹。

二儿子王安也在这时闯祸了，他在一次民工讨要工钱的风潮中带保安出面干预，后来动手打了人，那人的几根肋骨断了，民工们不依，把他告到了法院。

王通森对二儿子王安一点也不袒护，他觉得袒护二儿子简直就是纵容他、害他。王安远不如他哥哥王恳，让他知道世事艰难，做人不易也好，因此二儿子王安被判处四年有期徒刑王通森一点也没有多余的动作。

续而他病了，胃被切除了三分之二。

长期不规律的生活和大量吸烟、饮酒……没办法，商海里博弈，酒后来还可以挡一些，有副手，有秘书，但烟是没有办法的，没人劝你抽，你自己只要动脑筋想事便情不自禁地一支接一支地吸起来。政治家运筹帷幄多以烟为伴，也没见人家胃出毛病的，还是自己底子不行啊！开始的时候怀疑是胃癌，于是化疗、理疗，一大串疗，他的头发掉光了，牙齿也开始松动，颧骨突出，眼窝深陷，看去像个骷髅，像个鬼，一阵风就能把他像个阴魂一样地吹散了。

大儿子王恳在美国学业有成，他学的是建筑设计，然而毕业以后却不肯回国，宁愿在那里给洋人打工，并且，儿子与澳大利亚的一个洋妞儿好上了，还说要在美国结婚。老子得的是癌症，是个有今儿没明儿的人，但王恳依旧不回来，他说他太忙了，正和他的老师为别人设计一个十分重要又十分抢时间的建筑项目，也只时不时打来越洋电话问候一下病情，这让王通森感伤得几乎老泪纵横。

他以为耿兰再也找不到他了，但是他错了，那女人很有些鬼办法，她终于还是找到了他。

王通森能想象得到在他离开丰安以后的这几年里那女人是一种怎样的情

景，她会走遍丰安的大街小巷，会去他在丰安的家向新的房产主人死乞白赖地打听他的下落，她也许会去找陶强闹，索性说出他们之间的事；也可能去找她的弟弟耿立文……她和耿立文会怎么说呢？不知道，一个快死的人还打听那些做什么呢？

总而言之，她找到他了，她来到了省城N市，在医院里，她看见了他，他也看见了她。

那女人两头小中间大，胸和腹部都鼓鼓的，活像个枣核儿。然而五十岁的人了面色仍如桃花般艳丽，也真是奇了，这样的女人真不知是怎么保养的。但是当她毫不见外地挽起袖子给他看，又挽起裤角给他看，她的胳膊上，腿上，都起了一角钱钢口大小的湿癣，粉白色，医生说是胃肠实热排泄不畅和遇冷受阻的结果，比如空调……王通森懂那女人，吃得好，睡得好，开了空调，一个人享福。

然而那女人不同意这说法，她说是想他想的！于是她像是他的亲人，更像是他的妻子，她当着医生和护士的面，甚至于当着王通森妻子的面，搂住他的脖子大哭，一会儿又笑，笑得非常幸福，笑得像个小姑娘，然而紧接着便是破口大骂了，她骂他没有良心，骂他是混蛋，是畜牲，想把她甩了，没那么容易！

妻子悄然离开，她什么也不说，什么也不问。

然后便由她细心地照料他，喂水喂饭，端屎端尿，温柔得像新婚妻子。

迫不得已，王通森拜托医生护士，帮他偷偷地转院。然而转了一次，不行，她又找到他了。再转一次，不行，她同样找到了他。转了三次，最后，还是回到了开始的这家医院，他向院方提出要求，请把他隐匿在较偏僻的一间屋里，坚决阻退那个女人的探访，这次行了，从那儿以后她再没来过，也许来了，没有找见他。

谢天谢地，王家祖上有德，不是癌症，只是严重极了的溃疡，两个多月以后他出院了。出院了，也就听说了耿兰的事情。

耿兰疯了，也住进了医院，住的是精神病院。一天夜里，在任何人都没有注意的情况下，她一个人走出了医院。现在大家正在找耿兰。

王通森心里很不是滋味，他也想去找找耿兰，或者做点什么，但他无能为力，又不能说与人知。

许多天以后人们在省城距丰安的一条山岗子上发现了耿兰，那已经是一具僵尸。从她携带的挎包看她是要回丰安去的，也许她以为他回丰安了，也许暂时回去一下然后再来找他，总之她在那条山岗子上逗留了很久，还吃了面包夹香肠，还有罐头和可口可乐……然而怎么就死在那里了呢？

现场勘察没有他杀的迹象，也没有自杀的迹象，只有奔跑、跳跃的迹象，有过路者说似乎多日前曾听见隐约女人呼喊的声音，是求救吗？答曰不是，好像是唱歌……

情景凄惨，狠心的陶强连车也没有下，光看着别人把她从警察的尸检所里抬出来装到了车上，然后拉到火葬场，王通森也去了，也在自己的车里，他看着人们把耿兰交给了火化工人。

算来，这女人整整纠缠了自己八年……不，不应该算八年，后三年不在数，他离开了丰安，她找不到他，如果算数是不公平的。

这女人可怜，也可恨，他利用了她，她也利用了他，然而她利用他是非功利性的，只是为了弥补她的可怜。好啦，逝者如斯……

转过年来，陶强中箭落马。

据说，省纪检部门会同丰安市的纪检部门对陶强早已有所察觉，但他们不打草惊蛇，只暗中摸底，经过半年时间的辛勤工作，他们发现这位丰安市副市长兼经济技术开发办公室主任主要犯有两大罪状，这两大罪状与一切贪官没什么不同，即贪污受贿与伴随着女人的腐化堕落。

其中最具代表性的则是：陶强经常在大东家酒楼请客，一次请客，竟花去了两万元，一次拿走高级香烟十五条。请问请谁吃饭一次花这多钱？香烟又都给了谁？这些只有发票，都没有明确记载。

有三个施工单位先后为陶强提供了钱，共计二十八万多元。

有两个在丰安办厂的，有两个在丰安开店的，也先后送了陶强钱，共计十五万元。

一家饭店在开业当天，送了陶强三万元。

一个在丰安争得修路工程的，送了陶强一盆盆景，也价值几万。

另外，陶强很少回家，到处吃、喝、住，也从来不给钱。他有三身西服，三双皮鞋，全是高档的，他哪来那么多钱？如果不是自己买的又是谁给买的？诸如此类，等等。

至于生活腐化堕落，更不必说。他在外面养了小。

然而奇怪的是陶强对自己的问题说不清道不明，于是，凡说不清道不明的，最后他只能全认下。

问他拿了没有，他说可能拿了吧。

“什么叫可能？到底拿了没有？”他说：“那就拿了吧。”

问他钱都到哪儿去了？

他说：“……不知道，真的，这时候问我，真的说不上来。”

“钱怎么花的你怎么可能不知道？陶强，你不要心存侥幸，蒙混过关，回去好好想一想。”

第二天，陶强说：“可能是拆东墙补西墙吧。”

“什么叫拆东墙补西墙？”

“就是用别人给的钱去堵欠下的窟窿。”

“你到底欠了人家多少钱？”

“对不起，我个人从来是不向人借钱的。”

“那盆盆景呢？现在在哪儿？”

陶强竟然说根本就没见过什么盆景！

只有他在外面养小这一条陶强回答得明明白白，对，有，她叫齐燕儿，就在市区边上的两间房……

他们去陶强家里搜，然而陶强的家冷清清、空洞洞，桌上、沙发上，除了灰尘还是灰尘。

他们去查陶强的账户，却发现陶强根本没有账户，证明他一分钱存款也没有。

此时，齐燕儿早已逃之夭夭，不知道她跑到哪儿去了。有人说她去了南方，也有人说她去了遥远的北京。

更有人说陶强包养的是个过了人气的电影明星，钱全让这个小娘们卷走了！

王通森很感奇怪，他们为什么没有来找自己？如果找到他王通森，他会和盘托出，起码对“养小”这件事他负有极大责任，哪怕为此遭受经济和名誉损失也在所不惜，同时也顺便说说他所了解的这个陶副市长……可惜他们一次也没来过。

市检察院起诉，法院裁决，两罪成立，其中贪污受贿折合人民币共一百一十二万五千元。陶强不但被开除了党籍，也被判处有期徒刑七年。

女人是曹春英，男人中他最最对不起的就是陶强这个人了。

往日的艳羡、赞赏乃至褒奖都早早地烟消云散，那些三教九流的朋友又都哪儿去了？他们中就有那见风使舵、甚而落井下石者也说不定。

王通森的身体一天天往好里恢复。既然不是胃癌，便没有癌细胞扩散和转移的可能，生的欲望又燃烧起来，奋斗的勇气和信心又一天天壮大起来。他严格按照医生的规定，开始的时候只进流食，一天两包奶，顶多用面包蘸了糖水，一小块一小块地送进嘴里，再慢慢咽下去，如此这般一天要吃六七次。后来，那胃奇迹般地一天天长大了，他又可以一顿吃两个馒头或一大碗米饭了。就像应和他身体的乐观一样，国家形势也出现了大幅度好转，那表现在“通胀”警报解除，“软着陆”成功。

王通森已快六十岁了，显出了他第三次青春似的热情，他重新踏进商战战场，迫不及待地首先去了海南。到了海南，他见机以快刀斩乱麻的决心和速度把那搁置已久的二十一栋塔楼以在别人看来相当便宜的价格售了出去。

他有他的打算，他立即把这笔售楼资金转而投向了珠海。

你知道，此时珠海的形势多么好吗？绝不亚于深圳、厦门，也不逊色于三亚湾……

二十 忏　悔

两个月后，王通森从珠海回来了，然而省城N市的一项规模浩大的工程又在向他招手。

这个工程是省府办公大楼的推倒重建。

如果算上这一次，省府大楼应该是第二次重建了。第一次是二十世纪八十年代中期，大楼盖成了火柴盒，但在当时是非常先进、非常合理的，也只两三年工夫，便怎么看怎么不先进、怎么看怎么不合理了，于是重新规划，重新设计，一切都准备好了，但迫于一种禁盖楼堂馆所的时潮，不得不搁置下来。现在好了，重新上马，彻底摒弃火柴盒，办公大楼不但要盖成多功能的、全开放式的，且要有一种庄重的风格和一种磅礴的气势。门前广场也要改造，向四外扩充大约一倍的面积，改长方形为环形，要有喷泉、水池和假山。作为连带性工程，也就是二期工程，是广场一侧商业街的改造和毗邻的省政协会堂的重建。

王通森粗略地估算了一下，此项工程总投资当在两三个亿左右，是省城N市前所未有的耗资巨大的工程，在他王通森的从业史上也是头一次碰到如此重大的建筑项目。有关方面已专门成立了招标委员会，准备向全省乃至邻省发起全面招标。

王通森经过充分准备，先是派副手去了，把准备好的资料递了上去，第二天便把图纸拿了回来，他发动各部门都来抢工程预算，算好了，由他平衡，划出上下可浮动范围。

把预算递了上去，他已经把总金额压得最低，因为无论如何他要拿到这工程，这是个标志性工程，是个里程碑式的工程，其意义不只在金钱上。

然而一个月、两个月过去了，不见回音。派人去问，得到的答复是两句话：等着吧！或，还没定呢！

王通森亲自去了，拜访了招标委员会，和他们一起喝茶、聊天儿，又车接车送他们参观了自己的公司以及正在施工的和早已竣工投入使用的一些建筑项目，该参观的参观，该吃饭的吃饭，他们吃米饭炒菜也不言语，吃鲍鱼海鲜也不言语。总之客随主便，但在该说两句表明个态度的时候一个个都成了哑巴聋子，要么就是瞎子，整整折腾了三天，难道他们什么也没看见？

怎么回事呢？难道他的实力、他的声望还远远不够吗？难道他的人际关系还远远不够吗？抑或哪一点出了纰漏？哪一点做得还不到家？要不就是预算仍然偏高？你认为已经很低了，低得没法再低了，但人家并不这么认为，也许有比你还低的。那也不要紧，索性就在价格上拼一拼，总之志在必得！

他做了许多工作，一方面又压低了总造价；另一方面派人四处打听别家的预算，却怎么也打听不到。省城N市对王通森来说早已不再陌生，他在这里已结识了很多人，他去找他们，然而今天的他们已非昨日的他们，一个个缩头缩脑，几至噤若寒蝉，多说一句话就要挨刀似的。

他本来不想再去打搅陈老了，陈老年事已高，再说也归入书门画室，这方面的可能性怕已等于乌有，然而不用他操心，陈老已坐上了轮椅，脑中风后遗症让他的一只胳膊一条腿不能动，嘴也歪了，说话跟个傻子似的发出呜呜的声音。墙上的字画依旧，多宝阁上也依旧，那座狮头蛇身的盆景依旧安然摆放在那里。

此招标委员会设了个主任委员，姓康，叫康成，原是省建工局的一个副局长，王通森在几次竣工典礼和奠基仪式上见过他，只是见过，没有交谈过，但从别人那里知道这位康主任委员是个老实、听话又处处谨小慎微的人。让这样的人来当主任，来承担这么重要、甚至可说是风口浪尖上的工作，其用意也真真耐人寻味。

后来王通森又了解到康主任的家庭条件不太好，他虽工程师出身，但老婆还是农村户口，直到现在也没改过来。康成有一儿一女，女儿在深圳工作，还算顺利，也在那里结了婚安了家，儿子却有些问题，生得矮小，且智力上又不算发达，虽谈不上弱智，但加上个子矮小便很像个侏儒了。儿子三十岁了，没有对象，即使有了对象也没房子，因为康主任一家三口只住了一间不足十五平方米的房子。

这为王通森提供了一个很好的契机。

一天晚上，他敲开了康成家的房门，康成对他的突然造访大为吃惊，脸上立时显出惶恐的表情。

王通森主动解释说："随便路过这儿，想认认康主任的门儿。"

康成说："王总，别开玩笑，我这个门儿还是别认的好。"

王通森说："进来坐坐也不行吗?"

康成说："进来坐，咱们聊别的，只莫谈国事，因为我下班了。"

王通森转了话题说自己："嗐，替儿子相亲去了，喝了几盅，不敢开车，所以等到晚上才回来。"

康成问："王总的儿子不是在国外吗?"

王通森说："那是大儿子，我说的是二儿子，他不很快就要出来了嘛，出来以后，也快三十岁的人了，怎么办哪，给他说个对象吧，结了婚，有媳妇管着，也就老实了。"

康成说："恭喜恭喜。浪子回头金不换，您看吧，您这个儿子必有大出息。"

王通森说"大出息我倒不盼，只求不操他这份心就念佛了。"转而他问道："康主任的儿子有了对象没?"

康成说："也正说着。"

"姑娘是哪儿的?"

"农村的。"

康成老婆接过话来说："我们也难！您想，人家乡下姑娘图什么？还不是图个房子？再图个城市户口？可是您看我们这屁股大的地方，一室一厅，将来让孩子怎么住啊！"

康成不想说的话却让老婆给说了，康成便狠瞪了老婆两眼，并让老婆赶紧烧水沏茶去。

但此时王通森"啪"地拍了一下大腿，说："巧了，我托了两个朋友给二儿子找房子，两个朋友都办成了，可是我用两处房子干什么？必须得退一处，可是怎么退？全是朋友，好不容易替你办了，你又要退，要得罪人喽！"

康成顺口搭音："是，是，得罪人不好。"

王通森说："所以我也正发愁，不退吧，留着没用，退吧，不好意思，谁都知道我不在乎那十万、二十万的。"

康成起身到厨房去看看水开没开，其实他老婆一直在那儿守着，康成转身进了厕所。

他老婆站在厨房门口痴呆呆、愣怔怔望着王通森，不知这女人在想什么。

康成出来了，坐回到原处。他沉吟了一下，推心置腹地说："王总，不瞒你说，这个差事我根本就不想干，可是组织调动我不能不来呀。但是我告诉你，我是不求有功，但求无过。"

王通森笑着说："康主任你多虑了，大可不必这么草木皆兵……"

康成说："我这大半辈子小心翼翼，但也清清白白。"

王通森说："其实清白不清白不一定是自己所左右得了的，有时候你想躲也躲不开。"

康成说："是，是，问题难就难在这儿。"

王通森忽然沉下脸来："比如现在我就认为你康主任不清白。"

本以为康成听了这话会吃惊，会急会怒，但全然没有，他表现得很淡漠，只把脸扭向别处。

王通森继而发泄出来："让你自己说我是不是应该顺理成章、合情合理地拿到这个工程？你说凭哪样？凭实力？凭信誉？对不对？可是为什么拿不到？这里面究竟出了什么问题？我甚至怀疑你康主任从中拿了别人的好处！"

康成依旧淡定地说："王总我劝你不要这么想更不要这么说，当然，你非要这么想这么说我也没办法……"

王通森打断他："我为什么不能这么想这么说？你是招标办一把手，不公平，不公正，不透明，必定引起人家怀疑！”

康成的声音几乎低得让人听不见：“怀疑总归是怀疑，代替不了事实。”

王通森迎头说：“什么叫事实？发现了、公布了就是事实；没发现，或者发现了不公布，就不是事实！康主任在建工部门干了这么多年，难道还不清楚这些事吗？”

康成很自信地说：“清楚当然清楚，但是在这方面还从来没有人怀疑过我。”

“我就怀疑！”王通森说，故意把声音提得很大，“我们好几个竞标单位都对你有怀疑！”

康成像块橡皮：“那就凭良心了。”

王通森不依不饶，继续进攻：“凭良心？康主任，假如这个工程最后根本做不到公平、公正、合理、透明，该中标的没有中，不该中标的反而中了，你康主任怎么凭良心？你的良心跑哪儿去了？你又怎么解释‘良心’这俩字？”

这段话似乎击中了康成，他终于低下头不言语了。

好半天，他才抬起头来说：“可是王总，我什么也帮不了你。”

王通森站起身：“康主任，我没有让你额外帮我，只求一碗水端平了，实事求是，坚持招标原则就行。”说着，王通森把一串房门钥匙轻轻放在桌子上。

一开始康成没看见，也没听见声音，但他老婆看见了，跑过来拿起钥匙：“这就是那钥匙啊，本来嘛，人家给买好了，又让退，多不好意思啊……”

“放下！”康成喝令老婆，“不不，王总，我真的帮不了你……”

王通森说：“这件事和那件事没关系！”

康成说：“你说没关系，实际有关系。”

王通森说：“你想，我的朋友买了个一室一厅，你和他又不认识，他也不是投标单位，只是通过我把房子借给你了，以解燃眉之急，这与工程投标风马牛不相及嘛。”

康成老婆说：“王经理，他这个人就是这样，我跟他一辈子了，向来这么胆小怕事的！”

康成说：“你懂个屁，捨翻出来就是大事！”

王通森说：“老康，你应该相信我的能力，也应该相信我的为人，我不会让这件事出现一丁点儿的纰漏。”

康成老婆说：“王经理，这房子在哪儿啊？”

王通森说："就在你们马路的斜对面，新竣工的楼，三层，一室一厅。贵公子不太聪明，你们平时要照顾他，也方便。这一点我还是考虑到了。"

王通森往出走了，康成在那串钥匙面前像要上吊，拿也不是不拿也不是，他终于没有拿，跟在王通森后面，说："王总，你是非要逼良为娼啊。"

王通森笑了问："我怎么逼良为娼？"

康成说："因为你无论怎样都要怀疑我。"

王通森说："事情就是这样，你做了，做得好，就引不起别人的怀疑。反之，你地位在那儿，环境在那儿，事情在那儿，你虽然什么也没做，人们还是要怀疑你。"

那天晚上取得了初步进展，但究竟最后能有怎样的结果王通森也不知道。

几天以后他又去找康成。

一进门，康成便说："你来了正好，你不来我也要设法找你呢。"

王通森坐下，康成拿出了那串钥匙，说："王总，实在对不起，我真的帮不了你。这个，你还是收回吧。"

王通森说："弟妹说你胆小，真是不假，我一再声明这和那工程没关系。"

康成说："那我也不能无功受禄。"

王通森说："说说吧，究竟怎么回事？"

康成说："我不能说。"

王通森说："为什么不能说？你这不是找让别人怀疑你吗？"

康成说："王总，我只和你说一句……这个工程恐怕要内定。"

"内定了？凭什么内定？定了谁？"

"王总，求你，别逼我了。"

"老康，你放心，咱们俩在这儿说就在这儿了，你知我知，彼此都咽在肚子里，我绝对不会再向任何人透露一点儿。"

"这是个水电安装公司……"康成踟蹰着说，"而且不在本省，是临界省的……老板姓周，叫周壮。"

"等等，等等……"王通森脸都变了色，"我先问一个水电安装公司凭什么承包房屋建筑工程？他有这方面的资质吗？"

"人家可能增了项。"康成说。

"我再问，我们省有那么多够资格、够条件的公司为什么不用？非要用外省的？"

“……可说呢。”

“什么叫可说呢，康主任，你可是招标办主任啊！”

“你以为我没有讲道理吗？我什么都说了，可是没有用。”

“那你这个主任还当它干吗？纯粹是个废物！”王通森愤怒了，愤怒得口不择言，他伤了康成，让康成的脸一会儿红一会儿白。王通森又说：“对不起，康主任，我不是说你，我知道你的难处……那么，那个姓周叫周壮的是什么背景？”

康成再也不说话了。沉默了片刻，他起身到厕所去。

他老婆过来了，对王通森说了一句：“他是咱们省耿副书记的内弟。”

王通森本来没注意这个女人，不知是两人商量好的，还是那女人自作主张见机行事，他问：“你怎么知道？”

康成自厕所出来了，他老婆走回厨房去。

康成又提起桌上的钥匙晃了晃，说：“王总，记住把这个收回去。”

王通森看着康成问：“这么说，耿副书记的爱人姓周喽？”

康成说：“王总，我什么也没有说呀！”

王通森心里发笑，他笑人是很容易学聪明的，接着他站起来告辞：“说到家不就几十万块钱的事？我在乎吗？收起来，收起来，那房子你们也应该抓紧时间装修了。”

耿立文，前些年从秘书升到了办公室主任，后来又从办公室主任升到了省委的一个副书记的位置上。他分管政法，据说专门进修过，拿了文凭，而且是“大本”。

王通森已有好几年没和耿立文见过面。以前的见面耿立文从来没有过好脸色，现在偶然的场合相遇两人也形同陌路，连个招呼也不打。

然而他现在去找耿立文吗？这位分管政法的省委副书记会用什么样的态度对待他？他去说什么？凭什么去找？难道去问你老婆和你内弟背着你干那工程的事你知道不知道？

正在王通森举棋不定的时候，他的一个副手突然来报，说招标办正在最后定标！

王通森还从来没有这么窝憋过，也从来没有遇到过这么糊里糊涂、不清不白的所谓招标，他立即带了人，分乘三辆轿车：他坐奔驰在前面，后面是桑塔纳2000和一辆捷达。

招标办公室在距市府不远一条街的一栋双层小楼上，这里原是省交通厅的地税管理部门，距王通森的公司也不远，大约六七里。

王通森一行人把车停在楼下，上了楼，只见招标办的屋子里坐了十多个人，烟雾缭绕，酒味、烟味和水果的香气混杂在一起。

康成第一个站起来，从他的表情里看不出他是高兴还是恐慌，问道："王总，你怎么来了?"

王通森说："怎么? 我不能来吗?"

康成说："来了好，来了喝水，来了吃水果……"

包括司机，王通森一共带来了十一个人，副手和助手都坐下了，还有六七个人不肯坐，站立在王通森两旁。

屋子里顿时空气有些紧张。

王通森自打有了那场病就不抽烟了，谁让也不抽，他扫视了一下屋里的人："大家接着说吧，挺热闹，怎么不说了?"

于是有的咳嗽，有的摆弄裤角或系鞋带儿，有的走出去，上厕所了。王通森咳嗽了一声："是不是我妨碍了你们?"

这时候，一直坐在正面沙发里的一个青年男子不慌不忙地说道："王总，我们正在谈定标的事，你确实妨碍了我们，请你出去吧。"

王通森看那人，三十出头的年纪，一身休闲打扮，面色清冷而另显出一种霸气。这难道就是那个姓周叫周壮的? 耿立文的内弟?

王通森说："这位小兄弟，你好像不是招标办的人吧?"

"小兄弟"淡然但是肯定地说："我不是。可是今天标已经定了，所以呢，别人没必要再到这里来了。"

"定了?"王通森问，"我想问问定了谁? 定了哪家公司?"

"想知道吗?""小兄弟"晃着二郎腿。

"当然想知道，"王通森加重了语气，"而且必须知道。"

"定了我们。"

"你们是谁? 哪家公司?"

"给他念念。""小兄弟"伸出一只手，点了点他旁边一个拿提包的人。

那个人戴了眼镜，打开提包，拿出一份材料，开始念了：

字号名称：腾远水电安装服务公司。

企业法人姓名：周壮。

组成形式：国有股份及个人股份制。

业务范围：水电安装。

业务增项：建筑。限制六层以下（包括六层）。

增项时间：一九九九年六月十八日。

王通森听出来这是个营业执照，念完了。

于是他怒不可遏地发出了一连串的质问："请问你们这个公司哪年成立的？怎这么巧？增项时间偏偏在这个工程启动前的一个月，这个工程最高是六层，而你们的允许范围也恰恰是六层！"

"这好像都与你关系不大吧！"那位小兄弟依然埋在沙发里，身子一动不动地说。

王通森再也无法控制自己，他站起身来，手指那位小兄弟："你是哪儿的？姓什么叫什么？究竟什么背景？"

"王总原来是个聋子！"那人大笑起来，笑得满身颤抖，"没听见刚才专门为你念吗？我姓周叫周壮，合法投资，合法中标，怎么了？请问怎么啦？"他说着也站起来，"你今天带来这么多人，想干吗？想围标吗？还是有意来破坏捣乱？"

"年轻人，别和我玩这一套，我见得多了！"王通森说，"知道我下面要做什么吗？我要去告你们，告你弄虚作假，骗标霸标！"

"你去告吧，随便告。"叫周壮的年轻人手指王通森，"你以为我不知道你王通森？以为我不知道你那点的底细？你呀，算个什么东西！"

"你怎么骂人？"王通森的左右被激怒了，纷纷质问道。

王通森光用手戳指着周壮，已气得说不出话来："你，你，你骂人……"

"骂你是轻的。"周壮却似乎趁热打铁，一发而不可收，"王通森你是个流氓，是个老流氓，知道不知道？你道德败坏，什么伤天害理的事都干得出来，你拉人下水，到处行贿。我问你，还记得丰安市有个陶强吗？他的案子之所以没有找你，是因为你们有一层亲戚关系，不好断定是行贿受贿，这些你瞒得了别人，还瞒得了我吗？告诉你，你不过是个顶着一脑袋高粱花子的庄稼汉，以为摇了那么几摇，成了个暴发户，成了个土财主，就彻底变了？别人就不认识你了？你还是撒泡尿照照你自己吧！"

这是一顿乱箭穿心的奚落，是一顿其他人谁也做不到的笑里藏刀的嘲讽，简直狗血喷头，狗血喷头啊！王通森哪里受过这个？何曾受过这个？

此时两边的人怒目相视，有的已把桌上的茶杯、酒瓶之类抄在手里。

可把康成吓坏了，也吓坏了招标办的其他人。康成连连摆动着手臂，站在中间，劝了这头劝那头。招标办的其他人首先把周壮及他的一干人连拉带劝地弄走，然后再来顾及王通森。

但此时王通森已人事不省，他倒在沙发上，魂儿不知跑到哪里去了。

也许飘在空中了吧，在蓝天与白云之间游荡，也许飞走了，飞回南庄老家去了吧。

总之他病倒了，这一次病虽然短暂，但却比上一次怀疑胃癌更要命，医生诊断为突发缺血性心肌梗，从时间上说更具有生命危险。

他住院的时候康成来看过他，在简短的问候之后，康成把那串房门钥匙放在了王通森的枕头底下，说："……放在你枕头底下了。"

王通森说："老康，不管怎么样，咱们是朋友了。你以为我会怪你吗？我不怪你，理解你的处境。"

康成不好意思开口："王总，那房子装修完了，求你，把装修费付了吧。"

王通森闭上眼睛："行了，你不用管了。"

然而王通森出院以后不但付了装修费，也依然把那钥匙又亲自送到康成家里，康成没在家，他老婆收了。

事情就是这样出人意外，也许就叫"精诚所致，金石为开"吧，康成来了，他写好了一份借据，写的是为了买房，特向"某某"人借款二十八万元，并规定了准确的还款日期。那"某某"人便是王通森所说他的朋友，但借据上康成并不提王通森一个字。康成说："万一有了事，这就是凭证。"

王通森问："什么凭证？"

康成说："证明我是借钱，要还的。万一出了事，我就是卖肾也还给你！"

王通森说："老康啊，你可真是小心无过逾。我一再地说，就那几个钱我不在乎，即使现在我给你打一个还款条儿，证明钱已还了也可以，我要没这点心胸度量，能有今天吗？这个城市能有我那么多朋友吗？"

康成离开王通森家的时候依然揪心拔骨、心事重重，但总算这次没有带来钥匙。

然而人家开工了，那个被命名为"A01"的浩大工程开工了。它投资二点八个亿，净利润起码也要在六七百万以上……就这么错过了。

但是王通森咽下了，咽下了这口夺命气。他左思右想，反复权衡利弊，终认为保持缄默为上策。

做好事就会有好报。同样，你给了别人好处，一旦有了机会，别人肯定会报答你的。在王通森近七十载的人生阅历中，他认为这是个颠扑不破的真理。

果然，康成以他绵薄之力帮了王通森一把，不枉花了他几十万块钱。

“A01 工程”开工以后不久招标办宣布解散，康成也算圆满完成了任务，回到他原来的岗位继续做他的建工局副局长去了。一天，他来找王通森，王通森以为又是为那房子的事，有些烦，但康成说：“给你说个信息，估计这信息比那房子值钱。”

康成说他有个老同学，在省旅游局工作。几天前两人偶然在路上相遇，老同学说他最近很忙，康成问忙什么？老同学说从香港来了一位姓薛的老先生，很有钱，非要让我们为他派个导游，你知道，我们旅游局一般是不提倡为私人提供导游的，可他是港客，我们又不好拒绝，所以不得不把我手下搞财务的人派去充当导游了，搞得我就紧张啦！老同学无心说，康成却有心听，于是晚上又特意来到老同学家，让起头发尾地说说这位从香港来的姓薛的老先生。

“你猜怎地？”康成居然卖起了关子。

“他多大年纪？”王通森问。

“整整七十岁。”康成颇有些得意。

“这个岁数，恐怕不会有什么作为喽！”王通森拉长了声音说。

“王总，你要真不感兴趣，我还真不说了！”想不到康成认真起来，甚至有些气恼，可见得可怜之人必有可恶之处。

“好啦，说吧说吧，我感觉这必定是个十分有价值的信息。”王通森不得不说了软话。

于是康成娓娓道来，老同学怎么说，他又加了些重点强调。

“这位七十岁的薛老先生叫薛启荣，这之前还从没有到过内地。他的女儿薛女士也来了，离开自己的丈夫和孩子，专门为了陪伴和照顾自己年老的父亲。薛老先生很有钱，也很有个性，每到一处必先找旅游部门，要求为他专门派一个导游，为此他不惜付以非常昂贵的服务费用。

“薛老先生从北京一路过来，到了这个省，这个市，便不想走了！你猜怎地？”

王通森说："我哪儿知道怎地？你接着说。"

"老先生原来不光为了旅游，他还有个庞大的在内地投资的计划，他看中咱们省城了，但看中的不是市区，而是郊区。你猜怎地？老先生说那里风水好，地貌好，也有古迹……他还说你们参透中央政府的策略了吗？他估计西部大开发之后，中央肯定要拿出相当的力量来帮助中部崛起……"

王通森说："你还是说具体的，再具体点儿。"

康成说："你知道西北郊有个双凤山吗？"

王通森说："听说过，但还没去过。"

康成说："那个导游回来向我那老同学反映，老同学又和我说，薛老先生就看中了那个叫双凤山的地方，他要投巨资，建一个集休闲、娱乐、康复为一体的亚州最大的活动中心，设备也要最齐全、最先进，总投资恐怕要过亿……"

"好是好，不过老康你昨晚是不是做了个梦？"

"怎么是梦？"

王通森沉了沉："这么说，是真的了？"

康成的青筋都绷起来，像年轻人似的在桌上用手指比了个龟爬："蒙你是这个！"

"好。"王通森站起来，"你赶快告诉你那个老同学，让他再告诉那个导游，这个事绝对不能外传，不能再向第二个人说。包括你在内，事后我必有重谢。"

康成也站起来："我现在就打电话通知。"

于是第二天王通森便在康成的引领下见到了康成的老同学，也就是那位旅游局的领导，把该说的全说了。又叮嘱老同学不可怠慢，把那位本是财会人员只不时充当一下导游的女同志当即召回来，该说的也全说了。

一切顺理成章，王通森坐着奔驰车很快便出现在薛老先生的面前。

薛老先生开始以为是官方人物，他似乎不太喜欢官方介入，便问导游："这位是谁？"

女导游差不多与薛老先生的女儿同龄，指王通森说："薛老，这位是我们省大名鼎鼎的王总，专门搞建筑开发。"

薛老笑了，指女导游："据传内地全民皆商，我还不信，看来是真的了。"

导游分辩说："薛老您别误会，王总和我一点关系也没有，他只不过是我们领导的一个朋友。"

薛老仍旧笑："一样的嘛，一样的嘛。"

王通森也开玩笑说："薛老，您不要以为您的秘密就是秘密，俗话说，隔墙有耳，隔墙有耳啊！"

王通森开启了他的全攻略，一步紧跟一步。

他把薛老先生父女俩的一切衣食住行大包大揽。当然，其中也包括了导游的全部费用，而旅游局该怎么挣还怎么挣，钱由他出。

他带薛老先生父女俩加导游一行三人转遍了N市四周的郊区，吃了许多次所谓农家饭，也洗了温泉澡，又去庙里烧香拜佛。王通森当然不会忘记适时适度地介绍自己的公司，他先让薛老先生看了公司的全部资料，薛老的女儿看来也是财务方面的专家，她对所有的报表及年终盘点都感兴趣，然后又带他们参观了他的公司总部，以及近年来公司所承建和完成的酒店、写字楼、住宅小区以及富人别墅等。

一段时间以后王通森自感留给了薛氏父女良好的印象，而且，也许是年龄相近的缘故吧，此时的王通森已是六十出头，薛老先生和他也很谈得来。

薛老先生很有个性，也很倔，看了那么多地方，老人家最后还是坚决认准了N市西北郊那个叫双凤山的地方。

薛老先生不像七十岁的人，他面目清癯但神采奕奕，登上一个土冈子，用拐杖指着近处的庄稼和远处的山，那样子倒很像个军事家或哲人，他说："你看，这地方叫双凤山，北面还真有山，像不像双凤我们且不管它，但山上确实有庙，山前是大片的庄稼地，还有一条河自东向西，然后是村庄连着村庄，这可真是有山、有水、有人气啊！我很奇怪，那些开发商的眼光都到哪儿去了？怎么就没有发现这块风水宝地呢？"

薛女士说："爸，您必须注意到，没有一条像样的路。"

薛老哈哈大笑："闺女，天下本来是没有路的。"

司机和助手从车上拿来垫子，他们就坐在山冈子上。秋风习习，正是不冷不热的天气，四周很静，村庄离得远，只见三两村民在地里收秋庄稼。

在这里，薛老先生还是第一次向王通森道出了他的全部想法。

他确是要建造一个规模宏大的、在亚洲起码也要数得上的综合性休闲、娱乐场所，占地千亩，投资上亿，整个布局以计划中的大会议厅为界点，前面是休闲娱乐，有健身房、棋牌室、台球厅、书画室和KTV间。后面是康复中心，有洗浴、按摩、足疗、中医和中草药，当然，还有餐厅和大小客房若干问。薛老说，眼光一定要放远，不能只看眼前，目前一般人的消费水平的确还达不到，但估计要不了几年，也许就在这项工程完成之后，中原地区的百姓们就有可能追上沿海城市的消费水平，把休闲娱乐和康复保健当成一种生活常态。他更相信，到那时候这里将四通八达，不但是休闲娱乐的好去处，也会成为远近闻名的旅游胜地。

“有兴趣吗?”说完了，老先生望着王通森问。

王通森听傻了，说：“薛老，只要您信得过我。”

薛老说：“我的条件很苛刻。”

王通森说：“无论什么条件。”

薛老说：“好，第一，我只投资，只做董事长，其他一切我全不管，特别是与地方打交道。第二，所有的设计、建造，必须符合我的要求，符合我的想法。第三，只要签了合同，不许追加投资。”

“不算苛刻，完全没问题!”王通森说。

“说定了?”

“说定了。”

他们真就这样说定了。一个月以后，合同签好，整体的、分项的，以及各种补充协议，书面材料摞起来足有一尺厚。

薛老先生虽第一次来内地，但却说一口流利的普通话，怎么回事呢?后来，闲暇了，薛老先生便说起了他刚到北京时的一段插曲。

原来薛老的祖上是北京人，他很小的时候就曾听爷爷说过他们是从北京迁到香港去的，那时候北京一带曾流传一种说法，叫做“同仁堂乐记，河北薛记，磨石口万记”，可见这是三个名门大户无疑了。而薛老的“薛”便属于“河北薛记”这一姓，六十多年前因为战乱，几经辗转去了香港。薛老先生这次来想顺便打听探访一下这三个名门大户中的“河北薛记”是否还真有其人，或者还有什么遗留的痕迹。但经他多日寻找，最后失望了。同仁堂虽然不再姓乐，但它还在，而且生意兴隆，远近闻名；磨石口也确有真的地名存在，西郊一辆公共汽车站的站名就叫磨石口，唯有“河北薛记”，不要说薛姓人，就是那“河北”两字也令人困惑得要命，首先不管有水没水的，北京大小河流有的是，究竟指哪条河的河北?倘若说是河北省的河北，那显然说不通；找不到“河北”这个具体地方，满大街是姓薛的，然而没有意义。

送走了薛老先生，王通森便投入了紧张的工作。

他首先要着手的自然是图纸的设计，其次便是与地方上的接洽。高楼大厦、各式住宅无论设计还是施工对他来说不算一回事，他做惯了，做熟了，他也有的是人才和干将，但眼前是如此庞大、复杂的综合性休闲、娱乐场所的设计和施工，还是第一次碰到，终觉得心里没底。于是，他想起了儿子王恳。

儿子王恳在他把胃切除了三分之二那年的晚些时候回来了，他回来的目的一是看看父母，二是把他的女儿王琼接走。王恳已经有了固定的工作，因为和一个叫苔娜的澳籍女人结了婚，也就自美国移居到了澳大利亚，随之也入了澳籍，成了外国人。他想把女儿王琼也接到澳大利亚去，说在那儿能接受更好的教育。那时小孙女儿才刚上小学二年级，王通森恋恋不舍，但孩子毕竟是人家生的，一个接辈人做不得大主。从此孙女便离开了家，到国外去了。

这第二任儿媳原来也不是纯洋妞儿，也是华裔，但也是二婚，听说还带有一个孩子。儿子王恳在澳大利亚的一个叫什么“普若丝拍日替”的建筑事务所里给洋人打工，这个什么“普若丝拍日替”的设计所据儿子说实力相当雄厚，曾很好地完成了澳国国内与国外许多有名的设计项目，但最近又听儿子说状况不是太好了，因竞争的日益激烈与澳国国内建筑项目的相对饱和而显出生意的日趋清淡。于是王通森一个战略性谋划油然而生，他想与其让儿子所在的这个澳国设计公司来设计这个项目，倒不如让儿子王恳趁早拔腿，离开那个所谓“普若丝拍日替”，回国到自己家的公司来！

儿子是专门学建筑设计的，他相信儿子的能力，儿子肯定是这个领域中的佼佼者，由他来做总工程师，主管这项庞大的设计，天衣无缝，太好加太好，设计费再多再贵，肥水总之没有流进外人田。

他先给王恳去了越洋电话，把事情简单、扼要地说了，然后又用传真把材料传了过去。几天以后儿子有了回音，说他即将与他的一个澳籍同事飞抵国内，届时面议。

完全意想不到，儿子王恳那么快就领会了老子的意图，不用语言，也不用递个眼神，他们在谈设计方案的时候儿子便表现出多种不合作态度，最后在设计费用上狮子大开口，漫天要价，致使谈判垮崩！然后，儿子十分遗憾地将他的澳国同事送到了机场，再然后便向那个“普若丝拍日替”发出了辞呈请求，理由是，父亲老了，且身体多病，做儿子的当然要回家来帮一把。

你以为人家老外不明白个中缘由吗？明白，完全明白，但人家没一点阻拦和责怪的意思，反而很快给儿子发来了贺函，说：“王，祝你一切顺利！”

再聪明也不能干违背政策法规的事，你不能儿子搞设计，老子管施工，这成了自己检查自己、自己监督自己。于是王恳又回到了墨尔本，以他澳籍身份在墨尔本注册了一家属于自己的设计公司，这个公司面向全球开展业务，而启动资金可全都是老子的……

现在想起来，那便是儿子顶替老子、也就是拿掉老子的第一步啊。

二儿子王安刑满出狱了，王通森又悲又喜，想二儿子在狱中着实受了几年罪，他并未给牢里花过一分钱，但他还是板起面孔狠狠给二儿子上了一堂出来后怎样生活、怎样做人的教育课。然后王通森亲自到丰安去了一趟，那里尚有他可靠的扯也扯不清的人际关系，于是几天以后二儿子王安便去大东家酒楼上班了，先是带领人负责清洁卫生工作，三个月过后便提升为主管外联的副经理。已是二十一世纪，此时什么“金属公司”，什么“社队企业局”，早已灰飞烟灭，酒楼的霓虹顶上再不见了它们的踪影，而代之以“星月情深”“燕赵佳人”的字样。

下一步是与官方和地方打交道，国家土地资源部，省、市规划部门，各级招商引资办公室，都被他过五关斩六将，但是到了乡村这一级，王通森似乎要走麦城。

他也是农民出身，深深懂得农民的心理，表面上看他们的土地被侵占了，受到了损害，他们一脸的“旧社会苦大仇深”的样子，实际上巴不得呢！这是天赐良机，是找也找不到的送到嘴边的肥肉，不趁此狠狠咬你几口绝不会善罢甘休！

有个叫佟德全的，四十岁左右，是双凤山村的村委会主任兼农工商公司总经理，掌管着双凤山村所有的大权。占了他的土地，他首先提出每亩地要十万元，一共占地八百亩，那就是八千万，占去了总投资的一半，岂不成了大笑话？于是反复拉锯，谈了吹，吹了谈，简直比朝核六方会谈还难！

佟德全此人不但颇具心计，且巧言善辩，最终以每亩地四万元的价格成交。说实话，这个价钱即使是在上海或北京的农村也不算低。

然而，佟德全提出：“在合同上不要写那么多，每亩只写三万六千元，少写四千元吧。”

王通森当然明白，但是他惊愕了，说：“你要知道，八百亩，那一下子就是三百二十万啊!"

佟德全说:"这个您放心,绝不是我一个人拿……"

王通森说:"谁拿也不是个小数目啊!"

然而,王通森照办了。随后,佟德全又提出一个条件,说这个工程能不能让他们乡以及他们村联合起来再搞个二包,因为他们这里也有基建公司,也能盖房和盖高楼。

对于这个要求王通森不但予以坚决拒绝而且表现得异常震怒,说:"到此为止,你如果再提这样的要求我就立刻撤走,另选别处!"

佟德全嬉皮笑脸:"那您就违约了。"

王通森说:"是你们违约在先,明明无理取闹!"

这个要求佟德全总算不提了,但接下来有个双凤山名称使用问题,佟德全不依不饶,说双凤山本是他们村的名字,用它命名别的便是侵权,王通森不得不暗中又给了佟德全几万块钱才算了事。佟德全后来又提出,在施工过程中必须起用他们村一百二十个劳动力,这一百二十个劳动力背后的工头便是佟德全的弟弟。王通森虽然全明白,但也只好委曲求全,否则佟德全这人实在难缠难惹,再加上地方保护主义出来作怪,也许付出的代价更大,起码是精力、体力和时间方面。

您这八百亩地有围墙吗?这么阔绰的处所难道不要围墙?还有,这里面打马路吗?是水泥路还是柏油路?我弟弟也有个基建公司,很有实力,打个围墙、修个马路百分百没有问题!

再说,您这么大个娱乐中心,里面能没有商业网点儿吗?连小卖部也没有?门口要开个饭馆有多好!我小姨子是专门干餐饮行业的,这方面保证做得让您满意,跟您,王总,我实话实说,用不着藏着掖着。再说,您也清楚,您那重型汽车、超重汽车已经把我们的地轧成了泥粥,这些我要说满嘴都是理,但是我目前不想说什么……

这就是佟德全,屡屡提出要求甚至要挟,贪得无厌,但王通森还是尽量满足了他。

实在没有办法,地头蛇的厉害王通森是领教过的。也真奇怪,中央在干什么?纪委在干什么?大概只顾抓大的了。实际上这县以下更厉害,或者说实打实、直来直去得厉害,这乡和村一级的真应该好好管一管了。

勘测过后,图纸设计与地面平整和这恼人的地方交涉同时进行。儿子王恳正值壮年，精力充沛，这是给自己家干，更是给他自己干，上上下下里里外外他成了大忙人。在他的主持下，设计小组在实地与设计之间寻找既不影响质量、进度，又有利于施工和节约的最佳结合点。图纸几经修改，终于符合了薛老的要求。于是施工开始了。

二儿子王安的确没有白接受改造，他在大东家酒楼副经理的位置上干得有声有色。但也不完全是因为改造，他王通森的遗传基因也最终在二儿子身上凸显出来，因为儿子很快看到了一个机遇，酒楼的原经理年纪大了，马上要到退休的年龄，儿子说他想做总经理。王通森为二儿子王安有这样的雄心壮志深感欣慰，恰在这时，珠海和广州的工程顺利告罄，王通森便用那里赚来的钱一举买下了大东家酒楼的全部股份，并重新装修，二儿子王安便堂而皇之地做起了总经理。又过了些时日，王通森几年前在N市承建的一个星级酒店因对方经营不善濒临倒闭，他又花重金把那个酒店盘了下来，让儿子王安索性做起了两个酒店的后台老板。另聘了经理人，并成立了子公司，隶属他的名下——通森集团。

珠海交付使用的住楼与当地物业公司发生了矛盾，纠缠不清，于是他的一个副手向他谏言应该成立一个物业公司，把自己盖完了的楼堂馆所统管起来，实行开发、管理一体化，会减少许多今后必会牵涉的麻烦，避免了相互踢球，也就同时为客户提供了方便。王通森觉得对，立刻采纳了他的建议，并命他着手向银行办贷。两个月后物业公司组建起来了，经理便是那位副手，同样隶属于通森集团名下。

双凤山工程进行到超过一半的时候已明显地看出来，必须要追加投资！王通森出了一身冷汗，这在合同上明明签好了的，不许追加投资，也是薛老一再强调的条件，但深谙世事的王通森还是硬起头皮亲赴香港，邀薛老及其监理人和薛老的女儿同来双凤山，共同破解难题，然而令人意想不到的是薛老嘿嘿地笑了，他说：“和你们内地人打交道我是做了两手准备的，你们往往是说了不算，算了不说，不过我还是相信你王总，好吧，就再追加八百万。”

八百万，薛老就这么嘴一张一合解决了。都说香港人抠，满脑子钱，全脑子经济账，但实际做起事来比我们内地人还灵活，还富有人情味；当然，经济实力是这一切的先决条件。

好啦，所有该解决的问题差不多都解决了，估计不会有再大的难题出现了，待双凤山工程完成以后也要好好地彻底地休息一下了，自己已是六十多岁的人，忙到哪里算一站呢？王通森从香港回来就一直这么想着。

有一天从施工现场回到他在工地的临时办公室，喝了几口水以后他想歪在沙发上小憩一会儿。又是秋天了，屋里比外面要凉一些，他把自己早晨从家里披来的一件呢大衣从衣架上拿下来盖在身上，很好，很安逸，于是把眼睛闭起来，不一会儿就睡着了……然而，真的睡着了吗？是睡着了，好像还做了梦，然而那似梦非梦，他恍恍惚惚觉得自己的身子飘起来，飘向空中，飘上了云端，又好像那次被叫周壮骂过一样，他觉得高处有人在呼叫他，有男人，也有女人，但只有声音，却不见人，那声音很单调，只是一句，来呀，来呀，来呀……

是谁在叫他呢？是阎王？是判官？是自己故去的母亲？不会，如果是他们在叫他，应该在地狱，不应是在高处。那么是一九九三年从脚手架上掉下来摔死的那个民工？要么是李同？再或是曹春英？也许是耿兰？总之不管它了，他们都已经死去，逝者如斯，自己当下还是赶快休息一下要紧，然后还有好多好多事等着呢！于是他的身子慢慢从高处飘落下来，心也随之飘落下来，继而往下沉、沉、沉……于是真的睡着了。

儿子王恳回办公室来了，他叫了一声“爸”，但见父亲睡着了，便没有再惊动。他也喝了几口水，然后又出去忙，但不到一分钟又返回来，他似乎感到有什么不对，这一次坚决把父亲叫醒：“爸，您醒醒、醒醒，有急事……。”

按说父亲听说有急事应该醒来了，但父亲这次既没有应声更没有醒，而是随着王恳摇动他的动作像一团浸了水的泥塑一样散倒下去……儿子大惊，叫道：“来人哪！爸！爸！您怎么了?”

如果儿子王恳恰巧没有回到办公室，如果儿子王恳没有感觉有什么不对，不用多，只再需五分钟时间，他的灵魂出窍，心系西天，一条老命也就这样安安静静、悄无声息地消失掉了。

还是老毛病，突发缺血性心肌梗，又不是老毛病，人一天比一天老，心脏承受不来无休止的操劳和变本加厉的负荷。

这是一个分水岭，也算一个里程碑，无论大儿子王恳还是二儿子王安，从此再不让他操一点心，什么都不让他管了，连过问也不让他过问了。

这叫什么呢？叫退居二线？叫离休？他不是国家干部，与这扯不上边，就叫颐养天年，享受老来之乐吧，好在两个儿子已经成人，均能独当一面，大儿子王恳更是个全才，建筑设计与经济管理皆烂熟于胸，自他接手公司以后便开始与世界接轨了。二儿子王安也学得人情练达，酒店业经营得很不错，而且没让老子操一点心就已娶妻生子，他们都是他的好儿子，他没白操心，没有白培养他们，他现在也应该听孩子们的话了，难道还有什么不放心的吗？

那年冬天他听任孩子们的安排来到了珠海。珠海这里早已为他预备好一幢别墅小楼，这应该算继搬到N市之后他的第四个家了。可惜年纪比他小一岁的妻没有同来，不是孩子们不让她来，是她自己不愿来，仍然守在N市的老家。王通森一个人在珠海安心静养，朝起看太阳从海平面升起，晚看太阳在远山与楼群之间陨落，这里有他的物业公司和另一个建筑分公司，但他们什么事都不找他，只派了人像伺候自己老子似的把他伺候得周周到到、服服帖帖，这里远离“双凤山”，听不见工地上喧闹，看不见这问题那问题，他只注意自己的吃喝拉撒睡，安心做他的寓公。

珠海真的很好，四季如春，二十多年来他东征西讨，身心俱疲，却从来没有驻足欣赏过美景，特别没有在这么好的地方休养过……阳光，沙滩，一点儿也不比三亚差劲。

成功了，总之是成功了，在他六十四五岁的时候他发现自己确实是成功了，这股气势，这副派头总算在世人面前展现出来了。他现在已经拥有建筑、房地产开发、工程设计、物业管理和酒店业五个子公司，虽然各有法人，但均统一在他的大旗之下，无论你是哪个子公司，首先必须冠以“通森集团”四个大字。同时他也着实体会到薛启荣薛老先生所表现出的一种意境，即只投资，只做董事长，其他一切事均与自己无关！什么样的努力，什么样的实力才能到达如此的境界！

然而病，病是任何成功、任何名誉、任何金钱都顶替不了的，他总觉得气短，总觉得心脏早搏，要么就是间歇，他的血压总是忽高忽低，有时心脏又狂跳不止，好像偷了人家东西、抢了银行，有两次，不知不觉便摔倒在地上了，人倒了，也立刻清醒过来，继续走路，这是不是很危险？自他的胃被切除了三分之二大伤元气之后又接连遭受打击，二儿子坐牢，陶强出事，接着便是建筑市场一落千丈，周壮那狗东西的欺辱和嘲骂在他心中埋下了好长时间羞耻与悲伤的种子，他明白，那不是周壮在骂，而是耿立文在骂……

如果说王通森在珠海还有什么想念的话，那便是想念孙女王琼。孙女儿很可怜，一九八九年出生，一九九零年便死了母亲，在南庄长到四岁便随家来到丰安，在丰安也只上到小学二年级便被她的父亲接走了，接到澳大利亚去了。他不愿意孙女离开他，更不愿意孙女儿入外国籍，然而孙女不但入了外国籍，而且离开已经十二年了，他怎能不想念呢？

在珠海，忽然一天从报上看到了一则消息，耿立文被双规了，涉嫌买官卖官和司法腐败……又说他的内弟周壮也因涉案逃往美国去了，耿立文的妻子正配合检方，对自家财产实行清仓查库云云。

善有善报，恶有恶报，不是不报，时间未到，时间一到，一切全报。这是谁说的来？总之，你做了怎样的事就会有怎样的回报，前世有怎样的缘后世就有怎样的果，这就是所谓种瓜得瓜种豆得豆吧……但是，细想起来，我的妻，我的老伴儿啊，在你看来，难道我这一生种的都是恶果吗？

我知道，你心里什么都清楚，从一开始就清楚。虽然南庄的人们不会当着你的面说三道四，你也不会去主动打听什么，但是你知道发生了什么，我甚至可以想见你连细枝末节都清楚，但是你什么也不说，平静得像一潭死水。然而你毕竟是我的妻子，你照样替我担扰，替我害怕，因为那是一桩命案，我看见你在村里低头走路，我看见你谦和地甚至卑微地和人说话，当我偶然看你一眼的时候也曾见过你谴责甚至鄙夷的目光……我的妻呀，你知道，一开始我曾经很希望你和我吵架，借此我们可以分开，以实现我和曹春英结合的目的，但是后来我不做这种希望了，我害怕你问，害怕你和我吵，然而，我的妻，你还是什么也不说、什么也不问，好像你根本什么都不知道，平静得像一潭死水。

后来，在丰安又发生事了，你那敏感的神经怎么又触摸到了呢？你也许不知道具体是谁，但你知道又出事了。我的妻，你怎么还是不说还是不问呢？谁让你学会了你隐忍？谁磨砺了你坚忍得令人生畏的性格？如果你问，哪怕婉转地问；如果你说，哪怕雷鸣电闪地说，我也能道一道我的苦衷，诉一诉我当时的难处，但是你阴沉着脸，脸上几乎滴下水来，就是不问也不说。然而你依旧为我洗衣做饭，冬日把冬日的衣裳预备好了，夏日把夏日的衣服洗净了，当你做着这些的时候你是客观的、冷静的，好像为别人打工，缺少了内心的柔情与温热。

直到有一天，在医院里，你亲眼见到了，见到了她，也见到她是怎样对待我的……我的妻，你是否看透了我，认为我完全是个卑鄙无耻的东西，也是否看透了这个世界，认为这个世界肮脏得不可救药？你的目光也从谴责、怨恨变成了彻底的绝望。但是我的妻，你怎么就不替我想一想，你难道不知道我也在忍吗？为什么要忍？因为她的丈夫是副市长，因为她有一个弟弟可以通天，如果说以前我存有个人邪念，那么现在我的所作所为便全是为我们这个家庭，为了你和孩子！

我的妻，我的老伴儿啊，你的平静还不如不平静的好，你的不言不语真的不如大吵大闹的好，即使你对我施行打击报复或人身毁损也算有个了结吧？也总比你这样地与我拉开距离、对我这样地冷淡，但又说不上冷淡、说不上距离，总之那股劲儿让人无比难受！我的妻，到现在你还不肯原谅我吗？你宁肯相信耶稣也不肯相信我吗？你宁肯每天对着耶稣和菩萨说话也不肯和我多说一句话吗？你每天都在祈祷什么？忏悔什么？是替我祈祷、替我忏悔吗？还是为这人世间太多的丑恶、太多的罪孽祈祷？老伴儿，那天趁你不在的时候我到你房里去了，我也做忏悔了，我忏悔的内容很多、很丰富，其中就有对你无尽的忏悔……你知道，如果不是那个叫朱立秋的年轻人闯进来，我也许会哭出声音的。

老伴儿啊，你在省城的家里一人孤守，也应该明白我在珠海的时候心情其实并不真的很舒畅，即使我俩一同被儿子接到澳大利亚我仍如个小孩子似的感到一种委屈，儿子强令收走了我的手机，而他们用的手机是最先进、最时尚、最漂亮的，我名为董事长，可现在连签字的权力也没有，儿子什么什么都代我签了。我当然明白他们全是为我好，怕我操心、怕我受累，但早知今日又何必当初呢？又何必吃那么多苦受那么多累、又何必做了那样多对不起人、对不起你的事？老伴儿，人说爬到山顶看到的不过是自己的坟丘，然而我没有想到来得如此快，我到珠海后几天工夫便有了这种感觉，现在身处异国他乡，这种感觉却越发来得强烈。再看衣柜里的那些衣裳吧，无论早些时候的中山装还是晚些时候的西装，加起来也有十来套之多，最贵的一套西装我记得是八万元左右，当时只想还会去见更多的名人、更多的高官和更多的企业家，在一起吃饭、洽谈，一起合影留念，我不让自己比任何人逊色。可是你算算才过去了几年？绝大部分衣裳连穿也没有穿过，我，我……就成了这个样子。

老伴儿啊，你应该知道年轻有多么好！如果可能，我愿以我全部的资产买回我的年龄，我可以一千万买一年，这样两个亿就可以买回二十年，三个亿买回三十年，我可以一无所有，可以生在山沟里，甚至可以是个乞丐，沿街乞讨，然而这一切也就等于从零开始了！多么好，那将是一场重新的奋斗！

回去吧，回去吧，昨天夜里那个叫朱立秋的年轻人不知怎么回事掉到河里了，王琼说他在街上喝多了酒，找不到家了，就掉到河里去了……唉，那年轻人可怜，家在西部山区，借酒浇愁也是有的。

回去吧，看看他，那年轻人不错，救过自己的命。

第四章 不能承受的爱

二十一
缠绵的女孩儿

一周来一次的清洁工因为有了立秋的缘故不再来了。立秋应聘的是园丁，因此每日整理花草树木和打扫庭院便是他的工作。庭院外面，在通往林荫路拐弯的地方还有一段草坪，草坪边还有几株金合欢树，按照社区的有关规定，一向也由王琼家负责管理，现在便顺理成章地也归立秋负责了。

“朱里奇！”王琼放学回来了，她把车停进车库，便来到立秋身旁。

“朱里奇，”她说，“我还是不明白你昨天晚上怎么就忽然跑到河里去了?”

立秋不说话，只干他手下的活儿。

“如果昨天晚上我没有发现，没有出去找你，你就要死在河里了。你知道那河有多深吗?”

立秋还是不说话，他把树叶归整到一起，装进一个黑塑料袋里。

王琼又说：“还有，你为什么要喝那么多酒? 而且你哪儿来的钱? 我并没有给你钱啊。”

立秋说：“我不是说过了嘛，在街上碰到了一个家乡的朋友，我们喝了酒。他请我喝酒。”

天真烂漫的王琼就这样相信了，她说：“朱里奇，我不在家的时候不许你一个人出去，因为你不认识路，以后也不要喝那么多酒，听见吗?”

立秋只好点头答应。

王琼又问：“阿月替你洗衣服了吗?”

立秋说衣服是自己洗的。

王琼说：“朱里奇，那个阿月你不要在意，她只是对你住的地方……有些不高兴。”说着，王琼咯咯笑了起来。

立秋明白那意思，说：“我的确应该住到下面去，那个工具房里就很好，总之住哪儿都行。”

“那是不可能的！”王琼坚决而严肃地说，“我说过了你不要计较阿月，无论怎样她不敢和我说，也不直接和爷爷、父亲说，她只和苔娜说，而苔娜也不和我说，她只好和父亲说。”

立秋听得乱，说：“何必，我就住工具间好了。”

王琼继续说她的：“朱里奇那天你也听到了，我几乎和父亲吵起来，我说朱里奇不是仆人，不是男佣，他是我的朋友！而且合同上写得清清楚楚，是我们专门聘请他来的，和阿月完全两回事！”

正说着，王通森回来了，他依旧拄着拐杖，背微驼着，有如风摆荷叶一般走到了跟前。

“好一身腱子肉。”他说，立秋上身只穿了背心。

“一看就知道是吃过苦受过累的。”他又说，并指着王琼，“丫头，体育锻炼不行，体育锻炼是练不出这样身子骨来的。”

王琼说：“爷爷，朱里奇十四岁就出去打工了。”

王通森说：“知道。有了实际劳动经验，再加上个好身体，文化呢就难免差些，这叫鱼和熊掌不可兼得。”他问立秋，“小伙子，倘若一个药罐子博士或一个药罐子高官，另一个是身体健壮如牛的打工仔，你选择哪一个？”

立秋用花铲把树根旁的杂草除去，连头也不抬。

王琼代为回答：“爷爷，您这叫什么比喻？根本没有可比性。”

王通森也是兴之所至，转而问立秋：“你的父母，身体怎么样？”

立秋回答了，回答得干脆、肯定：“非常好，身体棒极了。”

“噢，”王通森点头，“那就好，都多大年纪了？”

“五十多岁，我母亲也五十多岁。”立秋说。

“五十多岁，”老通森感叹地说，“那应该正是年富力强啊，我五十多岁的时候恨不能长出四只胳膊四条腿来……不过，小伙子，你一定要想开些，要相信你和你的家庭都会像咱们的国家一样，一天比一天好，你不应该颓废，更不应该寻短见，那都是没出息的人做的事。”

“爷爷，他没有寻短见，只是走丢了！”王琼替立秋辩护道。

“那就好，那就好。”那老鬼一步三叹地朝院里走去了。

立秋把装了树叶和杂草的塑料袋放进路边的一个垃圾桶里去，然后也走进院子，又开始清扫黄杨树墙下的败叶。王琼在后面跟着他，说：“朱里奇，没看出来吗？爷爷很喜欢你，不光因为你救过他的命……”

“我真奇怪，你们澳国的大学生放学以后就没有作业吗？”立秋说。

“朱里奇你真不懂，大学生，完全在一种自由状态下完成学业……爷爷说你很朴实、很勤劳，他说男人嘛，就应该这个样子。”

“王通森董事长。”立秋说。

“对。”王琼说，“你别以为爷爷老了，可是爷爷什么都懂、什么都明白，他仍然是公司的董事长，无论是父亲还是苔娜阿姨，只要爷爷坚持，最后他们仍然要采纳他的意见。”

立秋随便问道：“你那个苔娜阿姨是你的继母？那么你的亲生母亲呢？”

“早死了，在我还不满一周岁的时候就死了。”王琼说，“上次不是和你说中国大陆有一个叫南庄的地方吗？那是我们的家，我和奶奶住在一起，后来母亲出车祸死了。”

王琼欲帮立秋归整树叶，立秋不用，推开了她的手。王琼站起来：“可是我什么都不记得，还有一个地方叫丰安，倒是有些印象，因为我在那儿上到了小学二年级。”王琼说着把手中的一块小石子抛向院里的一棵桉树，“其实苔娜对我也很不错。她和父亲是在美国认识的，苔娜学医，父亲学建筑设计，在一次华裔同学会上有人给他们做媒，后来他们就结婚了。”

“苔娜阿姨在你们公司里任什么职呢？”立秋一边干活儿一边问道。

王琼来了兴趣，索性从地上寻找哪怕微小的石子，一下一下朝树砍去，一面说：“苔娜在堪培拉自己有个诊所，父亲世界各地跑，苔娜自己开她的诊所，他们相对独立，不过每到周六日他们一般都回来……”王琼说到这儿忽然转身凑到立秋耳边，“你知道，苔娜是个离了婚的，他们之间只不过是……”她说了一句英文，立秋听来像是“塞克斯、菲露”。

“你说什么？”立秋问。

“性伙伴。”王琼说。

“什么叫性伙伴？”

“性伙伴就是性伙伴，朱里奇你可真傻！”王琼竟然在立秋的腮上亲了一口，然后她朝立秋摆手，“朱里奇，你干吧，我要去给同学发个伊妹儿。”

立秋就这么干着，院里的，院外的，树下的叶，树上的枝杈，花中的草，花上多余的芽……工具房里什么都有，推草坪的机器也有，总之就这么干着，有一搭无一搭，没人催没人赶，打发着时间。

然而每天看着那老鬼出出进进，真是一种折磨。

这就是人这种高级动物吗？充满了动摇、妥协，充满了软弱和犹豫，难道见到仇人的鲜血就等于见到了自己的鲜血吗？难道看见仇人的死亡就意味着自己的死亡吗？朱立秋，无论如何你不算人，你怕死，是个孬种，是个胆小鬼，你不是你父母的儿子！

然而现在重新下手仍然不晚，仍然很容易，但……又何必当初呢？那就更不算个人了。

不知不觉春天到了，当然是澳大利亚的春天，而祖国呢？正好是立秋了。

王琼说金合欢是澳大利亚的国花，桉树是澳大利亚的国树，严格地说金合欢不完全像花，它像树，也像灌木，但却伸展出大鹏羽毛般的叶子，又开出金黄色绚烂无比的花，散发着浓烈的香味。立秋好像在哪里见过桉树，哪里呢？是湛江还是润江？不过国内的桉树好像远没有这么高，也没这么老，好像很年轻、栽种不久的样子。王琼说院里的这些花和树不是现在才有的，它们早就有，不知年代有多远，因为这里曾经住了老夫妇俩，是英国人，他们开牧场，后来经营得不好，再后来经营不下去了，于是五年前父亲便从这老夫妇俩手中买下了这幢二层小楼，但牧场没有要，老夫妇俩把牧场另卖给了社区，然后回英国去了。他们在英国还有儿子和女儿。

经王琼一说，立秋有时也有意无意端详那房子，这也许是他的职业习惯，他发现这房子的格局以及所使用的建筑材料的确很古旧，古旧得有许多东西他不认识，楼下客厅里烧的是壁炉，楼上才有现代的家用电器，许多家具和摆设立秋模模糊糊断定大约不是金合欢木做的就是桉木做的。但古旧也有古旧的好处，它给人一种沉毅、稳重和深邃的感觉。

忽然来了一辆装有树苗的汽车，给每家都卸下三至五颗树苗，有芭蕉、二月兰和黄杨，但更多的还是金合欢，好像不要也得要，是社区的制度要么就是国家的政策。立秋其实并不懂得栽培，他不是园丁，但他种过田，种过庄稼和菜，大同小异吧，于是他找了自认为适合的地方便栽下了那些树和花。

“你难道不晓得什么叫房前屋后吗？种花要种在南面，南面就是屋后，亏得你还是花匠！”

阿月训斥他了，主人不在的时候阿月便对他不客气，并且经常向他发号施令，这也难怪，坐北朝南惯了，而在这里“坐南朝北”才是朝阳的方向。不过，从立秋到来开始这位菲律宾女佣的确表现出了不大友好的态度。有一次，立秋把树叶和渣土错误地倒进了黄色的垃圾桶，那是纯垃圾，不能再循环利用，第二天垃圾桶上便贴了一张警告的字条。阿月不但当场向他发了脾气，而且王琼的父亲和继母回来以后，还特地在他们面前告了立秋的状。

无论是院里的院外的活儿，经不住立秋干，干得再细也有干完的时候，他郁闷，不知什么时候是个头，也不知怎么办，于是他有时也出去溜达。这里是墨尔本的郊区，南墙外便有一大片桉树林，那树林很浓密，桉树长得也很高很大，有的像旗杆，直插云霄，有的像伸胳膊踢腿的老人，就那么干干地待着，蔑视着众人。那里在春天还没有到来的时候便有专门的人在修剪了，王家院外那条笔直的林荫路从这片桉树林横穿而过，不知伸向什么地方。

那条林荫路，便是尾随那老鬼的地方，路两边是法国梧桐，再往前便是大片的草坪，草坪中有曲径和花坛，那便是尾随那老鬼时间最长的地方，过了草坪便是公路了，公路旁那条叫亚拉的河，便是他“寻短见”的地方，后来王琼呼喊他，然后便被人救起了。

王琼说沿这条林荫路一直向北，就可到一个镇子上。

一天，邮差送来一封信一样的东西，并点名要“朱里奇”先生收。阿月不叫他名字，光喊：“找你啦！不打保是你开工资喽！”立秋打开来那信封，见真的是一张工资单，上面的英文他虽然不认识，但却明显写有“朱立秋”三个汉字，“A＄”的后面是“八百”，这就是说他每月的工资是八百个澳元，折合人民币大约是四千元。阿月撅撅嘴说：“好偏向哦，我做了三年也才那么多钱哦！”

立秋觉得这个国家也真是怪，守在家里，工钱不由家里拿，却由外面寄过来！但去哪儿领工资呢？邮差让他签过字后转身就走了。他想去问阿月，又怕招阿月没好脸色，反正也跑不了，就等王琼回来吧，他现在离开王琼什么事也干不了。

下午四点多王琼从学校回来了，立秋给她看那单子，王琼高兴地嗷嗷叫起来，说：“朱里奇你终于有收入了，咱们现在就把它领出来！”说走就走，立秋便坐上了王琼的法拉利轿车，王琼提醒他：“朱里奇，工作卡，还要带上你的工作卡。”

沿林荫路一直往北的确就到达一个镇子，这个镇子叫威尔克镇。至于为什么叫这个名字，那就好像中国的某某村某某庄和某某店某某堡的一样，没有人知道那名字的来历以及它代表了什么意思。那里也有一条河经过，王琼说叫墨洛河，与那条亚拉河有时并行有时交错，是墨尔本市很主要的两条河。她又说："朱里奇，你也应该办个旅游证，没事情做的时候可以出去转一转，光墨尔本郊区就有很多好玩的地方。"

见立秋不说话，王琼又问："你会开车吗?"

立秋说会是会，只是好长时间没开了。

"你有驾照吗?"

驾照? 立秋觉得倒忽略了，平时从来没有留意过那驾照是否还在，于是他翻兜儿，把所有的证件掏出来，发现那个夹着身份证和工作卡的小本子就是他的驾驶证，那张牡丹交通卡也还在里面。王琼看着他掏兜儿，于是高兴地说："太棒了朱里奇! 抽个时间咱们去换驾照吧，换澳国的。"

立秋把那些东西重新放回兜里："小姐，别忘了，我只是一名打工仔。"

"朱里奇，我从来没有拿你当打工仔，从来没有。"王琼说。

立秋问："那你拿我当什么? 一个偷渡犯?"

王琼拨浪鼓似的摇头，然后一只眼睛朝立秋神秘地眨了眨。

王琼对镇子很熟悉，他们直接去了路边的一家不大的银行，很顺利地把工资取了出来。回到法拉利车上，立秋说："我有钱了，现在应该还账了。"

"是吗? 是还我的账?"王琼歪头很有意思地看着立秋说。

"我在医院的费用，"立秋说，"再加上给我买衣裳，一共花多少钱我心里有数，这月还不完，下月继续还。"

"就这样还吗?"王琼半笑不笑看着他问。

"你说怎样还?"

"过几天是我的生日。"王琼说。

"你的生日，还什么呢?"立秋弄不明白。

"你好好想想吧，一个女孩儿，过生日……"王琼说着，一脚踏开了油门。

立秋为怎样还钱琢磨了良久，据这一段时间他对这女孩儿的了解，直接把钱给她她肯定是不要的，她也的确不缺那几个钱，但她的生日，怎样还呢? 还什么呢?

王琼的生日到了，立秋上午一个人出去了，他步行四十多分钟，又来到那个威尔克镇，他还是第一次一个人出来这么远，上次"寻短见"也没有走这么远的路。然而到了镇子上他却感到茫然，感到分不出东南西北，他反复琢磨的结果是想给王琼买个生日蛋糕，再买一束鲜花。可是哪里卖花呢？生日蛋糕又去哪里买呢？有王琼在什么都好解决，然而他自己身处陌生地方就全抓了瞎。他在街上走着，恍惚间觉得这个镇子和他几个月前潜逃时到过的镇子几乎没什么两样，就像中国的许多村庄，大同小异，该有的全有，没有的一般也全没有，他甚至怀疑自己被人从衣柜里抻出来所住宿的镇子可能就是这个镇子。

他走过面包房，面包师身穿的白衣服在阳光下反射出刺眼的光，又走过一个音乐厅，怎么知道是音乐厅？因为从里面传出了很好听的音乐，并且有人进进出出，他朝大玻璃门里面看，里面黑洞洞的，不知这里的人大白天开什么音乐会！他走到镇子边上了，看到了一个养蜂人，那养蜂的方法倒和在中国看到的差不多，也是几排小蜂箱，一间临时的小屋。还有那高高的像塔似的尖顶，自然又是教堂或是修道院了，王琼的奶奶大概就在这里念经拜佛吧。

立秋在一个十字路口看见牌子上写有英文字母“i”，旁边还有一间木头房子，他忽然记起来，王琼曾经告诉过他那“i”字代表了咨询服务处，是英文的缩写，就好像停车场上的“P”字一样。于是立秋走近那木房子，木房子里一位女士也同时开窗向立秋发出一声问候，立秋只能用汉语说话，他说想买生日蛋糕和鲜花，到哪里买？不知女士听懂没听懂，但是她拿起了手边的一部电话，拨通之后便把耳机递给了立秋，立秋立刻便听到了一个带有中国南方口音的女声用普通话问：先生你好，请问要什么服务？立秋重复了刚才的话，于是那女声说：先生请从原地往北走，在第二个路口向右拐进一百米，就可以买到令您满意的鲜花和生日蛋糕了。

立秋想付钱，但木房子里的女士朝他笑笑便关上了小窗，原来这种服务是免费的。

立秋按指引果然买到了生日蛋糕和鲜花，蛋糕很大，直径约有四十公分，并配有十九根小蜡烛，当场制作，立等可取。花店老板能说两句简单的汉语，问立秋花送给什么人？立秋说是个女孩儿。老板又问是朋友吗？立秋想了想，只能说是吧。于是老板便给他拿了一大束玫瑰花，并用鲜亮透明的塑纸裹好。生日蛋糕和鲜花一共用了二百二十澳元，但立秋付过钱之后原地不动呆愣了好久，他发现这个蛋糕店就是自己刚才经过的面包房，原来这里也代做蛋糕，而旁边就是花店，自己怎么就没注意呢？光顾了瞎踅摸！

但是立秋最后也买了一瓶酒，他没有看到中国酒，买了一瓶威士忌，为什么买酒？他打算每天晚上睡前喝那么几口，以求让自己麻醉，该想的便不想了，该思虑的便不思虑了，应该恨自己、骂自己，也就不在乎了，就那么睡下，像死狗、蠢猪般的睡下，过一天算一天！

立秋裤兜里揣了一瓶酒，右手提了大蛋糕，左手抱了鲜花，走了一段路，自觉不像个样子，便坐了两站巴士。

回来以后立秋把酒放在自己床底下，并用报纸遮了，然后把蛋糕和鲜花放进王琼的房里。王琼的房门向来是不锁的。

下午立秋照样干活儿，把梯子靠在桉树干上，用果木剪剪去已经干枯的枝杈。

阿月也很忙，为王琼的生日。

王琼今天当然回来得特别早，她很快出现在二楼阳台上，"朱里奇！"她喊道，并且又重复那动作，即把手放嘴上捂一下，向立秋挥洒出去。立秋知道她已经看到了他给她买的生日蛋糕和鲜花。

不是周六周日，但王琼的父亲和王琼叫她苔娜的继母回来了，还有那个小男孩儿，他叫唐博尔，但王琼一直叫他"糖包儿"。"糖包！"王琼在阳台上叫着，跑下楼来，和她这个没有血缘关系的小弟弟亲了抱、抱了又亲。

紧接着，同学们来了，都是王琼的大学同学，有男有女，一共十多个，他们每人手里都提了东西，有的是吃食，有的是猫儿啊狗儿啊熊啊之类的宠物玩具，大门外和院子里也停了不少车。

太阳隐在了山峦后面，但站在梯子上尚能看到一缕夕阳，这时楼上楼下开始喧闹起来，她们叽叽嘎嘎说着、笑着，有的在唱歌，有的在拨弄乐器……

立秋不想掺和到他们中去，故意在梯子上多耽搁一会儿。但王琼又出现在阳台上，她招手叫："朱里奇！"意思是让他赶快上来。

立秋摇头，表示不去。但王琼不依，她很快跑下楼来，站到梯子下面，说："朱里奇你怎么回事？今天这么重要的场合你不出现吗？"

立秋说："你们过你们的生日，我还要做活儿。"

王琼生气了："你说什么？你们的生日？听清楚了，今天是我的生日！请你脱掉工作服，换上你最好的衣服。"

立秋看王琼，她化了妆，本来的瓜子脸被她化成了白白的鸭蛋形，睫毛也沾了，忽闪忽闪像个卡通人，脚下穿着高跟鞋，身上穿了晚礼服，不过在立秋看来那就是布拉基或叫连衣裙，但领口开得很低很低，低得让立秋几乎不敢看了。

“你这叫什么？”立秋说，“其实你平时穿校服或运动衣挺好的。”

“怎么，你不喜欢吗？”王琼仰脸望着他。

立秋下了梯子，其实喜欢不喜欢与自己有什么关系呢？但是他不好再拒绝王琼了，王琼想拉他的手，立秋不让，他让王琼先上楼去，自己把梯子和树下的枝叶收拾好，然后回到自己房间洗了脸，换上皮鞋和牛仔裤，还有王琼给他买的那件棕黄色夹克衫，这件衣服立秋还是第一次穿。刚刚换好，王琼又站在他面前了，仍然想拉他的手，立秋仍然不让，他让她前面走，他跟在她的身后。

王琼的房里异常热闹。

“这是我的朋友朱 立 秋。”王琼介绍道，她故意把名字说成汉语，并且一板一眼，“他是从中国大陆来的，是我们家聘请的很有名的园艺师！”

她真能吹，这是立秋没有想到的。但屋里人哪个知道底细？于是大家热烈鼓掌，也有那早见过立秋的，上前来主动和他握手，还有两个男孩儿竟和立秋拥抱。

立秋看见了戴维，即一开始在医院里和王琼一起陪伴他的那个戴维，他后来来过，找过王琼，再后来就看不见他了。唯有戴维既没有和立秋握手，也没有和立秋说一句话。

该热闹继续热闹，立秋坐在一旁漠然观之，他们把音响开得很大，伴有女歌手清亮的歌声，屋外走廊里一个男孩儿沉醉地拉着他自己带来的小提琴，屋里一个女孩儿任意扒拉着吉他，那吉他发出嗡隆嗡隆像打雷似的声音。其他人正在说笑嬉闹之际忽然有人叫道：“娜达莉·安波莉亚！”于是大家静了一下……立秋也觉得音响里唱歌的不是刚才的女歌手了，似乎换了一个人，不过这女歌手的声音更加娇嫩、悦耳，也似乎多了些野气，这些大学生们听歌就听歌吧，却不肯真的安静下来，他们反复地欢呼雀跃：“娜达莉·安波莉亚！”对这位女歌手绝对崇拜，绝对是她的“粉丝”无疑。

趁无人注意，立秋下楼去了，他想去外面溜达一会儿。

但是王琼的父亲王恳叫住了他，问道：“朱先生，感觉怎么样？”

立秋不知道他问王琼的生日怎么样，还是问自己“最近”怎么样，也就含混地回答："还可以。"

"当然，"王恳笑笑说，"家里的这点事情对你来说不算一回事，肯定很轻松。"

苔娜女士插话了："你不是做过装修吗？看看家里什么地方……可以多做一些的。"

王恳说："有什么可装修的？早就和你说过，咱们不会长久住在这里的，一定要另外买房子或者自己亲手建造一处房子，那才令人满意。"

苔娜说："我还是喜欢这房子，很古朴，如果再重新装修一下是蛮好的啦。"

王恳说："如果是十八世纪或十九世纪的建筑倒也好了，那会很值钱，但可惜它只是七十多年前盖的，现在不但过时而且不实用。"

苔娜说："那你叫他做什么？我们是花了钱的……天，你那个宝贝女儿！"

王恳说："你不要总说这样的话，总之他们是年轻人，想一想我们当年，不是也很反对别人过多的干涉吗？"

立秋感觉到王琼处处事事在庇护着他，他此时不知道该走出去，还是该留下来。客厅里有不少鲜花，他的那束鲜花留在王琼的房间里，而那份硕大的生日蛋糕则摆放在客厅圆桌的正中央。阿月忙着往两张桌子上摆饭菜，然后她站在楼梯上戏谑地喊："先生小姐们，下楼用餐了！"

那个老鬼，还有王琼的奶奶也从客厅后面走了出来，那些大学生们下楼以后便围着圆桌一面拍手一面反复地唱"祝你生日快乐"。王琼的两眼在找寻着立秋，在一个角落里看到了，她拉起他，把他拉到屋子的正中央，对大家说："你们看哪，这就是傻瓜朱里奇送我的生日蛋糕，这是蛋糕吗？我说是月亮！"

于是大家都为这蛋糕之大哄笑，也为之热烈鼓掌。王琼又说："有一首华语歌怎么唱来？月亮代表我的心，是不是朱里奇？"

立秋不说话，王琼也不再深问，但她把立秋推到自己前面，让立秋替她吹蜡烛，立秋不太懂也不在意，他憋足了一口气，一下把十九根蜡烛全吹灭了。

王琼的奶奶吃过蛋糕，又坐了一会儿便回房间去了，这之前她给了王琼礼物，大约是钱或首饰之类。那个老鬼回去得更早，他似乎承受不住这里的嘈杂与纷乱，只吃了几口菜，象征性地尝了口蛋糕。

不知何时不见了戴维。

立秋吃了蛋糕，喝了酒，吃了皇帝蟹、牡蛎、鲍鱼、龙虾以及大学生们带来的各式稀奇古怪的东西。他们说笑、碰杯，一起给王琼祝福，祝福她漂亮、快乐、健康，祝福她交到称心如意的男友。他们在说这话的时候一眼一眼瞥立秋，立秋虽然听不懂，但从他们的表情和眼神中已领略到了。

立秋悄然上了楼，他洗了澡，是用冷水洗的，还说这小楼过时、不实用，这里什么都具备，连厕所也有，是经过一番改造后加上去的。他洗过澡回到自己房间，和衣倒在床上，楼下仍在没完没了地喧闹，这澳大利亚人原来也好吃，也那么善聊善侃，这饭不知要吃到什么时候。

喝了点酒，不知不觉睡着了。

午夜时分了吧，门轻轻地响，像有人在敲，立秋迷迷糊糊问了一句："谁呀?"

"朱里奇，睡了吗?"是王琼的声音。

立秋回答说："睡了。"

"你明明在说话，还说睡了。"王琼笑，又敲门。

立秋只好把门打开，他自己穿着白天的衣服，而站在他面前的王琼可是让他吓了一跳，王琼换了装，也洗了澡，薄而透明的睡衣，飘逸的下摆，舒展的长袖，像飞天的嫦娥，像下凡的仙女……立秋把脸板起来，说："你这叫什么?"

王琼却不理会他那一套，说："朱里奇你不够仗义，大家都没走，你却跑回来睡觉。"

立秋说："我早就困了，你也困了吧，回去睡觉吧。"

王琼一屁股坐在床上："朱里奇你知道吗? 他们已经把我们俩当做一对情侣了!"

立秋把话题岔开："叫你回去睡觉就赶快回去睡觉，明天还要上学呢!"

王琼说："我当然有权力明天放自己一天假，因为一年只过一次生日嘛。朱里奇，我们明天去干什么?"

立秋说："明天再说明天的，现在已经是午夜了。"

王琼说："要不然明天咱们去考驾照吧，你说好不好?"

立秋说："好，好，现在请你回去睡觉。"

然而王琼还是不走，她歪着头问立秋："朱里奇我要你亲口告诉我，今天是我的生日，你是不是还应该以另外的方式向我祝贺?"

立秋不解，说：“蛋糕买了，鲜花买了，差你的钱还要等以后还。”

王琼生气了，说：“你是个猪，是个出土文物！”

立秋急不得恼不得，他不知道王琼为什么要这样说他，换了别人，他肯定要把这人轰出去，但是不行，这是在别人家里。

王琼很快就不生气了，她直直地望着立秋，目光变得温柔而缠绵：“朱里奇，我问你，你为什么送我玫瑰花？”

“玫瑰花不是花吗？玫瑰花不好吗？”立秋缺少关于花的知识。

王琼满脸得意：“玫瑰花象征爱情，意味着男女朋友和情人关系，难道你不知道？”

立秋急了，说：“我向老天发誓，我真没有那意思，花店老板说你们什么关系，我说朋友，他说男孩儿女孩儿，我说女孩儿，他就给我拿了这花……”

王琼不再说话，她扑过去，两手勾住立秋的脖子，把立秋弄个措手不及，同时也把脸贴在立秋的胸膛上，嘴里喃喃细语：“朱里奇，别装了，不许再装了，我知道你什么都明白，你不是出土文物……”

立秋想推开她，但王琼双手抱得很紧，立秋又不好太用力，就在这须臾迟疑间，王琼忽然像变戏法似的手里拿了一样东西，那东西很微小，在灯光下几乎看不清是什么，她把那东西在立秋眼前晃了晃，说：“放心，朱里奇，这个牌子很保险，很不错的。”

立秋细看，大吃一惊，原来是避孕套！

王琼在说的同时一只手便去解立秋的衣扣，另一只手依然紧紧抱着立秋，情急之下，立秋只好弯腰把她抱起来。王琼以为肯定是要把她放到床上去了，发出咯咯甜美的笑声，但立秋把她平稳地放在了沙发上，她的睡衣从肩上滑落了，露出了她上半身光洁的玉体，立秋亲自把那睡衣提上来，并命令她掩好，系好带子。

“怎么？朱里奇，你不愿意？”王琼坐在那儿愣愣地望着立秋。

立秋站在屋子中央，以教训的口吻说：“王琼，你是个好女孩儿，你救了我，又帮助了我，我这一辈子都感激不尽，但是请你记住……我不是个很随便的人。”

王琼奇怪地问：“朱里奇，你认为这很严重？”

立秋说：“别忘了，你只有十九岁，而且还是个学生。”

“这有什么呢？”王琼说，“我和戴维以前就这样的，他也住在这房里。”

“他是他，我是我。”

“而且你把我的年龄弄错了，”王琼继续说，“我不是十九岁，知道吗？我已经二十岁了，因此你的蜡烛少买了一根，应该是二十根才对。”

“不管你是十九岁还是二十岁，”立秋说，“现在请你赶快回去睡觉，你说你是一九八九年生人，今年应该多少岁！”

“二十岁！”王琼嚷道，“到我生日了，就二十岁！”

“二十岁就二十岁……”立秋说着把王琼从沙发上拉起来，一手开了门，一手推她出去，“对不起，这是我的房间……当然，你完全有权力把我撵走，但是也请在明天早上。”立秋“啪”的把门关好，并锁上了。

王琼没有再反抗，也没有再敲门，他不知道她在门外站了没有、站了多久，总之听不到任何声息了。但是立秋也估计明天很可能要遭受一场唾弃或者责骂，其中也可能包含了无法言表的委屈，然后他将重新开始新的流浪或者叫潜逃的生活了。

然而却不，第二天王琼起来得很晚，她的父亲和她的继母早已经走了，她照样敲开了立秋的房门，此时立秋已帮助阿月把客厅收拾干净，刚回到房里。

这个女孩儿说：“朱里奇，我们去考驾照吧！今天很好的机会，我决定给自己放一天假。”

她把什么都忘了，或者说她什么都不在乎，依旧那么兴致勃勃。

立秋请她进来，说：“没这个必要吧，我只是个打工仔，考什么驾照？”

然而王琼有王琼的坚持，她说：“我说过的，完全有这个必要！”

考就考吧，也不好再拧着她，而且他也想看看澳国的驾照是怎么考的。

其实考澳国的驾照一点也不难，你只须持有原所在国的驾照到澳国的交通管理部门去申个请，然后经过书面考试，再经过路考；这实际与在中国考驾照差不多。只有一样，你必须服从并适应澳国特有的交通国情，即汽车的方向盘均在驾驶室靠右的位置，而不是靠左的位置，一切道路也都靠左行驶，而不是靠右行驶。

立秋的书面考试当然又是王琼帮助填写的，然后他用王琼的法拉利跑车练了一个多小时，路考的时候便顺利通过，余下只等着发驾照了。

澳大利亚的节假日也真是多，连赛马也算个节日，不知道社会上放假没有，反正王琼的学校放假一天。王琼十分高兴，早晨起来便邀立秋一同去看赛马，立秋说不去，还有很多活儿要干呢。于是王琼也不去了。

但是王琼这一天过得很不开心，她在阳台上拨弄吉他，一会儿又回屋把音响放得声音很大，她喊："朱里奇，你上来一下行吗？"立秋在下面干活儿，装作没听见，因为他知道她根本就没有正经事，她又喊："朱里奇，我请你上来一下！"立秋还不理她，于是她回屋把画夹拿出来开始画画。

快吃晚饭的时候，王琼下楼来了，她说："朱里奇我求你了，咱们俩出去吃吧，这一天把我闷得半死！"

立秋说："不去，要去你自己去。"

王琼说："我对爷爷好，爷爷也对我好，可是我实在忍受不了爷爷的素食主义！"

立秋说："对你来说是素食主义，对我来说简直每天都在享福。而且你也别太贪吃了，小心发胖！"

王琼伸开两臂原地转了一个圈："朱里奇，你看我胖吗？"

她的确不胖，中等个儿，匀称的身材，像她爸爸王恳？不像，那么就像她妈妈了，据说她妈妈叫陶小霞。

王琼想起什么问什么，她说："朱里奇，我发现你好像不大愿意和爷爷坐在一起吃饭，为什么你总要最后和阿月一起吃？"

立秋说："因为我和阿月都是佣人，你不应该和我们一起吃。"

王琼说："我就要和你一起吃，而且我发现阿月对你好多了。"

王琼说着便去车库发动车子，立秋站在那儿不知如何是好，是听任她呢？还是一味地拒绝她呢？

王琼坐在车里嗡儿嗡儿地鸣着喇叭，探出头来喊："朱里奇快上车呀！"

有什么办法呢？这姑娘在家里被宠坏了，她的话就是命令，而且自己是自由人，把自己当成佣人便是佣人，不当成佣人便不是！于是他钻进了王琼的汽车。

王琼像个出笼的小鸟儿，她摇着头，浑身打着节拍，把法拉利车开得极快。

后面有一个骑摩托车的男孩儿，他很快追了上来，并超过他们，那男孩儿回过头来和王琼打招呼，大约是问她到哪儿去，去干什么，王琼也用英语回答他，那男孩儿飞也似的前面走了，王琼对立秋说："朱里奇你看见那男孩儿了吗？他也在追我呢！"

立秋说："他好像不是戴维。"

"不是，"王琼说，"是另一个男孩儿，不过我对他一点感觉也没有。"

"那么戴维呢？他怎么样了？"立秋问。

"戴维……"王琼耸了耸肩，"他是个醋坛子。"

汽车开上了那条笔直的通往市中心的大道，不多一会儿，立秋再一次看到了那幢大楼楼顶上的一串英文字，TOCSIN，即脱克森或者是通克森，也就是通森集团。这虽然只是他第二次见到，但这名字及那一串英文字不知在他脑海里闪现过多少回，已深深刻在他的记忆里了。

"你说什么？"王琼侧过头来问。

"我没有说什么呀。"

"你明明在叨念爷爷的名字，通森，通森……"

"噢，我在念那上面的字。"立秋说。

王琼望了一眼外面："我为爷爷和父亲感到骄傲！"

汽车的速度慢了，然后拐了弯，立秋也慢慢辨认出来，他们又来到了数月前王琼为庆贺他有了工作而来过的那家餐馆，上面也还是那几个字，Fast Eddys Cafe，旁边也还是那个迪斯科舞厅，也仍然二十四小时营业。王琼说她凡不回家来吃饭大半都是和同学在这里吃的。

他们这次吃的基本和上次差不多，这里最富特色也算最拿手的便是炭烧牛排，也吃了，而且吃得很不少，所不同的是王琼这次喝酒了，虽然喝的是啤酒，但立秋很是奇怪，难道澳大利亚酒后驾车不算犯法吗？王琼脸色微红，告诉他说少喝可以，喝多了同样不行。

"可是你并没少喝！"立秋说。

王琼说："因为今天和你在一起！"

继而王琼站起来拉立秋："朱里奇你记得吗？上一次我邀你跳舞，你可是没有陪我跳啊！"

立秋说："我说过了，我根本不会跳舞，什么舞都不会。"

王琼说："迪斯科没有什么会不会，你只要按节奏动起来就好。"

立秋说："小姐，你去跳吧，我看着你跳。"

天黑下来，所有的灯都亮了，他们出了餐馆，王琼牵了立秋的手不放，进了那家舞厅，扑面而来的是食物、酒和香水混杂的味道。舞厅里人很多，都是年轻人，他们疯狂地跳，男的有的光了膀子，女的露着肚脐，音乐要把人的耳朵震聋了。王琼也疯狂地跳，跳了一会儿遇见了路上那个骑摩托的男孩儿，王琼和他跳，像斗鸡一样地跳，不知为什么跳了一会儿那男孩儿就不见了。

立秋手里拿着王琼脱下的衣服，她上身只穿了男人那样的背心，肚脐也露着，如果不是立秋三番五次地催促，不知她要跳到什么时候。

回去的路上立秋叮嘱千万小心，因为她喝了酒，但王琼满不在乎，她拧开音响，仍然意犹未尽地浑身打着节拍。

立秋只恨自己没有驾本，否则他真要替王琼开车了，但谁想得到呢？发生的不是交通事故，而是突遭一场拦路袭击。

他们驶出了市区，前面就是铁路桥了，汽车拐了一个弯，王琼突然踩了一脚急刹车，同时向窗外喊起来，大约不是责骂便是质问，但仔细一看，王琼又笑了，原来横在汽车前面的两个人她认识，可能又是她的大学同学，于是王琼下车去了，但也就在王琼下车的一刹那，汽车的左门被猛地拉开，立秋猝不及防，头上被狠狠地捶了两拳，接着他被拽下来，又是一阵拳打脚踢，这次是四五个人一齐上手，立秋只有招架之功，毫无还手的机会。待他们不打了，立秋朝一个人猛扑过去，夺下了他手中的木棒，那似是垒球棒，立秋抡起它来，追着打、赶着打，同时他看清了其中一人是戴维，另一个便是那骑摩托并才和王琼蹦过迪的男孩儿。立秋忍受着身上剧烈的疼痛，有一股恶气从小腹升到胸膛，升到大脑，扩向四肢……他们毕竟还是孩子，最大的也没有超过二十岁，而立秋正当年，哪里经得住他有力的还击？王琼尖叫着，叫立秋别打了，也喊着戴维和别人的名字，骂他们是土匪、是流氓。

立秋不打了，扔掉了木棒，他上了车，大声命令王琼："开车！"

王琼很听话，像个猫儿似的老老实实发动了车，回头看，那几个男孩儿有坐在地上不起来的，有手里攥着木棒仍然跃跃欲试的，也有的早就逃之夭夭，不见了踪影。

王琼一脸复杂、悲凄、惊恐的神色，她一直默默地开着车。立秋是坐在汽车的后座上的，他咬住牙，躺倒下来，忍受着头上、腰上、腿上的疼痛。

车经过那条林荫路开回到院子里的时候王琼的情绪变化过来了，她下车搀着立秋，说："朱里奇你怎么会有那么大力气？你知道么？你发起怒来简直像一头美洲豹！"

立秋不理她，一瘸一拐地往屋里走。

王琼的爷爷奶奶早已经睡了，只有阿月的屋里还亮着灯光。阿月不和王琼打招呼，她叫立秋："阿朱，回来了?"

立秋说："回来了。"

阿月问："吃饭了吗?"

立秋说："吃过了。阿月姐，你休息吧。"

王琼小声说："朱里奇，对不起，都怪我不好，让你受欺负了……"

立秋还是不理她，回到自己屋，他要关门，但王琼早已先他一步把床整理好了，然后她给他脱鞋，又搬动他的腿；接着帮他擦脸、洗脚，又替他揉搓疼处，她还跑到阿月那里拿来了消炎止痛膏，当她撩开立秋的衣服，看到那青一块紫一块的伤痕时，伤心地流下了眼泪。

立秋就这样在屋里静养了几天。阿月从王琼嘴里知道打架了，她来看立秋，并特地为他做了一碗鸡汤和味道十分不错的意大利空心面。阿月的确对他好多了，倒不是因为他刻意讨好了阿月，而是因为这之前立秋真的没多少事可做，经常帮助阿月打扫屋子、倒垃圾、拖地板和洗墩布，也帮她择过菜洗过菜，这对立秋根本算不了什么，他什么活儿都做过，但阿月背地里便不再说"那个阿朱"，而直呼他阿朱了。王琼早晨起来的第一件事便是敲开立秋的房门，嘘寒问暖，接着便是无孔不入的服务，当立秋把这一切都拒绝之后，王琼恋恋不舍地站在门口，说："朱里奇，我走了，上学去了。"她放学回来一上楼，也总先要喊道："朱里奇，我回来了!"

每天晚上立秋都要把那瓶威士忌从床下拿出来猛喝几口，倒不是为了疏经活血，而是为了麻醉，这算怎么回事呢? 跑到异国他乡，有仇不报，却被认做追女孩子打起架来。

当立秋身上的伤基本痊愈以后，在王琼的再三恳求下，立秋和她一同去参加或者叫参观什么"义工"。

立秋本不想去，他也不相信这帮孩子能做什么义工。但是当他坐上王琼的法拉利车以后，发现王琼今天完全是另一副样子，她戴了一顶凉帽，染黄的卷发收进帽子里，虽然还是牛仔短裤短衫，但脸上充盈着安静、温柔乃至十分亲切的神态，王琼说："朱里奇，你发现没发现我变了?"

立秋说："今天是有点变化，不过总的说没有变。"

王琼摇头："总的说也变了，和你在一起，我自己都发现我自己变了。"

"变成什么样?"

“我觉得我自己越来越像中国女孩儿了。”

立秋呸了她一口，说：“你本来就是中国女孩儿。”

王琼说：“你说得对，我不是香蕉，我是鸡蛋，外面是白色，里面还是黄色的。”

汽车开到了一个居民区，那里早已有王琼的大学同学在等候了。立秋在这里见到了戴维，也见到了骑摩托车和他大打出手的那个男孩儿，出其不意，戴维主动伸出了和解的手，王琼在一旁笑着大声说：“朱里奇，现在你明白我为什么非要你来了吧？还有 tiger cat 呢？”王琼说 tiger cat 就是“山猫”的意思，骑摩托男孩儿脸上挂着笑也走过来，不但握了手，还和立秋拥抱了一下。

“好啦，大家都是朋友啦！”王琼说。于是几辆汽车呼噜噜开出了居民区，原来车里装好了饭菜，这些饭菜都是居民区里的居民们刚刚做好了贡献出来的。

他们一路唱着歌，开到了另一个地方，那是个敬老院，白发苍苍的老奶奶和胖得臃肿的老爷爷已在门口迎接他们了，他们与老人们拥抱，不嫌脏，还和老人们脸对脸地亲，然后他们把饭菜卸下来直接送进老人们居住的屋里，于是老人们嬉笑着，张开没牙的嘴开始吃那些煮或炒得非常烂的、也只有老人才喜欢吃的饭菜。王琼和每个老人打了招呼，拥抱并亲吻了他们，然后她拉着立秋跑到另一间屋子。

这间屋里同样是老人，他们见王琼来了，都朝她招手，似乎在盼望她来，他们直呼她的名字，那就是“琼”。王琼在一位老奶奶身旁坐下了，和她面对面做起了一种击掌的游戏，先是两个人两手分别对击，然后互相交叉击，再然后难度加大，每击一掌，中间要先拍一下自己的大腿，如此这般老奶奶的动作变得混乱起来，顾了击掌便忘了拍腿，拍了腿又击错了掌。这个游戏王琼分别和三四个老人做了，每做一回便惹起满屋的笑，伴随着咳嗽声和击打玩具小鼓的声音，有的不停地用手绢擦眼泪。

饭来了，游戏停止，和那屋一样，老人们开始吃午饭。

王琼说起了这个游戏，她说叫“打花巴掌”，小的时候奶奶哄她玩，直到现在没有忘。

中午过去了，晚饭从另一个街区拉过来，同样是王琼他们的车。

他们自己的饭则从餐馆买，但不在餐馆吃，买回来和敬老院的老人们一起吃。这就是王琼所说的义工，天黑了，他们才结束一天的活动。王琼说他们已坚持很久了，至少每月一次，当然不光是去敬老院，比如下一次便是去清理人行道上的盲道，再下一次准备去远郊地方帮助残疾少年补习功课。

更让人想不到的是，王琼竟然还是大学生中的一个组长，专门负责这个组的义工活动。

二十二 圣诞节

立秋的驾照发下来了。在澳大利亚，有了驾照，就可以代替证明你身份的所有证件，并且终身不验照。

拿到驾照的第一个星期天王琼邀立秋出去游玩。墨尔本人可能对沙滩和大海看烦了、看腻了，王琼不想再去那样的地方，然而她也没有准主意。她说朱里奇咱们去看中国寺吧，立秋同意，可是王琼又说她已经去过一次，中国寺实际也没什么意思。立秋完全无所谓，去也可以不去也可以，去哪儿不去哪儿都可以。王琼后来又说去看瀑布或者去看一个叫什么艾尔斯的大岩石，她说那大岩石是世界上最古老也是最大的岩石，非常有名，可是她又说太远了，大约四百公里。她说："朱里奇，我们一定要在那儿住上一宿，你觉得怎么样?"

立秋说不去，坚决不去。

王琼说："你难道不明白我的用意吗?"

立秋说："明白不明白也不去。"

然而立秋误会了，王琼说："我的目的是让你练车！否则要驾照干什么?"

立秋说："但是我们不能在那儿住。"

"不住就不住，"王琼说，"由你来开车，我看你能开多快！"

于是他们出发了，由立秋驾车，王琼指挥道路。

墨尔本郊外起伏的山峦真多，还有森林和牧场，牧场上移动着如棉絮般的羊群……王琼把音响打开，放出来的是牧歌，古老而苍凉，一会儿，她又换成了甜美的女声，"娜达莉·安波莉亚！"她喊道。立秋开着车，似乎听她们喊过这名字。

立秋开着开着越发得心应手，上了高速，时速便超过120公里，王琼欢呼："朱里奇你真棒，简直棒极了！"

红土地，干裂的、红色的、如铁红底漆那样的红土地，裸露，大片大片地裸露，什么也不种，偶尔有荆棘和荒草……立秋不知道哪条路是他半年前曾经一个人走过的，也不知道哪块微小的土地是他曾经躺过的地方，是的，那天夜里他几乎死在那儿，只差一点点。

"你究竟要去哪儿？"立秋问，"我们就这样一直开下去吗？现在已经开了整整一个小时。"

这姑娘真的没有一定的主张，她始终在伴随着音响里的歌曲，身子一抖一抖地在动，这时她望望外面，说："朱里奇，要不然我们就在这儿待一会吧，我看这儿的景色很好。"

立秋说："你不是要去什么艾尔斯岩石吗？"

"其实也没什么，"王琼说，"不过就是一块大岩石。"

于是他们下车了。

这是路边的一个小山坡，大约就和立秋看过的南庄村外庄稼地边那道山坡一样，不高也不陡，但这里的景色的确不错，山上有树，坡上有青草，越过坡顶可以看见大片的山地森林。山坡下面便是路边了，这里还有一条河经过，那河约有十几米宽，河上的一座小桥便直接通往坡上曲径。

今天是星期日，这里也应该有游人的，但不知为什么没有。

立秋的车停在了路边的空地上，他们走过小桥，沿着小径往山顶走，立秋忽然说："你怎么不关音响？"

王琼说："关啦。"

"关啦？"立秋说，"你听这是什么声音？"

他们侧耳细听，原来从远处传来优美的歌声，那歌声极像那个叫娜达莉·安波莉亚发出来的。

"是琴鸟！"王琼兴奋地说，"它在学人唱歌哪，听啊，它唱得多好听！"

的确，那是鸟儿，在学人唱歌，并且学得很像，立秋说："咱们去逮它吧，好像它就在这山上！"

"朱里奇，那你就逮吧！"于是两人往山顶上跑，但还没有到山顶，只见一只像大雁似的鸟儿扑棱棱飞走了。

王琼哈哈大笑着说："你想捉它，简直做梦！琴鸟，非常珍贵的鸟，只有澳大利亚才有，就像中国的熊猫一样。"

他们到了山顶，却也意外地发现了一块巨石，虽然不能与想象中的那块惊世巨石相比，但也很有些奇形怪状。

立秋围巨石转了一圈，问："会不会是陨石？"

王琼耸了耸肩："陨石应该砸出一个大坑，不会轻轻摆放在山上。"她又忽然发现了什么，"朱里奇，它会不会是外星人干的？"

他们在山上溜达了一会儿，没有另外发现什么特别之处，便开始往山下走，立秋站在山坡上手指路边那条河："那叫什么河？"

王琼说："不知道，也许是迪亚曼蒂河，也许是达林河，总之河很多。"

立秋说："河是不少，可人却不多，一路上我们看见几个人？今天可是周日。"

王琼说："七百六十八万平方公里，人口两千万，每平方公里两个半人，其实澳大利亚就是一百多个国家和一百多个民族浩浩荡荡的大移民组成的。"

立秋简直刮目相看了，他静静地望着王琼的脸。

"朱里奇，你干吗这样看着我？以为我什么都不懂，是吗？"

立秋没有说话，他在山坡下面坐下来，这里有青草，绿绿的，身下软软的，散发着一种潮湿的土腥味。

已经是十二月了，在中国正是隆冬季节，而这里春天才刚刚过去，开始向夏天转换了。怎么算时间？他来时是六月，整整的半年多了。

远处是旷野荒郊，但仍然可见星星点点的房屋，更远处，可能还有村落吧。

"朱里奇……"王琼也坐在那里，手里在摆弄着草叶。

"你要说什么？"立秋问。

"你知道，爷爷要回南庄去了。"王琼说。

"南庄？哪个南庄？"立秋简直不相信自己的耳朵。

"还有哪个南庄？当然是中国大陆的南庄啊。"王琼低着头。

"你们在珠海不是有一个家吗？他回南庄干什么？"

"爷爷说只有南庄才是他真正的家。"王琼抬头看着立秋，"朱里奇，你发现没发现爷爷的精神好多了？"

"我问你他回南庄究竟干什么？"

“朱里奇你干吗那么凶?”王琼说,“爷爷说准备要拿出很大一笔钱呢,他说他离开整整十六年了,很想念,很想念……”

“这么说,他是想去投资?”

“也许吧,”王琼说,“你知道的,爷爷太老了。”

“他是太老了,我干活的时候,他看我的样子就像老地主在看长工。”

“朱里奇,什么是老地主?”

“老地主……我也没见过,但是电影里有。”

王琼越发显出悲哀的神色,她不管什么老地主,只为爷爷的衰老和爷爷的选择感到忧心。

立秋手里的一根柴棍深深剜进地里去,他问:“你的父亲呢?他是什么态度?”

王琼说:“他们有争论,父亲嫌那地方太穷,交通也太不便利了,总之是不适合投资的。”

立秋严厉地说:“你父亲知道南庄吗?说这样的话!”

“父亲当然知道,”王琼说,“他也是在南庄长大的,上了高中……”

“你爷爷为什么突然有这种想法?究竟是什么目的?”

“朱里奇,你不应该用这样的口气说爷爷,我和你说过好多次,爷爷背地里一直夸你呢!”

“夸我……你替我谢谢他。”

“爷爷说他这次回南庄无论结果怎样,都不准备回来了。他说他死也要死在南庄。”王琼说着,流下了眼泪。

立秋问:“你为什么难受?难道你不愿意他回去?”

“朱里奇我很矛盾,一方面我很想和爷爷一起回南庄,看看我出生的地方,另一方面……”

“什么?”

“又舍不得离开你。”

“听,琴鸟,又回来了!”立秋说。

王琼听了听,说:“朱里奇你听错了,那不是琴鸟,是乡村乐队在演奏!”

立秋问:“这个地方还有乡村乐队?”

王琼用手一指:“就在前面不远的地方,你看,那里有人家!朱里奇我们去看看吧。”

立秋摇头："你自己去吧。"

"求你了，朱里奇。"王琼说，"你知道，我们学校也准备成立这样的乐队呢，这是个新的义工形式，专门为偏远地区的人演奏。"

立秋不肯去，但王琼的兴致很高，她站起来，说："朱里奇你不要动，我一会儿就回来。"

说完，她走过小桥，发动了车，朝远处有人家的地方开去了。

立秋感到浑身的紧张，不知是头在疼还是腿在疼，总之他觉得神经在抽搐。

这消息来得太突然了，也太重要了，在万般无奈、迷茫又完全不知所措的时候忽然出现了转机，自己怎么办呢？要不要、有没有希望和那老鬼一同回去？自己一个人回去完全不可能，他首先付不起那到达遥远故乡的昂贵旅费，而回去之后又将是怎样一种局面？他又将如何撕扯和了断那聚集在心头死也不肯化解的仇怨？他怎样面对高压线塔下那三个小小的孤坟？

半年多来仇人每天都在眼前，他没有做出应该做的举动，实际上他已经等于放弃了，等于输掉了，甚至等于背叛了……原因很多，这个善良的、搭救过他的好心女孩儿，这个家庭对他并不歧视也毫无歹意，还有，那个老鬼出人意料的老，出人意料的残破和那根本不堪一击的病身子。

立秋，你不愿意这么想？不敢承认这么想？

是的，又摸到那把弹簧刀了，今天不知为什么忽然又把它放进裤兜里。王琼曾问他为什么会有这样一把刀？看着有点吓人，他说削水果，于是王琼便用它削水果，给他削，也给自己削，就像在三亚的彭秀娥一样。但后来王琼又说："朱里奇，你不会用它来杀人吧？"杀人？它现在已经是一块废铁，除去削水果毫无用处！

不不，不是头疼，也不是抽搐，真的是腿在疼，就在左腿的膝盖下面，像有一根针在刺，也像有一根细绳从那皮肉间拉过去……他抱住那腿，头俯下去，抵住膝盖。

不知过了多长时间，王琼回来了，她问："朱里奇你怎么了？不舒服吗？"

立秋没有说腿疼，他说头有些疼。

王琼说："朱里奇，你吃一些维生素C片吧，我车里有，它对疼痛有缓解作用。"

立秋问："真的有乐队演奏？"

王琼说："真是棒极了，演奏得非常好，起码我们班里一定要成立个乐队。"说着，她便去车里拿维生素C片，还带来了一瓶矿泉水，然后她强迫立秋把嘴张开，把六七粒维C片放进立秋嘴里，又让他喝了几口矿泉水。

然而王琼又像变戏法似的从背后伸出一只手，说："朱里奇，你猜这是什么?"

立秋说："是你画的画?"

王琼说："你猜对了，一共五张，四张是头像，一张是身像，画的全是你。"

立秋说："你画我干什么?"于是接过来看，见那头像画得很呆板，还透出些凶相，身像则看不太清楚，好像整个身子钻进桉树枝叶中去了，但只突出了一点，便是上襟风掀起处那颇为性感的臀部和系得很严实的裤扣。

王琼说："我开始旁修绘画课了，记得吗?上次你在院里修剪树枝?可是绘画老师看了说，琼，你画的是什么?monkey business，简直胡闹!"

立秋说："你把我画得很可怕，是吗?"

王琼有些委屈，说："老师根本不理解我，实际上我画的是大卫，是思想者，是亚瑟·列瓦利士。"

立秋说："上次你就胡说，这次又是什么列瓦利士。"

"蛇!"王琼还想坐一会儿，但她刚坐下便尖叫一声又赶快站起来。

立秋朝王琼手指的方向看，确有一条大约二尺长深绿色的草蛇游过来。但他没有动，他不怕蛇。

"朱里奇快躲开，要爬到你腿上去了!"

就在王琼惊喊的时候，立秋猛然伸出胳膊一把攥住了那蛇的"七寸"，蛇翻卷起来，缠绕在他的腕子上，但立秋的手像铁钳一样扼住蛇的脖子不放，接着那蛇便被迫张开了嘴巴，立秋也就在这时像掰坚硬的果壳一样从蛇的喉部两手一撕，那蛇便劈开了，从头到肚，成了血淋淋的一条，然后把它扔到远处去。

王琼愣愣地看着立秋，然后去寻找那蛇，她回来说："朱里奇，你必须承认你做错了事，它并没有伤害到你!"

立秋不说话。

王琼又说："我喊的时候你离开它就好了，为什么非要弄死它?"

那腿忽又被针刺，这让立秋全身颤了一下，立刻又用手掐住膝盖下的部位。

王琼还在发脾气："你应该知道，它同样是一条小生命！"

她看见立秋脸上有痛苦的样子，又带些讽刺意味地说："朱里奇你是不是真被蛇咬了？请不要神经过敏！"

那疼痛只有几秒钟，就过去了。立秋站起身来，说："咱们回去吧，不早了。"

这姑娘脾气来得快，也好得快，她同意回去，便拉起立秋的手，边走边说："刚才我在路上也想好了，还是要和爷爷一同回去，看看我出生的地方，不过朱里奇你放心，我很快就会回来的。"

立秋不明白自己为什么会腿疼，那疼痛虽然短暂，却钻心。

也许是精神紧张的缘故，也许是一种心理反应，不管它吧，总之有望了，他也一定要争取回南庄去，不管以什么样的方式，也不管回去以后会怎样。

在经过那座小桥的时候，立秋把那把弹簧刀从裤兜里拿出来，他只将胳膊一伸，那刀便从他的手指间轻轻滑落，然后"咚"的一声掉进河里……

王琼回身问："朱里奇你在干什么？"

立秋说："青蛙。"

没用了，回到南庄以后便用不到它了，也不想用它了。

……圣诞节到了。

中国不拿圣诞节当一个节，然而这里却把它看得十分隆重，就好像中国过春节一样。

王琼的父亲和她的继母前一天就回来了，捎回来许多好吃的，并给王琼的爷爷、奶奶带回来圣诞礼物，然后便和阿月一起做圣诞树，那树是一株塑料松，上面挂满了五颜六色的灯泡；他们给王琼的圣诞礼物是一款新式手机，她的父亲王恳说她总丢，丢了一个又一个！王琼给那个唐博尔而她总叫他"糖包儿"的小男孩儿早就预备好了礼物，是一套名为"奥特曼"的系列玩具，据说价值二百多澳元。

王琼也给立秋买了礼物，那礼物让立秋哭笑不得，一本包装很精美的世界文学名著集，里面有《教父》、《牛虻》和《雾都孤儿》，无论如何这也是礼物，立秋收下了。他收下之后也匆忙跑到镇子上去，现在他对那镇子熟悉多了，很顺利地给王琼买了一件花色连衣裙，王琼穿上了，很合身，外面又套了她自己的衣裳，弄得很有些不伦不类。

但是王琼说："朱里奇，真对不起，今晚我不能在家里过，我们约好了，我要到同学家去过圣诞夜。”

王琼走了，立秋一个人回楼上去，他想，圣诞，圣诞，你们过吧，我去睡觉。

这时候，阿月忽然隔着楼梯喊：“阿朱，老爷子让你到他那里去一下！”

老爷子自然就是王通森，那老鬼找他做什么？会不会是关于回南庄的事？不，不，他们互不认识，只知道彼此都是中国大陆的人，除此以外一无所知。

立秋下去了，他们还在忙，阿月朝他一努嘴：“喏，在里面。”

立秋走进王通森的房间。

“立秋啊，”王通森说，“亲不亲故乡人，来，认识一下。”

王通森的房里还坐了一个陌生人，那人不用介绍自动站起来，向立秋伸出了手，说：“我叫佟德全。”

这人看去四十五六岁年纪，一身灰色西服，领带打得很严整，头上脸上很光洁，脚下的皮鞋也是新的。

王通森说：“我和他很早就认识了，在双凤山我们打过交道，那时候他可是个地头蛇啊！”

叫佟德全的这人说：“总而言之我和王老有缘分，我刚来墨尔本没几天，在街上溜达，走着走着，我一看对面来的那人不是王总吗？没想到在这儿碰上了，所以今天特来拜访，你说有缘没缘！”

王通森让立秋坐，说：“他叫朱立秋，出来打工，一时又找不到工作，怎么办呢？好吧歹吧就先在我这儿待着吧。来来，咱们随便聊。”

这老鬼真如王琼所说，精神比以前好了，脸上也似乎有了血色，说话也比以前多。

佟德全让烟，立秋说不会，王通森说四年前就不抽烟了，于是佟德全自己抽，他跷起二郎腿问：“朱先生来墨尔本多长时间了？

立秋说“半年”。

佟德全赞许地说：“小伙子有眼光！告诉你，王老这人特大度，你好好熬着，不要着急，总有一天能混个澳大利亚公民。”

王通森很不客气，他既用长辈的口吻，又有嘲讽的意味，说：“你以为都像你？他是穷人，是普通百姓，挣点钱还是要回去的。”

佟德全掐灭烟头“哦”了一声，说：“反正我是不回去喽！签证到期再延、到期再延吧，总有一天会熬出头来的。”

王通森半笑不笑地说："你呀，你就等着两国签了引渡条约，把你引渡回国吧！"

佟德全哈哈笑，说："王老您这就不对了，我有那么大罪过吗？我有吗？罪过大了想出也出不来呀！"

王通森说："反正你没少搂，一亩地你就要了我四千块，加起来就三百二十万元。另外你还有别的，以为我不知道？"

佟德全又嘻嘻地笑，说："王老您真好记性……当然现在在这儿说什么也没关系了。我们六个人分，您猜怎着？全他妈见钱红眼，面不露，头不出，操心费力得罪人全是我一个人的事，结果呢？我才拿了八十万元！"

王通森说："还有别的呢？一棵银杏你要两千五，直径八公分，一棵白蜡你要一千八，后来我就不知道了。"

佟德全说："刚才进来的时候我说圣诞快乐！您那总经理儿子不大愿意理我。可是他比您开窍，我说如果给现金的话可以打七折，他答应了，一共各要了一百五十棵。"

"你又拿了多少钱？"

"哎哟我的王老，我那种植队也六七十口子人哪！"

王通森说："我问你，你一共当了多少年干部？"

佟德全说："前前后后，十五六年吧。"

王通森说："就按你一年八十万元算，十年呢八百万元，十五年……"

佟德全大叫起来："您这么算我够枪毙的罪过了，我们农村干部不就那两下子嘛？满搂能搂多少？再说您那个工程也是十年九不遇的事啊。"

王通森笑说："那你为什么要跑出来？"

佟德全说："还是出来吧，共产党的政策一时一变，时紧时松，万一哪天网眼儿加密了，一网捞下去就把我们这些虾米小鱼子捞上来了！"

王通森故意问："你是共产党员吗？"

佟德全毫无愧色："当然是。"又问："王老是不是党员？"

王通森说："可惜呀，我自认为不配，距党员标准十万八千里。"

佟德全沉默了一会儿岔开话题："我有个远房表弟，他专门在拆迁办和拆迁户之间牵线搭桥，您知道只五六年工夫他赚了多少？七八百万元！"

王通森说："这么说你还嫌捞得不够？"

"见好就收吧。"佟德全说，"利用我儿子在这儿上学的好条件，先让我媳妇出来了，反正家里也没剩什么值钱的东西，就那五间房子，我弟弟先住吧，您别等网撒下来呀，网撒下来就晚了。”

立秋想走了，难道老鬼叫他来就是为了让他听他们两个谈话吗？这很让人恶心，特别是这个叫佟德全的小小的农村贪官。

但是王通森拦住了他，说：“立秋啊，过了春节，你愿不愿意和我一起回国去？”

立秋一愣，这太突然了，但他马上说：“愿意，很愿意。”

“我们看看情况，如果你愿意回来再回来，”王通森说，“反正我是不回来了。”

立秋说：“你不回来我也不回来了。”

“怎么？你要回你的老家去吗？”王通森问，“你还没有挣到钱，回到你山区老家可怎么生活呢？”

佟德全插话：“王老要回国？”

王通森说：“我主要是想为我的南庄老家做一些事，离开得太久了，想啊！另外我在这也住腻了、烦了，感到十分孤闷……对了，双凤山那里经营得怎么样？”

佟德全说：“您的二儿子在那儿掌管大权，怎么问我？”

王通森说：“我两耳不闻窗外事，他们也不和我说。”

佟德全说：“其实我也想春节的时候回去一趟，您知道，往年春节我家可热闹了，有给我儿子压岁钱的，有专门给我儿子交学费的，汽车在我家门口排出一里多，现在不知冷清了多少。”

王通森说：“我也奇怪，就没人给你算算账？你一个小小的村支书一年能挣多少钱？你儿子在这儿上学一年多少钱？”

佟德全又嘻嘻地笑，说：“还有一样，其实国家并不和我们农村干部较真，我们是集体经济，自己吃自己，自己管自己，抱养的。”

王通森愤愤然：“我就不信，再来一次‘四清’，你看谁还是抱养的！”

佟德全说：“四清？倒是听说过。”

王通森说：“你还吃奶哪！那是个好运动，不管你占了集体多一点点儿便宜，不管你贪污了三块五块钱，也不管你比社员群众多吃了几斤粮食或多分了一捆菜，你都要彻底说清楚，然后该退赔的退赔，该处理的处理，你不说？有专人像熬鹰似的熬你，不把你屎尿熬出来才怪！”

佟德全说："妈呀，那谁还当干部？"

王通森说："所以那时候撂挑子不干的很多，到了年底公社专门下来人做工作，大队干部又做生产队干部的工作，不像现在似的，请客送礼、明目张胆地给钱也要当上村主任。"

佟德全说："这也算是一个进步，向西方学习民主政治、公平竞争嘛。"

王通森带出一句"妈的"，说："这完全两码事！"

阿月来叫吃饭。王通森邀佟德全一起吃，佟德全说出来时媳妇已把晚饭做好了，便拱手告辞。

立秋为这两个人的谈话弄了一肚子气，这个小小的贪官更让他觉得恶心，但也有好处，便是得到了他想得到的最真实可靠的信息，那老鬼的的确确要回南庄去了。

其实也没有什么可准备的，心里早已准备充分，物质上他一无所有，只耐心等待，等待那一时刻到来。

二十三
"哈姆雷特"的忍耐

立秋有了驾本，比以前忙了，很多时候他充当了这个家庭的专职司机。

首先，王琼对他说："朱里奇，和你商量个事行吗？"

立秋问什么事。

王琼说："你能不能早晨把我送到学校，再送爷爷去打太极拳，然后可能的话快到放学的时候你再去学校把我接回来。"

王琼说这话的时候脸有些红，她不是害羞，是觉得这样劳累立秋很不好意思。

但是她又说："如果你实在没有工夫或是不高兴也没有关系，我可以从铁路桥那里搭乘轻轨车，你只要把我送到桥口就好了。"

立秋问："你爷爷要学太极拳？"

王琼说："朱里奇，我们都为爷爷的好心情高兴吧！"

于是法拉利车里经常坐了两个人，十二月末，在这里是炎热的夏季，那老鬼居然穿起了唐装，那是圣诞节那天儿媳苔娜送给他的圣诞礼物，紫红色的，上面有一个个大铜钱，他的脸骨很大，前额宽而眉骨突出，倒很像个老猴子，不过衣服上的紫红色光亮也把他的脸映上了一层红。王琼坐在副驾驶座上一面指挥道路一面与那老鬼说说笑笑。

亚拉河岸边的一块空地上真的有一群人在打太极拳，一个中年男人在教，站在他面前学的有男人也有女人，有白种人也有黑人，当然，黄种人长相的最多。那老鬼脱去唐装，里面原来还穿了白色中式裤褂，蛮像那么回事似的。送完了王琼去学校，顺便再把他接回家，他慈祥地对立秋说："不要急，慢慢开，我早一点晚一点都无所谓的。"

墨尔本大学坐落在市区那条笔直大马路的北面，好一片宏大的建筑群，立秋每次都尽量争取准时准点把王琼送到学校，而王琼每次下车的时候总是当着校门口许多同学的面高声说道："朱里奇，别忘记接我！"然后再回身用手抛来一个吻，回去的时候，她飞跑过来，同样高声叫道："朱里奇，你来了！"那种亲密，那种甜美，简直又让立秋哭笑不得。

还有阿月，也常来寻方便，说："阿朱啊，同我去买菜吧！""阿朱啊，你顺便把小米和绿豆买回来吧！"要不然就是："阿朱啊，你同我到镇子上去一趟，我要给家里寄钱呢。"

于是立秋拉了阿月，买回来菜和杂粮；立秋又开了三个月的工资，把钱还给王琼，王琼说什么也不要，便托她换成人民币，在阿月寄钱的同时立秋也把钱寄给了养父朱保富。

澳大利亚的节假日一年简直数不胜数，过了圣诞节是元旦，过了元旦又是澳国的建国纪念日，过了纪念日便到了中国的春节。立秋没有想到春节在这里也很盛行，由他开车，拉着王琼和那老鬼在初三、初四两天去墨尔本的唐人街观看了大型庆祝活动。那活动真是热闹，有舞龙、有文艺表演，还有中国美食和工艺品展销。据说通森集团还是这次活动的主办方之一。

还有一次，王琼父亲王恳居然也让立秋开车，拉那老鬼去医院检查身体，检查完了，又到他们的公司总部去了，那老鬼余威尚在，车刚到楼下，早有一班人马在那里恭候他了，他们像搀老太爷似的把那老鬼搀了进去。

然而怎么回事？春节过了，他们再也没有提回南庄的事，王琼也没有说过，立秋曾向王琼通报了王通森邀他一起回去，王琼高兴地跳起来，又要去勾立秋的脖子，立秋闪开，王琼说："总而言之我们一刻也不分开了！"但是，会不会出了什么变故呢？

他想问王琼，但又不好表现得过于关心，更不好太直接、太露骨，于是一天傍晚立秋说："吃得太饱了，出去走走。"

王琼喜出望外，立秋没有邀她的意思，但是她说："朱里奇，你还是第一次约我出去。"并且立刻换上了圣诞节那天立秋为她买的那件花连衣裙。

院子南面不远便是一片桉树林，王琼自动头前走，她指着林子里散步的人说："朱里奇你猜那都是些什么人？"

立秋回答："大人和孩子，老夫老妻。"

"还有呢？"

立秋说："我想问你事。"

王琼说："还有情人！傻瓜。"

立秋问："春节过了，你们家为什么不提回国的事了？是不是有了变化？"

王琼说："虽然爸爸和爷爷有分歧，但最终还是爷爷取得了胜利，爸爸同意很快派人去南庄考察，然后和爷爷一起回南庄，但也只是第一次，以后爸爸就不会去了。"

立秋渐次问道："你也肯定回去？"

王琼说："当然了，因为我同时还有照顾爷爷的任务啊。"

"我呢？我一起回去有没有变化？"

"放心吧朱里奇，从我这里也不会让他们反悔的。我们一天也不要分开，是不是？"

但王琼沉默了一会儿又说："朱里奇，我必须和你解释明白，他们之所以让你一起回去是因为他们不愿意你一个人留在我家里，虽然家里还有阿月……你能理解吗？"

立秋说："当然理解。"

王琼忽然朝立秋歪起头，脸上现出俏皮的笑容，说："朱里奇，坦白吧，今天为什么约我出来？"

立秋说："随便走走嘛。"

"以前为什么不，偏偏今天？"

立秋不知怎样回答。

"朱里奇你别装了，是不是又和上次一样，不知玫瑰花代表什么意思？"

立秋说："咱们回去吧。"

"今天是情人节……"王琼温柔又幸福地说，"朱里奇，其实你心里什么都明白，对不对？你这个假装的、伪造的出土文物。"

立秋的头猛热了一下，他真的不知道今天是什么情人节，甚至根本不懂什么是情人节，更没过过情人节。

王琼见立秋愣愣地站在那里大约以为他还在装，于是她伸出胳膊去勾立秋的脖颈，立秋这次没有躲，也没有抗拒，王琼把头抵在立秋的怀里，那抵的力量很是不小，迫使立秋不禁向后退去，退到了一棵桉树干上，无路可退了，王琼便翘起脚尖，闭上两眼，努力向上够……怎么办？躲避？拒绝？也许会坏了大事，于是立秋慢慢俯下头来，触到了王琼的前额，但王琼不依，脚尖踮得更高，勾脖的手也更用力，眼睛仍然闭着，那嘴巴和嘴巴便合到一起了。

但也只有几秒的工夫，立秋便把头抬起来。

王琼依然把立秋抱得紧紧的，头也抵得紧紧的，她侧过脸，喃喃地说："其实朱里奇你不和我们走也没有关系的，这样我可以时常想到有一个人在家里等着我、想着我，你知道那是一种什么感觉吗？"

立秋说："不，我就要和你们一起回去。"

"好好，一起走，一起走，你这个大孩子。"

立秋说："咱们回去吧，天马上就要黑了。"

然而王琼拢了几把桉树叶坐下来，她拉立秋的手，也让立秋坐下来。

他们靠着树干，王琼把头倚在立秋的肩上，一会儿，她又正过脸来看着立秋，说："朱里奇，你不向我坦白，我今天要向你坦白了。你知道，从在那个荒岗子边看到你的第一眼，我就被你吸引了，那时候你正病着，病得很厉害，后来在医院里，我看着你、守着你……朱里奇，朱里奇，你知道吗？从那时候起我就开始喜欢你了，也就是说爱上你了！你问为什么？我也不知道。后来我也反复问我自己，可是直到现在我也说不清楚。"

立秋说："傻姑娘，那不是喜欢，更不是爱，那只是你的好心、你的善良。"

王琼摇头："不不，朱里奇，你别认为我整天嘻嘻哈哈的没个严肃，其实我很会总结、很会反思，我一个人发呆的时候问过自己，是不是就因为他是中国人，是不是就因为他很穷、很可怜？不不，完全不是，如果换了一个人，我会同样帮他，但绝不会产生这种感情。"

立秋不知道说什么好……如果说他一点不感动，不是事实，他甚至想起了远在另一个天涯海角的彭秀娥，如果说他感动了，那是不可以的，要坚决打压下去。

王琼又把头靠在立秋肩上了，完全沉浸在美妙的幸福中，她说："朱里奇你不说话我也知道你在想什么，你肯定又说你还小，还是个学生，可是我告诉你，爱情与年龄没多大关系，苔娜阿姨比爸爸小八岁呢，你发现没有？我也正好比你小八岁！"

立秋不得不说话了："王琼，你必须明白，我只是个打个仔，彻底的穷人，而你是富家小姐，我们能够成为朋友已经很难得，不可能存在其他关系。"

王琼说："我完全有能力把你从穷人变成富人，让你从一个打工者变成一个企业家，你相信吗？"

这女孩儿在说梦话，她有的地方是那样成熟，有的地方又是那么幼稚。

王琼拉过立秋的一只手："你不相信？以为我在信口胡说？告诉你，我为这事早已经考虑好了，等我们从南庄回来以后我就向爷爷和爸爸建议让你去高登技术进修学院学习，你不是喜欢装修吗？那里有专门的装修课程。朱里奇，高登并不远，只有几十公里，你开车每天都可以回家来的！如果他们不同意给你买车也没关系，我们现在就开始攒钱自己买。目前呢你还只能开我的车，每天还照样把我送到铁路桥口，我照样乘轻轨到学校去。朱里奇，坐轻轨也是一种享受，有时候我看书，有时候我在车上还睡一觉呢！"

立秋笑，说："你的想法真不错。"

王琼忽然说："什么不错，是不对！朱里奇，你最好还是先补习英语，但是没必要到学校去补习，就全由我负责了，教别人不行，教你还是完全可以的。"

立秋说："很好，很好。"

"等你从高登进修学院毕业以后，就到托克森任职……"

"托克森？通森……"

"对，就是通森，爸爸肯定会同意的，爸爸的下属也会欢迎你的。如果他们不欢迎也不要紧，朱里奇，你应该想到那时我也毕业了，我们就自己创办一个公司，你来搞装修，我来搞设计，想一想，那有多么美妙，是多么理想的一种组合！"

立秋说："你走不走？你不走我一个人先走了。"

王琼伸出手让立秋拉起她来。

他们往回走。王琼说："你读过《简·爱》吗?"

立秋问："《简·爱》是什么? 是书? 是小说?"

王琼说："没读过《简·爱》,《牛虻》读过没有? 我给你买的那套书里就有。"

立秋说："我十四岁出来打工，除去业务书其他书都没看过。"

王琼说："那么莎士比亚的戏剧你看过没有? 比如《哈姆雷特》，也就是《王子复仇记》。"

立秋不言语了，这姑娘嘴里说"穷人"，实际对穷人根本不了解，更不了解农民，纯是蜜罐子里长大的。

王琼又说："朱里奇，我现在不觉得你像里瓦利士了，你说，你是想做罗杰斯特先生，还是想做哈姆雷特?"

立秋随口问："这哈姆雷特是干吗的?"

"一个高贵的复仇王子。"

立秋说："算了，我还是做罗杰斯特吧。"

王琼说："罗杰斯特……他最后可是双目失明了。"

立秋说："失明就失明吧。"

王琼突然一指："树熊。"

立秋望去，见一棵桉树上趴着个奇怪的家伙，样子不像袋鼠，也不像熊猫，个子小而肥，显出一个特大的鼻子，这丑陋的、几乎看不见耳朵和眼睛的动物慢慢地在树上爬，正贪婪地吃着桉树叶子。

王琼告诉立秋这叫树熊，也叫考拉，是有名的"澳洲懒汉"。她说着，走过去，从地上拾起一片桉树叶，高高地举到那懒汉的嘴边去，然而那家伙却不吃，它只吃它自己的，王琼又跑到另一个地方，同样拾起一片叶子，同样举到它嘴边，想不到这次它却吃了，很香甜地嚼起来。王琼大声说："朱里奇你看，它和人一样，很重视选择呢!"

王琼在说这话的时候立秋根本没注意听，因为他左腿的膝盖下又突然疼了。实际上，在上次野外山坡上的那次疼痛以后，他又多次疼过，而每次的疼痛都好像有尖针穿过皮肉，刺进骨头里。王琼生日那天他曾买过一瓶叫威士忌的酒，那时喝酒是为了麻痹，为了让自己什么都不想而睡个好觉。后来立秋又悄悄买过三瓶，虽不是威士忌，但也是挺烈的酒，就在出门往北的小店里，而不是在威克镇，现在立秋喝酒则是为了缓解腿上的疼痛了。

王琼看他，立秋佯装在腿上抓痒。

王琼打趣地叫道："哈姆雷特！是不是又被蛇咬了？"

……终于盼到了这一天。

王琼和学校请好了假，苔娜女士也争取每周回来两次，因为家里只剩了阿月和奶奶。

据王琼的父亲后来说，如果不是中国南方出现了严重的冰雪天气，迫使成千上万的人滞留在车站不能回家，他们在春节后真的起程了。但是王通森说："还是等一等吧，等过了三月，春天才真的来了。"

王琼说："爷爷你糊涂了？现在是夏天，过了夏天是秋天啊！"

王通森说："丫头，是我糊涂还是你糊涂了？在这儿是秋天，到了我们老家正好是春天呢！"

拼命 Pin Ming

第五章

回　家

二十四
颤抖的手敲门

一架波音飞机在广州白云机场降落，从旋梯上走下来王通森、王垦、王琼和朱立秋。

冰雪严寒已过，迎百年奥运和奥运倒计时的广告比比皆是。

他们很快又搭乘国内航班飞抵 N 市，王通森的二儿子王安已在那里等候多时了。

王安用两辆汽车把父亲和哥哥一行人接往了双凤山旅游风景区，在双凤山康复娱乐中心下榻休息。

这之前，王通森亲自联系了在香港的薛启荣老先生，邀薛老先生一同来双凤山，一晃六年过去了，应该好好叙叙旧，但薛老先生没有来，他已是七十九岁高龄，虽然身体还好，但毕竟多有不便，因此薛老先生歉允一切均由自己的女儿薛女士代为表达。

薛女士是这里的财务总监，她拉着王通森的手说："王老啊王老，您还是这么硬朗，还是这么健康，就和五十几岁的人一样……"

唉……会说话，真会说话，远不如她父亲来得实诚，自己明明一副病身子，怎么又和五十几岁的人一样呢。

在儿子的执意劝说下，王通森也让自己稍微享受了一下，他做了中医泡脚，做了蝌蚪浴，临睡的时候，又有两个土耳其打扮的女郎一个给他捏头，另一个给他做了身体按摩。

第二天他起来得很早，一个人在这宏大的建筑群里转悠，是啊，一切都是按薛老先生事前所设想的，一切也都是按自己努力想达到的，现在基本上都达到了……他来到了一个僻静的所在，见墙上有仕女图、夜宴图，软绵绵的笔体渲染着一首古诗："好雨知时节，当春乃发生。随风潜入夜，润物细无声……”他走进去，吓了一跳！在这一排排的单间房里，竟住有一男一女……这种勾当，活活把一首古诗糟蹋尽了。

他不知道何时开发了这种生意，还是一开始就有？还是后来增了项？在薛老先生的设想里以及自己参与的施工里是绝对没有的，对天发誓。

他没有说，也没有问，随他们去吧，看来不管高级低级，离开了这个，也许生意真的不好做呢！

在省城 N 市，他没有什么牵挂，除了那个叫康成的康主任，不知他现在怎样，另外便是姓耿的耿立文了，据说他也判了刑，他的内弟据说还潜居在美国。但是王通森的心被丰安市召唤着，他要快些到达那里，想去寻找一个人，这个人应该早刑满释放了，是的，他在珠海居住的时候他就应该刑满释放了，但是他却没有机会、没有那个精力和心力来找他、看他，他现在是否还在那个城市里？是否还居住在那条街上他的那个两居室？

一个半小时以后汽车便行驶在丰安市的环形公路上了。

哦，没有想到，这倒没有想到，“八十一家”工程映入了眼帘，它还在公路边几十米之外的地方，它还是那么玲珑剔透，还是那么鲜亮惹人，放眼望去，它依然带有地理上的标志性，多少年了？十三四年了吧，那是他的杰作，是他潜心用力的杰作，同时也是他爬过的一个危险的铁索桥和他事业的一个转折点。

他王通森值得骄傲，他留下了点什么，起码是这林林总总大大小小建筑工程的缔造者之一。

汽车驶下公路，王通森让司机拐弯朝城里开，王恳和王安同时问：“爸您要干吗？去城里是吃饭还是想买东西？”

王通森不答，并且命令停车，他从后座上下来，与王安对调，坐到了前面副驾驶的座位上，这样看得更清楚一些。

王恳懂了，说：“别管爸，他可能要去找一个人。”

……变喽，这么多年过去自然要变喽，那条路叫新民路，街也叫新民街，然而在哪儿呢？找个标志性建筑？比如原来那个百货商场，比如原来那所小学，没有，全都不存在了。

找不到那条路、那条街，自然也就无法找到那栋三层楼上他不知来过多少次的那两室一厅……

中午了，他们不得不停下来找个饭馆简单吃了点东西。

也就在吃东西的时候王通森向一位很老的老太太打问道："老姐姐，从前有个新民路，知道怎么走吗?"

老太太朝南面一指："大楼后面再往东一拐就是。"

说简单也真简单，就这么找到了。想不到那么漂亮的建筑后面还留有如此旧、如此破的楼房，路边的像门脸儿，把一切都遮掩了。

王通森让王安回去，儿子是双凤山的大拿，他的分公司总部也设在双凤山，那里离不了他，没必要一路陪下去，只把一辆汽车留下来就可以了。

进去，上楼，王恳搀着父亲，王琼走在后面，她要牵立秋的手，立秋坚决不让。

王通森的两腿在打着哆嗦，不，是心在哆嗦。

到了，还是那个他所熟悉的门，一点没变，只是陈旧了，更加陈旧了。

颤抖的手敲门……

出来个生面孔，是个年轻小伙儿，他问："你们找谁?"

王通森心里凉了一下，说："我们是来找一个从前的朋友，姓陶。"

未料，那小伙儿转身朝里面喊道："陶大爷，有人找!"

陶强出来了，但不是从客厅出来，而是从卧室经过很窄的走道走出来。还是矮墩墩的个儿，还是板寸头，但头发已经花白，脸上布满了粗糙的皱纹。

"老陶！我的陶副市长，我的好亲家!"王通森激动得一连道出了几个称呼。

陶强眼角上的皱纹忽而并拢忽而展开，终于，他抓住了王通森的手："通森老哥，通森老哥……"

"想不到吧?"

"想不到，想不到……"

王通森点手叫后面的王琼："丫头，还站在那儿发愣，快过来，这是你姥爷，你亲姥爷!"

身边的王恳抢先说道："爸，我是王恳，认出来了吗? 今天特意来看您，找了一个上午才找到。"

这时候，通过狭窄的走道，一个女人从卧室里出来，她笑声笑语地叫陶强："老陶你怎么不让客人进屋来呀?"

陶强显出了迟钝的样子，他嘴里说："真是，真是……"一手拉着王通森，一手拉着王琼，王琼规规矩矩喊了他“姥爷”，陶强含着老泪边走边说：“愧呀，愧呀……”意思是他没有尽到一个姥爷的责任，简直不配当这个姥爷。

这间卧室也应该是王通森所熟悉的，从前空洞、冷清，显得很大，现在则有些拥挤，无论是床上还是地上均显出了一个两口之家的二人世界。

那个女人很热情，端出了水果，又赶快给他们沏茶。

王通森小声问陶强：“结婚了？还是雇来的保姆？”

陶强说：“结婚了。”

王通森说：“好，好，老来有个伴儿。”

陶强说他三年以前就出来了，党和政府对他很不错，不但为他减了一年刑，还给他保留了这两室一厅，但后来有小两口，也是公职人员，没有房子住，便把这两室一厅一分为二，在客厅中间打了隔断，现在他们两家共用一个厨房，共用一个卫生间。

陶强又说他的那些朋友对他也很好，是他们把他接回来的，并给他办了洗尘宴，好像他刚远征归来；还记得在丰安搞植物菌的那个专家吧？是他给安排了工作，他和老婆两个人的，每月工资加起来也有一千七八百块，说不上富裕，但过日子是一点没问题的。

陶强在说这些话的时候王通森一面听一面一眼一眼地瞥那女人。她在打电话，好像是给单位里打的，说家里来了客人，下午请假，就不去了。

她放下电话又回厨房去。王通森问陶强：“她是哪儿的人？叫什么名字？你们什么时候结的婚？”

陶强愣了一下，仿佛又迟钝了，但他稍作思忖，便嘿嘿嘿地笑起来。

王通森说：“你笑什么？”

陶强笑得流出了眼泪，说：“你也不用问我，一会儿你问她吧。”

王恳很忙，他从皮包里掏出了文件，在看。

王琼坐在屋子的角落，和朱立秋小声说着话。

那女人从厨房里提了新开的水第二次往茶壶里续的时候，陶强点手让她过来一下。

她过来了，给王通森换了新茶。

王通森接过茶杯：“弟妹，看在我这把年纪份上，如果我说错了，请不要见怪，可以吗？”

女人也愣在那儿了，她注视着王通森，表情在起着变化。

王通森说："你是不是齐燕儿？"

"王总！"她突然大声叫起来，致使王恳、王琼都朝这里看。

王通森得意地说："以为我老眼昏花就认不出来了？记不记得那年在饭馆里？我一眼就把你认出来了！"

齐燕儿说："嗐，开始我还以为又是老陶哪儿的朋友呢！别看我们家又穷又窄，朋友和同事经常来呢！"

王通森说："看来我是完喽，让人根本认不出来。"

齐燕儿说："我不说假话，王总，和以前比您真是变化太大。"

陶强说："谁没变化？你没变化？原来你二十六岁，现在你三十九了，变没变？"

王通森说："好啦，说说你们，怎么回事？中国这么大，怎么神出鬼没地又跑到一块儿来了？"

王恳没时间听这些，他又专心查看文件。

齐燕儿说："等一下我给下面的司机送点水去，叫他上来人家不上来，就在车里待着，回来再说。"

王琼说："爷爷，我们也去陪陪司机吧，他一个人多孤单。"说着，拉起立秋下楼去了。

陶强问："这个小伙子是谁？你们也没介绍。"

王通森说："家里雇来打工的，小伙子很不错。"

陶强说："王琼……长这么大了，成个大姑娘了，看见她我心里别提多酸。"接着，长吁短叹。

王通森说："从前的事我们都不去说，也不去想，一切都往前看。"

齐燕儿回来了，王通森首先发问："老陶一出事你就跑了，跑哪儿去了？他们后来就没找到你？你知道，好多人说你是电影明星，也有的说你是电视台节目主持人。"

齐燕儿咯咯地笑，说："还这么高抬我！其实现在想起来没必要跑，跑什么呀？你们每月只给我那几百块钱，钱我也都寄回老家去了，除此之外我什么都没有。可当时害怕呀，所以夜里就跑了。"

"可苦了老陶，说你把赃款席卷一空。"

"谁空啊？真正空的是我，白跟了他好几年，什么也没捞到……知道我跑哪儿去了吗？我跑北京去了，在北京混了七八年。"

"你在北京干什么？"

"您说我能干什么？重操旧业吧，干了几年，也确实挣了点钱，北京的钱也好挣，我就回家盖了二层小楼，那是我一生中最风光的时候。可是您猜那时候我多大了？三十四了。我一想，这样不行啊，很快就人老珠黄，结果我就租了几间门脸儿，好好装修了一下，花了二十万元，自己当起了歌厅老板……"

"说呀，怎不说了？"

"有个绿化队队长，当时我要听他的话就好了，我没听，结果拆迁，说那几间房是违章建筑，什么也不给，什么也不赔。完了，全完了，几十万元全白扔里了，我不甘心，找房东要说法，可是房东说我也亏了，你找我，我找谁去？我说我告你去，违章建筑为什么还租给我？他说你告去吧，爱哪儿告哪儿告……您说咱一个外地人打什么官司啊，再说你也根本打不赢啊，怎么办？认倒霉吧，后来听说海南生意好做，我一狠心就去海南了。"

"那是哪一年？"

"大概是二零零五年吧。您猜怎？原来海南也不好做，干这行的太多！我有个远房表妹，也来找我来了，我让她走，她不走，她好像跟一个个体户小老板恋上了，我就一个人去了珠海。"

"那时候我也正好在珠海。"

"您也在珠海？"

"我一身的病，儿子把我放在那儿疗养。"

"要碰到您就好了。"

"接着说你的吧。"

"王总，不怕您笑话，我一个三十六岁的人能干什么？就又回到了我的一开始，给人家做了保姆。"

王通森叹息一声，说："绕了一个大圈子，又回到了人生的起点。"

"可不是？"

王通森说："说了半天还是没说你们俩是怎么跑到一块儿来的？"

齐燕儿起身去给大家倒水："往下的事您让老陶说吧！"

陶强说："我给人家看办公室，白天没事，那天早上我推自行车出大门要回家，就看见一个女的在门口看告示，植物菌研究所要招聘保安和勤杂工，她就过来问我，大爷，您知道这勤杂工一个月给多少钱吗？我说我是看门的，哪知道？你进里边问吧，她就“啪”的拍了我一巴掌，老陶！陶强！就这么……你想，老相好了，可不是一拍即合？”

齐燕儿坐回来说：“您说也是怪，我本来在珠海做保姆做得挺好，雇主对我很不错，钱也不少给，可是我总一阵一阵地烦，烦着烦着就不想做了，非要回丰安不可。其实他判没判，判了几年，出来没出来，我一概不知道，就是一门心思想来丰安看！怪不怪？”

王通森沉吟：“说怪也怪，说不怪也不怪。”

陶强说：“所以我就和她讲了，我可是个穷光蛋，又是个刑满释放人员，那两居室也是公家的，说不定哪天公家想收回就收回，你可图我什么呢？再说我六十多岁了，你三十多岁，我做你父亲都行了。”

齐燕儿捶了陶强一下，说：“王总您看他平常也这么占我便宜！”

陶强笑，王通森也笑。

齐燕儿又说：“所以我也和他讲了，我说我什么都不图，就图你人不错，那段时间你真心实意对我好，也看在咱俩的情分上。等我老了，也把你伺候死了，我就回我承德那边的老家去，我们那边也有敬老院了，我就往敬老院里一待，待到哪天算哪天，心里面总而言之有个人可想……要不然，这一辈子，连个值得想的男人都没有。”

说着，齐燕儿掉下了眼泪。

齐燕儿擦了泪去厨房，时间不早了，她预备晚饭。

王通森说不吃了，有要紧事要赶回南庄老家去。

陶强问回去干什么？王通森没有细说，因为王恳的手机已响过三次，说崇水县领导恭候多时了。

他们起身告辞，自然又是必不可少的寒暄，王通森说：“有事你就说话，手机我是没有，孙女和儿子都有，打他们谁的电话都可以。”

两个孩子一直在楼下转悠，喊了半天才把他们喊回来。

回到车上，王通森好半天沉默不语。车开上了公路，他重重地叹了口气。

王恳说：“您也没有必要太伤感，人生就是这样。”

王通森说：“看来，一个‘真’字是最可贵的。”

二十五
南　庄

人很多，有村民，有县环保局和县卫生防疫站的工作人员。村民挖完了坑，就地在坑边休息、抽烟，县环保局和卫生防疫站的同志把从坑里挖上来的东西分门别类，一样一样用小勺收进好几个小瓶子里。

挖上来的东西有黑糊糊的焦渣、柏油路和水泥路破坏以后的碎片，有成疙瘩成团的塑料物，还有分不清是什么的黏黏稠稠的半液体状的东西，散发着同样是说不出来的一种怪味儿。

王家庄村委会党支部书记郭向东问："怎么样？有没有问题？"

防疫站的同志说："一切要等我们拿回去化验完了再下结论。"

环保局的同志说："不过两三米地下就埋了这样的东西，肯定对水质会产生影响。"

另一个同志问："现在水是什么情况？"

郭向东说："有时候像啤酒，有时候浮头有一层沫子，一会儿又没了。"

"等下我们也要把水样取回去。"

这时候，有个村民漫着荒跑来，向郭向东报告说："向东啊，村北头也挖出东西来了，就离水井房子不远，你快去看看吧！"

郭向东说："什么情况？"

村民说："挖上来有药瓶子、针头针管儿，还有破衣服烂布，肯定不是纯棉的，是化纤的，要不然早烂了。"

"好像是医院里的东西。"

"我看也是。"

环保局的同志问："这个村叫什么村？"

"南庄。"

又问："你们一共挖了多少个坑？"

郭向东说："也不管哪儿，反正沿南庄周围随便找个地方挖，从前天早晨开始，挖了六七个，差不多全是这种情况。”

“向东！向东！”又有人叫他了，郭向东可真是个大忙人。

来人是村委会主任程玉兰，四十出头年纪，她骑了辆自行车，不知是着急还是高兴，脸上红扑扑地出了汗。

“怎么办？怎么办？”

郭向东问：“什么怎么办？”

程玉兰说：“他们说来就来了！”

“谁说来就来了？”

程玉兰说：“前几天不是说那个王通森王董事长和他儿子要来吗？乡里说他们已经从县里出发了，一个多小时以后就到，乡里让咱们提前去等候哪！”

郭向东拍了一下大胯：“来了好，冤有头债有主。”

“怎么办哪？他们说还要在咱这儿吃晚饭呢！”

“你吩咐了没有？”

程玉兰说：“我倒是吩咐了，咱这儿有什么可吃的？就是农家饭呗，屋子我也派人打扫着呢，还有床，万一人家要在咱村委会休息呢？”

郭向东说：“这不是挺好？你这样，马上坐我那桑塔纳，让小刘开车，现在就去乡里。”

“我去？我会说什么呀？”

“有什么可说的？眼前那点客气话你还不会？但是记住，除去热烈欢迎、表示友好，其他的话一概不要说。”

“还是你去吧。”

“要不然你留在这儿？环保局和防疫站的同志……”

“还是我去吧。”

说着，郭向东给村委会干事小刘打了电话，程玉兰坐了那辆乡里开了六七年淘汰下来的桑塔纳直奔乡里去了。

县里的同志又取了水样，提了半兜子的小瓶，郭向东让他们去村委会歇一歇、喝点水，说有问题的是南庄，村委会的水绝对没有问题，但他们疑疑惑惑，终于上车走了。

郭向东骑了程玉兰的自行车刚要回村委会，迎面又走来了王二润。

王二润说：“郭书记，这水费实在不好收、不好收……”

“你收了几天了？”

王二润说："别处都好说，只这南庄，我收七天了，没一户给的。"

郭向东说："好，我现在告诉你，从今天开始南庄的水费停收，一分钱也不许收，一户也不许收。"

"他们不交水费还有理了?"

郭向东说："二润哥，我问你，你也是南庄人，喝那水觉怎样?"

王二润说："也就从今年开春才这样的，凑合着喝吧，哪儿就喝出癌症来了。"

郭向东说："咱们不是有个浇地的水罐吗？你把它装在130车上，从明天开始挨家挨户给南庄的乡亲们送水，告诉他们，自己家的自来水一口也不要喝了，也不要到处去推水了，每天由村委会负责给大家送水，让大家把桶或缸准备好。二润哥，这是你的工作，也是你的责任，你光做个收水费的可不行!"

王二润答应着走了。

郭向东回到村委会见井井有条，程玉兰临时揪来几个妇女，把办公室和干部平时值班的两间屋子收拾了，每家地里都有菜，她们又各自拿来在那里择和洗。

时间还早，大王庄乡距县城七十里地，到乡里还要耽搁，不能到了就走，这时候郭向东忽然想起一个人来，这个人是韩江，韩玉山的儿子，昨天还见他在家里，帮父母往家推水，今天不知走了没有。

韩江大学念的是法律，毕业以后在崇水县城的一个律师事务所里工作，是个见习律师。前两年搞普法教育的时候，韩江和县民政局的干部在王家庄村待过很长一段时间，那时候郭向东也才刚当上村支部书记不久，和韩江两个人混得很熟，韩江的媳妇是民政局的，还是那时郭向东从中给穿的针引的线。

南庄离村委会不足一里地，郭向东依旧骑了程玉兰的那辆女车，三十几岁的汉子骑在上面像猴顶灯，腿伸不开，身子只能一晃一晃的，让人感到很有点滑稽。

郭向东进门的时候，韩江正好要走，他说回来两天了，就是为帮父母推水，但也不能太长，否则让领导说出话来就不好了。

郭向东说："情有可原，无论从你还是从你们领导，都情有可原。"

回到屋里，韩江开口便问南庄水的问题什么时候能解决?

郭向东说："快了，今天特意来找你，想咨询一下从法律的角度怎样处理这件事情。"

韩江说：“这是你们村委会的事情，也就是内部的事情，碍得着什么法律？”

郭向东说：“冤有头债有主，造成水污染的祸首今天就要来咱们村了。”

韩江问：“谁？王通森？什么时候？”

郭向东点头，说：“一会儿就到。”

韩江放下了手中的提包，两手不停地擦搓起来，说：“好，太好了，这可真是冤有头债有主，不是不报，时机未到，时机一到，一切全报！”

郭向东说：“我知道你又要提什么问题了，那件事情求求你，放一放，以后再说。”

韩江说：“一万年太久，只争朝夕，万一那老东西死了，跑了，一切全来不及了。”

郭向东说：“我找你来是问水污染问题的，不是要解决那宗人命案。”

韩江说：“那问题简单，按照国家的政策法规，谁污染谁治理，谁造成了损失谁负责赔偿。”

郭向东想了想，说：“那可难了，南庄说大不大，说小不小，村周围加起来总长度也有三四里，宽度也有二百米，你让他把两三米厚的土翻上来，把里面的充填物清上来全拉走，我估计他也是七十岁的人了，岂不要了他的老命？”

韩江说：“向东哥，你的同情心放错了地方，他当初发黑心财怎么没有同情心？他当初谋害秋儿的父母怎么没一点同情心？他的同情心全让狗吃了！”

郭向东说：“你又扯远了，也要看看当时的历史环境，刚刚开放搞活，大家都没有具体的、准确的规章制度可循。”

他们的谈话惊动了里屋的韩玉山和老伴儿，他们都已是六十出头的人了，阳春三月还披着棉袄。

韩玉山说：“向东，你们说什么？王通森要回来了？”

韩玉山老伴儿说：“我也老听王通森、王通森的。”

郭向东说：“玉山大伯，你们歇着吧。”

韩玉山说：“他要是真回来我能歇得住吗？你知道我憋了多少年？嗯？这些年我心里又是怎受的？嗯？二零零零年秋儿回来过一次，我让你们保密，可是这密也白保，直到现在秋儿在哪儿？是死是活？你们谁知道？”

郭向东说：“大伯，您不能着急，事情只能一件一件地解决，再说这案子发生的时候我还小，还在上学，情况不是太清楚。”

韩江说：“你不清楚我清楚，几年前我父亲就从头到尾对我说了，我相信我父亲，相信他不会添枝加叶，不会有一句假话。”

韩玉山老伴儿说：“可怜老头子，非磨掉他几年寿不可……”

郭向东说：“即便这样，请问韩大律师，当事人在哪儿？也就是说秋儿在哪儿？缺少了受害人一方，请问谁来起诉？难道你韩江代表你的律师事务所提起公诉不成？”

韩江说：“必要的时候没什么不可以。”

郭向东说：“行了，你以为这些年法律我白学了？事情过去太长时间追诉起来是很不容易的，没有主体起诉人司法机关也不会轻易受理。”

韩江笑了，说：“看来普法教育对你还真实地起了作用。”

郭向东说：“我得走了，闹不好人已经到了。”

他说着出门，推起自行车还没有骑上，一位女村民一路小跑朝他喊道：“向东啊，你这就不对了，怎么能让客人等着你呢！”

郭向东说：“坏了，坏了……”

女村民说：“你这书记当的。”

郭向东猫下腰，把屁股撅起来，女车也骑得很快。

村委会门口黑黑压压站了一片人，旁边停了一色黑的三辆轿车。

“我们郭书记来了！”

“向东回来了！”

程玉兰接过自行车，向大家介绍说：“这位就是我们村的支书郭向东同志，向东，这位就是王董事长，这位是王总经理。”

不等王通森开口，乡里领导怪罪说：“不像话，不像话，王董事长这么大年纪，还有县里领导，都等你一个人！”

郭向东说：“对不起、对不起，有事耽搁了一会儿，大家快请进吧！”

王通森却站在那里，既不注意来了什么人，也不在乎谁说了什么话，他望着四周，嘴里喃喃地说：“变喽，变喽，地还是那块地，可全认不出来喽。”

郭向东向王通森伸出了手：“我是郭向东。”

王通森回过神来，也和郭向东握手，然后介绍说：“这是王恳，集团总经理，我的儿子。这是我的孙女儿王琼。这是我的助手，朱立秋先生。”

别人都进去了，一位乡领导还陪同在这里，他对郭向东说：“向东啊，王老在白手起家、大展宏图的时候不用说你，就是我也还小啊！这是你们王家庄的骄傲，也是南庄的骄傲，同时也是我们大王庄乡的骄傲。”

程玉兰从里面出来，叫道：“怎么还不进来呢？王董事长，别看是春天，外面的风还挺凉呢！”

围观的人还没有散去。其中有一位老者，远远地站在一边，上身披了一件西服，手里拿着一根新从窖里扒出来的胡萝卜，在嘎嘣嘣地嚼。

王通森走过去，眯起一双老眼仔细打量，然后伸出了手：“常贵，老伙计，是真认不出来，还是装作认不出来？”

齐常贵笑了，脸上笑成了一团乱麻，说：“咱不敢认呢，现在一个在天上，一个在地下。”

王通森说：“老伙计你怎说这种话？记得我比你大两岁，应该叫你兄弟，我看你身子骨还行，还能咬胡萝卜。”

齐常贵说：“二零零三年就不当村主任了，家里有几亩地，认头种地吧，没想到人一干活儿身体反倒棒起来。”

王通森说：“我可不行了，你看我这一口的牙也是假的，身上也到处是病。”

齐常贵说：“自从那年你给儿子办婚礼，二十一年了吧，你就没回来过。”

王通森说：“回来过，回来过，只是没见到你，我是一九九二年搬走的，离开十六年了。”

齐常贵说：“一眨眼工夫，跟做梦一样。”

王通森说：“可不跟做梦一样嘛……你弟弟常富怎么样？”

齐常贵说：“凑合活着吧。”

郭向东始终陪在一旁，说：“王董，咱进去吧，不要让大家等急了。”

可这时候齐常贵又往别处一指，说：“你看那人是谁？还认不认识？”

一位耄耋之人，坐在更远的一块石头上，一会儿望天上的雁，一会儿望远处的山，也不知道他究竟在看什么，反正在看景儿。

齐常贵说：“他是老郭头，猪场老场长，郭向东的爷爷，反过来说，村支书郭向东是他孙子，想不到吧？”

齐常贵说这话似乎有点幸灾乐祸的劲头。

王通森走过去……然而那耄耋之人不知看到了什么，站起来，缓缓地离开了。

王琼跑出来双手拉起王通森："爷爷，您不是就爱喝小米粥吗？他们有小米粥，还说是南庄产出来的呢！"

王通森招呼齐常贵："老伙计，进来一块儿吃吧！咱们也好多说说话儿。"

郭向东也让："常贵叔别走，进来一块儿吃！"

齐常贵问："你什么时候走？"

王通森说："老伙计，我不走了，永远不走了。"

齐常贵不信，敷衍道："以后再说吧。"

县领导不吃饭，他们喝了一会儿水就出来了，王通森和郭向东都一齐走上前去和他们握手道别。

县领导说："吃好喝好！"

有什么可吃的，可能是说惯了。

郭向东和王通森手拉手进了村委会院子，孙女王琼看什么都新鲜，在一旁不停地说这说那。他们看了睡觉的地方，两间办公室和另一间小屋都归整得干干净净、利利落落，床有，沙发也有，只是床是木板床，沙发也比较陈旧，只有客人来才搬出来用，同时也都是本村的木匠自行打制的。

程玉兰又来叫："饭菜都凉了！向东你这人真可以。"

郭向东笑了说："程主任听你这话咱们摆了多少碟儿多少碗儿啊？"

程玉兰说："哪儿啊，腌了一个香椿豆，拌了一个荠菜，然后就是榆树钱儿窝头和小米粥了。"

王通森说："好，你就算棒子面粥加咸菜我吃得也特别的香！"

二十六 为什么要回来

真的，自己糊涂了，彻底糊涂了，为什么要回来呢？

走遍天下，哪里的黄土不埋人，为什么偏要回来呢？

自己只想满足一腔怀乡之情，却未料一场官司等着他！

他回来等于把自己放在了被告席上，等于自投罗网！

本来他的心情极好，在硬板床上睡了一宿很踏实，儿子王恳在旁边开着台灯工作到很晚。

第二天他很早就起来，亲自叫了孙女王琼，当然还有那个朱立秋，他们出去溜达，看一看这阔别了近二十年的故乡。

他们先来到了“家”，十六年前的家，那是个如灰色碉堡又方方正正的大房子，既不通风又不采光，连院子也没有，王通森现在十分奇怪自己当时为什么要盖这样的房子，活活的是赶时髦、赶风景啊，是土老帽儿变成的暴发户才有的行径。

后来他把这房子以令人眼红的低廉价格卖给了王二润。

王二润现在还在这里住着，他也快五十岁的人了，据说还没有结婚。

孙女王琼像个归巢的小燕，唧喳地叫着，她看什么都新鲜，一会儿要进去看看那房子，一会儿又要上到房顶，用手机拍照。但街门锁着，王二润不在家，孙女儿便一副很失落的样子，说她本想看看她出生在哪间屋里，小的时候睡在哪张床上，奶奶又是怎样背着她在屋里转来转去，说“大狼猫来喽”!

接着，他们来到了祖坟。说是祖坟，其实早已经没有了坟，二十世纪六十年代就没有了，荒冈子上只有一根作为标记的矮矮的水泥方柱埋在地里，四周荒芜一片。

王通森潸然泪下，这里埋葬着父亲、母亲、爷爷、奶奶，但也只是些烂剩的骨头，是后来迁坟迁到这里的。

王通森原想在省城N市买一块墓地来的，起码把父亲和母亲安葬在这里，可怜的父亲，为王家庄人辛劳一生……后来想算了。

前面是高压线塔，田野之上，大约每隔几百米便有一座。

王通森恍惚记得，对，只能恍惚记得，秋儿的一家三口就安在一座高压线塔下，一开始不是，一开始是埋在自家承包的地里的，并留有坟头，后来大队管委会齐常贵他们不允许，才不知道什么人，也不知道在什么时候悄悄移到了高压线塔下，留下了最后的痕迹。

然而是哪一座呢?

偏偏不巧，头稍微一偏，便看见了那三个小小的坟丘。若是秋天就好了，若是盛夏也好了，大铁架下无人管理，荒草会把它掩埋起来的，但偏偏是春天，野草刚刚发芽、吐绿。

男左女右，移这坟头的人应该懂得，那么右边的那个就是曹春英了。

哦，一生中唯一爱过的女人。

那时他四十四五岁年纪，竟如一个小伙子一样充满了那般火热的激情！

如果没有孩子们在场，他也许为这坟头添一把土，也许在她面前坐一会儿，甚至跪一会儿。还有那个李同……

不会有什么问题，来之前他反复咨询过法律界人士，事情已整整过去了二十四年，也就是说远远超过了案件的追诉期，一般情况下是不允许再追诉的。而在南庄，只能属于一般情况，难道还会出现什么特殊情况吗？他心里有底，否则也不会回来了。他虽然年老，但还没有老到在重大问题上犯傻的地步。

“爷爷，你在看什么？”

“你看，那大架子上的乌鸦。”

“那不是喜鹊吗？怎么是乌鸦？”

“喜鹊是花色的，黑色的叫乌鸦。”

“朱里奇，你也在看什么？”

“乌鸦。”

“奇怪，你们都在看乌鸦！”

他们在往回走的时候，又经过了他当年的始发地，当年他在这里做酒，做“南庄高粱白”，后来又做假酒，后来又挖沙，他从这里起飞，一直飞往县城，飞往丰安市，飞往省城，飞往全国。

后来他同样以令人眼红的低廉价格把这块地方租赁给了齐常贵的弟弟齐常富，再由齐常富转租出去，据说曾有不少天南地北的人在这里做产业，但都没有成功，后来二儿子王安说不要了，归还给村委会吧。

现在，这里开办了一个纸箱厂、一个塑料制品厂，都是为电视机的包装配套的，村支书郭向东说生意还不错，一年下来也有几十万元的利润。

好，很好，家乡的变化令他欣慰、令他满足，他回来了，再来个锦上添花，此时的家乡也就不枉是他的家乡了。

然而，然而……

他王通森还是想错了，还是过于简单地估计了形势。

他没有想到他所顾忌的二十四年前的事情毫无差错，但十六七年以前的事情倒被人翻捣出来了！

挖沙，挖沙，当年他几乎把南庄周围二百米距离之内挖遍了，积攒了大量资金，很长一段时间内成为了他腾飞的物质基础。

他回到住的地方，儿子王恳已在那里等着他了。

他们先去吃饭，还是村主任程玉兰作陪，吃饭的时候顺顺当当，谁也没有说一句框外的话。

吃完饭又躺了一会儿，他安安稳稳，还真的睡着了，睡了大约一个小时。

睡醒以后，王恳说："爸，出事了。"

"出什么事了?"

王恳好长时间不说话。

王通森再问："到底出什么事了？你怎么不说?"

"爸，"王恳说，"您怎么能干那样的事？租地挖沙，把南庄四周挖遍了，而且用那乱七八糟的东西和垃圾作为回填物，造成了地下水污染，现在人家提出来了，谁污染谁治理，谁造成的损失谁负责赔偿，否则人家就要起诉。"

王通森心里咯噔一下，头也在发胀，赶快掏出了随身携带的药丸，王恳递过了水。

沉默了一会儿，王通森说："他们怎么不跟我讲？非要跟你讲?"

王恳说："您年纪大了，人家也是好心，怕耽误了您的身体。"

王通森说："也要看当时的历史背景，当时有什么制度？有什么条条框框？能挣的钱就挣呗。"

王恳说："一些起码的政策法规国家向来是有的，您不能无视它，不管也不看，光顾了挣钱。"

王通森恼了，说："当时谁供你们吃饭？谁供你出国留学？现在你又来说这种话！再说我是花钱租地，每亩大概是四千块吧，若按种庄稼，十年之内他们恐怕还挣不到这个钱呢。至于齐常贵他们给每户多少我就不管了。"

王恳说："怎么办？整个一上午他们都在和我讲这事，六个村民代表，再加上村委会干部，一共十多个人，他们还搬出了法律，那可不是凭嘴说，而是拿出一本法律书来念……您看我都记下来了。"

说着，王恳拿出个小本子，朝王通森一字一句地念道："刑法第三百四十二条规定，违反土地管理法规，非法占有耕地改作他用，数量较大，造成耕地大量毁坏的，处五年以下有期徒刑或者拘役，并处或者单处罚金。"

又念："非法占用耕地'造成耕地大量毁坏'是指行为人非法占用耕地建窑、建坟、建房、挖沙、采石、采矿、取土、堆放固体废弃物或者进行其他非农业建设，造成基本农田五亩以上或者基本农田以外的耕地十亩以上种植条件严重毁坏或者严重污染。爸，这是最高人民法院对于以上条款的解释。”

王通森将头沉沉地低下，说：“幸亏我不是违法，是经过当时大队管委会同意批准的，并且签有合同。”

王恳说：“所以他们说如果这事不解决他们就要把当时的大队领导一并起诉！”

王通森长长地叹了口气：“糊涂了，终归是老糊涂了！”

王恳说：“您不采纳我的意见，我说先派人来考察，看看情况，您就是不听，说没必要，只我们两个人来就行了，结果呢，我们现在等于入了牢笼……爸，您没见门口总有两个小伙子在那儿溜达，好像便衣警察……”

王通森说：“没理会。”

王恳说：“那就是看着我们的，怕我们跑了。”

接着，王恳说崇水县环保局和卫生防疫站的人也来了，他们带来了水样化验单和从地下挖出来的回填物化验单，水样含有二氧化硫、苯、铅等化学物质，这些物质严重超标，并具有致癌性。回填物所含有害物质就更多，大约七八种，记不清了。

王恳又说上午他随同亲自去了南庄，看了自来水管流出来的水，有一层泡沫，白色的，一会儿又没了，也有的人家放出来的水橘黄色，像啤酒……

王通森始终低垂着头。

王恳说：“你们出去溜达没有看见村委会用罐车给南庄各家送水吗？”

王通森说：“没理会。以为是给果树打药的车。”

王恳又说：“你们去没去村外？看没看见地里挖了一个又一个大坑？”

王通森又说没理会。光顾了看景儿了。

但是平静了一会儿过后，王通森站起来了，他要王恳陪他到地里看。

父子俩来到南庄村外。

经过十多年的沉淀，表面的土地已经塌实，上面的麦子长得很不错，绿油油的已经有一拃高，但王恳说他们又提出了另一个问题，那就是用来浇地的水也同样受了污染，用这样的水浇出来的庄稼会不会也有害呢？

他们来到了一个大坑，挖上来的污七八糟的东西还在坑边堆放着，太阳晒得半干，仍然散发着一股臭气。

他们又来到一个大坑，污七八糟的东西同样堆在那里，同样散发着难闻的气味。坑边还有人看新鲜，见他们来了，都一声不吭地走开了。

王通森让儿子自去忙他的，他要一个人待一会儿。

王恳走了。

王通森随便在一个土坡前坐下来。

他挖沙多长时间？大约六七年吧。

但那钱也同样是不容易挣的，首先，巨大的深坑要挖下七八米才能见到沙石。

不知道哪年哪月、不知道哪条河道、不知道经过多少年的冲刷才形成了今天这块广阔的平原，东风140和平头解放喘着粗气从陡峭的坡岸爬上来，把一车车沙石送到客户的施工现场去。

哪里去找那么多的回填物？哪里去找可以腐烂又对土壤不造成损害的回填物？难道让他王通森用一车沙石的代价去换一车好土的代价吗？当然是逮着什么算什么，什么快来什么，只求迅速把那些瘆人的大坑填满就好了。所以才有了现在挖上来的那些东西。

但那大都是在夜间进行的，天快亮的时候，卸下了好土，把那些垃圾掩埋掉，同时，两米以上是卸了好土的，因为上面还要种庄稼。

生财也靠运气，建筑工程那么多，拆迁那么多，装修那么多，垃圾的去向成了一大隐患，不知谁发起的，每卸一车垃圾要付给对方二十元钱，否则不让卸，于是夜晚的时候一车一车地来了，包括医院里的，王通森的沙石坑便成了垃圾填埋场，也额外得到了一笔收入。

齐常贵眼里是不进沙子的，他早就看到了，但是他不吱声，只等一天夜里他用大手电棒围着沙坑照了个遍，王通森当时也在场。怎么了结的？钱。

钱是好挣的吗？没碴找碴的人很多，好管闲事的人也很多，有人向县环保局打了小报告，有人往电视台写了信，环保局来了公务员，电视台来了记者，他们毫不客气，当场给录了像。

怎么解决？

吃饭加红包，另外还有一个大包，纯牛皮的。

第二天他们又来录像：大汽车正在卸好土，黄澄澄的好土，一辆接着一辆，环保局的人负责现场解说，于是，王通森又成了一位环保卫士，成了发展企业又同时保护绿色家园的一个典范。

怪谁？能全怪我吗？

王通森觉得委屈。

“爷爷，您怎么一个人跑到这儿来了？爸爸让我来找你。”

孙女王琼燕儿似的跑来；奇怪，那个朱立秋还是第一次没有跟在后面。

……祸总之是我惹的，孽是我造的，这一切就让我承当吧。

既然回来了，就要做长久回来的打算，一定要对得起乡亲们，一定要对得起这片土地，对得起自己的良心。

吃过了晚饭，王恳回到了屋里依旧等着父亲。

王恳说：“我已经和他们商量出一个解决办法。”

王通森问什么办法？

王恳说：“是个协议，也可以说是一项计划。”

王通森隐去了愁苦的面容，显出了一丝轻松神态：“说说看嘛。”

王恳说：“人家还是很通情达理的，知道翻开厚厚的土层把东西挖出来再运走不可能，也不愿让我们承受那么大的压力……”

王通森说：“说具体方案。”

王恳说：“方案是我提出的，他们表示完全同意。”

王通森等待着。

“我认为有必要重新为南庄人打一口新的吃水井，这口井要远离挖过的沙坑起码二百米，水管也要重新接通，原来的自来水管全部废掉，这样加上打井的费用，要一百五十万元左右。”

王通森出其不意地也极少有的叫了一声“儿子”，说：“正合我意，我也是这么想的！”

王恳接着说：“另外还要把那两口浇地的井再加深，起码再打下去五十米左右，庄稼虽不如人重要，但是也不能再用那样的水浇地了。”

“好，太好了！”

“这样，再加上您原来所设想的，为南庄的乡亲翻盖一些危房、旧房，再重新修建村里的小学校舍，也就大大地抵消了，也大大地补偿了。”

王通森说：“不，我现在再加一项，为王家庄村盖一个图书阅览室，并且由我们负责向社会征集一些图书。儿子，你要明白，我不走了，就留在这里，也许这第一任图书管理员就由我来做，也满足一下我这一生很想多读些书的愿望。”

王恳说：“爸，我算了一下，现在已经接近三百万元了。”

王通森说："钱不是问题，不行的话就从我的私人账户上拨好了。"

王恳说："爸，您不要那样说，这点钱对公司来说还算不得大事。"

王通森又问："所有这一切由谁来施工？"

王恳说："山西的工程马上要结束，把他们调过来好了，离得近一些，打井的人和设备他们也有。"

王通森说："好，就这么决定，明天由我来亲自和郭向东讲！"

二十七 失 踪

住宿是这样安排的，王通森和王恳住一个房间；立秋与同来的司机住一个房间，在王通森、王恳房间的左边；王琼一个人住一个房间，那房间比较小，在王通森、王恳房间的右边。王琼每天早晨起来都要经过爷爷和父亲的房间，到立秋的房间去，但那屋里有司机，说过一些简单的话之后便拉起立秋出去，到野外，到南庄村里，看他们感兴趣的，说他们想说的。

村里人自然在背后指指点点，说你看这就是王通森的孙女！黄色的头发，是染的，白白的皮肤，直直的鼻梁，是原生的，再看那瘦瘦的牛仔裤，把个屁股包得又圆又鼓，虽不是外国人，全身却散发着一种外国人的气味。

四十多岁往上的人也有见过陶小霞的，说这姑娘从长相上看不像她父亲，很像她的母亲陶小霞。

立秋一般情况下不说也不笑，只跟在王琼身边走。人们自然也议论他，说看把那老东西美的，七十岁的人了还使唤这么年轻漂亮的小伙子当助手，你还能干些啥呢？也有的持怀疑态度，说免不掉是他孙女婿哩！你看那小伙子无论从长相、个头，还是穿着打扮哪点差劲？只不过那老东西向来爱打马虎眼、不肯实话实说罢了。

只是，没有人认出来他就是当年的秋儿——李同和曹春英的儿子。

一天晚上，吃过饭以后立秋好不容易寻到个机会——王琼在她爷爷房间里，立秋闪身出来，他没有走街上，而是穿过麦田，这样只需半里路就到南庄了。

八年前他回来过，那时裂了口子的皮鞋、脱了丝的牛仔裤、皱皱巴巴的上衣，现在是阿月熨好的笔挺的西服，橘红色领带，一双锃亮的皮鞋是王琼新给买的；八年了，南庄与其他村一样，也增添了许多新房，街道也变新了，但立秋还是很容易找到了韩玉山家。

韩家也换了新房，门楼也换了，唯有那两扇纯槐木做的木门没有换，大概是舍不得吧。

敲门，门原来没有关，只虚虚地掩着，立秋轻轻推开，走进去。

一个人正好从房里走出来，灯亮处，立秋认出那人竟是村支书郭向东！他闪身躲在树后，但已经晚了。

“谁?”

“我。”晚了就站出来吧。

“朱先生？你走错路了吧，这里是住户家，不是村委会。”

“我就是来这家。”

“来这家？你认识这家的人吗?”

“认识。”

“认识谁?”

“韩玉山。”

于是郭向东扭头喊道：“玉山大伯，有人找你！”又问立秋：“朱先生，你来这儿王董事长他们知道吗?”

立秋说：“郭书记，咱们进屋说话吧。”

韩玉山老伴儿和立秋走个碰头，她挡在屋门口，惊诧地说道：“同志你找谁？找韩玉山？我们并不认识你呀?”

郭向东说：“让人家进去吧，你们不认识我认识，他是王通森董事长的助手，姓朱，朱立秋先生。”

这时候，立秋已经站在了屋子中央，他直盯盯望着，然后说：“大妈，我是秋儿，是走失了二十多年的秋儿！”

“什么秋儿不秋儿，深更半夜的，我们可不知道什么秋儿。”老人家，警惕性真高。

立秋又说：“玉山大伯不在家吗？我是李同、曹春英的儿子！”

本来已经歇在床上的韩玉山此时从里屋出来了，他也直盯盯望着，在立秋脸上扫来扫去，立秋说：“八年前我回来过一次，您还没认出来吗?”说着，他双手拉过韩玉山的胳膊。

韩玉山终于认出来了，声音哆里哆嗦地说："我呀，耳朵灵，眼睛可不行了，白天也看见过你，可是谁敢认呢？连想也没往那儿想，你看你这一身打扮……秋儿啊，这是怎么回事啊？你一走又是八年，到底又去哪了……"韩玉山说着呜呜哭了起来。

把一旁的郭向东看愣了，也听愣了。

韩玉山叫老伴儿："去把韩江喊过来。"

韩江过来了，大概还是他原来那间东小屋，韩江说："叫我干吗？郭大书记好容易走了，我得抓紧时间准备材料。"

韩玉山和老伴儿都泪眼婆娑，指着立秋说："儿子，看看你小时候的伙伴儿，他是秋儿！"

立秋早已站起来，韩江走过去，两人不用看，也不用认，像个生虎子似的突然搂抱到一起。拳头在彼此的肩上乱捶着。

韩江说："我终于相信那句话，只要你做了坏事，总会受到报应的。"

立秋说："韩江，我找过你，在省城，先说你那大学迁址了，后你又去外地考察实习去了。"

韩江说："听父亲讲了，你为什么不坚持留下来？为什么不坚持找到我？如果你找到了我，或者哪怕我得到你一点点信息，我就会在那时候开始准备材料了。"

韩玉山和老伴儿一先一后地说："秋儿啊，这些年你究竟去哪儿了？都干了什么？怎么忽然跑到王通森手下去了？也跟我们讲讲啊！"

"秋儿，起码从那年你走了以后，又是八年，你和我们讲讲啊！"

立秋说："大伯大妈，韩江，我的事一时半会儿讲不完，那时候我六岁，现在我二十八了。"

韩江说："不管怎样，无论如何，我认为你不对！周围没有法律吗？缺少司法机关吗？像窦娥似的有冤无处诉吗？你为什么胡乱漂泊？为什么像个没脑袋苍蝇似的到处乱撞？此时的中国已非彼时的中国！"

立秋低下头，沉默不语。

此时郭向东把一切都听明白了，他笑着对立秋说："好了，我也不应该再叫你朱先生了，刚才我来是向韩江咨询水污染问题，看看现在这个解决方案可行不可行，在法律上有什么不妥之处没有，原来你就是秋儿，看来韩大律师可以如愿以偿了。”

韩江说：“一点不错，有了秋儿就有了主心骨，材料就会更充分、更落实，等咱们一同把材料准备完了，我们律师所就会受理你这个案子，然后向公安机关提出，请求追诉。”

韩玉山和老伴儿都抚摸着立秋，立秋也掉下了眼泪，说：“我等的就是这一天。”

郭向东叹了口气，说：“看来王通森这一关能熬过去，下一关恐怕熬不过去了。”

韩江说：“你看你看，又来了不是？郭大书记，我希望你能站在劳苦大众的立场上。”

郭向东说：“从本质上讲，王通森也是劳苦大众。”

韩江说：“可是他变了，变成了一个害人命、喝人血的恶棍！”

郭向东说：“这就是所说的原罪吧？你们法律界对原罪一说怎么看？”

韩江说：“我对理论不感兴趣，理论永远是马后炮，事后诸葛亮，怎么说怎么有理。”

郭向东点头：“也是，如果像当年邓小平似的，‘实践是检验真理的唯一标准’‘科学技术是第一生产力’……”

韩江拍手：“那才是真理论，敢冒风气之先！”

郭向东站起来：“秋儿，你现在还要作为朱立秋先生跟我回去，回到村委会，踏踏实实休息，踏踏实实睡觉，跟个没事人一样，等我们把水的问题解决完了，你的事情再提到日程上，好不好？”

立秋说：“讲老实话，我是一会儿都不愿意和那老鬼在一块儿，连看也不愿看他一眼！”

韩江说：“我记得你比我小两个月，大名叫李成秋，所以我还有资格叫你小名，秋儿，你这可不是面对现实的态度，你将来要和他对簿公堂啊！”

这时候，忽然从街上传来了人的喊声，那声音虽然娇娇嫩嫩，但却喊劈了嗓子，显得凄凉而急躁：“朱里奇……你在哪儿？我找不到你了！”

顷刻又喊：“朱里奇！你是不是迷路了？你为什么要一个人出去呢！”

“朱里奇，你没有手机，可是你知道我的手机号码，你为什么不找个电话打我的手机呢？”

声音逐渐远去。

上了年纪的人耳背，但韩江和郭向东都听得很清楚了。韩江问："是谁这么晚了在街上喊？朱里奇、朱里奇的。"

郭向东一屁股又坐回到椅子上了，说："不好，是王通森的孙女在喊秋儿，她找不着他了。"

立秋沉默不语。

韩江说："还这么啰嗦，手机手机的，是不是神经有毛病？"

郭向东说："你不知道。"

韩玉山老伴儿说："知道，白天在街上看见过她，跟个小洋鬼子似的。"

郭向东重又站起来："朱先生，咱们走吧？"

立秋"唔"了一声，但坐着没有动。

郭向东面带笑意，说："她叫王琼，好像一时一刻也离不开秋儿，出来进去总扯上他。"

韩玉山不高兴地说："秋儿，你怎跟那家人打得恁热火？"

郭向东说："秋儿，说实在话，王通森说你是他的助手，我不相信，在我看来你倒更像他孙女的男朋友，是不是？"

韩江说："真的？秋儿，你和王通森的孙女谈起恋爱来了？"

立秋没有回答，头低到两腿中间去了。

韩江说："谈了就谈了，没谈就没谈，王通森是王通森，他孙女是他孙女，你也没必要臊成那副样子。"

这时候，那声音又回来了："叔叔，看见朱立秋了吗？他叫朱、立、秋，我找不到他了。"

听不见对方的回答。

"阿姨，求求你，告诉我朱立秋在哪儿？他叫朱、立、秋……"

只听见对方一点点声音，大约是说"不知道"或者"没看见"。

"朱里奇……"她仍然在喊着，不过声音小多了，显得没了力气。

当郭向东再一次让立秋同他一起回去的时候，立秋正好把腿蜷上来，放在沙发里，他的两手掐住一条腿的膝盖部，整个身子也压上去。

"秋儿，你怎么了？"

"怎么了你？秋儿！"

所有的人都朝立秋奔过去。

立秋的大脑是清醒的，还是如以前一样地疼，还是那样钻心刺骨，实际上他左腿的膝盖下部位早已经被他摁出了紫紫的一块血印子，他顾不上说话，两手依旧狠狠地掐住，头俯上去，像练瑜伽。

怎么了？回来这一路不曾疼过，昨天前天、大前天都不曾疼过，是不是目的将要达到，是不是到家了？全身放松，心里也没了力气，那疼痛便反而出现了……他们说了什么、问了什么立秋都没有听见，他只一心忍受着、忍受着。

郭向东当机立断，他要首先回去通知王通森，把立秋送往医院。

但是韩玉山夫妇和韩江均不同意，韩江说："用不着他王通森，不管这病怎么瞧，也不管花多少钱，都由我们家担了！"

韩江母亲说："在理，就让我们为秋儿做点事吧，也不枉他妈托付了我们一场，也让这老头子心里好受一点。"

韩玉山痛苦地流下了眼泪，说："秋儿啊，眼看这仇就要报了，你怎么又得了这病呢！"

郭向东说："韩江，老人不明白你也不明白？无论如何秋儿现在还是王通森的人，你不通知他从道理上说得过去吗？"

立秋说话了："你们都放心，没事的，我这毛病已经犯过好多次了，一会儿就好，什么事也没有。"

韩江拥着立秋，韩玉山老伴儿用毛巾给他擦了脸上的汗，韩玉山接过毛巾，蘸了水，敷在紫色的印子上，他们观察着、等待着。

几分钟以后，真的好些了，不过撕撕拉拉，那疼痛似乎疏散开去，让立秋感到左半个身子好像都在抽搐。

郭向东说："秋儿，听我的，咱们回去吧，首先是王琼……不知乱到什么地步了呢，他们再找不着我，闹不好程玉兰要第一个报警了。"

韩玉山说："向东啊，你看他这病是说好就好的吗？指不定什么时候又犯了，就让他留在我这儿吧，我们两口子好照顾他。"

韩江说："爸，妈，你们歇着吧，时候不早了，就让秋儿住到我那屋去，我来看着他。"

也就在这个时候，立秋的身子突然向后一仰，续而又仰回来，双手抱起左腿，全身像蚂蟥吃了烟油一样嗦嗦地抖起来。

郭向东谁的话也不听了，他漫着黑荒的田野回到村委会，果然这里早已闹得鸡犬不宁，他开出了汽车，说："大家都休息吧，我一个人去找朱先生！"

二十八 可怜的孩子

水的问题总算解决了。

王通森和王恳提出来的方案郭向东和程玉兰代表村委会表示了完全赞同，他们并且说如果你们资金上有困难，我们也可以拿出来一些，多了没有，十万八万还是可以的。王通森笑着说："用不着，用不着，井要打好，自来水管要重新接好，接到每家每户去，让南庄的乡亲们都喝上好水，让家家户户都满意，如果有危旧房屋呢，我还照样管修，王家庄小学校舍我也照样管重新翻盖，图书阅览室我已经说出去了，不能再收回，我也照样说到做到，不过具体地址选在哪儿就是你们的事了。"

郭向东说："资金是您出的，自然您说选在哪儿就选在哪儿。"

王通森说："要依我呀，就选在南庄东面的村边儿，那里是入口，老老少少出来进去都方便，离其他村子也近。"

郭向东说："我也认为那地方不错，如果外面有捐赠图书的，来了也好找，老远就看见了。"

王通森又笑着说："向东啊，另外我私人还有个要求，想了一天了，就是不大好意思开口。"

郭向东说："您尽管开口，能办的我们肯定给您办！"

王通森说："我不走了，但是不能总住在村委会里吧，这不是长久办法。另外，我那个老伴儿还在澳大利亚呢，你不能看着我们老两口长久地两地分居吧?"

郭向东说："我明白了，是不是要给您盖几间房?"

王通森伸出手指说："就三间，多了不要，多了也没用，不过这三间房怎么盖得听我的。"

郭向东说："您盖房，当然听您的。"

王通森说："不、不，你不明白我的意思，我不要我们公司的人盖，要村里的瓦木匠给盖，钱我出。"

郭向东说："三间房，一两万块钱的事，谁出都没关系，不过咱村里的瓦木匠盖出的房您能看上眼吗?"

王通森说："你还是没明白我的意思，我就是要高高的、矮矮的，高高的就是台明稍微高一些，矮矮的就是柱高不超过两米六，进深不超过四米，这样冬天的太阳就可以一直打到后墙上。另外屋地既不要大理石也不要砖铺地，把三合土砸瓷实了砸平了就好，这样泼盆水一会儿也能渗下去，即使摔个跟头也伤不着哪儿。"

郭向东和几个人都笑了，说："您这不是倒退嘛?"

王通森说："人老了，就是成熟了，成熟了，就是人老了。你们到了我这个岁数就明白了，这才叫以人为本。"

郭向东说："就依您！不过这房子盖在哪儿合适呢?"

王通森说："要依我就盖在那图书阅览室的旁边，等我把老伴儿接回来，我们老两口日子长了也难免闷得慌，有阅览室的人说说话，再下个棋什么的也好消磨时间。"

郭向东说："按您这么一讲就不光是阅览室了，还得有个娱乐室或者叫棋牌室。"

王通森说："那就再加个娱乐室或者棋牌室！一间房嘛，只不过大一点就是了。"

……一切说妥当，也安排妥当，王恳走了。司机把他送到机场，儿子上飞机走了。

挺好的，挺好的，都基本解决了，王通森还亲自到野外去，看看那新井打在什么地方合适，看两眼旧井怎样加深。

完成了这一步，下一步便可以说是他的慈善工程或者叫回报工程了。

然而，那个朱立秋突然失踪！

只可怜了孙女儿，她发疯似的找他，一个人在村里乱转，还跑到南庄去，据说就那样呼喊着"朱立秋"的名字，谁也拦不住，谁也劝不住。

后来郭向东回来了，大家踏实了一些，孙女第一个扑上去，拽住郭向东的衣服，誓死要和他一同去找，郭向东开着汽车走了，说他一个人去找朱立秋。

但是三天过去了，不但人没回来，就连郭向东也不见了踪影。

那个程玉兰，一开始就她急，非要坚持报警，现在呢，让她报她又不报了，不知怎么回事。她说：“王董、王董，您放心吧，人肯定会回来的。”

人是我带回来的，又一直在我们家，你们不负责任我还要负责任呢！

他去哪儿了？是不是回老家去了？然而他的老家是哪里呢？只知道他是大陆人，也只听说他家在边远山区，然而中国的边远山区多了，哪个省的边远山区呢？

抑或他被人劫了？但他又有什么可劫呢？一身西装革履只不过充样子，实际是个很穷很穷的打工仔，绑架他的人也真没长眼睛。

“他会不会被人杀了？爷爷，会不会？你说呀，他有没有可能被人杀了？”孙女简直发了神经，她几乎不吃饭，头和脸也几乎不洗，就这样整天叨念着、寻找着，见了她自己认为有可能知道一点消息的人便拉住人家不肯罢休，几天过去，孙女瘦了，脸瘦成了一条，眼窝也深陷下去。

王通森心疼地搂住孙女，他劝她，给她开解，但他能说什么？只能说放心吧，朱立秋很快就会回来的，也肯定能回来的。若说别的，无论你采用什么方式方法说，也只能更加重孙女的心病。

但王琼突然燃起了希望，她想起立秋在澳国与她家签有合同，那合同上不但有立秋的真实身份也有他的籍贯和准确的家庭地址，身份证立秋带走了，但那合同还在家的抽屉里放着，于是王琼提出立刻回澳大利亚！

王通森也想起来了，孙女同他回来多少天了？她向学校请了几天的假？澳大利亚的学校也有明文规定，无故旷课是要罚款的。不过现在机会来了，索性将计就计、顺水推舟吧，回去了，就别想再回来。

于是他用村委会的电话拨通了王恳的手机，但是王恳远隔重洋，已身在新西兰。

他又拨通了二儿子王安的电话，王安正在丰安市的大东家酒楼，不过相隔百里，实在是近多了。他告诉孙女，你叔叔很快就来接你，和你一同回澳大利亚。

郭向东消失了一个星期，终于露面了，也不知道他真的去找朱立秋，还是在忙他的工作。但不等他问，郭向东来到他屋里。

“王董，我现在不能不通知你了，”郭向东说，“朱立秋找到了，不过他在医院里，很快要做手术。”

“做手术？他病了？摔了？还是被人打了？要不出了车祸？”

郭向东说：“医院经反复检查，专家又会了诊，他得的是骨癌，马上要做截肢手术。"

"怎么会？他怎么会突然得了这种病?"

"不是突然，实际上他同你们在澳大利亚的时候这病已经发生了。"

"为什么不早通知我?"

"……"

"好吧，我要去看他，马上就去。"

"不不，您不能去，就要做手术了，那样的场面您最好不要见到。"

"我一定得去，这可怜的孩子……"

"您去了反而对病人不利。"

"怎会对病人不利?"

"……还有一个人您最好不要让她知道。"

"谁?"

"还用问吗？您自己去想……"

"唔……好，我不会告诉她的。"

王通森又问："他的家属通知了没有?"

郭向东说："家属嘛……已经通知了。"

王通森说："那么所有的费用，不管是住院费、治疗费、手术费，统统归我!"

郭向东说："再说吧。"

……真真是可怜的孩子，怎么就得了这种病呢？出生偏远之地带来家庭贫困由不了自己，但后天的命运又何以那样凄惨?

不过也好，在长达近十个月的时间里王通森有意无意地也观察到了，自己的孙女与这个叫朱立秋的年轻人有了某种暧昧关系，这也许并非出自这年轻人的本愿，但他了解自己的孙女，冥冥之中他觉得很像她的母亲陶小霞，当年和儿子王恳两个人好的时候小霞几乎把王恳视作生命，两人形影不离，如胶似漆，王恳说什么她信什么，让她怎么做她就怎么做，王恳身上的汗是香的，脱下的袜子也是香的……可怎么好，可怎么好?

王恳他们接受了太多的洋观念、洋意识，他曾向他们讲过，要管管自己的女儿，但他们不听，完全不把他的话当回事，他们放纵，熟视无睹，其理由是管不了、不好管，你们管不了、不好管做爷爷的就更管不了了。

他承认这是个很不错的小伙子，勤恳且自尊心很强，又救过他的命，但让自己的孙女跟了这样一个人，他于心不忍，也于心不甘！

好了，让这一切该结束的都结束吧。

王通森终于没有去看朱立秋，郭向东他们劝阻，王通森也不敢轻易离开自己的孙女。

然而王安还没有来，再次打电话，他又回双凤山去了，那里有急事等他处理。

不管怎么说，整个局面是好的，前景是乐观的。山西的队伍已经到达，钻机在勘探，测绘人员开始测绘。

王通森请求程玉兰她们多照看自己孙女，程玉兰这人心地也极善良，她专门找来两个姐妹，陪孙女说这说那，岔开话题，疏解她的心思。

王通森到野外去了，几天来他难以脱身，孙女已成了他的一块心病，野外真好，风和日丽，井架子已经搭起，工人们住的帐篷也搭起了，且有载重汽车拉来了粗细不等的钢管……他们大都操着山西口音，也并不识王通森，虽然说话，但他们只把他看做是附近村里的一个农民老汉，不过这老汉大约很有些文化罢了。

王通森和工人们聊了一会儿，自感有些累，便回来了。

回到自己屋里，他喝了口水，然后躺下，睡得着睡不着都休息一会儿。

有人敲门，王通森懒得动，问："谁呀？进来吧。"

但他还是起来了，怕进来的是程玉兰。

进来的不是程玉兰，是个年轻小伙儿，大学生模样，白汗衫蓝裤子，所不同的是脚下一双皮鞋很时髦，尖头薄底，是市场上正流行的那种，腋下还夹着个皮包。

王通森面带笑容、和蔼可亲："小伙子，进来坐吧。"

小伙子坐下了，一套沙发，专专地坐在了正中间。

"你叫王通森吗？"小伙子问，居然如此口气，如此没有礼貌。年轻人，初次见面给人的第一印象非常重要，这一点难道你不懂？

王通森忍住，展现一个老人的包容与涵养："小伙子，你有什么事吗？"

小伙子从皮包里拿出一张名片，递过来："我叫韩江，丰安市宏大律师事务所的见习律师。"

王通森接过名片，见确是丰安的一个律师事务所，但地点在崇水县。他有些纳闷了，律师找他干什么？是不是双凤山那边出事了？抑或王安出事了？涉及法律问题，找他求证或者核实？于是他说："唔，韩律师，有什么事请说吧。"

韩江说："我受当事人的委托，已经向公安机关提出申请，要求对二十四年前发生在南庄的一起谋杀案进行追诉。今天特来通知你，作为被告，希望你按时到庭，同时也该请个辩护律师替你辩护。"

王通森的头"嗡"的响了一下，但他立刻笑了，简直荒唐嘛，无中生有嘛，哪来的小杂种，跑这来给老子添乱！他说："说句你也许不爱听的话，现在名片满天飞不算新鲜，上面印总经理的、董事长的，甚至说自己是警察、政协委员的也有，年轻人，我凭什么相信你？"

"相信不相信是你的事。"韩江站起来要走。

"请坐下，请坐下……"王通森点手说，"请问你是哪里人？"

"南庄人。"

"南庄人？我怎么没见过你？"

"韩玉山总见过吧？我是他儿子。"

"噢，韩玉山……"王通森又笑了，"那么你今年多大？"

"二十八岁。"

"二十四年前你多大？"

"四岁。"

王通森身子向后仰去，笑出了声音："你了解那个案了吗？知道它是怎样发生的？后来又是怎样的结果？告诉你，它早已经有了结论……"

韩江打断了他，用手拍拍皮包："档案我早已经看过了，所谓结论，不过写着'事出有因，查无实据'，而且上面只有被告和警方的签字，却没有原告方的签字。"

王通森说："既然追诉就应该有新的证据，年轻人，你自认为掌握了新的证据吗？"

"新的证据当然有。"韩江说，"这个人在那天晚上就站在矮墙后面，亲眼见你进了李同的小屋，也亲眼见你出来之后在窗外面干了什么，也亲耳听见你和王二润的对话，也知道你用钱把证人买通了，让他们把以前所说的一切推翻掉。"

韩江说得很气愤，王通森则颇带讽刺意味地说："哦？这个人也真怪，当时为什么不站出来说话？过去了这么多年他倒突然想起来了，大概是良心发现了吧？嘿嘿……"

"你不用笑，可以说是良心发现，不过他发现得很早，折磨了他这么多年……”

“我能不能打听一下这个人是谁?”

“法庭上你自然会见到了。”

王通森又说:“我虽然年老,但还不完全是个法盲。据我所知,一个案件超过了二十年的追诉期,是不允许再追诉的。想必韩律师比我懂得多吧。”

韩江说:“当然比你懂得多,因为你只知其一不知其二,只要最高人民检察院核实批准,虽然超过了二十年的追诉期,仍然可以受到追诉。”

王通森急了,声音有些沙哑:“就凭你们编造出来的证人?就凭他良心发现?就凭他二十多年以后的想象?”

韩江说:“这个请放心,此一时彼一时,现在的人们无论从觉悟上还是从法律知识上都比二十多年前有了空前的提高。”

王通森问:“这个要求追诉的人是谁?不会是你自己吧?你没这个权力。”

“当然不是我。”

“那么是谁?还有谁?李同一家全不在了,他们有个儿子,叫秋儿,是死是活不知道,也许早已不在人间了也说不定。”

“王董事长,我现在可以告诉你,要求追诉你的正是秋儿。”

“秋儿?在哪儿?他回来了?”

“他现在医院里,已经做了截肢手术。”

“什么?你说的是……”

“你不用怀疑了,他就是朱立秋。”

……

王安终于来了。

王琼坐进王安的车里,王通森也坐进王安的车里,开车的是名大汉,另外还有一名大汉。

郭向东开了自己的车作为向导,带他们去看朱立秋。

朱立秋住在丰安市医院。由王家庄到大王庄乡二十里,再到丰安市一共近一百一十里。一路上,王琼不停地追问:“朱里奇怎么会跑到丰安市去了?走出那么远?他真的是迷路了吗?还是病在那里了?”

“爷爷,快告诉我,他是不是出了车祸?真的吧,我猜想他是出车祸了,爷爷,为什么不早告诉我?现在才告诉我?”

“他伤得怎么样?重吗?你们为什么都不说话?那个肇事司机抓到没有?

还是他逃逸了？如果抓到，就把他绞死！”

王安和王通森一左一右，他们真的不说话，因为不知道怎样说和说什么，他们只保护着王琼，不让她做出一些太激烈的举动。

快到医院的时候，郭向东嘱托大家，最好只王董事长一个人进去，说话也不要太多，时间也不要太长，因为朱立秋刚做完手术三天。

即便那样，郭向东也还是恳求了大夫一阵子。大夫又去看了立秋，征求了他的意见，并观察他短时间内说一些话有没有问题。

郭向东在前，他不得不牵着王通森，因为王通森的腿在发抖，一步一步，好像要进监狱的样子。

但王琼等不及，纵然有她叔叔王安在汽车里陪着她，告诉她说等爷爷进去和朱立秋说完了话你再进去，但王琼用脚踹车门，用拳头捶打着玻璃，王安只好开了车门紧紧跟在她的后面，两名大汉跟在王安后面。

有医护人员守在病房门口，放进了王通森，却不肯放进第二个人。

郭向东又和医护人员小声说了几句，这时候，王琼已经奔进了病房，王通森还没有走到病床前，她已经到床前了。

“朱里奇！”她喊道，“朱里奇！这到底是怎么回事啊！”

立秋在床上躺着，似乎在睡，他的下半身盖着棉被。

医护人员猝不及防，王琼掀开了那棉被，立秋一条腿的膝盖以下……没有了，缠着厚厚的纱布，纱布上残留着血渍。

“朱里奇！到底怎么回事啊！”她叫喊着，重复着这句话，这时候，两名大汉上来，像绑架似的一人拉住了她的一只胳膊，但王琼拼了命，她挣脱他们，张开双臂，像只大雁似的朝立秋重新奔过去。

立秋醒了，微微睁开了眼睛，他看到了，也听到了，他从棉被下将手伸出来……但是王琼没有够到那只手，也许只差半尺吧，作为叔叔，王安可没有两名大汉那样客气，他弯腰把王琼夹起来，就像夹个小孩子似的夹在腋下，王琼踢打着脚和手，依旧喊着立秋的名字……但是她被塞进了汽车。

可以听到汽车响，也似乎听见王琼仍在叫喊……

王通森走到跟前来了。

立秋重新把眼睛闭上。

郭向东移过一把椅子，让王通森坐下。

“立秋。”王通森叫道。他伸出手，要去摸立秋那只手，但立秋把手收回到被子下。

王通森又说：“你告诉我，你是秋儿，李同的儿子，是不是？如果是，你点头，如果不是，你就摇头。”

立秋点了头。

“你跟了我那么长时间，据说还找了我许多年，是不是？”王通森想笑，但笑不出来，声音变得怪里怪气。

立秋没有作声，但一颗泪珠滚落下来。

“那么我问你，你为什么不杀了我？你为自己创造了很好的条件，创造了很好的机会，你为什么不杀了我？反而还救过我的命？”

立秋摇头，再摇头，不语，又一颗泪珠滚落下来。

“你后悔了？后悔没有杀我？是吗？”

立秋把头扭向一边去。

“好吧，我最后再问你一句，”王通森说，“现在你和我都回来了，回到了南庄，你打算怎么办？”

“其实你和我早回来就好了，”立秋把脸扭过来看着他说，“你就会早一天受到法律的制裁。”

也许是因为立秋最后这句话声音大了些，医护人员过来结止了他们的谈话。

王通森站起身，移动脚步，往出走……回南庄，他没有带拐杖，他觉得在父老乡亲面前没必要充老，村里比他老的有的是。

就在他出了楼道门下台阶的时候，郭向东蹿上前去扶住了他，因为他的身子突然一摆，又一摆……郭向东续而双手将他抱住，回身朝过往的医护人员叫道：“快！这个人需要急救！”

二十九
残缺的团圆

郭向东的车停在了韩江家门口。

韩江从院里出来，夹着皮包，手里还提着个小小录音机。

郭向东问："录音机带了吗?"

韩江说："看你这眼睛，没见我手里提着吗?"

郭向东说："我怕你忘了。"

韩江说："这是我必备的家什，能忘了嘛。"

上了车，韩江问："那老东西怎么样?"

郭向东说："又搭了一个桥，他已经搭过一次桥，反正现在心脏搭桥技术很简单，也很普遍，再搭一次也无所谓。"

韩江问："他的两个儿子呢？没来?"

郭向东说："大儿子远在巴西，来不了，二儿子王安来了，派了两个人专门守护他。"

韩江说："够谱儿。"

车开了，韩江啧了啧嘴，说："其实材料已经递上去了。"

郭向东说："你也不用有一种失落感，材料递上去了，最高检也不见得就核实批准，因为时间太长了，追诉人当时又只有四岁。所以我说还是他主动交代了好。"

韩江感叹一声："看来老东西是良心发现喽!"

郭向东说："其实他早就良心发现了，只是他不敢承认，存在侥幸心理。"

车过村委会门口，程玉兰刚签收完一封信，见郭向东来了，便把那封信隔车玻璃递给了郭向东，说："从澳大利亚来的，我估计……是那个工琼。"

郭向东接过信看了看，说："还估计什么？这不是写着哪吗？拼音字母，王、琼。"

程玉兰说："那你就带给立秋吧。我看这事还真麻烦……"

郭向东要拆那信，韩江一把夺过来，说："你怎能随便拆人的信？说你懂法，你又不懂。"

韩江看了看，说："唔，是个麻烦。"

郭向东看看韩江，笑了笑，开车。

出了村，隔窗向西望，可以看见打井的井架，也能听见窟咚窟咚井管下砸的声音，还有一个用竹竿简单搭起的牌楼，牌楼一侧居然还悬挂着"迎接北京奥运会"的红色标语，另一侧写着"建设山西新农村"，当然是信手从山西工地移过来的。

郭向东说："进度不慢，已经下去十多米了。"

韩江说："南庄的危旧房怎么样？他还管不管？"

郭向东说："人家没说不管，但是咱们不想用人家了，也不能赖上人家，你说是不是？再说也就那几户，村委会帮一下也就行了。"

韩江说："小学校呢？"

郭向东说："你先别提小学校，我现在倒考虑赶快给王通森盖上那几间房，你想，他出了院怎么办？总住在村委会？像什么话呢？再说他还要把老伴儿接回来。"

韩江说："也对。"

停了停，韩江又说："如果他被判了死刑或是无期徒刑呢？"

郭向东说："不会吧？我认为不会。"

郭向东说着，突然将车停下了。

韩江问："干吗？"

郭向东指指前面。

一位少妇肩上挎着个包，怀里抱着个孩子，站在路边正朝他们招手。

郭向东探出头去："这位女同志，有什么事啊？"

"请问大哥，去南庄怎么走？"少妇说。

"简单，一直往北，再往西一拐就到了。"

"还有多远啊？"

"也就五六里地吧。"

韩江是南庄人，感到有些奇怪，说："你是出了门子的姑奶奶呀还是媳妇回娘家呀？怎么连家都找不着了？"

少妇说："我没来过，第一次来。"

韩江说："怪不得没见过你呢。"

郭向东说："你这人，就不许人家是串亲访友的吗？"

韩江多问了一句："你和南庄谁家是亲戚朋友？"

少妇说："我来找一个人，他叫朱立秋。"

车里的两个人都愣住了。少妇又一连串地问道："请问大哥，你们是哪的人？就是南庄的吗？朱立秋他现在怎么样？在家不在家？"

郭向东索性把车靠在路边，息了火，韩江也下车来，站到了少妇的面前。

韩江上下观察着少妇，郭向东则和颜悦色："请问你怎么认识朱立秋？在哪儿认识的？能告诉我们吗？"

少妇说："整整一年了，我们在三亚认识的……" 少妇一面说一面从很里面的兜里掏出一张折叠得规规矩矩的纸，打开，然后递到郭向东手里，让他们看。

他们看到那纸上写有两个地址，一个是立秋曾经提到的他的养父母家，一个则清清楚楚写着丰安市崇水县大王庄乡王家庄村南庄。

除去立秋在手术协议上和在韩江的追诉申请上签过字以外，还没有见过立秋在别处写字，因此他们还不能肯定地识别出立秋的字体，但眼前的地址已无可置疑。

韩江进一步地问："你们究竟怎么认识的？结过婚吗？这个孩子是谁的？立秋的？"

少妇摇头。

"这就怪了，" 韩江说，"你们糊里糊涂认识，你糊里糊涂来找他，你们又没结婚，孩子也不是立秋的……" 意思是你找他来干吗？

少妇为难了，似乎千言万语说不清楚。她说："求你了大哥，这以后的话以后说吧，求你们先帮我找到朱立秋，行吗？"

郭向东问："你叫什么名字？"

"彭秀娥。"

"你是哪的人？就是三亚人吗？我看不像，从说话上就不像。"

彭秀娥说："我不是三亚人，往北，比你们还往北呢！"

韩江说："有多北？内蒙古？黑龙江？"

彭秀娥说："承德那边一个县，说了你们也不知道，很小的一个县。"

郭向东说："这么着吧，你现在跟我们走，去丰安市，到了丰安市第一人民医院就见到朱立秋了。"

彭秀娥惊诧起来，带着满脸狐疑，说："去医院干什么？朱立秋到医院工作去了？还是他有病住院了？"

郭向东说："所以我要告诉你，不管你和他是什么关系，你们是亲戚关系、朋友关系还是恋人关系，我告诉你朱立秋现在是个残疾人了，他的左腿膝盖以下已经锯掉，养一段时间以后正准备安假肢。"

彭秀娥站在那儿不动了，怀里的孩子用小手抚弄着她的脸，慢慢地，她的眼里淌下了眼泪。

"我料到了……做梦也料到了，" 她喃喃地说，"怪不得他满身是血，我追他，可怎么也追不上，捡到他一件衣裳，那衣服上也是血……还梦见他进了监狱，监狱里也有血……”

韩江已坐进了汽车，说：“我以为又是个麻烦，原来不是。”

郭向东说：“彭女士，回去吧。是回三亚还是回你承德老家？回承德老家吧，还近一些，如果在三亚有工作，在老家待些天再回三亚去。”

韩江在车里有点恶作剧地喊道：“车钱够吗？不够给你点儿！”

但就在郭向东把车发动着了的时候，只听彭秀娥喊道：“等一等！”

郭向东根本就没关车门，他问韩江：“你刚才说什么？不是麻烦？”

他走下车来，把后车门打开；桑塔纳旧了、老了，只有从外面才能打开后座上的车门。

彭秀娥先把包扔进去，然后抱着孩子钻进了汽车。

车开了，车里的气氛大大改变，韩江拧开了音响，音响也同样老了、旧了，带着嗞嗞啦啦的声音，而且还经常卡壳，但也放出了很好听的音乐。韩江继而扭过身问道：“孩子几岁了？”

彭秀娥说：“一周岁零两个月。”

韩江伸出双臂，将孩子接在手里，转回身在怀里抱着，孩子很可爱，白白的脸蛋，肉嘟嘟，而且很爱笑。韩江惊呼：“还是个带把儿的家伙！”

郭向东强调说：“彭女士，我可不是开玩笑，朱立秋他真的做了大手术，这是真的。”

然而彭秀娥好像没听见，不到一分钟孩子就要找妈妈，彭秀娥拍了一下巴掌：“妈妈在这儿！”

“我的天！”韩江说，“三亚离这儿好几千里地，你一个人抱着个孩子，可怎么来的呢？”

彭秀娥说：“怎么来的，就那么来的呗……早晨起来，说走就走，只把主要的打个包，剩下的全不要了，先坐汽车，又坐火车，在火车上吃在火车上睡，也住过旅店，一共走了八天，下了火车，一路走一路打听，就到了这儿。”

韩江又问：“你怎么突然想起来找他？”

彭秀娥说：“做梦，就是因为做梦，梦见他满身是血，后来又梦见他进了监狱……那一宿也没再睡，所以第二天早晨我就跟孩子说，儿子，咱们找你爸去吧！”

郭向东说：“等等，等等，不是说这孩子跟朱立秋没关系？”

彭秀娥笑了，笑得咯咯的。

韩江说："我还是不明白，你为什么要做那样的梦？很可怕的梦？"

彭秀娥静下来，沉沉地说："……那天晚上，他说他要去讨一笔债，我问他那债有多大，他说很大很大，无边无际的大，后来他就到澳大利亚去了，从那我就总有一种不祥的预感。"

郭向东和韩江也都沉静下来，什么也不用再说、再问了，一切都是真的，如板上钉钉一样的真。

郭向东车开得很快，一百多里的路程一个小时就到了。

他们下了车，彭秀娥抱孩子跟在后面，郭向东替她背着包。

立秋在病房里拄着拐，已经能下地活动了。

郭向东说："秋儿，可从来没听你说过……现在她来了，找你来了。"

立秋问："谁？谁找我？"

韩江接过孩子，把彭秀娥推到了前面。

立秋愣住了，然而也只愣了几秒钟，脸上便绽开了笑容，这种笑郭向东和韩江都第一次见，因为立秋还从未出现过这种笑容。

彭秀娥却早已满脸是泪，她扑过去，但中途停住，改为轻轻搀起立秋的手，扶他回到床上去。

立秋望着她。

彭秀娥也望着立秋。

彭秀娥周身打量、周身抚摸，她嘴里像做梦似的说："是这样的，我做梦可能就是这样子的……"

孩儿找娘，郭向东抱过来哄，但孩子哭了，清清楚楚喊出了"妈妈"，郭向东不得不把孩子抱到彭秀娥那里去。

郭向东对韩江说："咱走吧，王董事长还等着你呢。"

王通森住在三楼，特护病房，楼道里也像宾馆饭店似的站了一两个护士，随时准备服务。

郭向东敲响了房门，门开了，是王通森的一个陪护，郭向东问："王董呢？"

陪护说："等你们总不来，老爷子有点心急，下楼溜达去了。"

郭向东拍了拍韩江的肩膀："你就坐这儿等。"

韩江说："不一起听听吗？"

郭向东说："我不掺和，这是你们法律人士的事。"

正说着，王通森回来了。郭向东说："不错啊，能下楼溜达了。"

王通森指指身旁另一个陪护，说："这不有人跟着，我一个人也还是不敢。"

郭向东指指韩江："王董，你让我叫的人我给你叫来了，可就算完成了任务。"

王通森说："向东啊，虽然有录音，但是我仍然希望你留下来，亲耳听一听关于我的故事。"

郭向东说："我要有那么充裕的时间就好了，可惜没有。"

王通森说："遗憾，遗憾。"

郭向东又说："王董，不要一口气讲完，歇着讲，拣关键的讲、拣主要的讲。"

王通森点头。

郭向东回到立秋这里，却看到了一幅别开生面的风景画。

孩子不是立秋的，但立秋把他抱在怀里，在小脸蛋上左亲一口右亲一口，并且用手拨弄那小鸡鸡，然后放在嘴边很响亮地"啐儿"的一声，十分香甜的样子。也是奇了，那孩子一点也不认生，似乎早就与立秋熟，似乎真是立秋的孩子。

彭秀娥也不闲，桌上有水果，俱是南庄的乡亲们屡屡送来的，彭秀娥用小刀一片一片削下来，瞅准空隙，放到立秋嘴边，立秋张嘴，她也张嘴，好像在喂另一个孩子。

郭向东感动得差点儿眼泪要出来！

然而他也犹豫着……要不要把那封澳大利亚来信交到立秋手里。

是鸳鸯棒打不回，老人们这样说。也可以解释成既然对了眼光就经得住考验，况且他们早已经对眼光了。

与其晚，不如早，早晚也是那么回事，于是郭向东拿出那封信，走上前去："喏，给你的。"

立秋接过信，拆开，就当着彭秀娥的面那样看了，彭秀娥不知怎么回事，自然不去关心。

立秋表情平静，他下床，拿起拐，要把看过的信送还给郭向东，郭向东赶快上前一步，接过来，退回到一旁去看，只见上面写道：

朱里奇：

你不做哈姆雷特，也不做列瓦里士，你终于做了罗杰斯特。

罗杰斯特先生双目失明，你的一条腿残疾了，但是我要告诉你，朱里奇，等我放假，我就去找你；等我毕业了，就和你生活在一起，我们永不分开。

你的琼

“麻烦，早晚是个麻烦。”郭向东这样想。

但他又为立秋感到高兴，一个残了一条腿的人尚有如此的“麻烦”，也算是人间一件奇事了。

郭向东示意立秋，把信收回包里，替他保存。

这时候，他的手机突然响起来。

郭向东不想打搅他们，他走出病房，去外面接电话。

“喂！请问你是郭向东郭书记吗？”对方说，是个很粗犷的男人声音。

郭向东说：“我是，请问你是谁？”

“我叫赵大坡。”对方说，“是这样，二十天前朱立秋给我打过一次电话，他说他回家来了，他的家叫南庄，让我抽时间来找他，可当时我们正在抢一个装修工程，说好了，完了工就来找他，前天给他打电话，说他不在，昨天又给他打电话，他还不在，今天再打，是你们一个女村主任接的，她说你有什么事就找我们郭向东郭书记吧……喂，你在听吗？听没听？”

郭向东说：“听着哪，你说吧。”

“麻烦您告诉我，朱立秋他现在到底在哪儿？他既然用你们村委会的电话给我打，他为什么又总不在？”

郭向东迟疑着，问：“你是不是很想见到朱立秋？”

对方说：“当然了！你知道我们是多好的朋友吗？可以说是生死之交，可是我们两年没见到面了。”

郭向东问：“你现在在哪儿？”

对方说：“我就在丰安市，正准备给大东家酒楼装修，立秋说南庄就在丰安市的崇水县，所以问问怎么能找到他。”

郭向东说：“那就很近了，你打听丰安市第一人民医院就找到朱立秋了，不过……有些不大方便。”

“有什么不方便的？他很忙？发达了？再忙再发达也得见我！”

郭向东说："好吧。"

对方又发出了疑问："喂，怎么跑医院去了？到医院干什么？"

郭向东合上了手机。

往回走的时候，郭向东看见彭秀娥也出来了，也在边走边接听电话。

回到病房，朱立秋正坐在床上和孩子搬弄着脚指头，好像在教孩子数数。

郭向东说："你有个朋友叫赵大坡？"

立秋慌忙下床，一手抱了孩子，一手去拿拐。

郭向东说："别忙，别忙，起码二十分钟以后他才到。"

彭秀娥回来了，进屋便说："你猜谁来的电话？"

立秋问："谁来的？"

彭秀娥说："我表姐。"

立秋想了想，说："是你说的那个后来去了珠海的表姐吗？"

彭秀娥说："对。现在不是五一黄金周吗？她回家来了，也结婚了，她说娥子你也回来吧，咱俩人一年多没见面了，不过你姐夫可是个老头儿，见了不许你笑话！"

立秋说："你什么时候走，我也跟你回去。"

郭向东说："那可不行，在你没有安装假肢以前，哪儿也不能去。"

彭秀娥说："不过在三亚的时候他就和我说过，等他的事办完了，就和我一同回到我老家去，我说我们那儿可苦，到了冬天和春天，光是那遮天蔽日的大风你也受不了。"

立秋说："你光说一不说二，我说去防沙造林。"

"防什么沙，造什么林呢……"彭秀娥抚摸着立秋的腿，"我就伺候你一辈子吧。"

立秋说："等我安完了假肢看！"

韩江进来了，一脸的深沉，说："没想到王通森也那么不容易……"

郭向东问："录完了？"

韩江说："没有，休息一会儿。"

郭向东又问："最关键的地方说了没有？"

韩江说："说了。不过以后他也真的很不容易。"

郭向东说："以后的事就与案情没什么关系了。"

韩江说："听一听吧，听一听也没什么坏处。"

郭向东看了看韩江，然后说：“韩江我说你忽左忽右，你说谁容易？我们就容易吗？前天我外甥回来了，他在南方打工，机床切断了他四个手指……你再看看立秋……”

韩江点头，依旧一脸的深沉，说：“总之是农民，你看那高楼大厦，你看那到处的繁荣昌盛，辉煌灿烂之中哪一点儿离得了农民？哪一点儿没有农民的血汗？”

郭向东表示同意，说：“你想，我们原来到了冬天老婆孩子热炕头，什么事也没有，现在我们一年四季都在忙，青壮劳力都长年在外面打工，每天工作十个小时以上，甚至更多……别忘了，九亿农民啊。”

韩江说：“我们这后二十多年走得太快，也走得太艰难、太沉重，因为我们比不了那些做根儿就很有钱的人。”

这时，郭向东的手机又响，他“喂”了一声，索性递给了立秋。

立秋接过手机问：“赵大坡？”

郭向东说：“不像，反正是找你的。”

立秋也“喂”了一声问：“您找谁？”

对方说：“兄弟，我的好兄弟……”

“孙好民！孙大哥，你们到哪儿了？”

孙好民说：“我们就到那个第一人民医院门口了，你在哪个楼啊？我们怎么找你呀？”不等立秋说话，孙好民又说：“立秋，你听这是谁……”

手机里传出一个女孩儿的声音：“哥！我是小妹！是这样，你给我的那个手机，让我换号我没换，所以我和大坡哥他们一直保持着联系，只是不知道你在哪儿，今天我和爸都来了，是大坡哥接的我们。”

立秋大声问：“都在一个车上？”

女孩儿说：“都在一个车上！”

立秋问：“都有谁？”

女孩儿说：“大坡哥开车，有孙大哥，还有我和爸，妈和姐也要来，爸没让，哥，你要不要和爸说话？”

这时，一个苍老的声音叫了一声：“秋儿……”，似乎就哽咽了。

立秋喊了一声“爸……”，也哽咽了。

郭向东在数人：“一、二、三、四，没问题，算孩子才四位，立秋，人说话就到了，还说什么？都坐我的车，咱们一同出去迎接！”